小倉山房詩文集

四部備要

集部

中華書局據原刻本校刊

桐鄉陸費逵總勘
杭縣高時顯
杭縣吳汝霖輯校
杭縣丁輔之監造

序

爾雅疏云序者序述此經之旨也隨園先生論詩之旨一見於集中答歸愚宗伯書再見於續詩品三十二首凡古人所未道者業已自道之無俟再爲序述第按其所編始弱冠終花甲四十年之行藏交際具在於斯可當康成年表讀矣晚年境愈高才愈斂欲删去少年落花殘雪諸作起鳳爭曰孤松蒼於冬時花繁於春各有其時不可廢也先生曰諾已乃並存之横山弟子薛起鳳序

讀隨園詩題辭

我讀隨園詩古多作者我不知古今只此筆數枝怪哉公以一手持意所欲到筆注之筆所未到意孳孳好風搖曳春雲姿雷雨捲空分疾遲神仙龍虎雜怒嬉幽禽古木山四圍水光澹澹花垂垂境界起滅微乎微難達之情息息吹難狀之景歷歷追我忽歡喜忽傷悲忽叫忽躍忽嗟咨口權目量心是非我身傀儡詩牽絲悶我不知旁人疑如沐酥酪潤膚肌如飲醇釀沁肝脾如禮杖拂迴愚癡如受砭刺起癃疲海嶽幽奥林泉奇氣象入筆皆可窺高才博學嚴矩規

心兵意匠極艱危歸諸自然出淋漓公曰我詩無常師取長棄短各有宜傾瀝精液擲毛皮取友求益吾無私先生天才重倫彝至情感人皆涕洟每值死生當別離由片言至千萬詞不少不多相授施魂銷腸斷噫欷歔聖賢萬古情若斯否則其言傳者希我詩感公加鍼錐凡我所短攻弗遺剛濟以柔戒恣睢裁縮鍛鍊歸鑪錘請事斯語曷敢違公懼弗傳誰庶幾索報懇懇命點嗤壯健無疾求良醫調和血氣慎蓡著敢妄攻補促尫羸卅載所作手芟夷美人對鏡修容儀斂裾佩帶生光輝玉工懷璧精磨治白圭瑩潔除瑕疵淺深功力年可推江河發源無所虧及放四海寧竭衰況公遺榮樂巖扉忠孝所溢詩書滋後進我幸生同時願寫副本藏巇陲千秋歲月堂堂馳讀公詩者如何思館後學蔣士銓題

讀隨園詩題辭

其人與筆兩風流紅粉青山伴白頭作宦不曾逾十載及身早自定千秋羣兒漫撼蚍蜉樹此老能翻鸚鵡洲相對不禁慚飯顆杜陵詩句只牢愁

舒卷閒雲在絳霄平生出處亦超超曾遊閬苑經三島愛住金陵爲六朝富貴豈如閒有味聰明也要福能消不須伯道愁無子此集人間已不祧

只擬才華豔誰知鍛鍊深殺人無寸鐵惜墨抵兼金古鬼忽然泣生龍不可擒挑燈重相對想見妙明心

館後學趙翼題

讀隨園詩題辭

憶自數歲入鄉校即聞世有才子姓袁字子才漢廷峙揚馬梁園豔鄒枚斯人一出文選廢蕭統若在須別裁比長游都下結交海內英谷得才翁之才與其行二十作文賦徵在鴻儒班一舉擢高第供奉　玉皇前每出一篇奏已被中外萬口傳若非河滿張承吉即是洞簫王子淵鸚羽苦羈縛三載辭　金殿驥足稍欲施四任宰江縣江左形勝天下偉古來名士此中半臨江酹酒弔桓王開國英雄同弱冠三十未及強拂衣賦歸歟金陵有遺愛遂僦金陵居犀首不好飲虞卿還著書燕許兩禿翁鞠䠋斂手謝不如更以其暇劚奇石選妙妓闢

華軒跌宕詞賦闌咽管絃遂使當代鉅公貴人下逮傭豎併婦孺無不知大江以南有隨園喬也陋已極未及身作隨園客一官投嶺嶠所見生獰語啁哳或傳才翁名謂是古人今莫得忽驚將軍自天下如郭令公出回紇中丞爲予言子才詩中霸子往試與語庶免爲驅嚇碧虛洞與棲霞連一見握手如舊歡自言行年七十走萬里相得無如吾子賢朝遊共躡白雲屩夕歸同泛明月船岸人笑讙爭指似采石江上看謫仙我詩槎枒多苦語誰其好之茹不吐才翁一呼四座驚此至誠通愈及甫比疎詎所當交驚亦差樂平明來取別將往觀衡嶽中路寄我詩已據衡嶽之磅礴噫嘻戲才翁之才如天風人籟雖工那得同惟有隨園歎未到要使姓名先署隨園中

隨園詩贊

曠矣先生侔今無徒儕古少類達如劉伯倫而不好飲逸如稽叔夜而不好音樂習靜如王摩詰而不好佛恬退如賀季真而不好道以名教是非自任如韓退之而不好儒志鄙王戎而不諱好財性異阮咸而不辭好色詠奇俶儻疑龍

疑蚍播之爲文天醱地葩或謂是太白之精所化而爲文章之宗耶或謂是歲

星所寓而爲滑稽之雄耶吾莫能測之而盡其形容也　後學李憲喬題

小倉山房詩集總目

(天)

小倉山房詩集卷一丙辰丁巳

錢唐袁枚子才

錢唐江懷古

江上錢王舊蹟多我來重唱百年歌勸王妙選三千弩不射江潮射汴河

釣臺

夜泊釣臺旁客星如月大想見嚴子陵投竿在此坐朝隨漁翁嬉暮陪至尊臥
爲念故人重轉覺天子輕偶展榻上足乃驚天上星

書子陵祠堂

士各有志在投贈須艮時乃欲臣老子張眼發狂癡巢由効孤忠唐堯何能知
當時西漢衰士氣一何卑四十二萬人尊莽稱巍巍先生隱蘆中惻然心腸悲
故人作天子臣請爲伯夷甘與子同夢伸脚踏紫微贈子以不拜王丹吐微詞
將軍有揖客衛青賢可思何況赤伏符可無王者師雲臺麟鳳旁漁者張一旗
果然東漢風名節爭扶持相助爲理處於後乃見之我留壁間墨當贈先生詩

羅昭諫墓

遠望鼉江氣寂寥江東遺塚草蕭蕭三生金榜無名字一卷唐詩殿本朝照壁紅紗曾志寵隔簾嬌女罷吹簫傷心枉進英雄計花醉華堂淚未消

臨安懷古

曾把江潮當敵攻三千強弩水聲中霸才越國追勾踐家法河西倣竇融宰樹重重封錦繡宮花緩緩送春風誰知苦創東周局留與平王避犬戎

吳桓王廟

擲戟神亭一笑分英雄名號尚郎君南來劍奪中原色獵罷龍驚草上雲自覺風流夸二壻有誰旗鼓鬭三軍千年願獻鐃歌曲帳下還愁子布聞

琵琶亭

孤亭月落九江秋彈過琵琶水尚愁今日蘆花笑詞客不曾老大已飄流

謝太傅祠

一笑翩然載酒行東山女妓亦蒼生能支江左偏安局難遣中年以後情花下

殘棊兒破敵燈前老淚客彈箏荒祠隔葉黃鸝語猶似當初絲竹聲

夜渡彭蠡風浪大作

半夜顛風欺客過奪取孤舟當箕簸桅折羣驚大纛崩燈昏不辨何艙破騎虎由來勢莫停駕鰲且向西南征滿眼黃泉不見路呿噏但聞龍蚺聲青蘆颯颯濘而止長老大呼吾生矣拍拍羣鷗扶浪起彼此相看面如紙衣裳都付宓妃洗一身之外水而已編詩不編前甲子墮地重生從此始

野行

野行逐流水花裏得茅廬中有龐眉叟旁堆數卷書衣冠非漢魏妻子半樵漁拱手詢名姓無言指太虛

看山

看山有所得日暮聊爲詩舟子多曳足村歌以答之江湖發天籟秋光亦平分我歌船頭月爾歌船尾雲

浯溪碑

夷吾雖歸辱社稷射姑來朝無貶詞從曰撫軍守監國古來冢嗣已如斯宋儒不明春秋義題語溪碑多刺譏當時明皇躍馬去五更昏黑西川馳若非靈武張位號九州不見天皇旗望賢宮前重返蹕黄袍手著如嬰兒一辭一畀見真性此際慈孝天皆知玉真公主具尊酒上皇父老相娛嬉監奴攬權艷妻惑從此兩宮生猜疑君子原情論大義事有後累無前非魯公忠孝立人極金石腕力尤淋漓先拜新君心抃舞後望南内空淒其書罷大唐中興一頌刻山石再書朝上皇一表鋪丹墀

長沙謁賈誼祠

江口瞻遺廟長沙最少年才雖王者佐運是漢家天屈子堪同調相如敢比肩虛無宣室問卑濕楚江遷道大功臣忌心孤鵩鳥憐三湘知數盡七國悟機先飄泊傷靈化穠華委逝川綠蘿蟠敗壁飢鼠拱殘筵神鬼真無狀風雲合有緣長懷夫子哲轉憶孝文賢遇合終如此功名更惘然我來剛弱冠流涕返吳船

巴陵道中

洞庭西去女郎祠來慰行人有畫眉山縣城荒關店早戍樓燈遠泊船遲方言莫辨思重譯異鳥無名愧學詩難得篙工解人意每開窻處對花枝

旅懷

欲采芙蓉贈楚狂幾番漁笛聽滄浪洞庭霜淺橘全綠湘浦雨深荷暗香行色喜逢秋八月家書孤負鴈千行無端側耳鄰船泊有个人音似故鄉

書倉頡廟

黃帝上天不識字玉皇大笑人間俗特遣倉公來造作電光熒熒開四目遠采龍魚篆近取蝌蚪行一畫生枝葉六書加偏旁可以記名姓通九州三才萬象相咨諏天公賜粟萬萬石厥功猶未酬千鬼何事哭啾啾上古無黎邱疑是三王五帝之靈爽相悲愁倉公不知故賤子請致詞行公之道享公福古今惟有尼山師與公初意無相違其餘竄經冒聖紛紛者坑之不足蔽其辜而乃辟睨兩廡犧牲乎摩騰借此來中華侏儒梵偈盈百車學仙誤仙書白骨如撐麻此外深文刀筆萬萬條張湯趙禹日喧譁官禮亡新室血流誣武王元凶講孝經

妖僧造明堂董侯強解事皇羲五十章穿鎚大將軍腕脫校書郎蠹魚食盡三萬字上天不如蜻蜓翔腐儒識之無公然搔首怨彼蒼我自與公有瓜葛亦復咿唔如蚊蝱不能腰鐮田中騎馬沙場三升墨水非瓊漿他日餓死分所當故鬼哭未已新鬼淚沾裳功過不相掩請公自思量公如肯補過請公南面坐周公右孔公左始皇在旁手把火刪除六經質諸聖黜陟百家來問我朝不必多書野不必多儒拔兎一毛利天下欽明文思追唐虞再拜奠椒酒臣言是與否倉公頷之不開口但見神鴉鬼馬雲中各點首

萍鄉紀事

遠望碧桃盛不知何家村停舟搴裳往頗聞書聲喧柴門數學子列坐何彬彬聞有江南客欣然喜動顏各將文章來願聞所未聞爲之小講解圍坐點頭頻歸各具雞黍手自擊瓦尊父兄荷鋤歸亦來覘佳賓但勸客小住不知天黃昏我乃行役者風中不定身告以勢難留紛然淚滿巾攀衣送登船姓名僉云云後會知難期前途君自珍感茲醇樸意如逢羲軒民方知古桃源依然在人間

但恨無緣留回頭空白雲

同金十一沛恩遊棲霞寺望桂林諸山

奇山不入中原界走入窮邊才逞怪桂林天小青山大山山都立青天外我來六月遊棲霞天風拂面吹霜花一輪白日忽不見高空都被芙蓉遮山腰有洞五里許秉火直入衝烏鴉怪石成形千百種見人欲動爭谽谺萬古不知風雨色一羣仙鼠依爲家出穴登高望衆山茫茫雲海墜眼前疑是盤古死後不肯化頭目手足骨節相鉤連又疑女媧氏一日七十有二變青紅隱現隨雲煙蚩尤噴妖霧尸羅袒右肩猛士植竿髮鬼母戲青蓮我知混沌以前乾坤毀水沙激盪風輪顛山川人物鎔在一爐內精靈騰踔有萬千彼此游戲相愛憐忽然剛風一吹化爲石清氣既散濁氣堅至今欲活不得欲去不能只得奇形詭狀蹲人間不然造化縱有千手眼亦難一一施雕鐫而況唐突真宰豈無罪何以耿耿羣飛欲刺天金臺公子酌我酒聽我狂言呼否否更指奇峯印證之出入白雲亂招手幾陣南風吹落日騎馬同歸醉兀兀我本天涯萬里人愁心忽挂

西斜月

薦鴻詞北上辭別桂林中丞

萬里投知己千秋見偉人掃門才授贄倒屣已迎賓弱冠終軍小憐才鮑叔真牛心先賜啖馬骨倍精神一卷文章獻千回諷誦頻百僚參謁處八座散衙辰譽我如夸寶稱詩似數珍人聲齊諾諾公口尚津津詔舉通經士慚非珥筆臣毅然標姓氏直自奏　楓宸計吏爭供具材官盡捧輪辦裝錢絡繹祖餞酒溫醇石重鰲難戴風高草易春未開花獨賞久屈蠖應伸多感雲霞契能增骨肉親窮途來阮籍有叔愛蘇秦（叔健磐以公故加刮目焉）桂嶺三秋月長安一路塵拜辭先洒淚圖報屢看身夫子宮墻遠男兒事業新遙聞西域國獨角貢麒麟

別常寧（叔家青衣）

六千里外一奴星送我依依遠出城知己那須分貴賤窮途容易感心情灘江此後何年到別淚臨歧爲汝傾但聽郎君消息好早持僮約赴神京

黃鶴樓

萬里青天月三更黃鶴樓湘簾才手捲漢水拍天流山影如爭渡漁歌半入秋深宵無鐵笛空自泊孤舟

過洞庭

秋老一峯晴巴船過洞庭水搖天地白山入混茫青雲氣飛篷背霜花落鴈翎今朝吟不得牕外有龍聽

題柳毅祠

風鬟兩帶藕絲裙素手傳箋寄暮雲世上女兒多誤嫁諸龍休惱洞庭君

漢江遇風

風急蒲帆葉葉張蘆花飛雪打瀟湘似感漢水湖猶小欲上君山浪太狂行役自來多涉險少年何事便離鄉黃昏漸喜驚濤定遠遠漁歌唱夕陽

途中見薦章感而有作

一紙封章薦禰衡秋風八月動行旌三朝曠典儒林重二十華年海內驚粵嶺懷人丹桂影瀟湘聽兩竹枝聲疏中溢美吾尤愧道有奇才應運生

赤壁

一面東風百萬軍當年此處定三分漢家火德終燒賊池上蛟龍竟得雲江水自流秋渺渺漁燈猶照荻紛紛我來不共吹簫客烏鵲寒聲靜夜聞

峴山

浮生幾載青山酒名士常爲萬古愁雙淚偶揮羊太傅一碑如補晉春秋樓傳黃鶴仙何在珮解明珠水自流今日敬兒天下滿襄陽片石若爲留

銅雀臺

停車欲訪魏遺宮銅雀荒涼片瓦空生對河山常感慨死猶歌舞是英雄君王氣盡高臺酒兒女春殘甲帳風七十五來神恍惚西陵可與茂陵同

殿上歸來履幾雙三分天下更分香一家樂府商聲老八尺燈帷鄴水涼疑冢尚存兵法意招魂只用美人妝傳心曾許諸姬嫁老去將軍話竟忘

題張睢陽廟壁

刀上蛾眉喚柰何將軍鄰境尚笙歌殘兵獨障全淮水壯士同揮落日戈六射

鬚眉渾不動一城人肉已無多而今雀鼠空啼竄暮雨靈旗冷薜蘿

大梁弔信陵君

魏王沉醉美人起羅袖無聲符取矣父仇已報國仇未妾請將符授公子翩翩公子玉手擊深宮箭漏傳三更侯生迎來指而笑彼執椎者須同行晉鄙嚄唶未張口撲殺此獠如屠狗壁上高懸救趙旗精兵八萬邯鄲走坐中忽失白頭人淋漓血作送行酒更有布衣魯仲連揭來大笑平原君一聲帝秦便蹈海海水欲立奔秦軍秦軍退避五十里咸陽虎狼心欲死美人壯士兼清流一齊來與秦爲仇秦宮縱有鈞天樂不如且歌秦女休魏王醉眼終朦朧至死不愛將軍功醇酒婦人即東海甘心一蹈真英雄吁嗟乎君不見高皇赤龍只解罵騎馬墳前悚然下又不見張耳滅秦封王聲赫赫原是郎君門下客

牛口谷

一旅中原振鼓鼙夏王仁義偃王齊空爭孤注黃河北不解連環太華西牛口谷深天意在虎牢關失陣雲低英雄回首書生計夜夜青山杜宇啼

博浪城

真人采藥走蓬萊博浪沙連望海臺九鼎尚沉三戶起六王纔畢一椎來黃金宮闕神仙遠白璧光陰山鬼催此日西風如力士當車還擊布幃開

澶淵

路出澶河水最清當年照影見親征滿朝白面三還議一角黃旗萬歲聲金幣無多民已困燕雲不取禍終生行人立馬秋風裏懊惱孱王早罷兵

過鄴下弔高神武

唱罷陰山勅勒歌英雄涕淚老來多生持魏武朝天笏死授條侯殺賊戈六鎮華夷傳露布九龍風雨聚漳河祇今尚有清流月曾照高王萬馬過

白馬驛

清風不斷霧不生清流不斷國不傾千年古驛黃河邊鬼過猶作鳴珂聲當時嘲賊朝門寫三千詩人骨一把已聞裘甫惱青蟲更見朱三來白馬迂哉裴十四觥觥矜門第三百年唐交與誰猶說太常卿不置崔裴物望冠中朝甘爲官

家受一刀半夜鴟梟啄孤鳳彗星三丈風蕭蕭君不見太原樓下美人啼一片凝脂刀上飛時來阿父監軍寵運去傾城名士悲又不見墜笏司空圖請兵羅昭諫從古詩人報國心不曾一識君王面

銅駝街

洛陽銅駝昂首坐愁容似見晉宮破晉宮天子美少年敦詩說禮人稱賢一局殘棋難著手宮寢紛紛胡騎走柘弓銀研舊交情猶著青衣喚行酒椒房窈窕劉貴嬪往來兩受君王恩軹道早知誅孺子劍門悔不作公孫人將隱慝尤司馬我道善淫報者寡吳蜀降王富貴終此例分明天不假君不見商臣盜跖終天年冒頓當時且配天

北魏帝移宮處

佛狸子孫土運終魚羊食人來九龍抱獅帝子顏如玉垂衣班朔明光宮臣澄獻酒陛下聖忽然三拳狗脚朕此人又似不相容請別六宮無所恨握璽親辭白玉床美人泣下空斷腸三千花枝帶紅雨一齊灑向黃衣裳中有窈窕李賢

妃掩泣請歌曹王詩願王加餐保玉體願王永享黃髮期明知此别難相見長歌且作須臾戀新朝司馬在旁催不送君王出寢殿碧海青天白日斜生生世世帝王家剛送故君低忍淚便迎新主強簪花吁嗟乎如虎如龍未十年又見灣頭乞小憐

景泰陵

兩帝當年一曲闌西山藁葬草漫漫目夷守國才何大叔武迎君事本難金鎖門高星象動玉連環小淚珠乾阿兄南內如嫌冷五國城中雪更寒

易水懷古

無丹買匕首欲揕秦王腰仁義非不佳急則治其標一時田光輩輕死如鴻毛荊卿慷慨行祖餞風蕭蕭長虹貫白日虎狼氣不驕可惜咸陽宮殺人先露刀股血空淋漓祖龍竟脫逃魂歸易水旁化作陰風號至今白衣冠慘慘時一遭時來藥囊重運去阿房焦歎息諸英雄不如一趙高

同一百九十三人試博學鴻詞於保和殿下時班中無弱冠者諸王公都

來疑年口號以對

襴衫青入九重天岳牧科啣員半千末坐竟陪燒尾宴遲來猶領大官錢（時鴻博未試者俱恩給月俸）書完黄紙三千牘身到紅塵二十年家是南朝舊臨汝敢將才語向人傳

游仙曲

子晉驂鸞太少年吹笙未敢望神仙爲看雞犬飛昇後轉把芙蓉笑向天

同著青裙拜木公鈞天酒散駕飛龍黃金梯滑行難上重渡銀河水一重

一雙珠履躡飛霞三變元雲日未斜聽說天門傳玉旨春寒留住早開花

駿馬行

房星下天馬出世萬怪藏形虎豹避爲負河圖獻聖人呼風遠自流沙至駒齒未落才先老四嶽三塗馳遠道顧影常空冀北羣圖形只覺金門好孫陽一見驚權奇貢之天閑夸駃騠黄金議買價難定白眼相看馭者誰躑躅長安猶未去青天月照麒麟步兩耳難禁畫角鳴一餐苦記施恩處 天子文明駕六龍

不愁神駿不遭逢只愁噴玉瑤池返仍化龍形入海中

哭侍御王星望先生

憐才剩有幾人存又送靈旗出郭門八十慈親扶白骨一羣稚子哭黃昏官窮不信能添病身賤從來易感恩忍向襄陽見華屋山河回首亦消魂

送張鷺洲御史巡臺灣

戒外荷蘭國開疆自 本朝四圍城是海終日耳聞潮彈壓須驄馬威稜借皂雕諫書留玉陛飛蓋出虹橋鼓角龍聽避妖星劍照消甲光秋萬里刀影雪千條古跡無唐漢奇功有管蕭風和知浪靜弦緩使弓調筆洗扶桑月花低螺女簫裝寧資陸賈人自愛班超虎節三關重瓜期兩載遙安邊應努力莫負侍中貂

荊卿里

水邊歌罷酒千行生戴吾頭入虎狼力盡自堪酬太子魂歸何忍見田光英雄祖餞當年淚過客衣冠此日霜七首無靈公莫恨亂山終古刺咸陽

黃金臺

東海泱泱大風猛燕王積怨何時逞築臺願招英雄人黃金之高與天等臺未築時如無人臺既築時人紛紛不知公等竟安在劇辛樂毅來成羣殘兵一隊山東走頃刻齊亡如反手回問當年豪舉心果然值得黃金否於今蔓草縈臺綠千年壯士尋臺哭爲道昭王今便存不報仇時臺不築

舉京兆

信當喜極翻愁誤物到難求得尙疑一日姓名京兆舉十年涕淚桂花知泥金挂壁春來早賀客遮門月去遲想見故園燈火夕老親望眼正穿時

呈座主鄧遜齋先生

忝列長名榜恭逢鄧仲華師年二十七寧王私謁少陸氏一莊夸海闊魚燒尾天高月鑒花龍駒雖泛駕今日出公家

怕聽

采芹時節我垂髫五暴龍門尾後焦怕聽旁人夸早貴已輸十八買登朝

船上臥月作

無心推篷看不意與月見欣然臥以觀清光懸一片白雲如覆被人面漸貼鏡相對久忘言吾亦見吾性

小倉山房詩集卷一

小倉山房詩集卷二己未至辛酉

錢唐袁枚子才

釋褐

學著宮袍體未安藍衫轉覺脫時難呼僮好向空箱疊留作他年故舊看

臚唱

一聲臚唱九天聞最是三珠樹出羣我愧牧之名第五也隨太史看祥雲

宴罷瓊林有所思曲江風裏立多時杏花一色春如海他日淩霄那幾枝

瓊林曲

三月長安桃李春一條軟繡天街新漢朝覆試端門日唐代題名鴈塔辰官柳慣迎新貴馬杏花偏拂少年人幾隊霓裳行簇簇瓊林苑裏春波綠未耀頭銜七尺光已辭墨水三升辱舊僕重談上學時新知各寫同年錄此時意氣似雷顛此際連鑣渺列仙雕幰翠娥崔象戴牙牌金字李琪鐫明知過眼原如夢爭奈當場欲上天天家待士有恩光高唱三雍賜六擬湯餅紅綾色奪月御廚瓊

粒影浮霜鳥和仙樂碧簫脆露滴玉缸天酒香不到月宮遊那識嫦娥好不奪錦標歸誰信驪龍巧寄語燈窗苦志人人生此處來宜早歸時兩鬢不簪花簾幙低遮油壁車糟糠未娶恰曾聘莫誤朝官選壻家

入翰林

弱水蓬山路幾重今朝身到蕊珠宮尚無祕省書教讀已見名籤字不同斑管潤生紅藥雨錦袍香散玉堂風國恩豈是文章報況復文章尚未工

乞假歸娶留别諸同年

還鄉非耀錦衣鮮爲賦房中樂一篇慚愧少年貧裏過玉堂春在洞房先暫辭鴛鷺舊班行且逐簫聲引鳳皇忙殺蘭臺一枝筆半修眉史半催妝兒時釣弋武林城此去書窗月尚明只恐香閨纓絡動轉疑鈴索響西清多感羣仙送暮雲真珠密字贈紛紛明年定步花磚早代聽雞鳴有細君

到家

遠望蓬門樹彩竿舉家相見問平安同欣閬苑榮歸早尚說長安得信難壁上

泥金經雨淡窗前梅柳帶春寒嬌癡小妹憐兄貴教把宮袍著與看

催妝

春明池上綠衣郎曾被紅裙看欲狂今日月宮眞箇到金蓮圍住合歡床

荊釵微綠布裙紅自檢青箱有愧容只好告身親手寫替卿端正紫泥封

題果亭小照

紅蕉翻虛廊碧苔覆陰地濛濛圓景沉淡淡孤霞繼幽人倚文石沖襟託遐寄

旁侍水精奴左立鸞臺婢各抱綠綺琴含情如有睇竹涼月影生蓮動水香至

爲問秋正清金絲可彈未

隴上作

憶昔童孫小曾蒙大母憐勝衣先取抱弱冠尚同眠髻影紅燈下書聲白髮前

倚嬌頻索果逃學免施鞭敬奉先生饌親裝稚子綿掌珠眞護惜軒鶴望騰騫

行樂常扶背看花屢撫肩親隣驚寵極姊妹妒恩偏玉陛臚傳夕秋風榜發天

望兒終有日道我見無年渺渺言猶在悠悠歲幾遷果然宮錦服來拜墓門烟

返哺心雖急含飴夢已捐恩難酬白骨淚可到黃泉宿草翻殘照秋山泣杜鵑今宵華表月莫向隴頭圓

題蔣元葵進士藏書樓

傳家何者多爲貴數士之富以書對三間高樓如水涼得書一卷樓皆香我友蔣元葵聚書書如雲連名未請宰相署四庫已作蘭臺分常言聚書如鬬寶嫏嬛所有安可少牛弘數五戹聞之最懊惱莫使淹中稷下有人來舉手未翻先了了我言藏書如藏嬌毋使韓女怨曠空病腰與其橫陳高庋手不觸不如世充沉水秦皇燒物在天地間有散亦有聚惟有書藏胸臆閒鬼難風災吹不去我不願騎赤鯉登天門但願化作白蟫遊此處君聞且笑且點頭手書金筌招客遊不讀崔儦五千卷莫登弘景三層樓

哭德山公有序

公姓金諱鉷巡撫廣西入都爲司寇被劾挂冠歿後授河南布政使校弱冠受知薦鴻博入都事載文集神道碑

都門秋色滿靈旗易水風寒石獸危海內正人朝野惜平生知己古今悲村荒軟碧餘煙柳星折中台看尾箕銅柱功名銀管筆襄陽還有峴山碑

一紙黃麻照日開千年白骨已蒿萊朝廷不信陽城死河北空傳寇準來臣力盡時無別恨　君恩深處有餘哀西山九曲峰前水嗚咽墳頭日幾回

萬里呈身一少年公然表薦　九重天方欣賈誼登前席遽作羊曇哭逝川雪夜宮袍親手賜桂林詩句向人傳而今回首都成夢問字無由到九泉

送裘叔度同年歸覲

長安十月朔風勁我昔假歸君乃更玉堂官冷不厭寒有意欲與冰雪競憶昔詞科報罷餘相逢市上各躊躇遲我十年骰子選與君一旦天門趨笑余聱牙習蝌斗略解婁羅偏上口說怪羣驚鬼董狐圍棋共飽李毒手阿兄五月茂州來酣嬉夜夜傾醇酒斂挂臣衣宋玉留帽加瓶上元孕走長安百貨日沸騰每逢廟市月八九天地燦爛聲嗷嘈爾我蹴踏混儕偶手招廉賈喝牢盆目眩黃鐘嗟瓦缶阜陽女兒名采玉當筵一曲歌楊柳今日臨卭負弩迎可還杜牧尋

春否西江曾記當年來廬山落日金盤開將軍老樹色黯黯仙人石洞光皚皚
君行寒月歸已晚河僵石瘦梅應胎明年花發臨江渡畫眉聲裏來時路有妻
宛爾香驄馱有母皤然板輿護宮錦朝縈淡蕩煙玉鞭晚浥淋漓露莫遣吾曹
鄙吝生空歌叔度來何暮

許賓穆閣學以弔喪被劾南歸

素車縱弔張常侍道廣何傷陳仲弓一日蜉蝣搖大樹百年長劍挂崆峒江湖
歲月　君恩重宦海波濤士論公惆悵送行春正半落花消息雨聲中

贈歌者許雲亭

皮絃金柱小琵琶上已浮橋阿子家引得周郎屢回顧長安春在一枝花
霓裳曾已列仙班天上重來解珮環應是玉皇憐絕藝特留一闋在人間

秋夕偕元敬符訪董浦編修

早秋日落涼風發車行轆轆隨驢脚主人開門一笑迎官冷身閑衫不著日暮
難得屠門肉相逢暫食公孫粥主人聚書如聚米望來兩眼清如水老樹高涵

露氣中微燈淡照空牀裏回頭同憶兩年前烝栗堆盤雪滿肩於今重入延秋宅溽暑風輕蟲在壁翰林讜論更瀾翻公子新詩轉清絕柝聲四起心茫然披衣起行各欲還出門重與故人約莫教秋月空嬋娟

送虞山少宰從　駕熱河

秋氣蕭蕭邊塞來草枯萬里鷹眼開　君王射獵順時令從臣應須文武材我師早歲參機密氣作祥雲心捧日侍郎古稱執戟官吏部世推大手筆　詔書昨下明光宮姓名首列行圍中牙旗錯落關山道羽衛飄颻閶闔風　本朝幅幀邁前古熱河早闢　天王土百花匝地錦成堆六月空山霜倒舞大軍畢集車煌煌千山萬山獵火光健兒擊獸如擊賊將軍挽弓爭挽強平沙列幕風雲壯二十八宿羅貂帳大荒浩浩麒麟來飛毛灑雪三千丈我師眉目秀若神色映塞外生清春筆光直掩陸渾火博物能知貳負臣左射騶虞右貍首再拜賡歌祈萬壽　天子親爲插彤弓旋矢千條彎一卣長河日落秋風起寶劍光寒射眸子北望燕山似斷雲茫茫一氣清如水歸來輜重各紛紛掃盡欃槍見碧

氛起家不愧輕車尉執法無嫌神策軍賜第平臺高列屋開筵把酒看黃菊後堂絃管應許聞樂府新歌出塞曲

吳崑田金質夫裘叔度夏日小集露臺得兩字

青陽裁辭春赤煒方孕暑揭來蓬萊仙共作鶯花主宵雅既肆三象戲或格五子玉勿過葉茅容但炊黍兩兩露臺登飄飄風裳舉簾影飛綠波酒面點紅兩密樹入雲生飛禽出烟語佳期勿言歸月色淡如許

送劉斯和翰林改官山右

唐時開元輕外職班生內行如登仙未幾祐甫作員外乞爲別駕心怡然朝臣俸薄難自給方鎮入相稱罷權歙州刺史嫌降晚護軍初入心悁悁豈知官制無今古或清或要難周全翰林百篇史不載循吏一事民能傳河東天子股肱郡有　詔置吏需名賢翰林劉君初入覲　命駕五馬驅蒲鞭君拜表辭臣母老請歌華黍歸弄田爲我冷官壯顏色求者不得君真偏枳棘蹔教棲鸞鳳風霜正值飛鷹鸇此行強飯莫強酒從來割錦如割鮮官趨官拜皆官耳尊卑於

我無憎焉歐公勸人讀文案儒者存心慎勉旃君從赤緊報課最鵬摶依舊升雲天但笑弘農太守入都日莫教我輩傳觀一大錢

少年行

春花不紅不如草少年不美不如老誰家玉貌馬上郎狹路相逢都道好金貂之冠紫綺裘起家身襲富平侯與余握手銅龍樓衣香一過三年留阿兄侍中郎阿弟都護府果然才調兼文武華堂隸事一百六郊外射虎九十五公孫丞相殿上來得邀一語心顏開星河沉沉夜漏緊貪看月明不肯寢強拉金吾開九門一杯酒寄相思人吁嗟乎男兒結客女嫁夫只有江東孫伯符

代少年答

結客只結孫伯符買奴只買馮子都男兒作健貴年少安用草玄吃吃楊大夫承君贈我詩報君知己恩三千疋絹裁百褌八百里駮供一飧猶覺寸心耿耿難具言聞君歸娶婦送君西南走珍珠挂車頭珊瑚絡馬首忽把金鞭指君口逢人但道李元忠海內英雄都置酒更有書數行憑君傳四方四方有人願相

見先取菱花自照面

爲保井公題搖鞭圖

廣陵城中花十里龍樓鳳閣參天起婆羅爭舞踏搖娘琵琶唱斷安公子公子烟花最擅場起家三十侍中郎羊侃箏人夸爪甲夏王車馬鬬重擱東方日出烏啼早美人爭試絲桐好漏水能知夜短長海棠留得春多少白馬紫游韁來遊大路旁初看小垂手再彈陌上桑聽來天上回波樂誰是吳兒木石腸一聲鞭響垂楊處人如蝴蝶花邊去不聞小海扣歌舷但見斜陽滿高樹豪竹哀絲盡不歡請君少駐再盤桓誰知望斷樓頭婦西北浮雲總不還

鼠嚙戲作

二十九夜鼠嚙於牀氣矜之隆視人若亡予嘗執之空拳怒張銜枚用兵弗驚其走突如其來一鼠在手或曰放焉相鼠有齒鋌而走險急則噬予予貪弗釋將捉其尻果然拒捕齕指血漂陣傷而退鼠乃脫逃嗟予小子拒諫自雄爲惡不卒爲善不終劫昏乘黑侮懦避凶適可而止奚至技窮戲爲歌詩以儆厥躬

宋徽宗玉璽歌有序

鄭殿揚得玉璽二一曰大觀珍瑑刻最深玉粹白微滯疑蝕於火依今尺博一寸五分一曰祕府珍玩刻稍淺沁如碎瘢博一寸七分俱螭龍紐按宋史大觀二年帝御大慶殿受八寶云云然則二璽之爲徽宗無疑也不能得不能忘付之一歌

鄭君古之符璽郎珍玩珍瑑家獨藏朱文深入半寸許螭龍蟠紐牙鬚張通天犀劃太華雪碧桃紅灑麻姑霜千金難倣今刀鑿一見如逢古帝王憶昔道君全盛日金裝玉軸紛捃撫銅篆親成博古圖法書聚作大觀帖黃楊春滿絳霄宮花鳥餘閑召玉工牙牌親遞劉妃手畫譜新翻艮嶽風澄心堂紙真珠絹都在雙螭品定中一朝兵掃汴城灰帝去冰天璽不隨紅羅裹罷三重盝秋月寒生八寶輝可憐玉石無情物不念官家手澤垂於今流落眼前過千金難買愁無那仙籙烟消寶篆存燈爇土朽冬青大幾度摩挲意倍憐宣和遺事想當年勝逢白髮深宮女同說紅羊小劫天

題金正希先生畫達摩圖

正希先生發清興雲藍剪紙如圓鏡畫作達摩面壁形高坐枯龜呼不應泥金鈎髮藞尾拳側筆裁衣蟬翼勁人疑道子以墨戲或道無功將佛佞以指喻馬隔兩塵援儒入墨殊非稱誰知先生畫佛即畫心直是誠通非貌敬事惟詰極方參玄思不出神難入聖當其爲文慘淡時天外心歸功未竟顏淵專精能坐忘維摩憔悴常示病絕無意想結空花那有風泉攪清聽眉毫秃盡腸欲流三才萬象同參證較彼蒲團枯坐人禪理文心果誰勝寫靜者相示衆人教用思功先練性碧山烟去月纔明秋水風停波自定文人學佛即升天才子談禪多上乘我爲增題墨數行勝補雲堂一聲磬

春寒

重裘逢二月袖手步芳林殘雪有餘色百花無競心踏青苔影薄禁火客愁深傾耳碧溪畔黃鸝遲好音

漫訝楊花落誰知是雪飛窺欄蝴蝶靜出郭酒人稀寒食名原稱東風力太微

殘冬如未了難著五銖衣

嘉靖四年酒

世間老物無不有嘉靖四年一甖酒甖面泥封字數行光祿中丞人某某罌高三尺酒一尺逃盡酒魂存酒魄想見當年議禮時爛醉鈞天無醒客膩如膠漆丹如霞香氣能開十里花酒人欲飲不敢飲未染一指先千嗟我最畏飲勇忽買僊僊願逐化人舞三杯吞盡兩朝春心腹腎腸一齊古

新燕篇

涎涎燕年年二月來相見雙足能傳塞上書紅襟還帶前年線前年人去漁陽道今日烏啼白門曉同是天涯飄泊身滿屋落花泥不掃燕語何喃喃一雙訴畫梁曾棲執戟明光殿曾伴邯鄲大道倡幾處空牀憐蕩子幾番故國弔斜陽飛來飛去流年度惟有君家貧似故竹聲時遇捲簾人山色自青春雨路燕兮燕兮休啄矢主人與汝長居此莫嫌茅屋兩三間且學烏生八九子

西施

吳王亡國爲傾城越女如花受重名妾自承恩人報怨捧心常覺不分明

笙歌剛送采蓮舟重捲珠簾倚畫樓生就蛾眉顰更好美人只合一生愁

文君

宵行事學君王后識曲心同漢武皇含淚自尋封禪草遺書翻亂女兒箱

二喬

國亡家破名公女同嫁英雄美少年絕色易逢佳偶少聽他夫壻自家憐

吳絳仙

家家竹葉引羊車一箇仙娥管蠹魚可惜竟無書諫獵六宮枉喚女相如

潘妃

玉釵生自劈楞伽尼子歸來步步花爭不荊條加苦手教人好好作官家

張麗華

景陽門外一聲鐘喚起宮娥夢正濃底事軍中書告急亂堆床下不開封

結綺樓邊花怨春青溪柵上月傷神可憐褻姐逢君子都是周南傳裏人

孫夫人

刀光如雪洞房秋信有人間作壻愁燭影搖紅郎半醉合歡床上夢荊州

玉環

五百袈裟回向寺一枝玉尺有前因緣何四海風塵日錯怪楊家會女人

可惜雲容出地遲不將讕語訴人知唐書新舊分明在那有金錢洗祿兒

王才人

花明柳暗出宮門玉貌時時類至尊笑語百官休誤認天容英武妾温存

身逐寒雲落葉飛三千宮女淚沾衣山陵風雪黃昏雨髩鬟珠袍從獵歸

小周后

芳草萋萋故國秋江南烟雨十三樓夢中忘記家山破猶與君王並輦遊

流珠一曲記何曾命婦班中恨不勝輸與娥皇先去好柔儀殿上望昭陵

上官婉兒

論定詩人兩首詩簪花人作大宗師至今頭白衡文者若箇聰明似女兒

意有所得輒書數句

已來卽爲無未來或爲有欲知古人事便如昨日酒一日復一日流光何匆匆幸而天下人光陰與我同

形爲萬卷累亦非達士懷不聞古神仙識字居蓬萊書堆三萬卷轉使我意乖束之㞋可惜讀之不能該吾欲法祖龍一舉爲灰埃終日仰屋梁不樂胡爲哉

燕王有名馬在廄四十載忽然騎不前敵國果先敗王命圖馬形圖成而馬死馬意名已留可以沒吾齒嗚呼士君子彼馬尚如此

落筆不經意動乃成蘇韓將文用韻耳揮霍非所難須知此兩賢騷壇別樹旛白象或可駕朱絲未容彈畢竟詩人詩刻苦鏤心肝

題錢璵沙編修峯青草堂圖

祕書遺裔訪湘靈手帶離騷過洞庭漢水澹含三楚白君山分作幾船青風謠到處書斑竹烟景歸來上畫屏此日草堂秋似雪雲璈蕭瑟共誰聽

小倉山房詩集卷三 壬戌癸亥

錢唐袁枚子才

散館紀　恩

九陛啓明光羣才集庶常　詔趨新御殿例改舊朝房（舊例散館在吏部朝房改入光明殿自壬戌始）旭日初升海雞人已報霜韻書宮內下題紙額前黃六醴雕胡飯三危玉女漿監臨上柱國環侍羽林郎簾捲　君王出風高黼座涼問名占奏對　賜坐習賡颺跪近　天三尺詩呈稿半張（奉旨先呈草稿）饒歌夸競病傒語訓宮商曳白愁張顛揮毫賞謝莊自憐同象翟無分賦長楊（時習國書）苦譯隄官曲空書靈寶章龍筋標萬字鳥篆鬭千行更有神仙侶來飄雞舌香微詞嘲陛楯薄罰警條狼弱水風將引鈞天夢尚長回頭成小謫銀漢隔紅牆

改官白下留別諸同年

三年春夢玉堂空珂馬蕭蕭落葉中生本麤才甘外吏去猶忍淚爲諸公紅蘭委露天無意黃鵠摩霜夜有風莫向河梁頻握手古來溝水尚西東

頃刻人天隔雨塵難從宦海問前因夕陽自照平臺樹修竹誰栽小苑春五月琴裝催下吏一時酒盞遍騷人相看行李無他物贏有蓬山雪滿身

青溪幾曲近家居天許安仁奉板輿此去好修循吏傳當年枉讀上清書三生弱水緣何淺一宿空桑戀有餘手折芙蓉下人世不知人世竟何如

繞袖爐烟拂未消征衫還帶五雲飄江山轉眼離雙闕風物從頭問六朝報國文章公等在出都僮僕馬蹄驕他時烟雨琴河外遠聽鈞天碧玉簫

神山引康熙十五年事

楊生泛海海風作千船萬船水中落楊生抱得一桴浮閉眼憑他駭浪流日暮風停桴泊島上有神山兩字好金碧參差屋數間分明玉指彈冰絃花裏雲鬟驚有客風中琴響漸闌珊一人玉貌來相見說住瓊州說姓晏喜遇崔盧中表親速張王母瑤池讌夫人手整曉霞粧道是兒姑第十娘先詢阿母顏何似再問眉憁樹可長不仗蛟螭翻海水那能骨肉會龍荒山前山後教生到烟草芬芳花月妙生言歸去挈家來姑母姑夫但微笑取出青琴彼此彈天風拂拂海

漫漫新成一曲雲仙謫聽去雖難學不難夜深珠露涼風竹兩美雙雙樓上宿只留小玉伴銀燈未免偷桃學方朔忽呼粉蝶婢名聲如惱驚去雙趺奔悄悄聽得仙姑苦勸聲塵心已動緣須了不如折與小桃花隨他春向人間老明朝相見臉先紅只說歸心一夜濃仙郎餞別丹三粒仙女親題信一封豈不相留情款款其如人世太匆匆解下湘裙覆船上道兒此去應無恙萬頃琉璃六幅風蓬萊不忍回頭望漸漸鄉音入耳聞迢迢清水變紅塵滿城親故無多在已過韶光十六春衰年大母方愁疾因由說罷同嗚咽有壻攜妻採藥行那知此日人天隔細看裙是嫁時衣一片香風捲雪飛錢家生長初笄女纔說婚姻便相許迎來果似舊娉婷苦問三生記不清偶然彈到雲仙謫涕淚千行尚怕聽

良鄉霧

不雨征鞍濕方知霧裏行曉花難辨色溪水但聞聲對面人千里終朝天五更前程原似夢何必太分明

次日霧更大

連宵駝背錦模糊寫出洪荒一幅圖此際羣仙高處看可知下界有人無

隴西將軍歌

袁子改官江南行路逢將軍徐國英將軍自言隴西住陰山月黑磨刀處磨刀殺敵不殺仇對天呵氣生金秋少年恥作掾功曹青海橫行亂舞刀身披白鎧逢雷鬬手擊黃獐帶血燒高麗犯順莫離支有詔將軍夜出師其時大雪天三更雪花打甲鏗有聲刀光色白火光紅齊射戎王甲帳中白骨掃盡髑髏臺箭聲響振武安宮殺氣隨身化作霧插花唱過陰山東歸來萬馬齊昂首戴著兜鍪殿上走常呼凌統欲操戈不拜蕭曹空使酒銀鐺鐵鎖九天聞將軍獄吏果誰尊餘生宛轉　君恩重猶念山河鐵券文老兵慷慨一何怒王侯陰喝不敢訴平生出血幾石餘背上箭瘢三百處陰雨金瘡痛未消新軍已換霍嫖姚於今流落江湖場蕭蕭鬚髮漸老蒼灞水有人呵李廣燉煌無檄召陳湯當年麾下僧騰客列爵紛紛半鼎食賜宴公然肉拌貂搏戰何曾手打賊吁嗟乎將軍言畢我心死君不見長槍大戟猶如此

顏郎

顏郎未老董公超彼此疑年話紫霄雀弁有光明玉殿宮花無色比金貂情知禁臠偏縈手肯帶椒風送出朝他日消魂赤墀下仙雲一朶隔王喬

登泰山

不登泰山高那知天下小一朝到此間登臨敢不早土人結繩爲木籃令我偃臥同春蠶兩夫負之走若蟹橫行直上聲喃喃初入萬仙樓旋登水簾洞衆峯似兒孫羅列爭相送側側曲徑蟠長虵垂垂鐵索懸枯枒一重白雲一重水蕩搖千片萬片芙蓉花丹梯碧磴轉不已突然絕壁摩空起其下澗壑深其上天門啓來時徑路雲已封惟有忍死直上虛無中後人頭接前人踵徑寸草壓千尺松不愁不到蓬萊宮但愁輕軀細骨不足當天風欲知齊魯形如何幾叢蝸角攢蜂窩一條黃水似衣帶穿破世界通銀河只恨天上酒杯少不信世間人民多九州下聽聲悄然混茫一氣遙無端脚底葉飛高鳥背眼前海走胸懷間始知蒼蒼非正色不然何以俯看黃土如青天道人引我禮嶽皇瓊樓絳宇何

輝煌　聖朝盛德不封禪相如閑殺無文章七十二代金泥玉檢半沙土使我懷古心悲傷下山匆匆愁日墮紅塵回首真無那不見金輪捧出扶桑來但見峯頭璧月銀盤大

落花

江南有客惜年華三月憑闌日易斜春在東風原是夢生非薄命不爲花仙雲影散留香雨故國臺空賸館娃從古傾城好顏色幾枝零落在天涯

也曾開向鳳皇池去住無心鳥不知掃逕適當風定後卷簾可惜客來時肯教香氣隨波盡尚戀春光墜地遲莫訝旁人憐玉骨此身原在最高枝

風雨瀟瀟春滿林翠波簾幕影沉沉清華曾荷東皇寵飄泊原非上帝心舊日黃鸝渾欲別天涯綠葉半成陰榮衰花是尋常事轉爲韶光恨不禁

小樓一夜聽潺潺十二瑤臺解珮環有力尚能含細雨無言獨自下春山空將西子沉吳沼誰贖文姬返漢關且莫啼烟兼泣露問渠何事到人間

不受深閨兒女憐自開自落自年年青天飛處還疑蝶素月明時欲化烟空谷

半枝隨影墮闌干一角受風偏佳人已換三生骨拾得花鈿更黯然

后土難埋一瓣香風前零落曉霞粧丹心枉自填溝壑素手曾經捧太陽疎雨

半樓人意懶殘紅三月馬頭忙莫嫌上苑遮留少宰相由來鐵石腸

似欲翻身入翠微一番烟雨寸心違粗枝大葉無人賞落月啼烏有夢歸垂釣

絲輕飄水面踏青風小上春衣勸君好認瑤臺去十二湘簾莫亂飛

玉顏如此竟泥中爭怪騷人唱惱公茵溷無心隨上下尹邢避面各西東巳含

雲雨還三峽猶抱琵琶泣六宮花總一般千樣落人間何處問清風

不妨身世竟離羣開滿香心巳十分小院來遲烟寂寂深春坐久雪紛紛人間

歌舞消清晝天上神仙葬白雲飄落洞庭波欲冷一枝玉笛弔湘君

裁紅暈碧意蹉跎子野聞歌喚奈何早發瓊林驚海內倦開江國厭風波漢宮

裙解留仙少梁苑粧成墮馬多天女亭亭無賴甚苦將清影試維摩

金光瑤草兩三莖吹落紅塵我亦驚讓路忍將香雪踏開牕權當美人迎蛛絲

力弱留難住羊角風狂數不清昨夜月明誰唱別可憐費盡子規聲

紅燈張罷酒杯殘不照笙歌月亦寒此去竟成千古恨好春還待一年看金鈴繫處隄防苦玉匣開時笑語難擬囑司風賢令史也同修竹報平安剪綵隋宮事莫論天涯極目總消魂旗亭酒醒風千里牧笛歌回水一村遊子相逢終是別美人有壽已無恩流年幾度殘春裏潮落空江葉打門升沉何必感雲泥到眼風光剪不齊愛惜每防鶯翅動飄零只恨粉牆低高唐神女朝霞散故國河山杜宇啼最是半生惆悵處曲闌東畔畫堂西怕過山村更水橋休論鳳泊與鸞飄容顏未老心先謝雨露雖輕淚不消小住色憑芳草借長眠魂讓酒人招司勳最是傷春客腸斷烟江咽暮潮

明妃曲

明駝一羣角數聲漢家宮女昭君行六宮送別淚如雨怨入民間小兒女昭君上馬鞍手取琵琶彈生來絕色原難畫影落黃河自愛看詔書殷勤選容質傳到龍庭轉幽咽侍女濃熏甲帳香傾城遠掃天山雪橫波滿臉向名王手拂穹廬作洞房生長內家風味慣酒酣時作漢宮粧從今甥舅息干戈塞上呼韓日

請和寄言侍寢昭陽者同報君恩若箇多

抵金陵

黃金埋老變烟霞一片長江六帝家天意兩回南渡馬秋痕滿地故宮花荊襄形勢上游遠輦轂規模大道斜我是荒傖來弔古手揮羽扇問年華

登臨不盡古今情無數青山入郡城才子合從三楚謫美人愁向六朝生身非氏族難爲客地有皇都易得名八尺闌干多少恨新亭秋老月空明

天印庵小住

香案蓬山遠巾車冷廟留一燈僧館閉雙耳草蟲秋對佛言難發撩人雨未休牕前紅濕處萬點海棠幽

捧檄知何處飛花且聽風人來雙闕北家在五湖東離恨秋天重霜痕月夜空蕭郎未三十不敢怨途窮

莫愁湖

澹澹春山小小舟一湖水氣濕粧樓六朝南北風流甚天子無愁妓莫愁

雨花臺

三十六重天天花墮可憐飄來石城雨散作壽陽煙裊草蒲團影斜陽羯磨禪梁皇偏有價百萬贖身錢

謁長吏畢歸而作詩

初持手版應官去大府巍巍各識荆問到出身人盡惜行來公禮我猶生書銜筆慣字難小學跪膝忙時有聲晚脫皂衣歸邸舍玉堂回首不勝情

歐公貶夷陵欣然無不可船載集賢書夢揺金殿鎖偶参轉運庭傴僂趨而左黯然神始傷縣令乃是我

自溧水移知江浦留別送者

秣陵關外動征塵滿耳驪歌夾路陳琴爲風移彈別調鳥因枝穩戀殘春來秋麥草應無恙他日兒童盡故人只恐任延年尚少可能官不累斯民

從江浦移知沭陽秀才李應熊成元等送余渡江淹留彌日贈之以詩

彈罷成連海上琴諸君打槳尚追尋想緣絳帳情難割直覺長江水不深秋老

蒹葭重倚玉春歸桃李更關心他年古戍黃河北好折梅花寄遠音

兒寬

帝後兒寬第七車金門簪筆晚風餘幾番奏事君王喜惹得張湯又讀書

沭陽雜興八首

誰言作令少公餘沭地真堪奉板輿四季種花官荷鍤六房如水吏抄書草冠世襲諸生服瓦屋人驚豪士居廉吏不須封鮓去馮驩久已食無魚

白草黃沙一望寬最繁華處是三關絲抽野蛹都名繭土作荒城又當山風動黑營吹馬角有黑軍營元人屯兵所月明東海唱刀環朱提數挺田千頃爲少如弓水數灣

傳柑郵驛本寥寥迎送高軒頗折腰紅葉影馱驢背遠黃河聲傍馬頭驕浮天水失東西路入境蝗如旱晚潮莫怪衣冠文物少科名人已隔三朝

放衙烏雀滿羣過地界萊夷語更訛女子絕無當戶織與人愛唱使君歌民經歉歲飄流少牘爲前官久病多十載花封煙浪裏可無遺恨六塘河六塘河成屢遭水患

恩詔頒來歲幾通沿門點口日匆匆催科莫媿居官拙租稅原如上古風（時停徵八年）入手俸錢供幕府關心米價問江東可堪爛額焦頭處瓠子堤成六月中

欲倣羅池鬬草萊簿書束束手親裁買將桑種貽蠶婦自製文章教秀才胥吏盡如竈下養使君偏自日邊來可人唯有新番果花似雞冠一路開

學作蠅書小姓名恥騎羸馬說官清棉花雨後開成雪麥草春來綠進城獄豈得情寧結早判防多誤每刑輕公堂常作書堂坐坐到無人一鳥鳴

古有吾家宰沭陽（漢袁安爲陰平長）瓣香相隔幾千霜簿書我自煩諸葛公禮人休格范滂麥後籃筐忙野地官歸兒女助燈光（野人拾麥者有遺秉滯穗之風照官夜歸者有鄉爲田燭之禮）憑他鄉校參差論沈括還應祀此鄉（沈存中鑿九渠十八堰猶存）

苦災行（六月二十一日作二十三日得雨）

沭陽八年災往歲尤爲酷我適涖此邦一望徒陵谷田廬化爲沼春燕巢林木泛濫有魚頭澎亨無豕腹百死猶可忍餓死苦不速野狗銜髑髏骨瘦亦無肉自恨作父母不願生耳目賴有 皇帝仁施糧更煮粥飢口三十萬鴻恩無不

沐盩此一月賑早作千回卜擕筐及老幼守候合宗族恩愛如夫妻爭糧相搏逐奪取未到懷擔起還愁覆有賑尚如此無賑作何局爲一校算之恍然眉欲蹙小口米七升大口斗五六將度期月餘日食無一掬 國帑已千萬再加苦不足紓國更紓民束手難營度寧死不爲寇猶賴 皇恩渥豈無冒濫譏終爲百姓福只期今歲麥得雨早成熟千瘡百孔間元氣稍周續旱魃竟爲災秋陽烝相暴春禾山下焦夏麥土中縮聞雷妒彼縣望雲生我屋水去旱復至陰陽太慘毒父母殺子孫胡不悔生育萬物本天地胡爲窮殺戮人心尚悔禍天道應剝復下吏或當誅百姓有何惡取我瓣香來朝夕向天祝上念堯舜仁下念父老哭急命行雨龍及早施霢霂雖已無麥禾猶可救穜稑貧家何所言雨水即雨穀富家何所言得雨如得玉永誌喜雨亭稽首謝天祿屋角通十藥本大雅隰桑篇馬融長笛賦庾信和張侍中述懷亦因之

春歸

春留三月動征程從此炎涼逐漸生一夜落花飛似雪莫嫌來去不分明

苦瘡

沭陽邊東海海氣與人競流散爲毒風往往中者病我瘡春乍痊秋深乃復更拘攣及百骸痛楚儼灰釘所爲多掣肘欲坐如扣脛蒼蠅去復來疑我有羶行憶昔齊侯痁疥疾原相應當此苦災地水旱殊未竟滿目尚瘡痍我身胡獨淨脂膏寧自煎疴癢還相證醫師爲我言君疾無憂怲治瘡如治蠹藥力須嚴正初投苦瞑眩繼乃樂安靜雄黃太陽精蒼耳神仙性元氣壯吾中百邪孰敢勝且喜簿校勞借此獲幽與支離慕古翁癩疾悲賢聖轉仄繞臥榻呻吟對燈檠秋月照瘢痂點點亦孤暎

偶成

不戴華陽自製冠蛾眉獨畫要誰看學書未就求人苦佳句雙存割愛難宦後始知貧賤好瘦來頓覺早秋寒眼前有路名山去願向盧敖借釣竿

淮上中秋對月

長淮波冷碧雲殘皎皎當空白玉盤四海共傳斯夕好八年不在故鄉看銀河

有影秋心老仙露無聲雁背寒建業風情京國夢一時和酒上眉端

聞同年裘叔度沈歸愚　廷試高等驟遷學士喜賦一章

蓬山何必悵離羣日下征鴻信屢聞殿上幾回歌白雪詩人俱已到青雲玉堂氣類關心切宦海煙波逐漸分莫道錦袍容易奪諸公遭際　聖明君

借病

嫌忙翻愛病借病好吟詩細雨苔三徑春愁笛一枝日長衙放早官嬾吏來遲看見閒中物遊絲及地時

暑中感興

日飲黃河一尺冰宦情風景兩難勝民驕已似衰年子官苦原同受戒僧半局棋聲催客鴈滿庭秋影澹書燈爾來悟得孫登語慚愧人前百不能

捕蝗曲

亟捕蝗亟捕蝗沭陽已作三年荒水荒猶有稻蝗荒將無粱焚以桑柴火買以柳葉筐兒童敲竹枝老叟圍山岡風吹縣官面似漆太陽赫赫燒衣裳折枝探

穀慮損德惟有殺汝爲吉祥我聞苛政猛于虎蠹吏虐于蝗又聞劉昆賢令蝗不入劉澄剪穢蝗爲殃爾今蠕蠕聲觸草得毋邑宰非循良擊土鼓祀神蝗㧞奠兮歌琅琅紫烟爲我淩蒼蒼皇天好生萬物仰虵頭蝎尾何猖狂霹靂一聲龍不起反使九十九子相扶將狠如狼貪如羊如虎而翼兮如雲之南翔安得今冬雪花大如席入土三尺俱消亡毋若長平一坑四十萬腥聞於天徒慘傷蝗兮蝗兮去此鄉東海之外兮草茫茫無爾仇兮爾樂何央毋餐民之苗葉兮寧食吾之肺腸

赴贛榆鞫獄道出海州

出郭輕裝一馬馱朔風寒月滿潮河怕聽前路煙村少喜説吾邦麥草多海氣作雲微慘澹天心釀雪強温和此行爲折于公獄暫別其如父老何

次日雪

雪珠夜半響平沙傍曉銀泥壓帽斜四面涼雲風剪水一痕春色手拈花孤行自覺鬚眉淡遠望深知道路賒頻把玉鞭催馬背篝燈帘影洒人家

片片冰梨壓滿箱馬頭何處不花光窮簷乍脫黃綿襖冷宦初來白玉堂野店

昏燈連土竈騷人愁笛唱青羌張綱此夕埋輪早官吏何分上下床

百里肩輿坐莫支亂沙歷落打窻時濕來誰進先生履望處難褰刺史帷世味

儘從流水得宦情應有冷雲知瓣香默祝緣何事願得明年麥兩歧

留鬚

翰林三年官三縣彝奴未敢登吾面忽忽韶華二十九春風髭芽生滿口圓頭

相視漸模糊持鏡明朝失故吾情知回首傷年少不敢刪除表丈夫袞師嬌兒

笑且譁口邊何處來烏鴉蒙茸只可亂狐服談論何曾蔽齒牙從古紅顏難自

保臨風默默傷懷抱君不見瑤臺七十二神仙畢竟人夸子晉好

迎大府歸戲作

望見旌麾拜下風幾回入廄苦修容一聲長柄葫蘆悶了却江東陸士龍

蹣跚兩足跪難禁笑倚彭排獨自吟儘鑄温韜金搭膝可能償得此時心

韓偓

別殿離宮話寂寥冬郎飄泊晚唐朝君恩不共春燈燼殘燭深封一萬條

除夕泊淮上

誰家爆竹響霜蓬似爲行人報歲終萬種春歸燈影外一年事盡水聲中分開新舊雞先唱獨對關山燭不紅此夕光陰倍珍重長隄親數漏丁東

徵漕歎

沭陽漕無倉水次在宿阜去縣百餘里官民兩奔走富者車馬馱貧者簦笠負展轉稍愆期鞭笞隨其後北風萬里來臘雪三尺厚泥塗行不前老幼足相蹂今歲旱魃災產穀半稂莠粟圓而薄糠零星他郡購未來苦無穀有穀苦難受檢穀如檢珠重疊須舂臼粒碎聒相喧色雜哤相詬嗟哉我窮民歷歷數卯酉來時一石餘簸完盈一斗天雨不開倉小住日八九攜來行李資不足餬其口官怒呼吏來命杖撾吏首收穀爾太苛爾命胡能壽諸吏跪且言公毋罪某某旗丁古門匠習俗久相狃米色稍不齊叱吏如畜狗大府命監收所來亦矇瞍委阿無定詞調停兩掣肘此時收太寬臨時安所咎縣官笑且言爾毋強分剖

我從通州來斛糧萬萬斂糠沙半相和俱已蒙　上取我食翰林俸陳陳盡紅
朽何得此旗丁需索爲利藪言畢旗丁至猙獰貌粗醜視米噤無言仰面嫠欲
嗾我因思吏言此事誠然有更有持斛者有意與苦手播弄作浮萍掃除恃箕
帚長官察吏嚴嬖人二五偶披羊裘而釣誰不識嚴叟衆吏迎以入勞金兼酹
酒此金此酒來毋乃非民否縣官自語心爾已爲民母寧受旗丁嗔毋使民守
久寧失邏者心毋使喪所守持此徵漕歎願以告我　后

沭人有饋白鶴者署中養豢失所作詩謝鶴

主人齪齪守僻縣養鶴羞與鶴相見呼鶴前來向鶴言此間不合汝乘軒汝本
昂昂海上來如何舞罷飛塵埃飢驅縱奪螻蟻食高步豈無羣雞猜崑崙西玄
圃右鳳皇與汝都有舊勸汝梳翎一躡霞不共蘇躭翔碧落也隨處士看梅花
鶴不能言但戢翼長叫一聲洞庭笛鶴聲上天月下天照見主人愁不眠

從古

從古求賢貴拔茅素門平進有英豪勛名可惜黃丞相一紙殷勤薦史高

懷人詩

裘五丰神玉樣清三年同聽後堂箏一朝雲海分翔後讓爾金鰲頂上行 裘叔度

幾回攜酒上雞壇忽向芙蓉鏡裏看讀到洛陽封禪議諸生何敢笑兒寬 莊容可

同居華屋夾清漳同唱青陽十九章范悅詩篇褚欣筆從來三絕在錢塘 金寶夫

確士先生七十餘自刪詩稿號歸愚青鞋布韈金階上天子親呼老祕書 沈確士

曾插宮花下紫宸太初肅肅見精神圍棊若鬬羊元保不作同年第二人 涂京伯

崑田愛客近時無稻蟹年年召酒徒家有詩人高適在可曾酬唱到征夫 吳鄭公高 東山寓其家

秦公畏與酒罇杌尚席惟聞取箸忙我亦自憐無墨者結鄰同住肉林傍 秦建之

徐髯舌本善微詞別有風情尚直遲農部可能容此老眉山書法半山詩 徐孟端

巨山清瘦如碧鸛五月向人猶著綿司風令史卷簾報見客多時病欲眠 程巨山

五石烟螺一日空金釭銜璧照西東閒君生就豪華性可記清河上谷翁 楊峙塘

年少通書有賈嘉蕭齋春在紫藤花雅遊怎怪偕君好公瑾同年一月差 徐驂兩

蔣君年少人中龍目光不定心豪雄干將莫邪虞缺折我有數言贈李邕蔣靜存

新婚初卸鳳皇車打槳來聞軋軋鴉天際真人好風調北窗跂脚鼓琵琶陸賓之

龍性由來馴孰能孤桐百尺氣稜嶒但教菡萏芙蓉臉瘦殺秋風張季鷹胡稚威

長卿蘊藉偏憐我款款更殘話獨長今夜月明孤客燕踏燈何處訪徐娘陳長卿有客燕圖

南青愛人如老嫗初入翰林殊栩栩平時著述千萬言臨別贈我無一語姚南青

年年乞食向歌姬鴻乙無端又改之兩中副車才不偶一痕眉畫十年遲姚念慈新字改之上吳少司馬書云十年老女猶畫蛾眉

蔣四平明入王府衣冠時樣頗楚楚出城下馬宿我家秋樹根頭更論古蔣用菴

三十新婚老阮脩糟邱不築築菟裘四絃高唱梅花落惹得離人萬種愁申勿山送行四章冠一時

吾三意氣顛如雷姓名久被羣公推昨日別我心不樂拇戰忽輸三百杯楊吾三

劉秩堪當曳落河簪花新到鳳皇坡昭君出後班姬入從古佳人避面多楊二思

侍兒未必解靈光不可何須說李陽遮莫敬通風力好龍欄觸手動彈章儲梅夫

與霸戲爲雙戟舞奉先夸中一枝乂半生出入醉何處薛下姦人六萬家曹麟書

白虎尊中酒未消鳳皇聲本重丹霄好栽屈軼堯庭草莫種園中合口椒沈椒園

歲星游戲住人間時爲閑情惱阿環不掃窗塵先畫字偶支手板亦看山張南華先輩

儒林真似丈人稀薔不成名娶不歸五十四年蕭寺老終身一曲雉朝飛蘧雲墀七十未婚

身領蓬萊第二清朱琴絃斷月三更鰥魚自把金箱管繫鑰時聞環珮聲錢嶼沙

朝雲早備密雲龍隸事堪聽百六公千幅魚箋書欲滿一聲銅缽韻初終周蘭坡先輩

今之劉三唐李賀同作少年慚我大蓬萊夜夜海水翻願公暫作蛟龍臥劉映榆

光庭之口麟之手安成之食臨汝飾誰人得似張公子桃葉桃根自迎接張東園

元木將詩當至親苦吟終日遏行雲上公門第笙歌滿可有閑人一聽君周元木館

納公
家

小倉山房詩集卷三

珍倣宋版印

小倉山房詩集卷四 甲子乙丑

錢唐袁枚子才

就聘南闈舟中作

海氣衝人愁未已江風吹我出愁城滿船秋色渾無賴一路衣冠漸有情遠岸潮平帆影直中天月墮酒旗明短篷穩臥潼陽吏不向前途道姓名

到江口

金川門外駐蘭橈枕上誰家紫竹簫兩度秋光來白下一生風味愛南朝銀砂落日無王氣血戰餘聲有怒潮滿眼琳宮好雲物蘆花剪雪正千條

紅牆蕭寺小門開片片斜陽落葉哀海色夜涼雙鴈語江心人靜一燈來風搖逆水青天動鐘打空山白浪迴擬挾金尊吹玉笛高歌先上鳳凰臺

入闈

仙樂嘹嘈沸綺筵滿街宮錦曉風天紅裙莫訝簾官少道挂朝衣已六年

敢云眼似光明燭且喜心如不動帆帶入闈中不同伴當時落第淚痕衫

分校

沉沉棘院華堂開戰酣萬蟻鱗甲來主司峨冠南面坐簾官梯几東西排一十八人眼如漆一十八枝筆植鐵硃字迷離照眼紅疑是諸生心上血披砂揀金金未收暗中默禱心中求榜後但聞舉子怨此時誰識簾官愁百鳥叢中一鶚見再拜親標某官薦朱衣可得點頭無偷眼還看主司面孫山以外雖漫漫我瞽加墨心纔安紅勒欲下不輕下訓誨還當子弟看可惜一卷文超羣五經紛綸井大春主司搖手道額滿怪我推挽何殷勤明知額滿例難破額內似渠有幾個獄底生將寶劍埋掌中空見明珠過吁嗟乎科名有命文無功君不見李方叔蘇文忠

與商寶意司馬宿王禹言太史齋中臨別奉贈

鸞飄鳳泊一千年流水行雲意洒然但使人間喚生佛勝教天上作頑仙

烏衣巷裏解鳴珂月下彈箏燈下歌半榻梅花同日別一官偏惱兩人多

新將錦石擣流黃應索瑯琊繡裲襠寄語青溪張好好風果屬往來商公納秦淮

張姬故
調之

千行水調入秋雲一卷文傳記錦裙欲使青蓮低首拜南朝只有謝將軍

三更風卷紫羅紗春雨盈盈損蠟花爲我當年惆悵事自敲檀板撥琵琶

蓬海升沉話寂寥江州司馬莫蕭騷詩人都到青雲頂誰領湖山訪六朝

殘雪

捲簾殘雪望無窮世事方知色卽空萬片落花何處去數聲流水一年終陰陽爐炭思元化冷淡生涯怕熱中逐漸闌珊誰護惜爲渠容易惱春風

一夕天風洗素粧六宮粉黛減容光早教醞釀成霖雨敢爲飄流怨太陽湘水自沉青玉案山人還戀白衣裳遼城鶴去無多日收拾蓬萊萬斛霜

北斗離離柄指春散花天女尚留痕心虛解脫汙泥累身隱能全日月恩江上一蓑誰把釣酒家雙屐自關門蹇驢此際詩情好半在山橋半水村

一別青天路已遙江山容得幾瓊瑤敢橫要路招人掃且學輕冰著雨消去有後先分冷暖住無高下任飄搖輸他柳絮顛狂甚轉得因風上九霄

風前無計挽神仙目極齊州九點烟涓滴暗添春水色數峯留到夕陽天人來

銀海初分界烏踏龍沙漸有邊惆悵玉鈎斜畔路年年羽化泣嬋娟

連日開牕白渺漫今朝紅出小闌干風前粉蝶分飛易笛裏梅花不落難素女

歸時春半夜玉山顏處日三竿幽人擬踏層冰去六月峨嵋頂上看

相看心跡喜雙清家本蓬萊舊玉京已逐樓臺生厚薄尙嫌黑白太分明瓊擬

早識來時路膏兩常留去後名記得水精簾下事梁園回首不勝情

哭季父健磐公

瀟湘秋色粵江烟拜別西堂夜兩天遠隔風沙家萬里亂傳生死信三年蓮花

幕底黃金盡桂樹山頭白骨懸慟哭寒雲虛設位東山小謝倍悽然

送三妹于歸如皐

好扶花影上雕輪珍重高堂最愛身一日尊前分手足十年門內失詩人同騎

竹馬憐卿小略贈荊釵笑我貧惆悵官羈難遠送大雷書寄莫嫌頻

哭蔣靜存編修

文場誰復拔蝥弧楚些空招宋大夫九陌花開同立馬五更春好忽啼烏琴書零落空堂冷兒女參差小鳳孤分手河梁纔幾日音塵渺渺隔黃壚

春蘭秋菊自英華走馬千年白日斜死解元言王輔嗣生能經世賈長沙塵封玉署如椽筆霜冷官家賜葛紗和上消夏詩賜葛二疋多少詞臣盡回首一時愁對上林花

明知路十原難老爭奈山松悵失羣一榜少年今剩我九原才子又添君荀郎阿騖春誰嫁稚子南州路隔雲遙寄清商三調曲聲高要使彼蒼聞

即景

牙籤雜與簿書排欲索新詩每誤開搖蕩風簾花萬點一庭梅雨帶秋來

李昌谷有馬詩二十一首余倣之作劍詩

不試千秋寶高懸萬物驚羞隨健兒去斬刺立功名

太乙下龍堂閶門匹練光六州爭聚鐵難鑄雪肝腸

斷柄蝕胡沙長梢鋸鐵叉陰晴頭欲現新舊血交花

白走一條烟三更風滿天生王頭不貴何必煉神仙

爾欲吳王我魚盤殺氣多誰知劉節度飛電繞身過

棄擲莓苔裏光能射斗牛當作犂耙用神鋒讓曲鉤

徒報嚴仲仇不濟荆卿事笑指雷公爐純鉤識羞未

似雪消塵念如松耐歲寒摩挲日三五當作美人看

耳熱悲歌處平生最憶君橫磨十萬口交付與朱雲

永斷不平事甘心死匣中世間諸將老若個識雌雄

小隊逐黃犫琅琊鐵裲襠君王懷老物臣是舊干將

爪髮爇淋漓猿公雜嘯啼但求名器就誰解惜夫妻

玉勒騎飛馬金刀挂在身坐來無一語知是報仇人

海角飛殘月空堂作亂波南山北山處被髮有人磨

事急方求子洪爐不煉銅夫人小匕首誤認作青龍

半夜孤燈坐空梁一頭墮笑問姜伯約膽可如升大

聖鐵含灰古焦銅帶血新鑄時頻禱祝切莫賜忠臣

氣走蛟龍竄心爭日月光文章奇絶處人道太鋒鋩

材大難爲售高鳴笑爾勞中原千萬戶箇箇用鉛刀

傾城求一見想見古時尊縱使無情鐵能教不報恩

虜平歸塞早雪大上天遲棄擲風塵裏猶能斬亂絲

開匣秋風起藏身片語無方知至神物舒卷任風胡

放歌三首

萬物化灰泥灰泥畢竟有灰泥日積地日高青天摩挲應在手歲華去我如飛

烟我思其誤在從前盤古力爭不肯老至今美色人人好

十二萬年天壽短羲和持鞭不肯緩開闢以前安可知我恨不得親見之願持

竹一竿下搜黃㵎後上搜青雲端地盡天窮搜不止此竹削成天外史

子有衣裳須曳婁子有車馬須馳驅英雄百事百不理朝朝暮暮歌山樞君不

見軒轅黃帝上天時當時萬物爭相隨黃帝哀號不開口留下人間一杯酒

沭陽移知江寧別吏民於黃河岸上
五步一杯酒十步一折柳使君乘車行吏民攀車走父老泣且言使君無他奇
虎不渡河蝗亦飛只有小大獄十日無留遺胥吏泣且言使君無他好不察淵
魚矜苛廉不容抱牘施姦巧每日放衙歸無事關門早我聞此言感知己兩年
自負如斯耳斜陽策馬一回頭哭聲漸遠河聲流

交印

前印欣已交後印喜未至分明宰官身而無宰官事人生此最樂一刻千金貴
賓朋間何闊張飲置歌吹我亦愛游閑往來屏車騎朝尋鍾阜烟暮拾橫塘翠
除道哂要章微行訪稗季青衫有時濕赤棒無人避櫪馬暫脫銜籠禽偶展翅
汲汲常顧景傴傴無所畏小大莫從公老子妨人戲

上元許令同官甚歡薦刺亳州而部選建寧司馬例不能留情不能已故

有是詩

十里秦淮楊柳灘驪歌新唱小長干三遷好事聞方喜五月同寅別轉難江上

秋聲催鼓角車邊旗物漸班蘭遙知一片西湖月又被詩人馬上看
初聞海外借班超更說參軍薦鮑昭分野未容星兩照書銜應綰綬雙條一州
斗大朝聽鼓五嶺盤空暮射鵰此去鰲江定回首子規聲裏别南朝
官稱司馬便多情落日青山載酒行嶺樹秋高雙旆遠妻孥累少一帆輕風琴
野鶴君行李錦字花箋我姓名安得將心寄楊柳依依送到越王城

書戒石 宋高宗戒石四語太簡衍爲六章

戒爾縣尹爾亦生民服官而仕於民獨親朝食其地暮稅其人曰由我生死由
我富貧垂髫戴白爛其盈門靜言思之如之何勿仁
唐虞既遠象刑不作周官既亡府胥無祿承符手力眈眈虎目官能用吏吏如
手足吏能用官官爲荼毒制之有道豈曰笞扑
其道維何太阿在己衡定物呈水平浪止不察淵魚但除蠆尾初或毀之繼而
自喜彼君子兮惠我隣里吾儕小人殺人有禮
莫高爾門門閉則昏莫多爾符符出吏呼莫厭訟堂吾將以爲房莫畏絲棼非

德莫如勤不自以爲聽終無大聾常自覺其廉滿面沾沾

立政勿異求名勿專虎不渡河古稱偶然兩稅無差撫字賴焉五聽得宜教化在焉八頌扇和六莞崇厚仁在義先理居情後

何以寫心單父鳴琴無以爲家河陽種花莞爾而笑前有桑麻民旣信我無所不可我旣愛民民皆子孫淮陽召耶官爵大矣桐鄉祀耶死遺愛矣

于蔿于（元德秀歌于東都其詞不傳余爲補之）

五鳳樓前日重輪兮惟天之近使我民與天言兮 一解

相彼嘉禾陳陳于倉宛彼柔絲龍袞繡裳農夫之耒蠶女之筐何圖兮日得見君王 二解

東都沃地石田則有東家豐年西隣或不君所到兮臣所告兮未可以爲槪兮臣親自炊薪而誰煬其竈兮 三解

供張奢儉可以觀臣風尚貞淫可以觀民勿徵壤奠而爻閭相見勿飲瑤池而卷阿賦詩九乾之和萬邦之歌 四解

弘農得寶石綠空青大笠侈袖高唱娉婷臣乃病夫以心爲聲未移二酺願慶三登敬命樂工聯袂而賡上達四聽天聽和平 五解

府中趨

巍巍天門開朝賀有常期沉沉長官府晨趨無已時束帶候雞唱腰笏事奔馳衆人已宛在後至顏忸怩坐守鼓角鳴音響止復吹名紙如梵夾作字蒼蠅微起居稱萬福願得尊者知尊者方欠伸起問夜何其司閽有酒氣傳入猶狐疑息氣坐寒廳閉口忍徂飢音旨忽然下大旱得雲霓材官麾以肱鳥散而雲歸出門看白日頹陽已熹微明日戒更早後日將毋遲國事耶民瘼耶將軍者約耶

出東門

出東門有客從西來客不西來東門之東奔如雷待來而不來客怒作色相疑猜一解 芻三十車禾三十車隸人逞廁械脅與俱罔或不供汝則罪有餘二解 得畀求壺捉雞索鳧匿壺鳧之爲取取汝所無三解 門前水渾門內水清清以爲名其貌獰獰大官昂首坐小吏圈豚行四解 天陰雨淒淒長跪大道左學鴨自呼名兩頰紅似火指向蔡與宗此中正是我五解 欲臥強之食欲食強之飢

非所喜而笑非所怒而笞腰膝不自持而況法令爲六解吞爾不搖牙咀爾不擊齒乃公喉有聲萬口一齊止愛之則生逆之死長跪啓乃公識一丁字何如挽兩石弓七解

俗吏篇

勸食升米把酒止古來作吏俗而已矧我作吏赤緊全請言其俗一囅然三年沒階趨下風九轉丹成拜跪工金雞初鳴出門去夕陽來下牛羊同有時供具應四方縫人染人兼酒漿有時迎謁跪道左掀公於淖猶袞裳祝融不許子同夢新宮半夜鬱攸光捕蝗那管汝暍死劉虞露冕橫秋陽衣服學爲成慶畫參軍來從屋漏旁周官三百六十職佛經萬劫千災殃頃刻教汝一身當大府文深日怒嗔小吏文巧舞殺人鼓吹一部肉雷響鐵鎖千行環珮喧高坐腰輿織路途居家日日別妻孥猪肝久食客無聊重疊書來請絶交有時切切私自語明日出門無所去里保催公速下鄉死人橫陳三兩處

火災行

七日融風吹不止烏聲嘻嘻呼滿市縣官此身如沙禽中夜時時驚欲起出門四顧心慘裂天地爛如黃金色文武一色皆戎粧奔前滅火如滅賊金陵太守氣尤雄獨領一隊當先鋒出沒黑烟人不見但聞促水聲艨艟水龍百道橫空射倒卷黃河向天瀉蚩尤妖霧青山崩黑連烝土白石化須臾半空飛霹靂赭瓦頹垣如擲戟不聞知命避巖墻但見橫屍委道旁春風雨滌新焦土夜月霜淒古戰場我聞爲政無近名水懦火烈調其平行火所燬表火道書其焚室寬其征此外姝姝皆小惠禁民夜作徒紛更從來心如焚不必額盡爛果然曲突有周防何至衣冠坐塗炭白日青天莫放懷朽株枯木能爲難

捕蝗歌

蟈氏燒牡鞠本屬衰周文螟螣付炎火諸坻自祈神豈有爲后稷一手一足勤劉蘭不捕蝗其歲乃大穰劉澄剪蟲穢民乃呼災殃如何姚元之作俑爲官常當時猶可今日殺我蟲子如煙符急如火監司節鎮浩呼洶文武攘臂趨如風頃刻赤地三十里小民畏官勝畏蟲東之丁男調向西丁男不足佐以妻古從

三軍六十免今搏羽孽全家啼舊麥未斂穧新秧栽未齊舍己而芸人墨翟猶嗟咨民若此官何如但見酒漿廚傳紛追呼東阿大夫通苞苴不然何以全名譽捕盜不善波及隣捕蟲不善殃全村爲兒理髮加以髡心豈不愛終非恩捕蝗問蝗果滅否蝗言不雨捕更有君不見蕭曹孳孳得民和柳州大書郭橐駝督郵來往蝗更多香山早有捕蝗歌

南漕歎與沬漕不同故加南字別之

握粟鋤粟十月征大車小車軋軋鳴雲連萬舳兩遞運李斯如鼠倉中行倉氏庚氏聲嘈嘈搜粟都尉意氣豪利之所在天亦忌大官防縣如防妖牽驢磨麥矐其目憎鳥竊脂縶其足黃紙朝來刮升斗朱符夕下封官斛待暴日擊重門柝不管顛黃與魯卓水流汾澮其道壅萬弊雜出仍無窮或需精鑿強揚播兩三觽作千回舂或借一鬨分先後富者收早貧磨礱或書官符訛多寡塗鴉難辨斗檢封傔人別奏來重重伍符尺籍生蟣蠓共飲倉中一勺水頃刻白粲成青銅可憐鄉氓半樸魯小人容易爲沙蟲明徵法錢人所見暗教折帛何所終

物不揣本齊其末事方在北求諸東我欲大聲呼大吏胡不早辨賢與忠古人信人不信法將欲治彼先治躬捐除文網道以德如水沃雪草偃風持其大體去已甚官和民樂聲雍雍吁嗟乎君不見人肝代米古所記察察爲明安得劉宏十女壻

優孟謠

我優也言無郵貪吏而可爲兮孰知其由廉吏而不可爲兮子毋人尤子不見損下益上士可成邱勿畜勿流水難爲溝物猶如此人寧獨不重爲告曰子惠恤我我其收乎誰之不如而勿求乎嗚呼叔孫無待後人子其休乎

甲子過金陵汪生濬川受業學詩今年生來索題其扇

朔風暮黑吏歸縣殘燈叩閣門生見見時袍袖盡詩箋長吟不覺三千遍自言踏雪願來遊擘錦燒蘭足解愁往歲江淹游白下今朝羊曼尹揚州揚州歌舞舊繁華月榭風臺處處花團扇願公書數字管教新譜續琵琶感君語爲君歌歌詞淒惋通銀河三月風花春管領一把玉骨官消磨棄置當年何復道秦淮

竹笛聲聲好美人清夢冷如冰詞客零星稀似草枯樹江南庚信哀桃花潭水
汪倫老取我瑤琴鼓再行酒酣月落江天曉

侯夷門卸江寧貳尹事行且就去不能無詩

石城把手證前因一障乘邊又怨春才子官卑原寫意酒徒緣少更傷神文章
各領江山氣鸞鳳同為飄泊身此去旗亭休緩緩天留清雪等詩人

勸農歌

白門城外好秧田梅雨初晴六月天識字農夫勸農去竹枝歌當水衡錢
勸農莫放鋤柄空勸農莫嗤積穀翁東家稻熟早芟草西家豆稀懶打蟲
男女行行莫亂行邨南邨北幾莊荒今年添入新絲價男樹瓜華女種桑
布穀聲聲鳥語譁一池鼓吹有鳴蛙同來騶騎閑無事齊放紅旗拾豆花
神雀休銜稻一枝深秋九月有佳期黃雲滿地倉箱響是我來開笑口時
阡陌高低曲折通車聲回轉落花風倒持竹笛不歸去看殺斜陽小牧童
峯凝暮靄水拖藍完得官租夢亦甘世世青山綠雲裏好風好雨住江南

哭李方伯公諱學裕事見文集墓志

江城吹滿紙錢烟父老銜哀罷管絃誰料五旬官二品別來三日事千年平生羽扇蛟龍匣故國靈旗兩雪天家在太行山色裏幾時酹酒墓門前

不禁雙眼淚滂沱回首龍門喚奈何鮑叔已亡知我少于公雖去活人多殘燈娓娓生前夢宦海悠悠世上波彈指滄桑三萬日衣冠琴鶴盡山河

答曾南邨論詩

提筆先須問性情風裁休劃宋元明八音分列宮商韻一代都存雅頌聲秋月氣清千處好化工才大百花生憐予官退詩偏進雖不能軍好論兵

館娃

館娃遺趾訪春行一霎飛花兩眼驚豈有金仙能抗手果然我輩竟虛生都梁香近名誰識巫峽雲過影尚清獨宿蕭郎作羈客晚烟疎兩闔閭城

願持

願持一語告同官莫笑蒲鞭道太寬辦事人多解事少愛民心易治民難

春日初長散衙甚早喜而作詩

槐花春暖滿衙青不著烏靴上訟庭牒少卷無三寸厚心虛判許萬人聽紛紛

雀角風將息漸漸蒲鞭響亦停笑問功曹諸事畢手籠詩草下西廳

小倉山房詩集卷四

小倉山房詩集卷五丙寅至戊辰

錢唐袁枚子才

春柳

已讓梅花一著先尙傳芳訊早春天驟開青眼如相識拋得黃金便少年十里
遠遮江店小半生閒抱酒旗眠東皇有意相憐惜莫使橫陳大道邊
牽雲曳雪滿關河如此纏綿奈客何學舞幾時纔長大倚闌終日作嬌波春閨
離恨風前遠故國斜陽笛裏多自笑青袍人照舊那堪重唱叛兒歌
靈和殿裏舊心情移種江南百感生腰折難禁春雨重花高易惹晚風驚也知
上苑長離別不管何人且送迎聽說輕狂聽惱懶亂梳頭髮過清明
裊裊鵝黃帖地柔鞦韆扶影出墻頭受風身比羣花活照水眉生滿鏡愁古渡
有誰嘶白馬酒家無處不青樓千條萬緒情難盡舞到黃昏尙未休

秦淮小集座有歌郎上元許令目懾之郎亟引去余迂許憐郎而調以詩

五月蟠桃花事新衆仙同日咏宜春傳呼鶯聽劉安到口斥嫦娥避寡人

金燈紅照柳千行風動珠簾鳥忽翔惆悵秦淮花兩岸南河春色北河霜

秦淮雜詩

春愁原屬杜司勳況復繁華領白門六代雲山一河水爭禁人到不消魂

金縷飄殘玉樹終流珠人去采雲空只留幾點漁陽鼓打出燈船面面紅

放衙時節蔣山青看捲紅旗出訟庭傳語前騶莫呵殿沿河方愛管絃聽

無緣打槳送春潮有意搴帷認板橋深夜風停街柝靜隔牆還有一枝簫

楊枝婀娜竹枝柔百囀流鶯唱未休高寫零丁招客賞清商幾部屬蘇州

春風無力酒旗低十幅湘簾一剪齊遮莫游魚吹雪上琵琶聲急水亭西

家家脂粉墜殘紅無數眉痕學遠峯水爲情多流不去秋來處處長夫容

丁福王元態各清康郎風調更橫生使君便是羣芳譜能與凡花辨小名

鷹師霍霍意氣麤諸王啞啞白頸烏前船丹珠歌小海後船青溪載小姑

籠袖驕民隊隊過茶坊到處喚廝波貪花風雨偏來往半是齋娘半浪婆

幾番邀笛坐胡床消受青奴一味涼擬奏尊官乞恩假河陽潘令種花忙

都知錄事局全差且向東京記夢華一語殷勤勸楊柳惜春人去莫飛花

宿陶紅棲隱寺題壁

層樓高閣倚雲開舊識禪堂老辨才寺爲迎官將徑掃我因呈佛帶詩來馱經白馬西廊繫照壁紅燈小吏催一局殘棋一窗月招僧同賭菊花杯

逾月再至見江孝廉和章喜疊前韻

蕭寺重遊笑口開多情江令費詩才偶將鴻爪留痕在不料牙琴渡海來殿角燈孤僧影小江山秋早磬聲催兎葵燕麥應憐我前度劉郎又舉杯

冬月又至則和章盈壁矣再疊前韻

野花開盡筆花開小雅才兼大雅才三度絃歌傾耳聽一村珠玉上牆來僧知避俗門多閉人不能吟鳥亦催我願大行鄉飲禮徧酬詞客一金杯

雨過

雨過罷焚香梅花落印床原非棲枳棘爭敢薄淮陽有志爲民母無心學吏商只嫌空鹿鹿方寸舊都荒

輓施曼郎有序

蕪湖秀才施曼郎有衞玠之稱工詩愛潔讀余春柳詩屢寄聲道意病不果來死後其友秦澗泉索詩以弔

江南才子淚如絲來說瓊林損一枝金谷未窺潘岳貌秋墳已唱鮑家詩梅花愛好春風去黃卷無靈白骨知惆悵山松歌薤露不同歡笑只同悲

冬日往揚州阻風永濟寺贈默默上人

入門修竹倚雲栽小脫朝衫坐綠苔石暮勢吞高殿起江帆影射畫堂開阻風莫悵前程緩失路方能福地來喜對高僧頭似雪月明同上講經臺

揚州回泊燕子磯登亭望雪

來回剛十日船到正江晴望雪還登嶺貪閑未入城寒花侵月魄凍雨入春聲且傍荒灘宿孤鴻替打更

不到千峯上安知萬象空高山頭既白殘臘歲將終絶頂荒亭雪孤身四面風憑闌心忽動月起大江中

漂母祠

千金一飯尋常事不肯模糊是此心我受人恩曾報否荒祠一過一沾襟

感懷四首

江城宿露曉陰陰偷得閒身病屢侵萬古少圓惟月色四時多恨是春心少年好景風前憶花底斜陽雨後尋二十詞臣三十吏名場容易感升沉

三春何處不烟沙兩眼能看幾片花愁對青雲生白髮且將紅粉當丹砂一官奔走空皮骨萬事艱難閱歲華惆悵輸他貴公子五更沉醉阿儂家

黃鸝遙對酒杯歌似報江南又綠波照我忽驚新月白回頭惟覺古人多花無菊婢秋將近面有髯奴老漸磨九十日春春不少可憐人自要蹉跎

斷無名士不蕭騷騎馬年年上板橋笛裏江山懷故國酒邊風雨送春潮花開官署枝枝倦鶯過清明日日嬌安得新蒲爲彩筆儘書心事一條條

迎春

迎春莫怪春難見好處從來過後知隔歲梅花報芳信倚門楊柳望歸期無邊

暖漏聲聲促有脚青旗步步移料得東皇非長吏不應嫌我出郊遲

送春

驪歌樹上子規聲報道東皇出郡城久住似嫌芳草老輕裝不帶落花行從今時節都無味留贈雲山尚有情早識相逢遽相别當初翻悔下車迎

詠史

武帝英雄主叱咤動八荒旌旗十八萬遺恥雪高皇馬來大宛國頭懸南越王秋風歌一曲援筆能文章汲黯老匹夫山東一木強作令便爲恥積薪語更剛動請先斬臣批鱗相抵當當時竟殺汝如鼠投沸湯不冠而見之於帝更何傷帝終不出此容黯老淮陽吾嘗掩書卷此處長思量

儒者桓君山彈琴天子側偶見宋公來慚顏深踧踖君王愛泛聲一彈奚足責亡何爭讖書叩頭竟流血所論豈不臧天子惡其直毋乃意狎之將威脅琴客始悟宋大夫自重立臣則

公孫帝西蜀馬援來叩門爲設舊交位不忘主與賓過車必磬折贈衣周寒温

援乃退而笑子陽妄自尊後世有蕭韶且忘斷袖恩士遜託心期終招顏竣嗔

人貴如輪回都忘前世因長拜井底蛙公然古之人

子房非正士可傳惟一椎自見黃石公陰險靡不爲爲韓非其心滅韓皆其計

不肯立六國韓宗遂隕地野雉幸辟陽夫妻義已絕立賢不立長殷周有成迹

胡爲召四皓爲之張羽翼老人見厚幣來如飛鳥捷龍準本強人傷哉爲所劫

長陵骨未寒殺子及其妾北門奪軍時四皓骨已朽借使木未拱能安劉氏否

報韓既不成報漢復何有所以子辟疆竟請諸呂王誰能爲此謀貽謀自子房

東漢恥機權君子多硜硜悲哉陳與竇謀疏功不成其時涼州反有人頒孝經

意欲口打賊賊聞笑不勝雖無補國家尙未遠人情一變至南宋佛行而儒名

希哲學主靜人死不聞聲魏公敗符離自夸心學精殺人三十萬於心不曾驚

似此稱理學何處託生靈嗚呼孔與孟九泉涕沾纓

地道本無成女子從夫多妲己賜周公螽斯或可歌高熲何么麽掩面學太公

可憐青溪柵夭桃啼春風狎客既已赦美人胡獨誅毋乃拒晉王逢迎獨孤歟

不格君心非宣華卽麗華終日對阿雲闋聲時滿家

臺城懷古二十四韻

五代干戈際蕭梁最不同秀才成帝業名士有英雄武自騎兵擅文能金海通雍州西伯起白下永明終勸進書隨例臨軒道獨隆瘡痍扶士女禮樂薦蒼穹口勅疏經義腰圍損聖躬新聲十篇雅宮體一家風妖夢中原入禪心玉座空嚴關矜鐵牡苐矢喪銀童少海光先掩牟珠照忽窮長戈揕魏闕短脚犯重瞳豈忘沉湀竹偏頒鍛鐵工傾葵陽獻士射日早彎弓婚僞求王謝繩真縛老公江聲搖戰鼓文物變沙蟲佛看君王餓花迎野獸紅天威雖鎮定日角已疲癃主父無殘鷇橋山有殯宮捨身歸小豎殘局泣湘東法會斜陽外臺城衰草中紙鳶迷信息楝樹減青葱松影蒼崖古經聲杜宇恫唐朝八丞相疑是報神功

董賢玉印歌

董侯夜醉麒麟殿漢王傳璽不傳印璽墜千年印獨存傳觀猶帶桃花暈雙螭戍削陰文裂衛將軍董字堪識想見郎官美麗時人面玉顏如一色郎官傳漏

殿上行顧盼能使椒風清高皇天下一笑與乃祖轉愧銅山輕並后匹嫡一身兼三十六宮難爲情大賢居位美如許孔光俯伏單于舞莫道和柔侍禁中亦頗知賢薦何武一朝龍去鼎湖天頓首東廂狀可憐熏香傳粉人歸矣露眼嘶聲賊儼然傳呼收印印早交委命豈待金吾刀絕勝漢家老寡婦兩手握璽徒忉忉漢朝家法戾草草外戚橫行母后老不容舊寵戲金丸翻許新皇鑄剛卯摩君玉璽不勝情憐君福過使災生當時用印誅賊莽未必書傳佞倖名

題嚴子陵像

一領羊裘水氣寒自來自去白雲灘教陪天子同眠易要改狂奴舊態難星宿張皇乾象動君臣彼此故人看千秋欲解還山意只問江頭老釣竿

古銀杏爲火所焚

半夜木鳴天忽曙空山無人火在樹槎枒散作金黃雲九天灰落煙紛紛黑風迸裂空心血枝枝葉葉飛晴雪孤根一氣共死生倒燒直下三千尺上焚碧落星辰散下熏無極黃泉熱天地焦枯會有時人力難施空歎息憶昔當年種六

朝曾同春薦佐含桃摩挲嬪御青絲絡披拂將軍白玉縧亡何歲月如流電到眼齊梁人不見斡排元氣更千年獨立江風當一面人間用材不用長八尺九尺皆棟梁敗槫鉛刃易斲削白檀上手多觸傷爾形倔強撑宇宙自合棄置來僧房雲雷坎壈遲變化魂魄光明怒太陽一朝炫耀脫骨去勝入竈下當柴桑啞啞烏鵲休愴神巢焚廈傾理所存君不見老僧躑躅樹下悲遮雲護日今為誰

丈洲

身非鳧雁水為家日日輕篷傍淺沙蘆荻也知官吏到隨風吹送滿船花

水國灘荒頃刻生暫時弓尺欠分明長官作奏須珍重賦入司農鐵鑄成

舟中畏風

鎮日舟中眼倦開雪花脈脈上輕苫東窗關後西窗啓猶喜風無兩面來

晚坐

晚坐碧波上飄然白練裙月高沙鳥語烟盡水天分洲荻響成雨漁燈紅入雲

更深尤可喜官鼓斷知聞

閒遣

瘦脚白翎老鷺鷥對人飛入梅花枝大江浮天月皎皎小舟繫樹風絲絲開牕好在有山處上馬正逢無雨時野行十日幽趣熟胥吏學官偷詠詩

洲上寄同官許南臺時亦有丈洲之役

雙驅鎮日白門東芳草催人上短蓬一夜江雲如墨色知君同在浪花中好詩難與官同作新俸常愁鶴要分此日烟檣沙鳥外吟聲過盡楚天雲莫把江租增冊上恐教柴價長城中東南民力今何似不進盈餘是聖衷盈盈一水路悠悠君在南洲我北洲可有新詩來作答只題花葉付中流

嚴助

嚴助當年上大夫張湯小吏沒階趨今朝湯貴看嚴拜勉強人前手一扶

哭鄂文端公

朔風寒雨九衢昏神化丹青失重臣薄海盡傳遺疏稿不才曾是受知人魂依

大裕歸清廟星冷長河換早春十載回天兼捧日　詔書哀悼莫嫌頻當年遭際遇　先皇曠古恩榮話最長如朕親臨朝出塞爲卿眠食夜焚香訏謨語密青蒲煖顧命身孤玉几涼怎怪報恩心力盡旁人聽也泪沾裳魏公風節晚香深病革頻邀　玉輦臨五岳祈年　明主意九原薦士老臣心邊疆功過青天在（改土歸流事由公始）將相榮華碧水沉他日近郊三百戶看人編作宰官箴

宮門扶杖立雲端嘆息才人向百官我已江南逐升斗公偏東閣賚盤餐華堂下拜千年別綠野招魂一水寒從此青琴愁獨抱天涯白雪向誰彈（公賜錢小紅園）

偶見

柳絮風吹上樹枝桃花風送落清池升沉好像春風意及問春風風不知

王孟亭飲判花軒以几上漢璧分韻得花字

一雙拱璧來誰家淒淒古血生陰花無心傲世去圭角有光照人如雲霞匹夫手冷白玉墮公子春歸明月斜惆悵漢庭好皮幣十三陵寢空烟沙

奏擢高郵牧部議不果

青鳥含來鶴料符王喬未許脫雙鳧謫仙自愛稱郎好不願銜書下大夫

乾隆丁巳余落魄長安金陵人田古農見而奇之哀其飢渴沽酒爲勞未十年余宰金陵古農已爲異物求其子孫以詩告墓

欲報長安一飯恩破墻流落小兒孫難忘往日窮途淚不洗青衫舊酒痕萍水再逢風不偶山河如夢客消魂重泉此際應知我玉笛親吹到墓門

哭侯夷門

天心最仁厚往往薄騷人不朽千年筆難延一命身題襟追弱冠攬轡共江濱高詠招魂些英華秋復春

凶問三秋到歌章滿壁殘典型還自在風調向誰看壯歲死生速奇才科第難高山流水曲寂寞九原彈

客死皋橋地梁鴻好遠遊百年千里外一笑五更頭大壽文章在微官宰相羞知君天問熟醉寫玉皇樓

萬丈天台路何年白骨歸老妻交印信稚子典朝衣黃葉秋江冷青蝿弔客稀

詩魂逐明月應繞石梁飛

與熊滌齋先生夜話浦雲堂

每聞前輩談風月似聽宮人說上皇君恨過時儂恨晚一齊幽咽淚千行

哭莊觀察諱亭陽福建人

平生不讀宋儒書見到先生信我麤二月春風淮海有一枝著草孔陵無道高

轉覺人情近星少方知月色孤遙望銘旌徒洒淚招魂難覓九天巫

郊行

郊行便覺少風塵況復秋光景物新禾黍迷離胥吏影米鹽瑣屑宰官身山中

判事書花葉樹下停車聚野人一路銅駝同石馬不知何代物橫陳

宿栖隱寺題壁

五年栖隱寺一過一題牆舊墨都陳迹新秋又晚涼壁燈多背兩風草不留霜

諸佛應余笑緣多是此床　四野氛何惡三春麥不收縱教勤撫字難免有

飄流過糴非荒政開倉是本謀欣聞輸楚粟早晚到江頭

初得隨園王孟亭沈補蘿商寶意載酒爲賀得園字

野徑初聞僕從喧小倉溪上酒盈尊暫時邀主先爲客異日將官易此園萊竹倚窗如有待青山入座總忘言諸公莫笑柴桑陋剛稱淵明五柳門

考志書知園基卽謝公墩李白悅謝家青山欲終焉而不果卽此處也

人好土亦好一墩屬謝公青蓮悅其景慨然思送終舒王爭其名欲住愁雷同我領石城尹頗有晉人風偶寫買山券竟與此墩逢疑是謝公靈相貽冥漠中地美懼不稱景闊欣難窮將假煙巒勢重增亭臺功死則李白妒住乃安石恫蒼生如予何大笑東山東

上尹制府

風雲盪天地會合良不偶賤子區區名半世出公手公勳塞海內公望端朝右在昔事　先皇十年無寸醜劍消青海戎筆醉天山酒兩度督江南歡走男若婦王道周人情虛懷兼師友行路必行寬取材常取厚鳳鳴羣鳥息月出星辰

（天）

走心行天一周名極地九有大可鼓洪鈞細不遺部婁經緯繞萬象寸衷豁白
畫神力易刻劃化工難雕鏤酓鑾思摳衣仇怨亦低首南面諸貂蟬問有此人
否憶昔明光宮賦詩獻　元后李邕罵輕薄劉蕡幾不取公時眼如箕遺珠光
獨剖未幾公西巡癡龍遂不守謫向海天災荒村少雞狗公命移金陵聲名文
物藪參軍非蠻語僕射如父母公餘商文章一月輒八九使公常在朝我豈逐
升斗我若官長安隨公反不久恩始復恩終前定如壓紐屈指諸門生親炙輸
袁某蕭然不繫舟春春自花柳月落梧影霜雨灑碧池藕散髻斜插簪飄然一
詩叟愛我如愛玉調護驅蒙垢能養才不才竟免口戕口欲酬國士知請鼓小
人缶報公白玉盤公家富且阜報公桃李花公門種成畝不如志聖賢立身事
不苟陸贄附鄴侯永永垂不朽

上李觀察諱永標

大道直如弦弱者不能到人人堯舜資伊誰窮堂奧大勇惟先生立身何逋峭
奉心爲嚴師粹然徵玉貌衣除鈌袵名饌斥邪蒿號過人不履影守津必據要

有如秋隼翔碧空發清嘯回薄萬象低日月供淩暴又如執雕虎焦原肆騰踔
雄入九軍中孤身摩大纛窺其精進力有境靡不造東南萬艘糧何足當公漕
此職雖區區此心亦稍稍委積察盈虛度支調息耗孤燭秉牙籌清風除鶴料
令嚴雀鼠逃弊絕胥吏弔酷嗜孟軻語寡欲絕所好特草孔融書薦禰今年少
公爲光明燭普天無不照我爲螢末光有得亦相告秖憐手板忙主簿猶祭竈
婔婔學苛廉嘐嘐慕古調元象雖產菌華爻未變豹賴公矜寵之辟咡時見詔
龍門仰李膺月旦荷許劭時聞張鏡談不敢顏彪叫微奏得賞音羣憂發孤笑
今夕復何夕霜葉紅於燒蕭敘未騰煇月儀方減朓坐久肱敢横言合頭屢掉
受公瓊瑤投未敢鹵莽報願同白首歸羽翼聖人教

春日郊行

二月郊行最有情青山帶雨畫清明雜花香自空中至野草根從舊處生小鳥
啼烟催布穀老牛牽犢學春耕勞勞官走江城北爭怪長條日送迎

秋夜與故人同宿作

余與同年曾南村黃笠潭改翰林爲令官江南六年丁卯九月二公校
秋闈畢來宿署中時南村已遷廣德而余刺秦郵之信部議不果

一簾秋捲月光寒滿座燈痕當水看州郡久煩梁敬叔弟兄重醉小長干文昌星動蘭臺聚舊雨談深桂燭殘三十四人徵士頌幾回欲賦又闌珊

上下江分易別離春花同落不同飛頭銜卽席微微判香案前生事事非數到科名吾輩老認來僮僕舊人稀一州斗大談何易可奈停年格又違（尹公一奏許已三年）

元旦後二日過牛首宿藜雲樓

新歲看山色官閑似我稀呼僧掃塵榻對佛解朝衣倦鳥先人宿寒花學雪飛菩提龍樹下久坐竟忘歸

一樹梅含萼三更香滿天溪聲忙雨後峯影立燈前且飽伊蒲饌同參玉板禪九州人事隔醒夢總悠然

次日阻雨題壁

雨如留客再題詩一夜潺湲夢覺時揭帳冷雲當面墜隔花疎磬上樓遲烟飄

佛座諸天濕寒甚堯年老鶴知我已無家似僧舍迎春何必與春期初七日邑中候余迎春余眷屬已南歸矣

小住二十韻

小住姑蘇地羅敷託比隣三星明玉杵一顧識針神媞媞東廂步盈盈半額顰豪犀蟬鬢膩寶唾石華勻錦兩淒通德金鋪鎖阿甄尋芳千蛺蝶索乳兩麒麟抵鵲明珠怨隨鴉采鳳嗔故雄名自在新特意初申孔雀深憐尾楊花怕失身搴簾窺宋玉捧手上莊辛骨比香桃瘦心同麴蘗春已徵帷廟夢甘受織蒲貧淚滴將離酒香熏所贈巾匏瓜失艮匹火棗乞天姻鄭重連珠諾叮嚀拾翠人紫泥封口穩黃蠟寄書頻閬苑雲無路支機石有津鶴飛千里羽車轉九迴輪子貢三挑日丁娘十索辰氤氳尋大使好夢只求真

婕妤怨

班姬入漢家容顏如朝霞不嫺歌舞彈清瑟不著褻衣忘浣紗漢家天子愛傾城一顧蛾眉兩目成三星錦帳金鐶召九殿風花鳳輦行妾心宛轉奉聖躬禁

寒惜暖啼春風妾執金鍼勤手爪燈牕繡出鴛鴦好方期白首侍昭陽不道青
蠅點素粧誰家毋不三投杼何處天常六月霜知道君心石不轉未免人疑護
妾短悔受恩波碧海深翻嫌紈扇秋風緩長信宮中聖母居妾身長願掃庭除
紅顏榮落朝看鏡隔院笙歌夜校書夢見君王淚滿巾黃金無力買長門只願
至尊千萬歲趙家姊妹永承恩

一卷

一卷青燈兩鬢絲高吟子季別山詩圖官已類昇天佛閱世誰憐折臂醫春夢
五更初醒後南方三十早衰時也知充隱非吾事偷得閒身老或遲
仁廟遭逢蘇子美漢文矜寵賈長沙兩人成就終如許萬古風雲更可嗟雪裏
豈無含翠草春深原有未開花笑摩腰帶從容記幾箇金龜在酒家
心似彈棋局未平嗇夫中有鄭康成八年縣譜談何易一卷讒書著不清年命
慣遭磨蝎累宦情都付子規聲回頭尚剩桃花米且去江東作步兵
津陽門外賣車欄不畫淩烟與巳闌都會自來迎送地虁黃可是應酬官情知

風利船何泊且喜花飛露未乾試看永明春正好神仙早掛竹皮冠

挂冠

柳折青條花折枝挂冠偏與少年期香風太早春應惜好日猶長起未遲出處敢云追往哲耕桑也是報明時歸心濃後官箴少除却林泉總不思

曳紫拖青笑蛤魚年年戶限最難居未能閉閣常思過且乞還山再讀書楊素無兒供灑掃潘安有母奉花輿一灣春水千竿竹容得詩人住草廬

樂府空歌臣馬艮十年不召老淮陽籠中野鶴少高唳籬外寒花多久香指膝自憐曾汝負飲泉終竟是誰狂愛他嶺上孤雲意含兩空歸作小涼

吹笛江頭換葛巾出山明月入山春陽城下下催科考汲黯年年疾病身書外本無長戀物世間儘有耐官人若邪溪水雲門寺久待袁絲日飲醇

次吉山菴壁上韻有序

故人侯夷門死後兩月余遊吉山菴見壁上題句瀨水陳秀才和之以侯還官溧陽爲感蓋俱在夷門未死時也嘻秀才以聚散與悲而余以

死生誌恨其情又當何如

惆悵茅菴隔歲遊蕭蕭雲物認清幽山中題壁人何在江上孤桐樹又秋方擬

故園尋宿草不期此處卽西州浮生落葉年年恨寒月無情獨下樓

江行風雨

高灘敲木繫船迴萬里荒荒白浪開雨脚大於烏鵲陣風聲狂似虎狼來沙崩

水挾蘆花走吏散官招野鳥陪三尺布帆行未得漫言人是濟川才

不寐

夢不分明醉不醒春風料峭我伶俜孤篷打徧蘆花岸一夜江聲帶雨聽

許南臺席上詠三十六梅花研

玉皇昨夜蓬萊宴三十六宮春不見化作梅花下世間一拳怪石開生面許公

得之喜不勝終朝張飲招賓朋澆花只須墨一升頃刻寒香上管城

洲上寄南臺

冰斷水聲聞孤舟酒不醺風吹寒日瘦沙截大江分白鷺悄無語梅花淡似君

相思心正切一雁下南雲

冬月送尹宮保入覲

十月霜風響玉珂尙書應　詔走關河心如遊子冬溫切事爲蒼生面奏多六出花隨鞭影動九重天聽履聲過遙知吉甫趨　朝日剛和　彤廷瑞雪歌

暫拋簿領看烟霞題滿青山便到家高嶺早含初出日古梅香重隔朝花賀循寵賜三公服黃覇恩乘一丈車不待河淸公已笑前村知有好桑麻

廿載封疆依舊貧行囊只帶一家春貢筐草草無方物薦表拳拳有善人公論自多留鼎鼐私心還望轉車塵老臣耐得征途冷原是冰霜閱歷身

宿海會寺題壁

江城逢春日縣官愛下鄉處處花草生時時春風香銅井診死人促我車馬忙我時受卑濕兩足頗患瘡笑爲民父母痛癢眞親嘗出城九十里一宿無所將晚投海會寺敗草鋪繩床青苔古殿冷梅灰脫疎梁我與三尊佛彼此同燈光逢逢粥鼓起齋鴿紛回翔我時有所思美人天一方吳下有所迎欲臥愁不寐欲坐

神轉傷且磨紅絲硯塗僧白石牆上言陽春景下言遊子腸純灰再丹堊此字毋消亡永留鴻爪跡異日紀行藏

送尹宮保移督廣州

台星移照五羊城頃刻慈雲萬里行自有謝安江左重恐無嚴武雪山輕黃花香晚秋容淡紅葉霜乾驛路清兩度南邦送生佛者番情勝往年情

百粵清風手護持越王臺上柳如絲調停猺性難馴處珍重蠻烟乍到時莽莽江聲催鬢髮荒荒海氣動旌旗尙書病起應消渴剛好冰盤進荔枝

觀察番禺舊日恩廿年重接玉車塵風花轉眼非南國屬吏從頭問故人世上本無常照月天邊還有再來春平生聽說西湖好此去公纔試畫艙公以得過杭州見西湖爲喜

唱徹新詩大小東臣心遙映佛桑紅鬱林石認雙旌色合浦珠還一夜風玳瑁齋時民氣靜珊瑚網處士林空輸他花裏羅浮蝶飛傍軍門得見公

多蒙青眼盼袁安薦表千行墨未乾依倚半生真我幸挽回一命敎公難豐城

已掘光仍掩朽木重雕望正寬此日成連琴忽斷萬層海水自波瀾

陽關一曲月西斜彈指何年侍絳紗生更難逢韓太尉知而不遇賈長沙宦途

黑漆三春夢故國青山兩鬢華幸有文書抽手版尋公容易到天涯

前詩書就紙猶未終憶己未廷試詩題因風想玉珂枚賦得云聲疑來禁

苑人似隔天河大司馬甘公嫌語涉不莊幾遭駁放公力爭良久始得入

選追念微名所自餘感迭增續書一首

宜春小殿鳳樓東學賦清平調未工琴獻已成焦尾斷風高重轉落花紅追思

往事疑天上再說前期似夢中唱到劉歊知己賦海波易盡曲難終

古意

霍將軍年十八帶刀上殿穿羅襪駿𩥇冠上水精珠繡𩥇從從永巷趨手挾金

丸彈落日口含雞舌說兵書漢家烽火交河北紛紛老將多飄沒不是深宮蹴

踘人難消天子憂邊色元戎首領出都門𩌏軜新裁穩稱身雙瞳涼入天山雪

一劍橫磨瀚海雲花門小箭試雕弓射落天狼下碧空甌脫塵沙如掃電龍庭

草木盡驚風捷書夜向甘泉報單于面縛臨洮道胡婦從旁更有情胭脂畫得將軍貌策勳太廟好威儀朱鷺青陽幾度吹君王親解黃金甲翁主爭調白玉巵風雲色傍衣冠動日月光從掌上移閨中少婦曉霞妝聽唱刀環喜欲狂鐫金刻石歸青海吹竹彈絲進洞房爲郎手撲兜鍪土一陣餘寒塞上霜明朝有詔頒宮女片片桃花能解語半是宮妝半外妝甲兵洗盡巫山雨

浴

浴罷憑欄立高雲掩夕陽不知何處雨微覺此間涼

解組歸隨園

櫪馬負千鈞長鞭挾以走一旦放華山此身爲我有當年疏大夫棄官歸田畝餞送兩無言開懷但飲酒照見碧流中面目如前否滿園都有山滿山都有書一一位置定先生賦歸歟兒童送我行香烟滿路隅我乃顧之笑浮名亦空虛秖喜無愧怍進退頗寬如仰視天地間飛鳥亦徐徐

又作六言三章

六載元嘉政滿五株楊柳花低田饒黃鵠舉矣陶潛歸去來兮

朱邑桐鄉待祀堯山員倣怡情要試官聲去後權爲此地蒼生

故土非忘西子諸袁本重南朝讀到傳名真隱先人手似相招袁淑著真隱傳

示送行吏民

我聞蕭嵩乞歸曰正是明皇寵渥時道待陛下厭臣曰臣且懼罪何敢辭又聞韋公垂明訓年不必老須知機當時組解作游戲青鬢往采商山芝我今一紙乞歸養吏民驚駭相攀追愛公留公公不可請問兩語公答之公之上游方倚重受寵不覺寧非癡公之年紀三十三春行秋令何蕭衰我聞此言不能答一詞但指蕭公韋公是我師兩公隔我已千載每每行事長相思當今人才車斗量三公九職交相治苟與一官人人辦非某不可聞有誰登山臨水少年事果然衰老將焉歸三十休官人道早五更出夢吾嫌遲雲歸雲出亦偶爾必問所以雲不知猶恐汝曹昧此意布露所畜書一詩

寄雅撫軍

古臣扶皇極其道有兩宗大者治本源啓沃始君衷赤水驅元象探珠出蛟宮
從此鼓萬化一氣如春風其次任經畫禮樂兼兵農一事受調停一物多蘇融
活國如魏相救時如姚崇稽之文仲語不愧稱立功此言何所得我得於明公
我從蘇州來拜公瞻儀容公本　皇家胄腰帶垂雙紅燒殘一寸燭所談殊未
終上言陳堯禹下言籌兵戎慷然念東南米貴安所窮年年買如珠不論歉與
豐雖云戶口增開闢亦十重毋乃積貯策所謀實未工古穀積閭閻今穀積倉
中閭閻婦女樂倉中雀鼠空糶者十之三糴時豐轉凶譬如身血脈節節須流
通約束阻抑之不免生疽癰其他財賦類參茶鹽鐵銅轉輸於乾坤道皆與米
同大哉明公言可以陳蒼穹方今大江南民氣亦已癃　天子甚神聖將責賢
者躬聞公姓名來笑聲起兒童願公行所言事業垂豐隆豈無爲之難古人重
愚忠補救得尺寸雨露皆殷濃賤子引疾去不獲親幨幪有如漢明妃臨別纔
相逢感激知己意讀書東山東高堂白髮在歸心時忡忡猶爲一倉穀新官多
磨礱欲飛身無翼欲步手無筇白雲渺在天夢見龍門桐桐高三百尺枝葉覆

雕蟲此蟲無所求願歸采芙蓉江湖皮骨老再來佐夔龍

寄辰方伯 諱垣

櫪馬不受羈空山耽孤往難忘伯樂顧中夜發長想當今求賢 詔纁組不停訪惟有夫子來 天心獨上仰胸涵水鏡明氣肅烟霄爽牙籌策輓輸龜刀定黽鏹我初謁崇階問名獲曲獎側耳詢治理傾衿納忠讜偏於沒階趨許其伸骩髒時逢老母疾飢童欲歸饟公意大躊躇留書凡三上自慚鉛刀藏尚邀神劍賞更悲弱草去不受春風養惻惻烏辭懷依依兒脫襁事已箭離弦情猶珠墜掌於我叚悠悠而公獨怏怏同道自有朋君子原非黨殘臘走杭州宛轉謝函丈公命郎君見玉質何閑朗能爲擘窠書歐褚工摹倣德盛一家榮政和萬民享舊尹還白門方春理雙槳爲善哭子皮登龍感任昉古劍雙龍掘孤琴七弦響欲報知己恩橫術何廣廣

莊容可少司馬督學金陵招飲公廨卽席有贈

蠟燭當筵似有情照人舊兩倍分明雲泥脈脈公然定鬚鬢鬑鬑相對生滿席

風寒秋有影一天霜重雁無聲劇談只覺懷難盡已是歸來月二更

韋縠 有序

偶閱談薈載唐宋詞臣恩幸事疑其不實後又見他書載蜀主王建過禮翰林人尤之蜀主曰我昔直禁軍見唐天子待翰林之厚雖朋友不如也我不過萬分之一耳審是則談薈所言容或有之矣爲紀以詩

天子臨門酒未消西清酣寢月輪高醒來陡覺春寒薄身上韋妃蜀纈袍

王珪

有詔傳宣到玉堂翰林踏月見君王宮娥磨就三升墨一朶珠花字一行

宋祁

閙呼小宋是宮鴉天賜蓬山一片花人不風流空富貴兩行紅燭狀元家

錢唐袁枚子才

歸家即事

初四出官署二十整行裝三十抵烏鎮初一入錢塘錢塘到家近心急路轉長
離鄉忘鄉音入耳翻倂張閽者問名姓小犬吠籬旁主人不復顧直趨上中堂
阿姊扶阿父老妻扶阿娘衆面一齊向雜語聲滿房阿母向我言爲兒道家常
我老多疾病且喜無所妨不如汝之父秩膳口頗強自汝出門後諸親如水涼
三妹抱瑤瑟悔嫁東家王四妹壻遠遊季蘭尸祭忙汝嬸自粵歸祀竈無黃羊
舅家風淒淒滿屋堆靈床告汝各甘苦便汝相扶將阿母言且行手自羅酒漿
阿父爲我言望兒穿眼眶昨得一口信道汝頗周詳初四出官署二十整行裝
三十抵烏鎮初一入錢塘新官初攝篆米穀猶在倉三觔與四觔廩人未收量
汝今雖歸家何能長居鄉汝食大官俸我得屋東廂汝仰視櫨栱千金寧低昂
荷花三十里蔭柏復沿塘金丸小木奴冉冉自垂黃老人手所植待兒歸來嘗

我將行赴園有人牽衣裳一妾抱女至牙牙拜爺旁佯怒告訴爺索乳頗強梁一妾作低語外婦宿庚桑君毋忘菅蒯專心戀姬姜老妻笑啞啞打開雙青箱謂當獲金珠而乃空文章阿母欲我息吹去蠟燭光明日大母墳長跪奠殽觴孫兒十八歲懷抱猶在床今兒得官歸古墓生白楊嗚呼蒼天恨此恨何時忘後日走西湖帶兩觀湯湯我行周四嶽畢竟此無雙悠悠笑語過忽忽燈節忙此身不自持呼僕買舟航阿母留兒子一日如千場勸兒加餐飯爲兒備餱糧家園筍似玉手烘加飴糖春茶四十挺片片梅花香阿父不受拜但指鬢邊霜妻妾無所言含淚不成妝惟問幾時歸君歸我可望阿姊出簾拜甥兒要同行叔母亦唧唧阿品交與兄兩郎俱年少初生別離腸親朋來一送軟語都未遑蕭蕭北門關行李搖夕陽慈烏哺復去脊令聚復翔鴛鴦折荷葉織女望河梁浮雲爲鬱結驪駒爲徬徨人生天地間哀樂殊未央

正月十七夜

滿牕月色滿池烟千點寒鴉一客眠夢裏忽驚蝴蝶影梅花飛過枕函邊

寄程魚門

淮南有桂樹秋花含春姿生長斥鹵地馨香交始知翩翩一黃鳥歲歲長相思
稻粱不自謀經營託所司相知日以深相看日以希此樹不落葉此鳥無卑棲
所以歲寒時寸心兩不移
去年秋風發拾得雲中書書中三千字字字珊瑚珠珊瑚七尺長朝夕生奇光
旁人勸我售佳人勸我藏豈不惜顏色恐爲物所傷感激佳人意涕泣沾衣裳
西江魏公子海上彈青琴可惜太通脫揮盡千黃金殘臘渡空江賤子病扶床
程生亦復至病者喜欲狂呼兒羅酒饌大笑傾千觴我病君莫慮病欲隨官去
將攬君子衣告君罷官趣梅花今又開君子在何處
阿兄將出山阿弟守故紙弟也爲科名兄也志千里兄弟各有心蛟龍分路起
其旁有鄙人長笑不能止觀我十年來此味如斯矣賈生王佐才年少拖金紫
禮樂與明堂揮霍滿牙齒遭遇漢文君慟哭長沙水破鏡飛上天不能照妻子
寶劍變犂鉏家家得耘耔

綿蕝窮六經賢者識其大紛綸井大春意聖沈不害跪起何舒遲遺蛇其冠帶
太矜舒鴈容致招蜀犬怪忽受虛弦驚無故出居外六石青蠅矢竟爲儒生戒
君書致諄諄居閒求郭解我將駟合懽騎驛使愉快儒林與文苑古無鴻溝界
一史偶作俑千秋竟分派我雖韓柳才敢不殷陸愛我雖孔明賢敢不龐雍拜
爲渠思者三子毋言之再

哀樂不能已然後考鼓鐘性情得其真歌詩乃雍雍後儒失所傳淫罜鳴秋蟲
昨吟吾子詩音與漢魏同宮商一再彈流水滿絲桐願子崇景光大雅扶國風
三微統未絕羣雅道方隆結交得古人空山誓始終

君看白雲飛知我此閒好但恨巢與由此身不肯老今年陰雨多江上秋來早
且喜得秋涼又恐傷芳草芳草日以傷故人日以少臨風寄遠章落葉滿懷抱

宿蘇州蔣氏復園題贈主人

白門新挂竹皮冠爲愛梅花不作官今日名園偏晚到萬株香雪點燈看
爲儂安放竹床邊剛在花明柳暗天侵曉主人尋不見早同鷗鳥立寒烟

春雨瀟瀟滴滿階春宵夢短眼頻開銀燈紅淡竹牕響半夜月明仙鶴來

縹帶橫陳萬卷餘嫏嬛小犬鎮相於人生只合君家住借得青山又借書

碧檻紅闌屈曲成海棠含雨近清明半池雪霽水微綠坐看野塘春草生

亭孤容易夕陽斜寶塔金泥射落霞每到細烟生水上晚烏啼出隔牆花

青山顏色主人恩相別能教不斷魂水竹風情花世界恰曾消受幾黃昏

四月四日龔愚溪移尊隨園得招字

柴門那得有人敲隱者除非酒可招山裏送春剛四夕柳邊垂綠正千條空堂棋罷微聞雨遠樹鶯啼半入簫君若再來休問日今年無刻不逍遙

後五日談沈兩門生來置酒得種字

殘春孤花危新晴遊人勇送酒遇劉宏分題得江總眷茲朱陽節登彼綠雲壟蓮舟朝淺揭雲壘夜深捧蝶行小草搖日落羣霞擁簾影只三人鳥聲恰萬種呼僮撤金燈月華如水湧

十九日梅坡招孟亭南臺再集得觀字

有酒我不飲無酒我不歡不如招酒人痛飲使我觀王郎知此意清晨擔杯盤
諸客從而後來泛杯湖船幽花隨春開好香隨風傳有月便歸去無雨且盤桓
問我飲不飲存杯聽自然所以主人翁自號稱隨園

讀書二首

掩卷吾亦足開卷吾乃憂卷長白日短如蟻觀山邱秉燭達夜旦讀十記一不
更愁千載後書多將何休吾欲爲神仙向天乞春秋不願玉液餐不願蓬萊遊
人間有字處讀盡吾無求

我道古人文宜讀不宜倣讀則將彼來倣乃以我往面異斯爲人心異斯爲文
橫空一赤幟始足張吾軍

隨園雜興

官非與生俱長乃遊王路此味既已嘗可以反吾素看花人欲歸何必待春暮
白雲遊空天來去亦無故

喜怒不緣事偶然心所生升沉亦非命偶然遇所成讀書無所得放卷起復行

能到竹林下自有春水聲
客敲柴門響主人在夢中驚起索布襪遺失草堂東夜亦無所想夢見竹樹長
客若遊我園赤脚送君往
造屋不嫌少開池不嫌多屋少不遮山池多不妨荷遊魚長一尺白日跳清波
知我愛荷花未敢張網羅
花自帶春來春不帶花去雲自共水流水不留雲住我欲問其故無人有高樹
樹下閑思量春與雲歸處
耳目口鼻心偶然爲我有有而拘攣之此物爲誰守心爲身之主身乃心之友
以主奉嘉賓陶然飲一斗
經史與子集分爲書四支亭軒與樓閣四處安置之各放硯一具各安筆數枝
早起靧沐後隨吾足所宜周流於其間陶然十二時
聞我書聲息四面老農來壯者負犂鋤衰者穿麻鞋嬉者戴篷累勞者擔薪柴
邀我大樹下懷抱一齊開今年苦風雨艮苗猶未栽聞公讀書聲毋乃舉茂才

愛其性真誠發言如嬰孩各贈一杯酒縱横臥莓苔
好鳥不知名翩然四山至村人來我前往往有酒氣我有舊門生送酒月三四
花下開酒觴觴畢作棋戲一杯醉扶床一局敗坌地蕭蕭新竹枝似有扶我意
扶起謝東山一笑吾猶未
君莫笑樓高樓高固亦好君來十里外我已見了了君來莫乘車車聲驚我鳥
君來莫騎馬馬口食我草君來毋清晨山人怕起早君來毋日暮日暮百花老
當年隨大夫對山初作屋亭榭招雲煙杯觴明華燭父老爲我言此公殊不俗
拱手竟貽誰何由知是僕迢迢三十年重來理花竹隨之時義大園名不改卜
以我今日歡尋公往日樂逝者如斯夫古今同一局我後更何人問山山不告

送許南臺入都

鍾山有良鳥羽翼無孤翔金陵有同官臨去亦雙雙同君官石城同君家古杭
兩同何足喜所喜同心腸君心多落寞我心多踈狂大家抱寸心皎如明月光
相聚不覺樂相離各自傷彈指四年中歲月同奔忙江頭迎大官舟楫相扶將

朔望府中趨車馬偕煌煌我愛臨汝飾君亦戚衣裳我求鍾繇玦君亦佩琳琅
我歌郢中詞君亦能文章渠眉大題圭爭買戚金箱隨園十六韻句句能鏗鏘
我來多日午君來多夕陽輿夫不待命亦遽升高堂皂隸知坐久鼾聲官署旁
家僮如兒女紛紛羅酒漿梨園子弟來歌舞邯鄲倡紅箋親戒速擊鼓椎肥羊
後湖七八月載酒水中央使我兩襟袖至今荷花香阿時貌如玉君家六歲郎
倭髻出拜我喚我妻作娘阿娘雖南歸愛兒不能忘今春我歸家娘問兒可長
前年纔扶膝今年當扶床從前贈文葆未必還收藏今將寄錦袍稱身須裁量
請君記此情此情豈官場爲君歌此曲此曲尤悲涼自我乞病歸君與竟頹唐
起視世間事亦復歌迷陽吏部文書來工部催君行鼓吹吹君車明駝馱君裝
我初心歡喜須臾又慘傷前此二馬逐日落已三商後此相逢期海水真茫茫
今夕置斗酒黃鸝鳴枯楊欲行且未行強君進一觴願得兩弟兄延齡各千霜
天南地北時德音永相望

與家弟香亭陸甥豫庭居隨園倣昌黎符讀書城南詩作二首勸其所學

示香亭

我昔見弟時弟纔離襁褓弟今見我時弟年如我小兄爲西湖魚弟爲粤西鳥
相去萬里餘相别十年杳兄弟記從前大家難了了我叔滯異鄉半生伴猺獠
娶妻得繆家家口忽繚繞黄籍忘故鄉白頭尤懊惱傷哉就木年六十不爲老
上有慈孀悲下有諸孤藐我弟難自存全家歸悄悄木葉自返根海水多入島
不恨歸太忙但恨歸不早我父喜弟歸焚香告祖考我母喜弟歸傾盤堆梨棗
我妻喜弟歸公然學作嫂消息傳賓朋聚觀集隣媪弟性既温和弟顔亦美好
執筆學爲文頗亦知頭腦我家雖式微氏族非小草高祖槐眉公烏臺稱矯矯
傳家無笏囊所챘存衲襖此事汝未聞此語汝宜曉勉旃光前徽典籍窮搜討
辭浮理易踈境曲心能造阿兄既辭官分俸時愧少常恐孀在家菽水未必飽
欲慰白髮親須立青雲表矧兹讀書地幽趣頗飄渺楊柳何依依竹竿亦嫋嫋
對景生天機隨心發匠巧阿兄區區心焚香向天禱

示豫庭

我攜甥出門我姊向我拜我姊胡拜爲託汝情無奈汝食不愁飢汝衣不愁敗所愁汝讀書十年不通泰爾學舅可教爾文舅莫代文字爾未佳舅如負姊債爾父名秀才中年困疾瘵初作淳于贅繼乃出居外我姊事其夫夜不解衣帶藥餌兼褊柎裙釵無遺賣汝父氣奄奄呼姊申遺誡我有兩孤兒麻者居其大屬猪纔扶床屬兔未能話諒難自成立惟爾弟是賴我姊聞此言肝腸摧以壞麻衣白若霜抱汝來廳廨我時遊京師廚竈苦湫隘人窮恩易衰米貴親誰丐我姊燈熒熒手爪自凋憊對汝父遺像悲泣聲流喝未幾我作令家計稍可耐爲汝延經師望汝早釋菜忽忽十九年冠禮行將居汝熟一寸書我心何愉快汝隨羣兒戲我齒時噤齘教汝如教兒親親竟難殺記汝喚阿登幼時殊可愛酷似劉牢之雙瞳夏足怪長乃質稍鈍學力慎毋懈精衞填海波愚公移泰岱老夫慣諄諄君子應夬夬人生尺寸名會須及親在況汝白髮親春暉豈可再

赴淮作渡江吟四首

一聲篙入江萬象化爲水喜無塵埃侵但把明月洗彈琴詠先王浩浩一千里

前望去者船虛無不見底後望來者船次第出烟裏茫茫來去者俱爲風所使僕也豈其然吾行亦吾止窗寒秋正清燈定潮不起舟行吾不憂舟泊吾更喜夕陽不見人歌入蘆花矣

五更江上起落月金盤光青天虛無聲寒蓬微有霜四海同一魂大夢酣茫茫而我當此時萬感回中腸青雲懷北闕白髮思高堂百年會有期行役殊未央瞻彼江湖闊知我道路長聞此蟋蟀鳴能無遲暮傷北斗爲我愁駐柄頹西荒玄鳥爲我悲孤飛三兩行偃息再入戶餘温猶在床我身應我愛嘆息加衣裳

日落黃天蕩懷古思英雄南宋韓蘄王於此觀軍容金兵南下時旌旗耀白虹韓王八千人扼之於江中紅顏擊金鼓白浪生刀鋒坐見楚師熸六軍爲沙蟲要以三大事兀朮語已窮二聖有精魂頃刻慈寧宮惜哉少周防烟火燒飛篷遂使隻輪返恢復無全功韓公從此悟萬事慎所終所以岳家死公竟如神龍策蹇西湖濱醉倒東南峯舉手天地動放手烟雲空朝爲大將材暮作漁樵翁

昔年尹宮保奏我牧秦郵吏部議阻之勳格相羈留我今過此邦一望無田疇

適逢黃水決赤子生魚頭使我果牧此何以佐一籌慨念今黃河勢合淮汴流祇因資轉漕約束爲疽疣人自奪水地水不與人仇河身日以高河防日以周縱舒一朝患難免千年憂何不決使導慨然棄數州損所治河費用爲徙民謀更置遞運倉改小運糧舟水淺過船易敵淮事可休路寬趨海捷泛濫病可瘳此語雖驚衆此理良或優安得陳明堂弆告東諸侯

江中看月作

江風送月海門東人到江心月正中萬里魚龍爭照影一船雞犬欲騰空帆如雲氣吹將滅燈近銀河色不紅如此宵征信奇絕三更三點水精宮

到淮遊程蓴江晚甘園作

淮水能招隱江風送我來故人今夕會叢桂小山開出拜兒孫大登盤棗栗堆洪崖肩一拍先要看蓬萊

小艇一篷孤家僮兩兩扶三山風漸引四面地全無高樹涼冠帶斜陽煖酒壺水亭終日坐身欲化菰蘆

山罅響黃葉空林似有人摘花香滿手倚石露沾巾橋斷能通客牆低好送春
飛飛風外蜨與我鬬閑身
辟疆園自好恰稱主人翁圖畫芭蕉雪笙歌玉笛風張燈千樹上開卷萬花中
莫畏烟波闊青山護此躬尊江有家難
舊墨題餐勝新詩別海棠黃金填大夢白髮老名場螢影豆棚出山容屋角藏
歸來重置酒夜坐話滄桑

不見程南陂比部投詩而歸

門外青苔滿知君正避人科名兩淮重絲竹一生春過路袁臨汝高眠鄭子真
相思不相訪風葉滿前津

理桂

偶然兩眼明看見桂上蛛蛛絲如羅網蒙密窮根株桂也花將開憂疑心不舒
我心疾如仇不及呼園夫持竿自搜剔桂意始潛蘇桂離我不遠種在書窗東
我非忘桂者桂死猶癡聾不見蟲爲災翻疑桂不材感激眼前事使我中心哀

芟竹

竹性不耐雜志在干青雲蒙茸依附者都非賢子孫腰鐮爲芟除萬綠一齊立明月穿林來清風有路入始知爲政者姑息本非好不見古干將殺人爲人寶

裘叔度宮詹祭禹陵過杭值余引疾歸里相見有贈

六橋煙柳古杭州聽唱皇華躍紫騮望氣早知　天使至抽身剛伴故人遊八年風雨燈前夢一片銀河笛裏秋今日狂奴狂減未問公何事尚搖頭

中朝典禮重儒林許握牙璋作越吟太史茫茫窺禹穴詩人步步入山陰雷門鐘鼓秋風急古殿龍蛇水氣深倘過苧蘿花色好大夫莫動五湖心

櫻桃街北掖門東　帝里燈花幾度紅殘客有時腸九轉新宮無譜曲三終高冠嶽嶽君全改滿面鬑鬑我忽同賭記蓬山多少事輕雲已過月明中

宮詹珍重鬢如絲曾有封章海內知才爲患多偏見少官因還早轉嫌遲（君以編修遷宮詹五年矣）班荊江館逢新鴈折柳天涯愛舊枝八表停雲公莫忘江東士遜有心期

贈朱端士先生

雍正壬子與坻歲我年十七君古稀試於有司僉中雋得而復失同歔欷君如孔融忘己老爲羣拜紀甘如飴我如鄭莊忘己少與大父行相攀追華堂稱觴衆賓集命我製序夸文詞黃金爲泥書屏錦公然上坐傾瓊巵家有女孫欲許字蹇修十輩縱橫馳事雖未果情足感目光如月將人窺別來忽忽十九載我今解組重披幃君喜走出笑不止滿頭插遍商山芝彼此握手認良久同驚面目微參差蒼松在山屹不動看雲出去看雲歸其時梅雨天溽暑荷花深紅開滿池跪獻一尊知己酒沾於君脣快我脾人生惟有貧時恩如鰲戴石蠶含絲喬公太牢徐君劍彼皆冥報非生貽難得高年還待我一一出處親見之尚恨不能澤六合副君當初遠大期姑且日拜丈人側如以芥子酬須彌

宿白土不寐

野店臥秋夜滿床如水生萬重心事集半點壁燈清欲起慮驚衆無聊且數更一層窗紙白第五次雞鳴

寄香亭

歸鞭東指日斜曛記得山僧送出雲園在建康家在浙心如瑞麥兩歧分

山頭一帶新栽竹我最關心夢見之喜汝昨宵家信到爲言兩後活千枝

一家新水尋常事莫損男兒瀟洒懷五月新絲三月穀是儂草草已安排

臥醒寒梅紙帳中可曾佳句贈西風水亭秋月涼如雪澹到書燈讀未終

遣懷

南山紫鳳凰光華耀流虹生餐玉山禾不食塵翳蟲垂頭大海外有情烟霄中

側聞唐堯廷后夔能敲鐘爛然隨百獸來觀天子風所過千枳棘化爲雙梧桐

忽然思王母高飛扶桑東來時金翅耀去時風雲空百鳥向南望萬古青濛濛

唐時有李叟行善夫妻偕朝供千夫膳暮設八關齋精修二十年果然天門開

峨峨金甲神稱天問所懷念汝良苦志償汝所由來貴可金張位富可猗頓財

憑汝擇於斯天將爲安排叟乃再拜言均非臣所欲臣好在讀書臣志在行樂

堂前羅牙籤屋後多水竹掃地靜焚香侍者顏如玉如此了一生雖死臣亦足

金神搖手笑汝乃大癡矣此是神仙福上界重無比不比富與貴擾擾忽忽耳
十洲三島仙賜者能有幾汝再修三生來請玉皇旨
孫郎年十七手揮江東戈玄裳披金甲豺狼俱盪磨百姓震威名魂魄生驚波
忽見美少年談笑春風和秋毫不曾犯遠邇相謳歌龔許迎天子頃刻取山河
人云太輕身王業終蹉跎我道命存焉成敗難詆呵漢高七十二中箭何其多
蕭王最持重亦復困滹沱嘆息復嘆息英雄如天何
一日不再晨一過無留步茫茫大化中萬類如風度君宜醉與癡但度毋回顧
前顧春夢長後顧夕陽暮未來或爲新已來即爲故我本青蓮花偶爲陰陽誤

步山下偶作

把卷閒行水竹居孤花紅剩晚春餘輕風剛值吟殘處替我吹翻一頁書

寄孟亭太守

大雅千年事江湖各有名是誰堪領袖屈指數先生灼灼崔岐叔鏗鏗楊子行
褰帷曾守郡剗草竟歸耕臨況星將曙欽遲月盡更分攜甘谷水同酌碧雲英

祖約談何劇唐都道已成志書勞檢校史筆最縱橫潔可同靈憲嚴堪比論衡

體裁霞共駁書義鬼同爭古柏根盤大流驚口舌輕修江寧志被謗風懷歸酒德蘭藻

入秋聲遺妾捐家累編詩住石城花枝終日把琴子徹宵鳴官罷心纔壯才難

意始傾高文無敵手吾道有交情賤子歸鄉里西風卷客旌孤琴彈漸少歧路

夢頻驚八表停雲遠三山落照明不知文社裏又進幾回觥

寒夜

寒夜讀書忘却眠錦衾香燼鑪無烟美人含怒奪燈去問郎知是幾更天

好作古文苦無題目尋春輒不如意戲題一首

有筆無題每自嗔黃金何處買陽春論文頗似昇平將娶妾常如下第人

三月二十四日偕門生王梅坡舍弟香亭陸甥豫庭遊清涼山逢白下諸

君子有修禊之事爲余置別席於南窗醉後大書僧壁

王郎王郎隨我走樓復一樓看花柳謂是空山少人跡忽逢衣冠七八九念我

江城舊長官殷勤呼僮來送酒此酒竟同天上雨隨風吹來飛入口一杯初酌

風乍吹兩杯再酌風吹久我弟我甥衣裳單面栗膚僵時縮肘我生不飲今畏寒亦復捧杯不放手南窗大開殊有意天送長江作酒斗梧桐葉葉招風旛綠竹枝枝掃雲帚萬家闤闠浮碧空晚來一片煙光剖嘆息人生會合緣一酬一酢都非偶護世城中美饍天靈山會上前生友我與諸公定有因敢說民爹與民母只憐不速醉昏昏忘恰主人姓某某且題僧壁志高情不管塗鴉字麤醜出門更笑問酒人明年此日還來否

偕香亭豫庭登永慶寺塔有作

一層兩層風力猛欲落不落三人影三人如蟻轉磨盤塔高如天竟無頂身不登高眼不明江山歷歷似圍屏何須僧借蒼龍杖天馬空行自一生

小倉山房詩集卷七 庚午辛未

錢唐袁枚子才

輓副憲趙學齋先生名大鯨杭州人

日斜庚子歲忽忽星隕湖山半夜風直道一生形顧影文章四海水朝東烏臺人去黃封在紫府仙歸絳帳空爭奈九原難瞑目庭萱百歲淚猶紅

手把山陽笛一枝素車入哭酒盈巵還家已在聞哀後知己終思未遇時老屋半間無宿草招魂滿壁有殘詩滄桑細與郎君說涼雨黃昏鬢欲絲枚送王卿華詩一聯云風懷似我能憐我客路逢君又別君公逢人誦之

慰廣文虞東皐以老被劾

從古廣文先生官不飽鎮日盤堆苜蓿草先生時愁苜蓿清苜蓿還嫌先生老先生獵纓而坐嘆且吁將使搏熊逐麋鬬力乎若然甚矣吾衰也否則伏生轅固方登車我道君毋憂麥禾各有秋君不見迦陵宰相公同年身拖紫綬歸黃泉又不見孟亭太守公同官方挂角巾尋古歡貴者先亡賤者在閑中歲月君

須愛種成桃李滿人間收得桑榆歸物外先生聞之大喜酣千鍾自署城南老
禿翁放手劃成峋嶁字開懷吹出黃農風忽聞天子南巡詔白頭又照烟波笑
想作飛熊學太公廣張三千六百釣先生將獻詩

題張憶娘簪花圖并序

康熙初蘇州倡張憶娘色藝冠時好事者蔣繡谷爲寫簪花圖一時名
宿尤西堂汪退谷惠紅豆諸公題裓襹裙褶幾滿亡何圖被盜迹之在
揚州巨賈家繡谷子盤猗以他畫贖還余至蘇州事隔五十餘年開卷
如生惜無留墨處矣爲五絕署之紙尾

百首詩題張憶娘古人比我更清狂青衫紅袖都零落但見真珠字數行
五十年前舊舞衣丹青留住彩雲飛開圖且自簪花笑不管人間萬事非
想見風華一坐傾清絲流管唱新聲國初諸老鍾情甚袖角裙邊半姓名
身後揚州又往還芳魂應唱念家山蘭亭肯換崔徽畫贖得文姬返漢關
當日開元全盛時三千宮女教坊司繁華逝水春無恨只恨遲生杜牧之

姑蘇臥病

一床高臥闔閭城五月黃梅聽雨聲楚客心孤應有病吳宮人住豈無情風多樹影當窗弄夜短燈花到曉明肯放襟懷肯行樂中年已見雪千莖

病中謝薛一瓢

先生七十顏沃若日翦青松調白鶴開口便成天上書下手不用人間藥口嚼紅霞學輕舉興來筆落如風雨枕祕高呼黃石公劍光飛上白猿女年年賣藥厭韓康老得青山一畝莊白版數行辭官府赤脚騎鯨下大荒故人忽罹二豎災水火欲殺商邱開先生笑謂雙麻鞋爲他破例入城來十指據床扶我起投以木瓜而已矣(命以木瓜代茶)嚥下輕甌夢似雲覺來兩眼清如水先生大笑出門語君病既除吾亦去一船明月一釣竿明日烟波不知處

謝吳令魏濬川問病

故人旌節駐三吳肯辱高軒爲病夫隔歲雲泥分吏隱對床心跡共江湖鴻飛碧海烟波淡雨過黃梅木葉麤更有閑情談玉石問君曾得水蒼無

老將行

黑鞘將軍騎白馬年年獨獵陰山下拔劍時同霹靂爭揮鞭慣把旋風打手中闢地一千里麾下偏裨半金紫刮骨堂前召伎歌論功殿上揮拳起酒氣時熏甲帳中名王擒出烟塵裏于今蕭蕭兩鬢霜日餌雲母彈清商朝廷數遣問邊事素書幾卷存金箱朝聽禪白社暮種瓜青門圖形不去涅面痕血甲血裳示子孫

已涼

已涼天氣病初消小市長陵宛轉橋裝罷金星風送月魚山神女降弦超旗亭畫壁唱新詩重託王昌寄柳枝滿架豆棚秋有露藕花風裏說相思官奴未敢呼卿字團扇終須記曲名聽說張星天上住七條絃上鳳凰聲

臨行

臨行偏唱惱儂歌惹得檀郎臉亦波爲費黃金還費淚喫虛無奈是情何

橫塘懷古

橫塘花落吳宮晚西施心痛紅顏損身受吳恩報越仇憐渠春夢如何穩韓王

進美人疏秦乃益彰西施情脈脈或者爲同鄉子胥白頭諫刺刺吳王英雄笑

不荅抱著西施更練甲苧蘿村飲合歡杯越王顏色如死灰

迎　鑾應制

一曲南風入舜琴百年重見　翠華臨得瞻雲日蒼生福欲問桑麻

聖主心鹵簿不嫌吳市小　恩波原共越江深微臣曾作中牟令聯袂應歌于

蒍吟

鳳輦親扶

聖母慈金根紫屬耀坤儀承歡須得江山助教孝行看士女知錫類高年加粟

帛采風南國補笙詩　宸遊五載虞廷例只恐民間尚道遲

黄河堤上簇金鞍玉滿羣山雪未乾日馭豈辭千里照天容原許萬人看梅花

不落紅雲護春水方生　御舫寬野麥青青蠶蝂蝂愛從此處問艱難

聽說

先皇駕六巡迎　鑾還有白頭民松雲不改堯心舊河海重看禹力新慮損田禾行緩緩怕傷物力　詔頻頻瓊林烟雨瑤池水流到江南總是春

自杭州赴蘇泊船平望曉起望雪

一夜白如此小舟猶未行野飛花不斷春在樹無聲山影依天盡沙光射櫓明是誰掃篷背氷玉響琮琤

阻風五日

雪似鑾溪鷟鳥墮船如西域賈胡留篙工半老更加懶遊子不眠時復愁人裏絮綿走荊棘天將玉戲留孤舟古杭距蘇三百里肯信我行五日不

寓目卽書

江村白沙明月中一个鷺鷥一釣翁鷺鷥銜魚忽飛去釣翁猶立釣魚處堅冰不堅寒氣斂客子未眠常倚檻北斗愁人不識春柄在東方如指點

宋逸俊秀才宮門待漏圖

不畫青衿畫絳袍春明門外馬蹄驕平生芳草思君意讀到唐詩愛早朝

兩兩紅燈宛宛垂奚僮擎出影葳蕤朝班不敘家人禮小宋先行大宋隨秀才弟軼材官侍講

似我烟波一葉輕八年無夢入京城曉風殘雪天街鼓此味前生記得清

嘲月

亭西親送好斜陽又見秋蟾一片霜何故極明終是夜祗緣著物太清涼

棄婦辭爲王麓園作

腷腷膊膊雞尙棲女兒欲去烏夜啼井中瓶落無消息藥店飛龍有是非是非彼此憶疇昔華山畿上雲陽客玉藕絲多郎性情菖蒲花香妾氣息只道辰星抱萬年此生不抱前魚泣一年一年郎意變變在郎心妾不見銀漢猶橫白玉堂秋風先到昭陽殿郎君面上結春冰妾欲爲雲雨不成州吁自忘終風暴籥史空呼引鳳聲小姑在旁不解事猶進胡琴勸同戲直撲金盆水不收方知玉顏成汞棄明年新人爪不如郎知悔過來挽車妾身依舊無瑕玉可惜郎成濁水魚

薛徵士一瓢招同許竹素汪山樵李克三葉定湖俞賦拙虞東皐集掃葉莊各賦一詩

一瓢不飲好飲客糟邱高築蘇閶門七百斛秋麴了事三十六封書招人端午後七日大開水南園坐中衣冠何偉然霜眉雪鬢堆璵璠彥先揮羽扇林宗墊角巾王融作才語樂令能清言文史元儒張旗鼓詞波四起風軒軒癲本何妨盛德事樂亦不憂兒輩聞疑是張樂洞庭野帝臺石上觴百神又疑雲仙傳真誥靈簫墨會來紛紜誰知乃是高陽里中小集耳季和爲主太邱爲賓元方執杖慈明捧尊膝上最小荀文若亦復秀眉長頰朱點脣（一瓢外孫陸郎）潛虬除手令括頸無車輪但知文字飲各醉葡桃春共算坐中春秋七百二十有三歲早已上歷中丞蘭臺聚下繼香山九老羣只愁太史多事作妄奏却喜此夕雨脚不斷無星辰

詩成後自嫌曼衍別呈一律

來聽蕭寺黃梅雨半是開元白髮翁入座者英先論齒捲簾山翠遠浮空虛堂

風大江聲近水面燈高塔影紅坐有洛陽年少客寸心傾盡酒杯中

楊枝十六韻

楊枝一朝別琴客半年偕鏡檻香猶在妝臺粉未揩蘼蕪生去路梅雨滴空階追憶壓宵日難忘小市街嫈嫇扶彩伴珍鬘索娵娃子貢三挑苦丁娘十索佳黃金虛牝擲白璧大庭埋不料驚鴻態都成嚼蠟懷愠羝時有避梯几坐難挨笑淺知情薄燈涼使夢乖妾生韓女病郎伴太常齋速贈拋家髻看飛却月釵行雲原渺渺歸鳥自喈喈一曲懷離賦餘情未有涯

泊舟平望偕齊次風宗伯周蘭坡學士訪玉川居士

輕帆爲我慰離羣得見梅花又見君三徑苔痕藏草屋一湖水氣濕春雲風停篆影微微直雨歇鶯聲漸漸聞彈指來遊剛十載當筵莫惜酒杯醺

青山莊張叔度方伯園名家已籍沒

笙歌聲斷水雲寒草草亡家瞑目難我與主人曾有舊青山不忍上樓看

徐題客穿雲沽酒圖

玉貌仙人衣帶斜瓢邊橫插兩枝花穿雲何事頻來去天上嫌無賣酒家

七月二十日夜

寒風蕭蕭打窗急半夜書翻床脚濕直疑天壓銀河奔又恐地動海潮入披衫開門欲喚人一峯瘦影燈前立

題蔣盤漪詩冊并序

盤漪書法冠時索婦于閶門白蓮橋號定窰觀音亦知書工楷法有賈胡挾重價篡之姬矢志歸蔣諸名士豔其事贈詩如梵夾余至蘇州事已三稔慕蔣之能得人也臨行歌一詩以別蔣

袁子買舟渡江去蔣郎持冊索詩句冊中名士寫名姬是儂不可無詩處聞道姑蘇有麗卿蕙心蘭質擅傾城能空冀北真無匹纔讀周南便有情蔣郎沉醉酒家胡信託黃姑問紫姑玉杵暫迷三里霧綠窗遙睇十眉圖子南超乘先相見十丈紅絲親引線宋玉牆頭柳眼青文君曲裏琴心變妾解簪花愛墨莊郎能提筆寫鍾王定情不用黃金合彼此鴛鴦字一行微波通後靈犀動錦字分

明書鄭重昌谷常歌泥憶雲相如莫笑凰求鳳智尼將嫁蔡與宗師伯呼車故
惱公香粉樓高千蝶撼琅玕紙好萬蠅攻娟娟此豸坐臯臺笑說湖陽事不諧
梵蓮豈肯隨波去仙杏終須傍日栽一曲清簫吹鳳至滿城紅葉送詩來紛紛
吳市傳佳話留髠席上金釵挂買繡爭將公子描熏香共把觀音畫十里桃花
塢最深年年不斷是春陰金環照骨同磨墨玉井敲冰共撫琴不虛漢水三挑
約償盡柴桑十願心婁羅歷寫綢繆記荏苒光陰二十四兒女成行金屋中路
人還說初婚事阿侯抱出類芙蓉莫愁顏色知相似笑儂歲歲拗花看暈碧裁
紅夢轉闌王侯將相成功易名士傾城遇合難輕舟明日趁春潮腸轉車輪酒
未消極目苧蘿村在望夕陽愁過白蓮橋

閏五月二十八日買舟渡江吳下主人沈雲卓江兩峯招兩歌郎爲余祖

道

主人情重酒杯輕親把檀槽唱渭城世上別來知聚好尊前歡盡卽悲生兩株
瓊樹隨風散五月江帆冒熱行回首桂林書舍裏闌干空照露華明

雜詩八首

咸陽赤帝子商山白髮翁千秋俱有名兩人道不同當時頑鈍士貪立尺寸功
發縱爲鷹犬忍辱相追從一旦大事定鳥盡無遺弓須知殺人機即在嫚罵中
韓彭終不悟畢竟非英雄旁有四老人長嘯看青穹黃金四萬斤列爵封上公
箕踞以相奉棄之如蒿蓬有時爲漢來龍見未央宮有時捨漢去鶴飛大海空
炎漢有興衰白雲無始終

韓信再入朝噲等俱公侯鬱鬱未一年噲責信且囚使信向噲拜噲寧知恥不
微生敢何物高坐呼孔邱丈夫重意氣力欲爭上流偶然停倦足一落千丈溝
天命自有權此處非人謀朝廷兩三級挽以十萬牛雖有飛雲足不如乘風舟
中流偶失船一壺千金酬此意不能達皇天如寃仇所以張子房寧與赤松遊

天地有春秋來往不能了不爲拘者多不爲達者少達者貴行樂行樂還須早
使我明日飢我已今日飽使我明年死我已今年好不得行胸臆頭白亦爲夭
苟得快須臾童殤固已老

入山愁我貧出山愁我身我貧猶自可所愁戚與親我身猶自可所愁吏與民
出處難自擇請以詢家人父母聞作官勸行語諄諄妻妾聞作官膏我新車輪
僮僕聞作官執鞭追後塵我意獨不然亦非慕隱淪朝來見縣令三十鬚如銀
勞苦未得息大吏猶怒嗔況我挂其冠此骨已崚峋從前後行船已據要路津
而我復重來相見殊逡巡所恨年齒少衆論猶紛紜婦少難守節日長難關門
掩耳且捉鼻痛飲求昏昏
幼年負奇氣開口談兵書擇官必將相致身須唐虞十二舉茂才立志何狂愚
二十薦鴻詞高步翔天衢廿四入詞林腰帶弄銀魚八載謫江南手板學奔趨
再擢刺史官勳格相齟齬一旦洒然悟萬念都捐除高蹈隋家園甘心漁樵徒
琳琅羅萬帙桃李栽千株當軒陳古鼎隨手摩璠璵挂冠三十三不肯遲須臾
民吏或留之長行絕衣裾一變至於此是誠何心歟方春行秋令賢聖爲狂且
旁觀俱咄咄自笑亦渠渠不知千載後謂我爲何如
漢代有朱邑授官於桐鄉懷抱長者心視民常如傷春時巡隴畝夏日勸耕桑

斑白不負戴歌者日相望叢爾小邑中結搆一虞唐入爲大司農惻然猶不忘
謂我子孫祭不如彼一方其時有汲黯亦復稱循良考其報最績偃然臥在牀
卓哉兩君子身尊道彌光古今人不及請以古較量同促轅下駒古人無今忙
長揖大將軍今人無古狂古人重撫綏今人重趨蹌今吏如牛馬古吏如鸞凰
異官不異民蒼生受其殃三復循吏傳使我涕沾裳

我愛薛徵士長吟號一瓢重鐫瘞鶴銘更作安龜巢玉骨一把瘦素書三千挑
孤鳳翔青天世人不敢招平生不負人只負青龍刀神駿今老矣聞戰猶咆哮
願子采靈藥勿憚大海遙從來英雄人往往淩丹霄狠籍青精飯留以贈知交

我愛許子遜巍然一碩果此時橘中仙當日民之夥唐朝顯慶車晉代洛陽火
古色最斑爛深情笑言瑳縱論至於詩唐後無一可出其所著作使我祖亦左
非隨少陵遊卽入青蓮坐字挾華星飛筆落雲霞裹百怪雖妖浮萬象仍帖妥
平生枚自矜于此亦云頗忽然見夫君人間有二我可惜七旬餘髮白貧無那
無力飲酒泉只願吟飯顆雖非子夏盲已類鑿齒跛絃絶琴臺涼客少花關鎖

遥想竹素軒籬菊黄幾朶

月下彈琴

明月照青琴嫦娥似解音請彈流水曲遥答廣寒心孤鳳語烟際清商飛遠林惟愁七絃絶不覺五更深

偶成

自得隨園戸懶開三年車馬長莓苔謝安尚有東山夢江左空懷管子才秋氣漸催雙鬢改夕陽親送六朝來征鴻心事無人識飛去長天首不回

寄魚門

江南江北路迢遥同是門前水一條一日兩家流得到如何人不似春潮

南樓觀雨歌

六月午後風怒號白日隱匿如遁逃墨雲一角鍾山坳忽然長幔將天包昏昏之中萬手招雨脚尚在西南郊我登南樓梧桐梢放眼看盡青天潮欲來不來聲咆哮破窗先有陰風敲白羽大箭天上飄小枝雜下聲刁騷飛鳶跕跕立不

牢水晶寸寸垂絲絛龍堂亂把珍珠抛海神欲上朝丹霄疑是昆陽戰鼓囂亂走屋瓦虎豹嗥又疑武乙帝膽驕射天天破革囊漂豈知熱極陰陽交芃芃禾黍需脂膏我無羽翼同飄飖風雲羨殺蛟龍豪又無長柄雷公刀大呼阿香斬羣妖但見小屋如輕舠濛濛四壁生波濤家中江湖一望遙兒童削竹撐野篙須臾雨止烟霧消終風之暴不終朝萬物乃有安枝條野人赤脚淩滔滔對天狂歌甘澤謠我有南樓鵲有巢彼此不曾濕毫毛看雨須立高山高

閑倚

小池風急水鱗鱗閑倚闌干送晚春一陣落花牆外去不知飄落打何人

鬢邊

鬢邊初見一痕絲對此茫茫事可知排日急商行樂法傷春怕憶少年時會須自愛生前酒難信人傳死後詩著破阮孚千緉屐果然臣叔不曾癡

水西亭夜坐

明月愛流水一輪池上明水亦愛明月金波徹底清愛水兼愛月有客坐于亭

其時萬籟寂秋花呈微馨荷珠不甚惜風來一齊傾露零螢光濕㶇響蛩語停感此元化理形骸付空冥坐久犇忘我何處塵慮攖鐘聲偶然來起念知三更當我起念時天亦微雲生

泛海行爲林爲山題畫

我本扶桑民手握金銀臺長侍玉皇側朱顏如嬰孩綠章奏事蝌蚪誤衆人疑我非仙才不使瓊宮窺祕笈不使袖底生雲雷不許裁衣持熨斗不許調鼎和鹽梅但賜玉船大如鵬鳥背採芝拾草尋蓬萊頃刻碧虛金闕絕頂身吹落荒烟巨浪如飛來頭上有青天脚下無黄埃蜿蜿諸龍驚簇簇魚蝦猜道汝天上人胡爲乎來哉萬怪愁我得靈藥復拔雞犬升仙階磨牙吮血相賊害巨魚欲食張其腮我乃彎弓射殺之但見撐天白骨光皚皚我非古周公能造指南車不怕東南地缺無津涯又非漢張騫兩足乘浮槎乘之直到嫦娥家惟有隨風吹去如騳耳過盡千片萬片雲中花天風茫茫吹不住忽見先生搖手處愛看青天明月光把船且縛珊瑚樹須臾羿號起兩康回爭九門礫擭金雞鳴我方

齁齁夢入華胥國不許蒼蠅在旁鼓翅作微聲船已泊進一觴醉鄉與海同汪

洋天上海上遊千場青青兩鬢還無霜

邗江留別

兩度邗江訪若耶香驄嘶遍路三义兒家住處儂能記門外碧桃一樹花

解唱清歌昔昔鹽珠衫斜挂當湘簾人間夜是青樓短玉漏應教海水添

笛賦名傳午子香主人名丹心寸意託繁霜誰知珍髢娵娃好索賴空交李十郎李生負約主人薙髮寄之

仄仄風檽小小樓半安詩稿半梳頭一聲江上紅船櫓兩角眉峯萬點秋

莊念農寓秦淮聞余體有不適招同題客西圃試進呈新曲

故人憐我近中年爲寫閒愁動管絃一曲霓裳羽衣奏公然聞在玉皇先

龔郎嬌小髮鬖鬖露滴芙蓉酒半酣今夕儘歌花十八明朝剛是月初三

新聲五降紫雲飄玉艷金清字字嬌笑我身如趙簡子病中猶得聽鈞韶

次日再宴觀湯道人作畫

殷勤再訪紫鸞簫花對詩人分外嬌好夢似雲連日至酒痕如雨見風消一河秋水迎新月兩岸歌聲送暮潮坐有神仙提畫筆石闌干上寫芭蕉

三日後再宴

無日曾停江上箏無人不愛謝才卿鼓聲爭作白門雨酒味狠如京口兵居士屩穿鸜鵒舞落花風定管絃清遙知幾夕仙音燭應化香雲滿石城

題沈凡民蘭亭卷子有序

凡民與王虛舟裘魯清交最狎沈王故工楷法五十二歲時各臨蘭亭一本互角精能畫者作流觴曲水貌三人于其中亡何魯清死又數年虛舟死凡民每哭一人則跋數語於卷尾乾隆十六年十一月凡民來白下出圖命題余生晚不獲見裘王兩先生而其時凡民之官建德余又將赴長安感三友之多情逢兩人之將別磨墨愴然不能自已

先生垂老淚星星行篋常攜感舊銘一代交情存筆墨三人顏色付丹青酒杯白社秋來憶玉笛山陽雨後聽五十二年鴻爪在昭陵風雪滿蘭亭

浮生難挹魯靈光風義羊求事渺茫兩晉書亡王內史六朝人剩沈東陽金仙次第辭西漢宮女伊誰說上皇惆悵鍾期來海畔斷琴彈落一天霜

衰草殘雲逐歲新梅花何忍住紅塵黃粱入夢剛三鼓白首同歸又二人再拜未消寒食恨九原應記永和春酒壚近日蒼涼甚不望河山也愴神

冬郎江上未生時醉殺微之與牧之名士散場君太老繁華到眼我偏遲事如流水都陳迹人是相知易別離珍重斜陽行色晚石頭城下望歸期

王景言鏡巖圖

僧繇畫山筆力雄白紙盡處山無窮磨墨直傾東海水放筆能寫青天容墨淡則晴濃則晦筆潤爲雨枯爲風瑪瑙不收丹碧爛芙蓉不落朱函封當空有洞百丈許光騰寶鏡消妖虹相傳鹿巾仙住此八十年朝朝把鏡石照世成滄田如今仙翁已去鏡還好世人來照只見老王郎愛鏡兼愛山畫圖常挂空堂間只恐一朝生紫煙破鏡有時飛上天

對日歌

昨日之日背我走明日之日肯來否走者刪除來者難惟有今日之日爲我有消除此日須行樂行樂千年苦不足縱使朝朝能秉燭燭殘雞鳴又喔喔人生行樂貴未來既來轉眼生悲哀昨日之事今日憶有如他人甘苦與我何爲哉樂既不可過不樂又恐悲安得將樂未樂之意境與我三萬六千之日相追隨君不見陶潛李白之日去如風惟有飲酒之日存詩中

招客看雪不至

空山難遣玉千枝醉拍闌干酒一巵可惜閣臨最高處無人來看未殘時

詠雪

空山雪墜一聲鐘花落花開萬萬重窗外亂飛蝴蝶影客來都帶鷺鷥容人情應笑青雲改版籍全歸白帝封我自瑤臺甘小謫三年只種玉芙蓉

東皇剪水正紛紛吹上梅花不見痕但覺關河開曙色竟忘天地有黃昏一生影落書窗好半世身從玉案尊記得西湖尋酒伴斷橋西去最消魂

騎出青天白鳳凰羅衣誰耐九秋霜擬張廣廈遮寒士可有多裘蓋洛陽蔥嶺

風高花不穩南山樹盡絹猶長朝來取共寒梅嚼賤子平生有熱腸
影蛾池北露盤西埋我還須此際泥半夜打窗春欲語萬山失色影全低荒江
處處敲篷背冷巷深深印馬蹄洒遍梧桐欺遍竹鳳凰猶有一枝棲
愛著羊欣白練裙清標自顧也超羣方圓不定原無我去住何心只問雲已畫
芭蕉招隱士更歌黃竹賦從軍銷金帳暖茅菴冷一樣能來只有君
美人方寸貯瑤華數遍飛鴻爪上沙有意欲填將陷路未知能作幾時花紛紛
幣散瓊林庫籍籍兒擎玉畫叉此夕蒼茫銀海裏淺斟低唱是誰家
珠簾斜捲影霏霏仙鶴來時貌忽肥天女禪高花片散昆池臘盡劫灰飛嘗過
甜味嵰山遠舞罷霓裳月殿非惆悵梁園舊詞客裁霞空疊五銖衣
一池清水變銀河斜拂闌干細點波遠客未歸秋塞外衰年其奈鬢邊何分明
落葉雲間舞太覺好花天上多我本姓袁高臥者關門應唱郢中歌

偶成

神仙居空中日見他人死對之不斷腸其人非君子冥然但一氣來去徒清風

山河既已改妻孥復已空惆悵不能已翻身歸寰中借此煅煉術巧作逢迎功

以彼枯槁後極此貪戀胸所以偃月堂昏然李相公

同爲天上雲近日黃金色同爲地上水朝東冰不結萬物貴有恃丈夫重獨行

千秋萬歲中吾豈無性情

春蠶一窠繭賢人一尺書精華留人間蟬蛻歸太虛魯叟何皇皇暮年心不已

退而纂六經亦賴有此耳

昭君生漢殿抱此明潔心常自重白玉不肯輕黃金騎馬嫁絕域人皆尤畫師

姬也神怡然中心猶感之使我正椒房何以佐明治塞外少團扇或無秋風詩

施恩不可少受恩不可多男兒與賤妾各自有蹉跎

刈田滁州過浦口題壁

花種河陽幾度秋十年春夢付江流肩輿重過路人起尚有遺民認故侯

郵亭草草一宵眠爲種滁州數畝田儘酌貪泉還獨笑買山不用此邦錢

謝古林禪師贈竹

朔風不住三日寒老僧打門雪滿山十夫負竹如負米二十四枝青琅玕琅玕種向空山裏枝枝綠影湘江水此竹還如受戒來當風不動定如矢主人眼饞意有餘膜手獻上和尚書缺處尚需二十株女腰求細竹求麤明年解籜春雷早請僧來看園中好方外龍孫卽外孫一羣綠鳳參天小

朱長官歌

一江春水秦淮香一春情緒誰家長陌上亂飛雄蛺蝶情長誰比朱家郎朱郎窈窕歌清曲小字長官人似玉生來蘭質妬紅鸞彈罷鵾絃吹紫竹召平捧檄過江東欲采芙蓉露正濃半夜綠韝呼董偃一生花底活秦宮纏頭便與教師說書券親同阿母封使君出宰河陽土子都驂乘調鸚鵡擁髻初愁離別難雙棲那識風霜苦可惜花封百里遙桑麻不種種櫻桃禿巾小袖春騎馬水榭風廊夜聽簫行樂竟忘公府召多情且把一官拋人生禍福真難定飲章先有郎君姓邏騎爭爲瓜蔓抄龜頭不顧青銅印公家簿錄到園田大索橫搜信入燕南北竟張四面網將軍不值一文錢豈有胡椒傾八百但聞珠履擲三千街頭

爭賣鴛鴦牒市上傳觀七寶鞭使君官罷返秦淮滿目河山玉笛哀漢帝有懷
尋故劍楚襄無夢戀陽臺巫雲曉散留難住舊雨門關打不開惟有朱郎如落
葉破船尾上載歸來三年重過板橋頭楊柳霜經幾度秋往日兒郎多取婦舊
時火伴半貂裘琴聲都唱秋胡怨請郎別索同行伴誰識心同古井深肯教柱
促朱絃斷當時舞罷舊霓裳且付長沙庫內藏上供憔悴青衫客下養婆娑白
髮娘烏鵶聲逐金丸冷紫竹床懸斷袖涼燕子不驚三瓦漏芙蓉同死一天霜
官場相聚論紛紛羨殺江頭白使君不見雕欄搜絳樹居然海上伴朝雲君不
見五侯門前車似霧朝秦暮楚人無數將軍府第略蕭條幾個任安能不去

聞尹宮保仍來江南

又聽軍中有一韓江南父老望衣冠舊廚婦喜調羹易新病醫看下手難

除夕宿蘇州莊撫軍署中作

一聲雞唱兩年分舊雨當筵酒正醺歲盡未消殘臘雪堂高留宿遠山雲瓊林
春老花能憶官鼓霜清客怕聞勸我行蹤姑小住明朝元日莫離羣

小倉山房詩集卷七

小倉山房詩集卷八壬申

錢唐袁枚子才

出山詞四首正月十二日作

天涯有客賦長征身要從容馬不停故節又從江左認移文應向北山聽梅花
送我開如雪春草留人綠滿庭攬轡揮毫緣底事幾行僮約付園丁

十載青雲別鳳池笑人鄧禹遍京師重看傀儡登場日又到邯鄲入夢時白下
笙歌催祖道東山猿鶴問歸期沿塘新種芙蓉樹待得花開看是誰

出門身在百花前難免花枝笑獨眠南陌馬銜紅杏雨竹樓書鎖綠楊煙長拋
春色偏正月小住名山合四年薄宦心情江上水好風吹處便開船

飛沙漠漠傍雕輪情在蒼生累在身此去愧非初嫁女再來原是謫仙人雲與
海嶽思爲兩花別桃源怕誤津聽說金陵諸父老望儂如望隔年春

余正北上而魚門來寧應試治行已具不能小留路寄此詩

高唱驪歌路正遙忽逢舊兩過蓬茅儘拚此夕同君話難改行期把客拋芳訊

叮嚀千里寄奇書交易兩家抄臨歧雙枕殷勤贈要我時時夢故交蒙貽雙枕

葛嶺遇雪

葛嶺風高雪作花瑤臺頃刻遍天涯油衣半漏終輸瓦斗笠微鳴類撒沙一個馬嘶紅叱撥千村竹舞白題斜故山猿鶴應憐我如此嚴寒不在家

元夕過關山嶺雪不止

車鈴遙答五更鐘石磴千條挂玉弓匹馬獨當迎面雪四山齊送打頭風衣敲旅店花爭落火爇寒天色不紅誰信今宵是元夕鐙光一點白雲中

滁州雪更大

環滁山忽空化作水銀海我坐破車來郭索似籠蟹罩頭雲英英劈面風灑灑非鹽頻糝衣似箭必穿鎧高下筅箒皺傾危鬼谷捭離婁眏睥看師曠躅足駭掀淖思欒鍼作霧凝張楷遠望炊煙起知有村落在小憩撲衫袴一刻千金買偶得束緼火當作妻孥待擁抱不忍離艮久蘇醒乃自笑臥雪人走雪業已駭甘棄鄴中歌來受田父紿宜干滕六怒玉戲終日每未見腳行春先見手承頰

我乃噤齘坐嘿嘿念眞宰想憐拙人拙面目太獝獬故把珠玉妝增我鬚眉采又恐熱官熱前途將有悔故把冰涼境使我心腸改春風雖無言吾意已領解

定遠喜晴

過盡江南路不平今宵纔喜見春晴青山送我回頭遠紅日迎人對面生殘雪野田千點白夕陽茅屋半間明征夫暫免泥塗苦水驛風亭好記程

大風過鳳陽

大風龍虎氣殘雪鳳陽城自有聖人出竟無青草生寒陵飛野火古殿對春耕嘆息渡河去臨淮月正明

王莊又雪

人日東行裝上元動馬首出門六日餘呵凍不離口飛沙疾於鳥飛雪大於斗紅日如故人相別竟已久偶然露半面不肯終卯酉今宵宿王莊寒氣先上手果然雪又飛飄飄灑枯柳雪片向南來我身向北走苦鬭此寒威十旬常八九須念行路難此景年年有不從羈旅中苦樂寧知否但記故鄉時圍爐飲春酒

宿州道中

問路沙何闊思鄉草又生客塡茅店雜火傍馬頭明雪色遙爭市河聲欲進城

拖鞭共僮僕彈指記春晴

出江南界

村煙搖碧水拖藍馬上離離夢正酣忽見戍樓題字處始驚身已出江南

歌風臺

高臺擊筑憶英雄馬上歸來句亦工一代君民酣飲後千年魂魄故鄉中青天

弓劍無留影落日河山有大風百二十人飄散盡滿村牧笛是歌童

泣下龍顏氣槩麤子孫世世免全租有情果是眞天子無賴依然舊酒徒父老

尙知皇帝貴水流如聽筑聲孤千秋萬歲風雲在似此還鄉信丈夫

茅店

薄暮投茅店昏昏倦似泥草聲驢口健帘影客頭低几仄燈依壁風停柳臥隄

故鄉何處望斜月亂山西

黃河

崑崙山頂星如火飛落青天路莫探九派濁流橫海內一條衣帶界江南清雖有日人難待塞竟無時淚正酣手拔長菼乘月去滿堤官柳碧毿毿

途中清明

芳草萋萋動客情傷春傷別過清明幾村綠樹初遮屋一路青山半繞城麥隴祭殘鴉競立野塘風過水爭鳴潘郎再得河陽郡只種桃花不送迎

東阿道中

春慵人倦脫驂遲齊魯風情筆一枝荒塚有碑頻勒馬酒家無壁不題詩難禁屈突葱三斗且試何郎餅半規滿路白楊如削鐵四叉樓上夕陽時

沙溝

沙溝日影漸朦朧隱隱黃河出樹中剛捲車簾還放下太陽力薄不勝風

登嶧山

嶧山高六里氣與泰岱通我行鄒魯邦登茲最高峯拒日留殘雪破崖挺孤松

方截紫瑪瑙圓堆青芙蓉如以萬彈丸拋撒青天中千鈞借寸勢枕籍停虛空
元氣相扶持終古青濛濛下視九州土炊煙白幾重天形依水盡目力與雲窮
時當正月會玉帛慶神功遊人萬點蠅穿插玉玲瓏不見秦王碑亦無禹貢桐
石爛字跡滅廟荒莓苔濃嘆息滄桑變長嘯凌天風

山泥

山泥淋漉陷征車撲面驚沙恨有餘此際故園三月半萬花圍住一樓書

寄盱眙尹莊念農（名經畬爲本州陳慕楷所劾 欽差舒公超雪之）

黃河堤邊紅鯉魚三十六鱗能寄書我欲寄書向何處盱眙之山有名姝名姝
曾被蛾眉妬鳩鳥爲媒向天訴天公不信遣鳳凰爲洗浮雲出秋兔年年雜佩
贈瓊瑤往歲相逢與更豪愛儂詩句親身寫累汝羹湯隔夜燒秦淮八月秋水
清徐郎樂府新製成一人一騎一行札南山之南來相迎邯鄲琵琶漁陽鼓蹇
姊徵歌雪兒舞讓出秋風白玉牀留人那管孤眠苦秋去冬來雪滿街綺筵瑤
席更重開座上不知三鼓盡飲中爭聘八仙來兩人真是柘枝顛兩意都愁別

可憐留得弟兄真面目畫圖還倩李龍眠（嚴暻爲白描兩照）於今身作西飛雁君與梅花同不見滿眼橫飛塞北沙回頭忍說南皮讌丁丁鈴鐸聲蕭瑟似爲征人訴離別離別何妨再見君見君未定知何日當日相逢太盡歡今宵歡盡難爲憶三千里外夢魂中猶把君杯看明月

寄周其相

正月二日月未圓橫塘之波木蘭船紅燈晶熒船未發有人來贈雙玉盤盤中盈盈何所將真珠密字三千行下言加餐保玉體上言努力扶　君王其餘字數細如織半是相規半相憶開盤讀罷中心哀世皆欲殺君憐才桓伊吹笛柯亭至伯牙彈琴海上來舟師那解驪歌曲發船打鼓來相促三更攜手別河梁一舉風前學黃鵠自從別後征車早青袍日日長安道五陵年少半相知相知那復如君好玉笛催殘塞北霜春光青入江南草月明花落最思君思君一夜紅顏老

和良鄉題壁詩（詩末有篁村二字）

天涯鴻爪認前因壁上題詩馬上身我爲浮名來日下君緣何事走風塵黃鸝語妙非求友白雪聲高易感春手疊花箋書稿去江湖沿路訪斯人

錄原作

滿地榆錢莫療貧垂楊難繫轉蓬身離懷未飲常如醉客邸無花不算春欲語性情思骨肉偶談山水悔風塵謀生銷盡輪蹄鐵輸與成都賣卜人

茌平題壁

牛燭燒燈射酒紅杏花村小漏丁東春寒滿店數聲雨明日亂山何處風

二馬車歌

兩木架車直且方兩騾夾木馱脊梁皮韉鐵鏈互攩摋盪搖日夜聲琅琅憶我四年竄幽谷兩手不復知鞭韁忽然遊輿如草發欲與此物相抵當氈毹鋪褥身危坐天地晃我先低昂橫搖兩尻直搖背不許粒粟留中腸平生傲骨矜崚嶒一旦篩簸成粃糠其時北風天雨雪凍雲隆隆如壞牆僮僕憐我手皸瘃油衣代瓦張兩旁須臾昏黑如載鬼望氣不復知陰陽我頭岑岑胸作惡蠶眠繭

中死且僵急牽帷幔作遠視凍死猶得瞻穹蒼瞪眸凝望意稍定死灰復然神洋洋始知平生惡曖昧兩眼本是青天光人生習慣成自然二十二日安如牀村荒路滑催早起明星爛爛夜未央惟北有斗方若箱惟南有箕日簸揚僕夫唱歌我遙答日出不覺長安長

入都

舊遊重至倍關情何況迢迢白玉京銅狄我摩前世物陽休人訝古賢名入朝門戸層層記到眼公卿一一驚多少上林棲息處似曾相識有宮鶯

曉日

曉日朦朧　玉殿開觚稜回首認蓬萊十年江海風塵吏重踏花磚舊影來待漏　彤廷簪筆行摩挲金馬說前生憐才尚有裴中令可惜頻呼韓愈名望見紅雲識玉皇　天恩委曲問家鄉宮門乍出聽人羨何物微臣話獨長

哭許南臺

未入長安境先聞舊雨亡歐旌如有待白馬正升堂烏帽三生夢紅蘭一夜霜

古人傳祖免風義重他鄉
恨我三年別偏遲十日來班荊人面遠待哭寢門開舊僕還留飯嬌兒學舉哀
江南諸父老兩泣向泉臺
別座主留松裔少宰十年聚未匝月遽爾拜辭公白髮相扶泫然隕涕枚
亦悲不自勝泣呈一詩
絳帷分手最堪悲況復吾師頭白時乍見又成千里別再來難定十年期花飛
碧樹春將暮鳥戀斜陽下獨遲回首龍門雲在望登車惟有淚垂垂
少宰和詩
十年前憶汝相離正是金門待詔時一去江南歌異政至今閭左望歸期恩
新西地親民早病㾑燕臺出餞遲慚愧人家春正好庭前桃李發垂垂
赴官秦中
十年辭闕竟重還一檄文書又赴官雙履鳧飛朝漢遠五羊皮少入秦難歌聲
舊愛伊涼聽山色新添華嶽看傳說關中多勝蹟男兒須到古長安

六朝雲物舊淹留更向咸陽作壯遊萬首詩編秦楚地半生官領帝王州未知

兩陝誰吾土孤負三吳説故侯到得函關應四月行人爭耐一春愁

喜門生李蘋圃檢討分校禮闈

未修前輩光齋禮且看華堂玉筍清慚愧司東頭未白居然門下見門生

過保陽同金太守質夫宿周燮堂署中作

人舊白頭新天涯倍愴神可憐談笑處同是別離身燈影虛堂雨鶯聲客路春

秦關千萬里腸轉似車輪

江南哀庾信儋耳老東坡白刃餘生健青雲舊夢多小窗重剪燭大海早揚波

莫靳醇醪飲蛟龍脱網羅質夫曾擬大辟

欒城留別

陌上花飛五夜風文霞名人光映彩雲紅碧梧翠竹三千樹鳳鳥曾棲定不同

一夜郵亭落月遲輕塵短夢兩難知臨期苦悶重來日腸斷楊花滿路時

楊花曲七章河南道上作

清明三月洛陽堤滿路楊花踏作泥一片春痕萬重雪有人迎著上遼西

飛花偏繞紫遊韁輕似吳綿澹似霜那有閒情管離別自家離別一春忙

無端晴雪下青天舞罷珍珠掃作煙一種深情天怕管狂風吹斷又纏綿

蕭蕭落日點蒼苔歌罷銅鞮玉笛哀畫出春如遊蕩子風斜雨細不歸來

枝頭小住最關情廿四番風各自驚化作浮萍終聚會不知儂可有來生

相對茫茫我欲愁蕭郎新曲唱涼州江南此際珠簾影難免飛花入畫樓

玉笛關山萬里雲短長亭上最愁人情波搖蕩心旌轉春送行人我送春

峽石望二陵

近陝山河壯當秋草木清二陵南北峙一望古今情鴈影雲中斷西風石上生蕭蕭紅勒馬猶過戰場驚

曉行

帶夢坐車上瀼瀼露草薰燈光雙鐸語人影一鞭分病馬前程緩殘星曉角聞僕夫愁雨至西北有浮雲

珍倣宋版印

光武原陵

滹沱河伯呼且奔白水真人夜踏冰凍合玻璃三十丈陰風澹澹白日凝中原妖氣猶未消擊賊深入馬太驕三日真龍旗不見蕪亭麥飯風蕭蕭人道蕭王遜高祖我道蕭王較英武五槍銅馬萬千羣不比鴻溝當一楚白蛇當道一劍分九日爭天太陽苦山東兵亂伯升亡枕上淒涼淚數行未必中興輸草創生來天性勝高皇掃除四海淨風沙遂得初心陰麗華豈是糟糠忘故婦免教人彘出劉家一時馮鄧皆師友殊勝爭功半鷹狗扶風俠客馬文淵刺刺西廷亂張口兩朝天子定低昂只在尊中一杯酒

唐昭宗和陵

長安李花十八葉春風吹過無顏色少陽院裏壽王來粉破金甌偏拾得壽王扆蹕蜀道眠一麾曾受軍容鞭軍容威勢竟如此敢喚門生作天子家奴難制付將軍從此明堂起陣雲岐汴爭彈紇干雀飛去飛來欲凍殺朱扎者三墨詔四一個緇郎呼不至倉皇四顧虎狼羣誰是官家心腹人惟有院中韓學士曾

讀詩書解愛君明知精衞空銜土且喜葵花戀夕曛召來仍恐旁人怪私語昭容看可在夜深月黑君王來手握冬郎淚如海君王雙淚落未消前旌啓行後殿燒梁武有書求苦蜜石超無表進秋桃殿中誰勸將軍酒皇后雍容雙玉手想吹春氣變蒼鷹誰料全家歸虎口免乳難辭十月裝擊毬小隊換諸郎兜籠夫婦霜千里絹詔淒清字數行低聲偶語君王耳明日蛾眉血已涼宮門八月夜二更叩門響急銅鐶鳴美人開門詢未畢忽然花落春無聲單衣繞牀走不住龍髯剩有香肩護寢殿刀光玉几明金屏血色珠燈暮叩頭還請活須臾傷心更有中宮誤明日金籠鸚鵡啼聲聲萬歲呼如故太宗王業太蕭條積漸由來匪一朝今日軍容專鳳勅明朝阿父挂龍韜那見少康興夏室空聞高貴葬東郊君王圖治當年早可惜中才事難了生長衰朝作帝難何如平世爲農好於今石馬臥秋風春草春花杜宇紅年年嗚咽山陵水不怨朱三怨祖宗

周世宗慶陵

海內風塵極英雄天子生山河歸智勇氣數限功名日角龍岡出雲陽鳳輦行

有書皆御覽無戰不親征文物歌周雅明堂啓漢京三關談笑得五季濁流清
銅像先銷佛金河待洗兵降旗江上豎春酒草橋迎華夏威全攝燕雲意力爭
先難仁者事柔遠聖人情一旦軒弓墜千年禹甸傾中原從此歇內地幾人耕
朝覲謳歌改孤兒寡婦驚錦囊書慘淡玉鉞涕縱橫萬里經綸志高天甲馬聲
河南好秋月只傍慶陵明

北邙山

山冢鬱嵯峨輕車山下過有詩吟不得此處古人多

修化道中

繞空嵐翠劃天光青滿河南是太行萬點野梨明玉露一山春草健牛羊難招
古樹談前代且把殘書認戰場回首暮雲腸欲斷向南飛去雁銜霜

閿鄉道中

閿鄉西去走車難石子雷硍路百盤沙起馬從雲裏過山深天入井中看人穿
三窟懸崖險地裂千尋大壑寬誰道中州四時正春風一日兩温寒

邯鄲驛

暮雨蕭蕭旅店來自看孤枕笑顏開黃粱未熟天還早此夢何妨再一回

過衛輝懷前郡守王孟亭

建月樓空風露侵浮雲西北結層陰鳳凰去後碧梧老遊子過時煙水深白下園留詩酒債馬頭春帶別離心黃初詞賦臨江宅短髮天涯何處吟

未知

未知漢口黃江夏容否當年禰正平張敞治豪蒙密薦賈彪解難竟西行是非那畏三長史得失何爭一老兵莫道咸陽號天府修身儂亦有金城

意有所觸得詩三首

天地盪風輪三百六十度星墜與木鳴不能稍回護何況蚩蚩氓傀儡寧不悟耳目手足間丹漆膠絲作汝巧非汝能汝拙非汝誤茫茫大化中主之別有故行行重行行遊子甘遠道丕豹已投秦廉頗終憶趙我親雙白髮七十已衰老暮鷄與幺豚牙牙尚文葆姊既女龍寡妹亦諸孤藐置家在古杭買山在江表

有書蠹勿除有園花不掃男兒抱大志家業原難保但問馬少游名心已了了出山泉不淸在家貧亦好此意豈不知此味吾尤曉所爭一念差悔之苦不早抽刀斬亂絲餘緒猶繚繞

我衣宮錦袍方歌合巹詞其時同婚者惟有徐（文煜）與伊（與阿）今徐爲異物掛劍空涕洏伊亦謫蓬萊鬑鬑大有髭惟我十年來吏隱兩得之雖無風雲力亦無風波危若將終身焉此樂誰能追胡爲重入夢碌碌風塵馳人生無全福明月無圓輝領慣少年樂忘却長年悲朝來攬鏡中星星者爲誰

寄聰娘

尋常並坐猶嫌遠今日分飛竟半年知否蕭郎如斷雁風飄雨泊灞橋邊

一枝花對足風流何事人間萬戶侯生把黃金買離別是儂薄倖是儂愁

杏子衫輕柳帶飄江南正是可憐宵無端接得西征信定與樵青話寂寥

上元分手淚垂垂那道天風意外吹累汝相思轉惆悵當初何苦說歸期

思量海上伴朝雲走馬邯鄲日未曛剛把閒情要拋撇遠山眉黛又逢君

雲山空鎖九回腸細數清宵故故長不信秋來看明鏡爲誰添上幾重霜

灞上

不渡桓元子當年喚奈何秦雲臨水薄古跡入關多世事仍兒戲詩情仗蹇騾

千行萬行柳有意拂鳴珂

昭君

陰山月落夜啼烏放下琵琶影更孤知道君王終遣妾將軍不賜賜匈奴

入陝感李濤故事

殺氣殷天戰血紅營門高唱有英雄請誅太尉人來矣吾戴吾頭送與公

秦始皇陵

生則張良之椎荊軻刀死則黃巢掘之項羽燒居然一坏尚在臨潼郊隆然黃土浮而高祖龍邯鄲兒奇貨居大賈鳶目而豺聲橫絶萬萬古既滅周家八百年更掃三皇五帝如灰土長城一帶中華牆金人閃爍青銅光虎視六合內自非天崩地拆何所妨只恐悠悠白日沉扶桑高登泰岱山大呼海船來童男童

女三千人尋花採藥金銀臺赭山鞭石黿鼉走惟有蓬萊宮闕無人開歸來不作神仙遊轉身翻爲白骨愁上象三山下錮三泉鑿之空空如下天百夫運石千夫舂魚膏蠶炭楄柎封美人如花埋白日黃泉再起阿房宮水銀爲海捲身瀉依然鮑魚之臭吹腥風驪山之徒一火焚犂鉅楄杆來紛紛珠襦玉匣取已盡至今空臥牛羊羣乾隆壬申歲五月　詔遣牲牢祀百王大官騎馬踏塚過不擲　天家一炷香

秦中雜感

高登秦嶺望褒斜鐘鼓樓空噪暮鴉古井照殘宮殿影書堂吹入戰場沙賀蘭風信三邊笛杜曲霜痕九塞花每欲憑欄怕惆悵二千年是帝王家

三唐雁塔聳秋霜一過摩挲一自傷倭國不求蕭穎士都門誰餞賀知章空教閶闔來天馬是處阿房集鳳凰欲賦西京無底事玉魚金盌盡悲涼

天府長城勢壯哉秋風落葉滿章臺一關開閉隨王氣絕頂河山感霸才安石本爲江左出賈生偏過洛陽來漢朝宣室知何處金馬門前月更哀

一城秋與華山分骨賣千金馬不羣燕影尙尋田竇宅蟲聲如弔帝王墳涼州

樂府清商曲玉女蓮花薄暮雲惆悵無雙李都尉低頭還盼大將軍時制軍巡邊

百戰風雲一望收龍蛇白骨幾堆愁旌旗影沒南山在歌舞臺空渭水流天近

易回三輔雁地高先得九州秋扶風豪士能憐我應是當年馬少游

誰從藥店唱飛龍搖蕩心旌碧海東霜裏征鴻驚戍鼓秋來仙淚下金銅新詩

自挾秦風壯舊夢常懷楚兩空何日眉痕畫京兆邯鄲道上走花驄迎眷屬未至

偶探紫氣出函關不信新婚亦素冠秦人新婚亦戴白帽馬踏廢營沙怒語鵰盤大漠鳥

驚看新遷雞犬思鄉苦未死親朋見面難檢點殘碑聊慰藉古來名士滿長安

連宵擊筑唱嗚嗚小隊黃麞逐酒壚秦代只存明月好西方偏覺美人無山尊

白帝都朝嶽客到咸陽怕作儒季子黑貂裘已敝書燈空照塞雲孤

潼關

雞唱三秦曉潼關八扇開九州疑地盡匹馬上天來城影高難落河聲去不回

丸泥忘禁谷懷古有餘哀

馬嵬

倚杖啓門淚數行君臣此際太倉皇興元一詔三軍泣何必傷心向佛堂

莫唱當年長恨歌人間亦自有銀河石壕村裏夫妻別淚比長生殿上多

父老原知有此行上方雜進露葵羹宮中苦賜金牌子猶恐猪龍養不成

家家逐水唱黃裙金屑桃丹信屢聞（史言貴妃縊亡惟劉禹錫詩稱服金屑）一樣邯鄲同走馬慎夫人遇漢文君

登華山

太華峙西方倚天如插刀閃爍鐵花冷慘淡陰風號雲雷莽回護仙掌時動搖流泉鳴青天亂走三千條我來躡芒蹻逸氣不敢驕絕壁納雙踵白雲埋半腰忽然身入井忽然影墜巢天路望已絕雲棧斷復交驚魂飄落葉定志委鐵鐐閉目謝人世伸手探斗杓屢見前峯俯愈知後歷高白日死崖上黃河生樹梢自笑亡命賊不如升木猱仍復自崖返不敢向頂招歸來如再生兩眼青寥寥

卮言

官以阜兆民貴在知民風所以漢守令旌旗故鄉紅貞觀分兩選一西而一東
毋過三十驛政和道猶同元明有褒政探符以爲公章甫適越俗燕鑄爲胡弓
嗜慾不相達言語不相通出都爲僨帥臨民如聾蟲方知古賢法妙在人情中

先期而除弊其弊方無窮

常讀聖人書恍然明治理富之與教之不言其所以足兵與足食亦不序原委
吾其爲東周期月而可矣學校井田方一字不挂齒唐虞命皐夔欽哉兩字爾
大哉聖人心堯舜同孔子我但責其效設施聽之彼彼之能與否惟在我所使
孟軻談王政漸覺聒兩耳後儒更紛紛拘牽守故紙常平倉最佳東漢弊蜂起
車戰古最精陳濤敗如洗民靜政轉繁人活法先死宜乎三代風戛然亦竟止
奇物取大節瑕瑜不相蒙謝安遊江左挾妓東山東香山守杭州絃管醉春風
當時兩賢人勳業何穹隆宋後異於昔法網如張弓所棄山斗外所爭糠粃中
腐儒死糟粕俗吏甘雷同煙視而媚行繩趨而溝衷所以古樂府長歌可憐蟲
齊梁重氏族王謝最門高侯景擁強兵求婚不敢招貞觀加釐定等級無混淆

匪以寵帬屐使倚人門驕實以衛王族與國爲長消豈有非吾偶結禴而上交
黄金體自重一兩秖千毫郎官應列宿東觀皆仙曹胡爲負此幘使我心鬱陶
衛侯作夷言取笑自彌牟南人強北音之推代含羞緣何寠人子謿語偏咿嚘
好學垤澤呼不待楚人咻滿口雜夷夏脣齒皆王侯未登拗項橋先爲反舌鳩
終竟神不王改字不改喉大言雖炎炎聞者搖其頭傒音宮女笑蠻語參軍愁
何不操土風高師一楚囚
唐朝取人才八十一科目偶納告身者亦且試所學宜其名器重一代官方肅
淩夷至五季剝運遘陽九刺史爲能歌節度爲能走後人笑吃吃以爲忝竊徒
我轉笑笑者淺之爲丈夫彼終有所長勝於弃此無

長安知交寥寂與歐陽臨川相得甚懽歐攝篆延長余作詩送之

同抱鸞飄鳳泊情輸君先看受降城聽風聽水霓裳曲記取西涼第一聲
禪心曾學病維摩此去休憎吉莫靴且喜放衙秋塞外訟庭人少亂山多
霓裳唱罷唱銅鞮騎馬咸陽烏夜啼今日瀟湘花欲笑鳳凰巢定好雙棲

客裏殘星雁數行兩家琴酒日相將斯人更唱陽關調從此長安是異鄉

扁鵲墓

不種青山藥滿林那知國手葬湯陰一坏尚起膏肓疾九死難醫嫉妒心相傳冢土能療病而身爲妒者刺死

玉札丹砂環馬鬣涇風寒雨病春禽齊王莫怪仙機早從古昇平憂患深

武后乾陵

高捲珠簾二十年女人星換紫微天明堂黜配無光武本紀開端有史遷鶴監儘容才子住南牙不放阿師顛蓮花霜折宮牀冷猶見金輪盪晚煙

含風殿唱小秦王短髮重歌武媚娘十月梨花知宰相一篇檄草嘆文章慈心果自啼鸚鵡殺氣終教魘鳳凰愛絕醜奴爲殉未荒墳相對有莊襄

乙弗后寂陵

寂陵雲氣動高秋積麥厓空雨未收殿上龍衣憂社稷宮中鳳輦入山邱新人妒挾三軍至故劍恩從一哭休比到和番更幽咽斷煙衰草至今愁

過新平弔苻堅

萬里青蒲一夜霜如君才可說天亡齊桓遠略生前亂句踐忘恩舉國狂三輔煙高風力轉雙飛人去紫宮涼休將成敗英雄論千古遺民哭五將

王猛墓

渭南高冢象祈連諸葛能支蜀幾年一代君臣魚得水三秦宮殿鳥啼煙山河割據人才貴華夏興亡歷數偏不嘆滄桑嘆遭際爲君流淚古碑前

楊震墓

關西夫子久心傾華表經過馬暫停七塚序依昭穆位一牆秋與華山青中牢遣祭悲身後大鳥臨喪愧漢廷可惜蒼茫雲樹裏無人能指夕陽亭

昭陵

一卷蘭亭送鼎湖風雲猶自護金鳧九原葬禮君臣慼異代靈旗石馬趨家合華夷春酒煖老傷骨肉聖心孤佳兒佳婦憑誰託青雀終當勝雉奴

戲馬臺弔宋武帝

身披衲襖博千場萬馬登臺劍有光一逐水仙歸大海三擒天子出咸陽白紗帽急金甌小野葛燈懸玉燭忙可惜雄心當暮齒關中父老易沾裳

鉤弋夫人通靈臺

七十春秋有限憐美人拳內賜金鐶終知宛若通靈少不信堯門作母難簪珥飄零椒殿冷神光來去竹宮寒官家日暮途窮事莫向英雄傳上看

汾陽王故里

甲第曾將永巷收千年華屋感山邱功名遠掃蕭曹局歌舞長消蠹種愁一代侯王供僕役半房兒女任啁啾我來難覓親仁里暮雨瀟瀟過華州

杜牧墓

蕭郎白馬遠從軍落日樊川弔紫雲客裏鶯花逢杜曲唐朝春恨屬司勳高談澤潞兵三萬論定揚州月二分手折芙蓉來酹酒有人風骨類夫君

盤古冢

名字虛無姓渺漫當年誰與葬衣冠能將莽莽乾坤闢亦復蕭蕭邱隴寒數典

更無前輩在留壙似與後人看不將死例當頭定世上紛紛事更難

送黃宮保巡邊

萬馬立清霜將軍出朔方朝廷西顧重秋色玉關涼虎帳風雲氣龍沙劍戟光
今朝啓程日諜報左賢王
絶塞昆侖外　天朝本一家金河無戍鼓羌笛有梅花贊普甘松市條支白象
車來瞻令公畢行炙進琵琶
放馬生羌養屯田野鳥耕好開都護府寬築受降城月避雕弓影兵消老將名
凌煙趙充國心不重橫行
九月防秋畢孤煙大漠空班超留侍子宋璟黜邊功耀甲天山雪鳴笳瀚海風
燕然有人在濡筆待明公

三垂岡

太原西行五百里馬頭一片陣雲起路人手指三垂岡行客心憐李亞子乃翁
仗劍沙陀來黃蛇遠遁潼關開氣吞朱三力不足電光照耀龍一目李花吹落

風淒淒十六宅王口呼飢官家不聽鴉兒語紇干山頭凍雀飛邢州還軍上黨
行萬馬立月霜毛明酒中照見白髮生英雄老矣難爲情將軍鼓瑟伶人唱老
淚珠光滿貂帳膝前五歲有奇兒掀髯一指心還壯劉家夫人抱兒去張家老
奴共兒住兩矣真存緩帶心七哥苦積監軍賦十年郎主戰袍新重過先王置
酒處三箭高懸太廟涼一年一箭報先王幽州兒女朱絲繫汴水君臣白馬降
初心雖負輕移鼎國號依然不改唐生兒如此尙何憂漢有孫郎足與儔此外
英雄那堪老百年歌唱淚空流

古意

妾自夢香閨忘郎在遠道不慣別離情回身向空抱
淚墮酒杯中光添琥珀紅請君嘗此酒相思味不同
種梅北窗下香花開似雪日日有春風梅花常傲妾
打起女兒籍寄郎寒衣裳從前說薊北今日又咸陽

車中雜憶古人作五六七言詩

大度如劉季難忘嫂戛羹偶將雍齒賞終逐鄭君行 沛公
舊兩鍾離昧成功酈食其兩人都可負一飯報何爲 韓信
魏王漳水獵旂拂滿山雲只有辛長史能將苦樂分 辛毗
文深爲大府比例自宸衷最是張湯輩公廉有素風 張湯
李廣射猛虎周處斬長蛟一旦忤貴人低頭盼毆刀 李廣
徐爰講喪禮趙鬼讀西京寄語今三揖兒曹未可輕 徐爰
養寇心如怯屯田草未耘不逢漢宣帝難畫趙將軍 趙充國
聽得徐公言論不須學問爲長他日都亭狼狽方知未學霍光 徐羨之
斗柄鞠躬向北桑枝被髮朝南殺得東平夫婦息夫雖貴難堪 息夫躬
臨替時苗留犢犯齋周澤彈妻只道好名忍痛蘇公一撻先啼 蘇世長
十萬黃巾拜下車泰山主簿侍門閭東京風味真堪憶賊亦尊師鬼讀書 鄭康成
贈汝人間開國公一頭手自擲東風年年布絹三千疋苦累西朝賞未終 高敖曹
十年東觀老黃香萬里韓彭走戰場爭似山西曹妙達一聲歌罷便封王 曹妙達

醒來頭枕君王膝歸去身棲衡嶽煙一事思量轉惆悵爲人家國誤神仙 李鄴侯

生受韓彭百戰功如何鳥盡竟藏弓莫嫌寃氣無時雪卒歛黥徒一箭終 高祖

幾行颶段寫無端只愛金稜略綽盤爭怪江東羅處士脚間夾筆敵朝官 羅隱

謝安別墅圍棋日王衍車牛獨賣時同是一般好風度兩人成敗卒難知 王衍

汴梁懷古

汴梁城頭啼杜宇黃昏似向行人語行人駐馬聽斷腸知是當年趙宋主趙家八葉賢子孫神霄玉殿擁紅雲裁詩譜畫稱絶妙只少一事能爲君元祐諸臣竄且老黨人碑豎銅駝道賜袞爭看媼相尊排闥只覺髯閹好自從花石採東南樹上黃封月二三綠竹數竿千艇挽黃楊三本百夫擔萬歲山禽呼接駕九華仙子從天下艮嶽烟巒半起雲樊樓燈火全忘夜幽燕胡馬忽長號頃刻阿房土欲焦三遷不決東周議六甲空憑道士妖望斷平安火不歸金銀括盡戰兵稀慟哭六宮辭九廟龍袍催殺換青衣黃沙漠漠乘輿去萬姓哀號留不住一色宮花牛背馱回頭望斷河南樹通德門空噪暮鴉琴臺月榭鼠爲家晉唐

書畫商周物小刲全爲塞北沙行人過此莫沾裳且作風箴戒百王君不見南關敗瓦霜華白猶刻宣和字一行

再題馬嵬驛

萬歲傳呼蜀道東鸞拳兵諫太匆匆將軍手把黃金鉞不管三軍管六宮
到底君王負舊盟江山情重美人輕玉環領略夫妻味從此人間不再生
香囊消釋玉魚涼萬里園陵白露荒聽說西宮恩幸少梅花猶得落昭陽
不須鈴曲怨秋聲何必仙山海上行只要姚崇還作相君王妃子共長生

虎牢關

客行未回頭馬首忽然仰上書虎牢關石碑字西向黃土夾青天白日氣悽愴勢與來者敵路偏絕處創殺馬可填道萬軍一夫抗雖無戰爭旗尙留割據樣我從西秦來大雨逢秋漲前車山外響後車谷口讓升如出井底墜如下天狀又如走漆城蕩蕩不可上緬懷春秋時宋鄭所依傍洎乎楚漢間成皐一巨障雄圖一瞬空地險千年壯鬱鬱懷古心浩歌寄惆悵

長安苦熱

南方苦熱宵猶眠西方苦熱徹夜煎地高星密太陽近況復赤帝行青天我來更僦小屋居如坐甑底圍紅爐手搖大扇兩腕脫黃沙飛與炎風俱欲走郊原散暑氣曲江久絕昆明廢關內真成火德王渭河也作湯泉沸南山僵立天乾封大官祈禱雙燭紅車前馬前僧道從蜺旌火傘聲隆隆相看揮汗變成雨何處驅雲喚起龍我無民社例須到四鼓轅門五鼓廟干卿甚事作奔忙旱魃揶揄土龍笑憶種江南十畝桑北牕高枕清風涼底事熱中心未了自尋焦土弔阿房

邊歌

邊歌唱罷白雲哀人出陽關眼莫開歲久髑髏吹作雪隨風還上望鄉臺

靈武

南內歸來玉璽涼爲兒親著帝衣裳願兒只學宮鸚樣長向風前問上皇

戲題高頻傳

獨孤難療倉庚肉公學鷹揚計太深黃鉞白頭甘掩面安知不有邑姜心

温泉

華清宮外水如湯洗過行人流出牆一樣温存款寒士不知世上有炎涼

同客晚眺

鄠杜風花曲水濱長安三月有餘春擕來魯酒新從事同看秦雲舊美人

稠桑野步

負手荒郊一埂長幾家籬落不成莊木棉花老飄秋水霜柿紅深墜夕陽逼岸潮來魚入澗打禾人去鳥窺場回頭自視雙輪影及早還鄉好種桑

舟至黃河楊家口爲逆風吹閣淺沙中三日

謂行不見青山移謂泊不見蘆花岸黃河心裏一船橫離人日對煙波嘆離人思歸眼欲花秦關萬里走風沙河伯何事偏投轄坐留遠客不歸家來去紛紛墜眼前飛檣過艦如雲煙此船萬斛莫輕舉要等長風力動天

歸隨園後陶西圃需次長安入山道別

策馬西歸日未曛河梁重向草堂聞對牀燭剪三更雪開卷詩添萬里雲春樹

未青先折柳霜鴻纔聚便離羣笑將身上征衫解帶著餘温贈與君

凍合關河冰滿池弟兄一樣遠行時出山似我終無定見面知君尚有期變相

棋原千萬局賞心梅只兩三枝相逢太巧相離速縱極懽娛爭敵悲

小具杯盤話別懷尊前且緩僕夫催菜心不食存生意韭白長留見治才敢說

抽帆先到岸重看摽劍去登臺叮嚀莫掩花關臥恐有相思夢要來

小倉山房詩集卷八

小倉山房詩集卷九 癸酉

錢唐袁枚子才

折花詞爲陶西圃作 有序

西圃小住隨園酒後爲余書隨園記于屏門屏後女奴阿招淸矑偶觸陶目瑩然欲有紫雲之請而弱于顏乃謬爲恭敬書法益工呂進士炳星爲通其意甚婉阿招知之奪袖請行正月七日諸名士集隨園沈司馬補蘿簪花給事中方玉川捧鏡王太守孟亭持楲窬主人供帳具婚畢各賦一詩

舊雨相逢話別離空山無物表相思憑君折取園花去當作河梁柳一枝

一曲更衣願也無更將郎意試官奴玫瑰淺笑西窗下道見羅敷早捋鬚

粉澤蘭熏墨數行南都人士盡催妝送香蜂蝶塡橋鵲共助先生一夕忙

江郎老去生花筆書罷屏風更畫眉吩咐雲鬟好調護早朝時與晚衙時

呂炳星進士合巹歌

天上三星明一簇八鸞鏘鏘戛寒玉人爲呂範賦催妝我學枚皐作禖祝憶昔綰符東海東呂郎傳經絳帳中芬芳謝覽春蘭似清瘦裴寬碧鸛同三年秩滿賦南征魯國諸生散若星獨有蘇章偏負笈從師直到石頭城一領襴衫馬前拜館餐重把高賢待訟庭花落各題箋秋夜燈涼同緩帶湘簾高捲夏侯衣女樂行觴醉似泥呵氣誰知王諤貴留心早有負羈妻吾妻家世琅琊宅三妹劉家俱有適小姑居處獨無郎璇宮夜抱冰絲織椿萱堂上都無有年來阿姐如阿母買馬須看未駕時求郎莫待登科後一枝釵綴水精珠代付檀郎寫聘書老子仍居丈人行門生化作小姨夫鋒車北去雪霜深千里飛奴少信音閬苑風遲燒尾宴天涯人倦看花心十年不字春將老粥粥羣雌催鳩鳥不教青桂近嫦娥難信冰人雙目好一朝南館詠霓裳兩到蟾宮馬足香借得天錢迎織女歸擕玉杵拜劉綱江水茫茫波又波江妃路遠愁如何老夫手指銀河路老妻願撤妝奩助讓出空山紫竹牀隨園便是黃姑渡園中四面好樓臺三百梅花樹樹開景龍撒帳金錢豔單伯迎姬甥館佳上元地界上元朝月帶清波水

上搖春逢佳節風都軟花對紅燈分外嬌莫學元韶弄女壻且聽庾袞訓荆條

呂郎呂郎進一巵老夫歌罷還有詞栽桃種李今朝畢管到東風結子時

哭許滄亭觀察

送别深留我歸來竟哭君咸陽遊子淚白下故人墳薄海橫馳譽湘江最勒勳

高才生衆敵餘勇整殘軍老卜金陵宅幽棲碧水濆空堂飛瓦石平地起煙雲

裙屐當筵滿笙歌鎮日聞達觀娛暮景苦志託斯文有律吹寒谷無戈挽夕曛

酒壚人冉冉花塢雪紛紛老父終天恨先生慰問勤信才三日斷手又百年分

夜雨鳴鵑鴂秋霜感鴈羣招魂呼麈尾何處召靈氛

山居絶句

草草亭臺布置餘今年真個愛吾廬牙籤都放西廊下自有斜陽來曝書

朱藤花壓讀書堂分得桐陰半畝涼新製玻璃窗六扇關窗依舊月如霜

鎮日山腰劚白雲裁量煙草話紛紛春衫不用金爐爇自向百花香裏熏

穿林繞磴問桑麻空翠無聲染素紗笑撲衣裳似蝴蝶半粘竹粉半松花

山頂樓高暮雨寒飛雲出入小闌干浮空白浪西南角收取長江屋裏看

長風高閣易生秋客散青天酒未收六代雲山孝陵樹一齊排著使人愁

雲錦淙邊折樹枝枕煙庭上寫烏絲顏含性命無勞卜表聖功勳只賞詩

青蘆葉葉動春潮堤上楊花帶雪飄滿地月明仙鶴語碧天如水一枝簫

讀書鎮日爲書忙別有清眸一寸光問我歸心向何處三分周孔二分莊

萬重寒翠盪空明四面紅牆築不成十丈籬笆千竿竹山中我自有長城

客秋此日正長途萬里歸來猿鶴呼半夜松濤聲作雨尚疑飄泊在江湖

以琴與古林禪師易竹

抱出綠綺琴換師青琅玕此琴分明出家去冰絲對月空愁嘆臨別再彈音轉促真個絲聲不如竹明朝看竹坐清風未免感舊懷絲桐竹亦莫愁別琴亦不離羣僧家鐘磬我家月只隔青山一片雲

即事

吹得鶯花老東風也暫停松聲晴亦雨山色斷還青竹粉粘黃蝶荷珠瀉綠萍

張融手何物小品法華經

謝鹿詩并序

家弟保侯明府畜蘭鹿跳出籍敗其藥隨盡明府怒因之獄子才子馳檄救之且乞之檄成無任使者杭州何西舫孝廉適至喜捧檄鑿行日昳四弓丁舁檻車至奔觸奮迅不可逼視已而入高山騰深林蹶蹶呦呦首舞至地若曰滅死竄竄且入山如太白流夜郎子瞻放儋耳也得其所哉爲詩璽明府爲得鹿者謝兼爲鹿謝

山人山居苦無偶常思得鹿如得友鹿本居山忽在官身雖宦途心否否呦呦聲中張齒牙琴堂大嚼幽蘭花使君能吏政尚猛威不及汝心咨嗟信陵公子鷂伏嗔童恢賢令虎畏神從來國法及野獸傷蘭之罪如傷人鐵鎖鋃鐺牽鹿到因之獄中獄吏笑雙角權爲圜土低生芻難祭皐陶廟山中之人笑且呼馳書救鹿鹿無辜譬如將我束手板我豈肯循規矩乎求者不得得者輕世間萬事何由平山人養鹿官養蘭蘭肥鹿健兩相安主人大喜阿兄語赦書立下鑿

鼕鼓滿山猿鶴迎且舞誰爲嘉賓誰爲主夏麥芃芃草正青山人日日吹金笙
昨宵無夢竟得鹿滿庭雨滴芭蕉聲

雨

當窗三日雨對面一峯沉花有消魂色鶯無出樹心怒蛙爭客語新水學琴音
折竹教僮試前溪幾尺深

讀寒朗傳

楚王興大獄薄海罹災殃朝廷誅妖逆救者爲不祥賢哉寒大夫慷慨對漢皇
自言當族滅不與人共章臣見考囚時各以鍛鍊強考十連百千猶恐未精詳
陛下問公卿僉曰大聖仁罪合及五族今止及其身天下已幸甚臣等復何言
及其歸舍坐仰屋竊長歎明知覆盆冤龍鱗未敢干臣願陛下悟萬死臣亦安
寒公語未終天子顏色變急命金根車自幸洛陽殿赦出千餘人哀哀淚如霰
當時無此公青天空雷電

侵曉

侵曉巴童太喫虛驚呼雨逕北窗書小池陡長一犂雨漂出我家紅鯉魚

墾地五尺許栽禾爲戲

田小農易作開墾在須臾試此土膏美栽禾三十株新秧影太孤及長勢相扶芃芃綠雲舒亦若懷新居未敢望收穫姑且勤菑畬下不給妻子上不輸王租得其趣而已老農吾不如

雨後步水西亭

雨氣不能盡散作滿園烟好風何處來荷葉爲翩翩羣花浴三日意態柔且鮮幽人傾兩耳竹外鳴新泉啁啁一鳥歇閣閣羣蛙連暝色起喬木斷虹媚遠天蝸過有殘篆琴潤無和絃憑闌意悄然與鷗相對眠

僧房

僧房憑畫檻流目眺平原疎雨過千里夕陽紅半村風涼花氣斂室小佛香温昨日彈棊處苔階墮子存

積水暴流命僮建閘爲瀑布

雨停樹上聲水作溪中響溪當兩山凹奔流尤莽莽呼僮束以閘銀河隨手長
雖躍一尺布已過千人額勢連山帶飛氣挾虹橋往花落影不留魚去叛成黨
逝者如斯夫空存濠濮想

倪素峯歸棹圖

我思作一舟其速如飛鴉不載人離別只載人歸家煙篷竹欜作未就年年遠
客愁風沙先生持筆向我笑丹青紙上聲嘔啞夜來有夢畫有畫我今歸矣遑
知他

何西舫來看瀑布

黃梅時節掩柴荊聽得敲門踏溼迎舊雨乍來披草立新泉臨去向花鳴千枝
荷葉珠同瀉一片銀河淚有聲絕似天台結遊伴溪邊驚看石梁橫

朱草衣寒燈課女圖

牆角春深一樓雨老燕雌雛作低語草衣山人四壁空繞膝呻吟惟一女貧家
贈女無奩資只有一本周南詩女郎吚唔未上口海棠花下親教之不願女兒

通九經入宮天子呼先生只願女兒粗識字酒譜茶經相夫子阿母墳邊春草綠阿翁吟苦家無粟恰恐春華委逝波爲兒常買三條燭讀罷殘雞脂膊鳴茅屋一丸織女星

翁霽堂三十三山草堂圖

四海才名六十春青鞵布襪軟紅塵平生事事謙沖甚只有青山不讓人香山溶水影迢迢綠樹橫陳葉未凋半畝草堂江上好不關門住等春潮試罷彤廷戶不開談經重薦伏生才一時猿鶴驚相顧花外蒲輪今又來

與郭鳳池侍講秦淮話舊作

當頭新月墜纖纖十二年來吏隱兼人似孤鴻雲聚散詩如老將律精嚴黃梅雨久秦淮闊紅藕花深畫舫添料得憑欄定含睇六朝春在水晶簾攜手雞壇五少年山河一夢酒壚邊參軍蠻語今能否海上琴聲更渺然舊雨竟無知己賦新詩偏有悼亡篇夕陽小騎梅花影苦憶金臺掃雪天欲續鸞膠帶雨聽風驂小住玉河亭家家短笛橫窗過日日長眉隔水青深夜

花明燈照影雕闌酒罷月當庭尋春我有藍橋路且飲瓊漿再乞靈
南州才遇郭林宗又說歸心似轉蓬墊角風標傳白下唾壺恩寵極青宮天邊
月落應思我山裏雲多不贈公遮莫題襟桃葉渡暮潮愁送夕陽紅

次日侍講納姬索詩

吹笛青溪雁影分一家人載兩船雲（侍講令兄先娶一姬）玉蓮花壓連宵雨六月深涼似
為君
尋春甘苦我深嘗此事難於上太行剛好一枝真碧玉定情親勸汝南王

曳杖看雲歌贈張玉川

太湖白雲三萬頃有人看過五十年神仙贈與綠玉杖追雲直到湖水邊白雲
都向煙波入先生曳杖湖邊立煙波重見白雲生先生曳杖湖邊行疑是騎雲
鶴皎潔隨風落又疑雲中君飄飄白練裙誰知乃是玉川子半生脚踏長安市
長安故人不相待富者乘車貴張蓋或如麟鳳翔高天或惹驚風飄塞外不見
為霖澤物有餘功但覺白衣蒼狗無多在長揖五侯門吳江一葉開看雲揩老

眼重理舊生涯鎖雲囊製更羸手攙雲篇費蘇公才醉倒洞庭山頂最高處大呼七十二峯雲出來

瘞梓人詩

梓人武龍臺長瘦多力隨園亭榭率成其手癸酉七月十一日病卒素無家也收者寂然余爲棺殮瘞園之西偏爲詩告之

生理各有報誰謂事偶然汝爲余作室余爲汝作棺瘞汝於園側始覺於我安本汝所營造使汝仍往還清風飄汝魄野麥供汝餐勝汝有孫子遠送郊外寒永遠作神衞陰風勿愁歎

雜詩三首

仙人王子喬成仙太少年張口吸虹采乘鸞翔雲煙忽然笑天上玉齒流電光奴視黃初平羣龍罰一觴遠謫西海去霜雪風蕭蕭騎鯨不得下一日如千朝歸馭浮金房琪花開尚好深悔洩天機守口如瓶小

鷩䮕盪層嵐危葉隕寒露潦清察淵魚林空見狐兔蕭蕭霜華新赫赫金丸度

幽人傾兩耳萬籟俱非故感茲秋更清緬懷歲將暮揮戈少回光控弦無遠步

洪鈞陶萬類濛濛如沙輕賴有數行字賢者垂其名國史高一尺不向卷首爭英英對白雲衡茅須汝護

生存已無傳奚待圻隴平白髮不可鑄黃金不能成不如飲美酒未死先冥冥

春雨樓題詞爲張冠伯作

江南九月秋雨多采菱女兒唱棹歌歌聲宛轉入雲去木葉慘慘水不波金荃譜好何人製道是京江張公子公子滄桑四十年鄙人約略能彈指儂住錢塘江上村錢塘作鎮李將軍乘龍壻得張延賞花燭人間第一春崔盧門第武安家弄玉吹簫鳳引車豔豔華燈金作屋層層步障樹交花兩家門第氣如虹況復姮娥出月宮仙樂風高香遠近珠璣人掃路西東官銜書秃三千管釵費爭傳百萬工自憐髮短初垂額鴨闌也看羊車客望得衣裳影半痕便成春夢三生隔長安作隊走名場市上相逢各老蒼忝著宮袍歸索婦馬頭才拜北平王此時金印已模糊此日華池錦尚鋪聞說霓裳家按譜有時玉女共投壺憐才

到處夸袁虎意氣公然似灌夫誰知白日堂堂去黑雲一陣風來處竇氏貪爭沁水田石家禍起珊瑚樹魏其賓客霍家奴崑岡失火燒無數仲山父鼎孔悝鐘曾與山河誓始終兩入星牢都脫手一朝平地蹶秋風雄雞斷尾何人悟象齒焚身自古同禍水家家欲滅難命燈誰肯續三竿罪雖全雪家何有死竟無名骨不寒青山莊在路人遊臺榭荒涼草數邱羊侃歌姬辭故苑謝公絲竹剩空樓門留賣帖風吹白柩過橋心水不流可憐一品令公孫曾是當年看殺人飄泊鰥魚身一箇春雨樓中淚潛墮唱斷秋山紅豆枝曉風殘月真無那吳苑三更烏夜啼南唐一闋家山破芳草茫茫六代煙白頭重遇柳屯田耳聾怕聽興亡事冠伯耳聾兩手滑能調斷續絃乞食吹簫歸不得為人權作李龜年樂府千章韻更嬌旗亭雪小月輪高曲終酒散琵琶斷剩有秋江咽暮潮君為文貞公之孫總督李衛之壻父适作方伯家產籍沒

寄莊容可撫軍五排一百韻

辱咭思親謝開門畏路長自歸秦嶺雪翻戀讀書堂奉母身將隱懷公歃豈忘

每逢吳計吏時訊丈人行始憚西門急徐安子產旻胥師平市價蕃樂阜金閶
漢地開淳鹵周書訓羅匡小筈都檢校頌繫悉平章古戍狠烟靜新禾玉露瀼
碑刊王穉子兩頌段文昌入耳騰清譽關心暗拍張名儒無覆餗吾道有輝光
苦憶長安日羣遊翰墨場飛揚鴻寶殿潦倒碧雞坊草綠王孫別槐黃舉子忙
少年文戰銳傾國飲泉狂爭勝拏相博詼諧體類倡登壇拜孫策如意贈姚萇
舞或爲鸜鵒裘時典鷫鷞兩回珠蘂榜一樣姓名香同是青鴻鵠誰爲白鳳凰
筵張燒尾宴人看狀元郎簇簇宮花好翩翩馬首昂高遷孤客館直入上清房
園古杉如鐵松高鼠似麞雜花侵獸錦班管動琳琅濡蠟中涓侍燒梨御果嘗
賡歌詩百韻待漏日三商笙磬原同調人天未隔疆來看南苑月借宿屋東廂
款款人同醉遼遼夜未央九霄風忽引二鳥翼分翔傾耳鈞韶斷回頭海影荒
金蓮摧白露銀漢隔紅牆駑馬何辭棧禪心不戀桑兒寬調禮樂卜式牧牛羊
沐水唐東海金陵晉建康繭絲紛校括伍伯走踉蹌吏畏烏銜肉民愁鳥啄瘡
疏絃矜古調冶貌薄時粧格竟停崔亮廷難辱范滂鴡鵬悲腐鼠雞犬別淮王

乞病風塵外幽棲鍾阜旁官聲存野老世事唱迷陽甪里公超市庚桑碨礧鄉

青霞暫瀟洒元豹識行藏谷口方名鄭中丞道姓莊當街呵赤棒南面坐癡牀

戲我稱新隸驕人說弄璋（公以先得子自夸）繞梁歌宛轉雜珮玉丁當戚德癲如故狂

奴態不妨燈燒除夕夜佩贈小鳖囊爲索長安米仍催白下裝尹邢寧避面王

貢約騰驤寺起浮圖躄弓彎大屈強遽將鞍作几妄想蟹成筐笠日聞呼較登

山笑乞糧盧生重入夢衛女不安孀病馬繩穿鼻豪牛背服箱吾　皇剛北面

彼美竟西方腰鼓離兄弟函關鬬虎狼過秦非賈誼出塞似王嬙衫色侵中嶽

鈴聲響北邙從軍新樂府行客古河梁太華當頭墮蓮花刺目涼裹烝沙淅瀝

甌脫兩淋浪墨子書難載羅侯債未償守株愁白兔枯閏厄黃楊強逐銜官隊

低持手板僵陳人衣錦繡老婦拜姑嫜開府三秦壯將軍五色盲但教隨絳灌

不見試龔黃鴈塔慚名姓昆池弔漢唐氍毹遵祖鶴來去督郵蝗京兆眉痕嫵

終南樹色蒼鄉書犀望月官局奥生牂老父還江左全家別古杭乘船六月暑

思子九迴腸風木悲何遽滄桑事改常官無三日作家有四人亡髮亂奔蓬葆

腸摧勝涫湯靈椿看彷彿孝水飲悽惶郎罷驚呼团摩敦苦憶娘麻衣關洛雨葛履虎牢霜夾道埋車轂狂飈斷馬鞅蓼莪春草細屺岵白雲傷返舍空啼影輿機更舉喪卜居尋近市負土出平岡恨賦原因別騷歌漫續羌深蒙金帶客遠奠紫霞觴鴻筆書哀輓銘旌代顯揚憶雲泥耿耿感舊笛茫茫敢寄詩千字聊當葦一航崇轅依虎阜賢弟隔南陽（公弟有信守南陽）銀手都如斷金心各自將當茲春滿地遙想月明廊化雨沾芳草離愁寄海棠願言崇景德竹帛永相望

秋雨歎

癸酉九月雨聲譁一十六日脚如麻天欲壓我懼不勝月如羞面常相遮千个滴殘湘水竹一枝泣斷芙蓉花黃雲萬頃委溝壑垂垂玉粒生青芽山中高田尚如此其餘下田尤汙邪城中薪價長十重破籬敗葉爭搜爬牆傾瓦毀莠生戶豈無盜賊窺室家我聞銀河從古無人決一朝水落窮流沙從此扶桑根爛北斗傾更何人泛張騫槎我有一寸刀能剸妖蝦蟇洒掃青天送日月光照六合無纖瑕雲深苔滑不可上且聽兩部吹嗚笳

八月廿九日同補蘿晴江探桂隱仙庵歸憩古林寺

遊山同隊行看山各自領不逢桂花開且踏桂花影桂蘂何離離蓄意如未逞寒潭明空霜禪室納虛景脈脈夕陽沉泠泠天風冷道人登竹樓彈琴萬山頂曳杖隨所如小憩古林寺經聲如有人松花飄滿地一僧長眉青萬竹短籬翠爲我滌齋廚供以伊蒲味時當晚課齊各各參佛義余亦慧業人拈花領微示出門秋正清下山月猶未回頭雲一重鐘聲渺煙際

騙馬歌爲傅將軍作

通典武舉制土木馬於里閭教人習騙謂躍上馬也將軍教士習之較精

嚴霜白耀演武場馬騰士飽秋日長將軍教觀軍士戲投石超距試古方牽來老馬如木馬柴立不動僵中央儀氏丁中帛食齒沙囊壓定古渠黃健兒抹額縛窮袴短衣都學廣川王一人騰踔類飢隼卓立馬首當平岡一人挽鬣肆蹴踘反腰貼地唱伊涼或騨雙鞚超陣過紙鳶飛起黃頭郎或翻兜鍪挂馬腹倒

躍井底追沈光憨如老熊臥當道捷如袒髮遊呂梁健如堯廟橫蹋壁快如樓季踰短牆超如西域白獅子望塵嗅地知兵糧妙如獮猴與狗鬭羊淫鵝傲蝴蝶狂人視馬如泰山隱馬視人如蒼蠅翔三十六番伎奏畢六龍閃閃頹西荒我聞擊賊貴習膽擲塗賭跳夸精良又聞武侯制遊兵二十四陣翼兩旁侯景難犯緣陣脚馬隆戰勝因偏箱似此銀刀兼拐子橫衝天下何人當將軍大笑鳴頻起樹梨普黎歌不止手舞長劍青天裏交及戈殳槍槊矢一回一試一自喜生逢六合無泥滓不入沙場決生死但縛大盜三千耳拖腸格鬭血衣紫兵法可傳世有幾願屈張良為弟子贈汝圯橋書一紙酒酣長嘆手西指如此夕陽吾老矣

送秋二首

秋風整秋駕問欲去何方樹影一簾薄蟲聲徹夜忙花開香漸斂水近意先涼從此冬心抱彈琴奏履霜

袖手憑闌立雲山事事非雨疎分點下鴈急帶聲飛楓葉紅雖在芙蓉綠漸稀

何堪作秋士歲歲送秋歸

馬觀五侍講身後園亭鬻爲酒肆重遊有感

奉誠園裏石闌干手未憑時淚已彈我是華堂舊賓客殘花今與路人看

同圍爐火坐西廳記得靈光舊典型今日人亡風調在春山留與酒樓青

滄桑未滿十年中門巷淒涼迥不同一樹桃花無賴甚主人何在尚鮮紅

鳳池侍講與兄某北上同卒徐州聞訃驚駭爲詩以弔

自歒湘竹寫哀詞雙弔徽之與獻之一別便傳人永訣百年從此事難知兩行

孤鳳朝天去半夜紅蘭帶雪垂惆悵浮生真草草不如落葉有秋期

似此人難過四十可憐官正要三遷驟聞死信還疑夢不解傷心最是天兩代

芸香誰嗣續九原花萼轉聯翩想他風雨彭城夜錯把長眠作對眠

自放

自放春歸自黯然雪飄江上散花天絳桃遠別楊枝去未必相依十一年

苦奪鸞篦䟽夢一場誤卿自誤怕思量餘情還託橫塘月好照羅敷陌上桑

贈吳將軍幷序

將軍吳士勝從威信公征金川三戰皆捷金川奪氣將軍請往降之袍而騎酋長橫刀來迎將軍徑入虜帳笑曰暮矣索枕臥鼻齁齁甚酣旦召諸酋責以大義譬曉之諸酋齗噤不得語乃椎牛行炙蠻舞雜進定約正月六日詣大軍降凱旋　天子召見勞以酒擢官總兵癸酉二月挂冠奉八十七歲老母歸西川余相見於秦淮酒樓上聽述前事喜而贈詩

天威西討莫離支有詔將軍匹馬飛萬種頭顱堆甲帳九邊風色試征衣能教鐵勒驚三箭不用官兵殺一圍半夜雪花如掌大硬弓還射白狼歸

金川誰築受降城單騎從容自請行潑水刀光迎上客吹燈虎穴聽鼾聲捧盤香火朝剺耳傳箭江山夜罷兵椎盡肥牛三百隻歸來殘月在西營

閃閃紅旗海色開妖星半夜掃龍堆闔門泥首張嬰出滿耳夷歌朱輔來焱矢長韜還武庫金瘡不裹上雲臺男兒此處難消受　天子親斟酒一杯

尊前老去霍嫖姚能說單于謁渭橋百戰餘生依膝下五湖歸計趁春潮黃金甲冷斑衣煖烏鳥情深劍氣消只恐雲中需魏尚未容採藥戴金貂

消夏詩十二首書扇寄何孝廉

不著衣冠近半年水雲深處抱花眠平心自想無官樂第一驕人六月天
欲采荷花泛野塘披披荷葉掃衣裳畫橈橫處雲波滿一个舟如小洞房
赤脚神仙絳節飄手揮如意把人招爲言萬國秋陽裏儘有峨嵋雪未消
年來心性愛空明不弄瓊瑤弄水精自指頭銜堪辟暑一條冰上是前生
鎖斷花關客莫開白龍皮上冷雲迴只憑令史將風報不許徐陵帶熱來
北風圖掛劉褒筆自雨亭傳王珙家爭及文人分射覆一場鏖戰綠沉瓜
浮瓜沉李傍清池香隔重簾散每遲何處涼多何處坐四時筆硯逐風移
不覺雲英一椀漿不須漢殿借明光只教來見王思遠暑月能生滿背霜
日暮空堂蝙蝠飛新涼吹上芰荷衣班姬團扇情難捨翻勸秋風緩緩歸
苦避蚊蟲自築城綠紗紅燭水窗明一丸星報來朝熱飛過銀河作火聲

陽烏一樣上天遊冬日人歡夏日愁肯向雲中小回首金風瑟瑟便生秋
炎歊斷路久離羣消暑歌成一寄君彩箑未搖風已到不知是墨是涼雲

南樓獨坐

清涼山色酒杯邊身在斜陽小雪天成佛肯居才子後爭名難到古人前萬重
白骨堆青史六代黃金散暮烟我欲騎鯨遊海上笑他不達是神仙
華子中年屢病忘霍王無短更無長編詩只覺近年好對酒每思當日狂家爲
種花貧亦得身原思退老何妨風簾殘燭亭亭坐閑看兒童蠟鳳凰

送傅卓園總戎之狼山

癸酉仲冬　皇帝詔詔公出鎮狼山東山高五十有三丈地險正當吳越衝白
狼金爪耀日月紅倭花髮吹腥風出海便可抗燕薊磨劍豈止搖崆峒此處位
置　天聰明長城交與真英雄白下軍民走相告賀者在口憂者貌遙拜青天
大角星何年流電重來照我本山中接輿狂張眼不識金人長忽然碧空見孤
鳳銜尾只願隨風翔公之風裁一何壯淺色黃衫麥鐵杖入陣先將鼓蓋隨稱

身別造弓刀樣公之儒素眞吾徒枝枝筆架青珊瑚輕裘時飄叔子帶閑暇亦投祭公壺神光一夜紅黃動（公能以神光驗禍福）翩然麒麟大荒縱時飛葭灰臘月涼梅花片片鐵衣香天雞大叫催鼓角琉璃捧出金盆光旌旗十道拂海水龍魚爭看清河王水晶鹽暴千場月暖玉鞭敲萬馬霜東夷讋服南蠻順坐擁貔貅作靜鎮夜唱天山勑勒歌曉排魚浦風雲陣明年三春積雪消山人一騎一布袍短衣渡海直入幕長揖營門作馬曹

三月二日泊永濟寺再贈默默

題詩看雪記吾曾高閣重登力不勝兩扇門搖青竹葉一江水照白頭僧新鶯喉囀燒香曲細雨烟迷寶塔燈且喜春寒人迹少琳宮清似玉壺冰

新柳夭桃夾岸栽鳥聲歡處有樓臺拔山古樹爭天立送客斜陽渡水來半夜舟停看月上幾番風逆轉心開詩箋替我先呈佛交與禪堂老辨才

題竹垞風懷詩後（有序）

竹垞晚年自訂詩集不刪風懷一首曰寧不食兩廡特豚耳此奮言也

按元明崇祀之典頗濫蓋有名行無考附會性理數言遽與程朱並列

竹垞恥之託詞自免意蓋有在也不然使竹坨删此詩其果可以廁兩

廡乎亦未必然矣

尼山道大與天侔兩廡人宜絕頂收爭奈升堂寮也在楚狂行矣不回頭

小倉山房詩集卷九

小倉山房詩集卷十 甲戌

錢唐袁枚子才

立春前一日與徐鳳木朱草衣集孟亭溪上草堂限春字

一個溪堂六酒人先春一日共尋春羹調小婦纔俱妙月近元宵舊復新風作半琴鳴竹外燈分雙蕊鬪花身明朝擬踏銀橋市各戴華陽自製巾

買梅

爲買梅花手自栽朝衫典盡向蒼苔笑他絕代高人格不等黃金也不來

種梅

十丈春山帶雪量一枝短襯一枝長安排要得橫斜致閒與園丁話夕陽

看梅

最朝東處枝先發漸有蜂來雪大飄同是看梅誰仔細主人暮暮復朝朝

纔走半梢如白龍忽抽千朵春雲濃三更以後看不見明月一重霜一重

一般玉露總無私山北山南分早遲恰使人心憐舊雨最開多是隔年枝

山空養慣高情性春早長留好歲華恰惱一林香太遠教人尋得著吾家

二月朔日孟亭鎢軒先後探梅得探字

山人無佳懷花開如生男衆客具羊酒開時紛來探去者將呼車來者初停驂去爲來者留一客化爲三巡檐嗅歷歷繞樹睨眈眈二月初東風春心猶包含一林香破口幾點珠明簪梅花如大繭賓主如春蠶裏入萬株烟昵語何喃喃花開未及白人飲未及酣留此飽看眼待月南山南

折梅

爲惜繁枝手自分剪刀搖動萬重雲折來細想無人贈還供書窗我伴君
侍兒心性愛風華爭採仙雲鬢上加自卷一雙蝴蝶袖忍寒先仰最高花

白衣山人畫梅歌贈李晴江

山人著衣好著白衣裳也學梅花色人奪山人七品官天與山人一枝筆筆花墨浪層層起搖動春光千萬里半空月鬭夜明珠滿山露滴瑤池水倒拖斜刷雜亂寫白雲觸手如奔馬孤榦長招天地風香心不死冰霜下隨園二月中梅

蕊初離離春風開一樹山人畫一枝春風不如兩手速萬樹不如一紙奇風殘花落春已去山人腕力猶淋漓君不見君家鄴侯作貴官如梅入鼎調鹹酸又不見君家拾遺履帝閽人如望梅先止渴於今北海不作泰山守青蓮流放夜郎沙白髮千丈頭欲禿海風萬里歸無家傲骨鬱作梅樹根奇才散作梅樹花自然龍蛇拗怒風雨走要與筆勢爭槎枒山人聞之笑口哆不覺解衣磅礴贏更畫一張來贈我

菩提場古梅歌限大字與蘭坡學士作

從來廟古樹必怪竟有梅花寒廟大南都兩寺大者三菩提一株毋乃太有如人形共七尺忽然丈六金身在三寸之珠十團玉此物豈合存塵界勃勃孳將兩雪飛童童欲把扶桑蓋一白光搖大殿明半開影壓僧房隘孤根入地花入天身在寺中香在外我生愛梅如愛色得此傾國癢搔疥初疑導從萬玉妃水晶宮闕搖環珮又疑白象散天花牟尼珠子穿旌旆睽睽萬目摩青柯喋喋方言議根派老僧古貌長眉青問樹疑年默不對但說前朝焦狀元曾坐梅窗拊

梅背我聞其言彈兩指劫灰陣陣飛衣帶幾行青史後梅成幾堆白骨先梅壞
梅花無情春有情年年二月開無賴長陪仙鶴記堯年未了人間香火債花氣
蒸爲十里雲繁枝布施千人戴勸汝莫矜橫斜影江南城小身爲礙愁汝狂吹
清冷香諸佛聞之鼻破戒人生眼界那有窮物拔其尤意殊快笑我隨園二十
弓年年種梅如種菜不妨無事有其心老衲大窮將汝賣巨靈雙手掘梅根駱
駝萬匹拉梅載移植千枝萬枝中諸峯忽壓當頭岱逝將聘汝力不能行且尋
君一而再諸公借我禮佛頭且對此梅三百拜

贈張芸墅司馬兼寄梅六公子

清商絃未絕春蠶餌絲成孤鳳棲高岡青鸞從之鳴江南春二月芳草綠已盈
椽門者誰子襌纚飄瓊纓贈我園客繭風裳曳華星示我國風篇大雅扶正聲
曰予亟求友神聽慕和平雙丸不獨曜八駿難孤行琴彈鍾子期詩歌蘇子卿
寸心相冥合千春有餘情
昔君遊南海作吏越王臺蛋子吹簫送珠娘打槳陪振衣忽高蹈白華易小草

來尋鹿皮翁共作商山老君家謝朓樓我家安石里同有白髮親淸霜照人子

君年四十六我年三十九兄弟指其口此中宜飲酒

入門烏畢逋出門雞膈膊下山魚脫淵上山雉登木訪古到瓦官探幽登靈谷

微雨過深夜山容赴朝旭得杖手足輕有書證據足芸墅攜名山記高塔勞遠眺破碑

苦深目對酒雲數片落花燈一屋五嶽行未徧六朝跡已熟可惜吳市門不及

呼梅福歸來春悄然苦色上深竹

我與梅華谿結交在長安其時諸公子朝顏如渥丹六郎最嬌小初茁黃金蘭

今年隨君來七尺青琅玕感郎新詩好念我舊雨寒九原不可作萬事同波瀾

此日足可惜來日苦大難君歸往茂陵遺稿訪凋殘

佳期日未宴僕夫告將去敬亭山上雲匪我留能住我有一樽酒淡泊如春露

獨飲難爲歡羣飲亦不豫惟與素心人朝夕領其趣前有張邴嘗後有羊求與

君來船莫遲君去船莫遽長恐飲酒時正是思君處

將抵淮矣忽爲大風所尼泊荻港作詩

我作長淮行誤呼龍頭艋重如曳牛尾難如拗象頸自知淮王山十日不得領亡何廣陵濤徐徐似汲綆微衝青山烟淡搖楊柳影篙工喜而呼胡奴笑且騁主人請起起抵淮在俄頃釣徒辭烟波漫郎理笭箵指妾書卷收催僕行理整自謂卽誕登待飯亦不肯忽然白氣升惡風破萬嶺海水沸沃焦鯨魚拔滄溟墜波有跕鳶盪舟無完皿鼇斬帝益怒瓦飛鼓更猛澹臺璧欲爭椒邱劍空挺襟披胸可穿沙射目且瞑刻舟同縮屋劃地類畫餅方期主遇巷何圖坎入井有如食蟚蜞正美喉復哽又如望神女臨御忽已屏囊行尙恐遲今泊更愁冷大笑風浪天萬事與此等

甲子秋攜陶姬至淮今一星終矣重有汎舟之役憮然成詠

春燈無夢不悠揚舊曲重彈陌上桑雙槳桃根乘月渡十年錦瑟似人長捲簾釵影橫江小過眼風花逐水涼華髮自悲成底事添丁嬌女字平陽

哭程荔江

一年一渡長淮水每渡淮時一醉君今日河山重對酒當年麈尾已淩雲千盤

珍阜生前散萬古交情笛裏分愁唱山松行路曲哀蟬落葉夜深聞

長眠人已閉幽宮我是襄王憶夢中交甫珮貽雙角白夏侯簾捲四枝紅乙丑過淮見贈漢玉羊角鈕四姬出拜琴書賸局諸兒小春雨飄燈萬化空腸斷鶯花三月暮高陽池館又東風

黃河秋決聞陝督尹公移節清江寄呈四首

孤鳳身高易惹風年年旌節類飄蓬時當清晏誰聽策事到艱難始借公瓠子三秋歌向北元圭一錫水朝東相傳迎得司空馬流出桃花已不同

帝把公當砥柱看故教赤手障狂瀾麈談立止黃流濁犀照應愁水府寒上策漢廷推賈讓遺編唐代重韋丹華山使者嗟河伯使我軍中少一韓

何處江南非舊遊兩堤官柳識行騶廿年故吏知誰在一局殘棋代客收元女九天留玉牒深宮雙箸夾金甌從今穩上黃麻閣莫再亭名不繫舟制府有亭號不繫舟

有人黃犢學躬耕師友關心夢獨驚細雨春搖芳草軟孤花寒耐夕陽明謝安鬚鬢愁來白疏傳家山老更清十畝水田三頃竹知公且自羨門生

到清江再呈四首并序

枚遁跡隨園塵思久斷公手書招之令沈凡民苦加規戒類慈母之投杼誤聞蜚語如良醫之下藥未切脈情恐愛之過深而知之轉淺率爾言志請學仲由

自愛青溪水最清忽聞老鳳喚流鶯商量江上新行李檢點人間舊姓名殷浩何妨東高閣龐公久已事躬耕夔龍簫管巢由唱請自分途慶太平

一笛斜陽萬木飛中年哀樂雪飄衣水邊花淡春將暮山裏梁空燕獨歸卓氏酒壚三月斷鄂君翠被十年違如何野草鴛鴦夢尚有襄王說是非

每望旌旗洒淚痕當初薦表苦推袁想傳衣鉢終無分賴有文章好報恩書卷一編常按日梅花三百自成村他年李泌金鑾殿莫說陽城尚在門

接得郇公五色箋敢辭雙槳木蘭船蒼生望淺人難起絳帳情深月再圓白下孤雲芳草渡龍門高浪夕陽天可憐桃李青青樹虛領春風十六年

留別荷芳書院四首

尚書官舍即平泉手闢清江十畝烟池水綠添春雨後門生來在百花前吟詩白傅貪風月問字侯芭感歲年三日勾留千度醉爭教賦別不潸然

驪歌一曲柳千行荷葉離離尚未芳四面鶯聲啼暮雨半竿帆影過低牆籬笆門小花能護歌舞臺高水自涼看取君恩最深處碑亭無數臥斜陽園多高相國紀恩碑

拓開粉壁換窗櫺收得春光入戶庭古樹獨當人面立遠山遙隔竹簾青箭抽金僕穿楊試曲按銀箏帶水聽莫道夜深風轉緊要吹斜月上孤亭

諸郎個個似瓊枝握手風前有所思折柳自澆臨去酒攀花難問再來期烏緣戀樹啼偏苦雲是還山見更遲記取高陽池館地江烟江雨一題詩

尹公和詩

敢云景物似平泉聊趁公餘坐晚烟千里人過袁浦畔一聲歌到綠楊邊青燈夜雨添新夢畫舫秦淮感昔年莫謂邇來清興減偷閒同醉落花前

曾記山房字幾行重遊舊地感荷芳花殘豈盡因春雨樹老仍多傍短牆把

酒却逢新漲滿開窗共納北風涼林園賓主知誰是一片蛙聲送夕陽

半窗斜月透踈櫺草滿階除竹滿庭老去一身隨處好年來兩眼爲誰青琴

彈古調原難賞詩帶離聲轉怕聽怪底野心留不住小桃源內有山亭

臨岐攀折路旁枝手跡還留去後思黃鳥鳴餘添別恨牡丹開罷計歸期孤

帆短棹隨風遠落日閑雲出岫遲羨煞村居耽嘯詠可能頻寄見懷詩

寄聰娘

花開時節不離君花落琴河手暫分二十四橋楊柳岸春愁頻觸杜司勳

黃驄陌上怨啼烏家有春山似畫圖三日不棲雙燕子櫻桃花淡繡簾孤

畜鷺鷥

白鷺不受馴遙天飛積素與我兩忘機霜衣振微步側脰睇幽人如作魚兒捕

淡交既目成頭白當如故釣鮮輒先供瀹泉必手具瘦竹表秋清孤花寒日暮

立斷小亭風淡月滴微露

闌鶴

海人貽雙鶴攜入秋山來鶴自適野性人能增遠懷所嫌園無垣羽翼恐當乖千年雖來歸而我安在哉取彼青竹竿編爲三重籬風月有疆界去來無是非不徑而不竇朝夕舞傲傲語汝青田翁莫嫌鸞翮鎩漢有陳孟公留客投其轄

憎鹿

名士非不佳太癖難入坐養鹿亦如之虛名受實禍呦呦噤其口巍巍恃厥角末荒樹剝膚非蠹書大嚼昌黎厭蝦蟆柳州憎王孫主人援此例呼之爲惡賓

養松鼠

曾讀尸子書松鼠不知堂茲鼠何爲者依人爲餱糧物小有仁心銜指如恐傷身學慶忌捷拱敬丈人老烟寒樹影停月白松花曉突如其來如竹竿青嫋嫋

惜兎

皏如慕容氏白如玉衡星姮娥不收拾長鬣奔空庭爰爰性無毒趯趯時多驚玉雪忽墜地委化未分明望月不動杵守株空復情解贖潑寒酒遺毛上管城爲誰空搗藥不能學長生

淮上乞魚門盆松得松而歸

青青盆中松愔愔魚門子一言贈故人蒼龍渡淮水其時松正花帶花遠行路粉落半船白香動春江暮入園未浹旬翠蓋先百草水聲淮北遙山色江南好

以松與蘭坡學士易柏學士不可

人意難屬厭機心生草木換松如換馬望柏如望蜀賴有柏主人搖手稱不可得失一老兵而忘我爲我君旣寶鼠璞僕亦享敝帚落日一漾秋歲寒兩家酒

題廣川載鶴圖送姚小坡牧景州

官清如鶴清官行鶴亦行一船官鶴雜官吟鶴能答鶴軒官不乘官艙鶴轉據今夜月明時抱鶴宿何處

誰能爲此圖補蘿沈東陽墨妙追昔賢其人鬚眉蒼頽年感遠離涕下沾衣裳矧我佐麾下恩好隆中腸兒時羊酒地南部烟花場三春幽夢醒萬斛西風涼回首長相思如何不盡觴

行行已有日轆轆來車輪不忍别吾園況此園中人園中人愧鶴不能傍君身

斗酒爲君辭長歌與君訣寒雨厚青苔明燈散黃葉呼童掃落花莫掃君行跡

任處泉太守在山陰得陸放翁快閣故址自倡七律四章託石帆學士代

徵和者

石帆學士寄雙魚代索盧山九錫書洛下久推白傅達鑑湖兼得陸家居百年

剡曲秋風後二月蘭亭春水初遙想牆東避世者幾枝花插短轅車

四首詩箋寫百通恍傳仙語出山中魯連黠似黃鷂子琴客騎須赤鯶公溪上

苧蘿西子月竹閒牕戶宋朝風問君亭畔三更雪可遇梅花似放翁

楊憑宅子香山住蕭復園亭王縉求自古文章傳勝蹟幾人宦海得閒遊迎賓

先取靈蓍筮服食多從本草搜儘此烟雲銷歲月幾間草屋亦千秋

少年也有巢由在三十休官尙道遲勾漏郡中頻采藥麒麟閣上只吟詩青松

各據雲千尺野鷺同憐水一池爲訂西溪戴安道山陰明月是心期

倣曹子建送白馬王體六首送香亭弟之壽春

鶺鴒鳴高樹阿弟歌上堂將適今壽春言辭古建康五月觸徂暑大火熏炎光

有淚各無言含情且盡觴秋豆未落萁荆花方成行緣何明月來照汝不在旁
在旁無兄弟胡不留征輪輪蹄鳴轆轆中心難具陳無祿及介推履蹻勸蘇秦
元瑜甫弱冠仲宣初從軍未行愁汝貧既行愁汝身負米慰白髮加餐健青春
青春二三月山中營我屋百尺闌干邊萋然芳草綠遼遼夜未央冽冽風已肅
殘月覷衰柳昏燈忙蝙蝠秋一入山林寒先生手足海水日飛揚人生日局促
鴻名滿八紘終竟誰骨肉
骨肉夫如何念我曩病時服藥頭岑岑有背誰噓之中年無絲竹哀樂來相欺
弱女終非男天命頗可疑揚名不續姓達者亦狂癡嗷嗷澤中雁哀鳴求其私
陰陰桑榆花漸老蔭本枝但願弟達早不願弟歸遲當年陽亢宗負弟山中嬉
嬉遊事未成余衷殊了了阿三娶糟糠阿五識梨棗兩妹各有適人少易溫飽
弟也愛其名所期在遠道誤讀國風詩好色苦不早余已負少年君毋愁醜老
雖非蕭史仙玉女翔三島亦非牧犢子七十猶枯槁
枯槁孟冬時百僚揮金鞭刺史謁府僚書記亦翩翩青驪鳴廣陌采舟泛崇川

玉雪含春語隨君還空山伯也朔風詩叔也河梁篇甥也亦能歌八風金石宣

艮時僅轉睇景運如風旋暫且學黃鵠矯翼浮雲天

答香亭見寄

不忍離君忍送君阿干歌到阿兄聞孤花江上秋深雨斷雁天南日暮雲何氏

小山無夢草桓家蠻郡有參軍碧芙蓉水紅蓮月待汝歸帆盪夕曛

莊念農明府就按白下予與晴江介菴往訊平安賦詩奉慰

一笛迎霜萬木踈挂冠人正聚江湖同驚秋水波難定且喜晨星座未孤寵罷

馬援談薏苡功成李牧算軍租拂衣男子關心甚收得楊彪考竟無

久別成連海上琴青溪重聽子牙音風高燈影吹成雪雨過花痕淡見心四海

恩仇歸氣數百年才命各升沉厄屯歌唱三千首我爲臺卿怨更深

閑寫五絕句

殘漏敲詩夜夜同銀釭晚點託巴童隔花自望讀書處斑竹小窗紅未紅

荷花夜靜月華凝花面添鋪水一層愛趁涼風小兒女綠芙蓉上試秋燈

采得芭蕉當席鋪自揩團扇寫官奴幽蘭窈窕青琴側吹氣撩人乍有無
何須樀叟問滄桑何必憁雞話短長兩個文禽學人語金衣公子雪衣娘
一樓書卷萬花熏靜掩柴門自策勛寄語公卿休剝啄名山高不借青雲

同張芸墅入攝山投宿鹿泉菴作

久聞攝山佳未攬攝山勝得逢素心人春暮發清興尋幽早棄輿賈勇遂脫鐙
到菴日已暮山色窈然靜門前竹數枝帶雨將人迎老僧膜手言山大遊難竟
盍養登臨力小住幽棲徑兩人以爲然雲臥意先定三更聞佛香一枕來清磬

贈菴僧爾霞

十里山深日易斜看山人住遠公家晚風初起燈搖閣溪雨乍來梅落花漏盡
松聲翻貝葉夢回月影上袈裟羨他窗外千章木長與高僧共歲華

曉登千佛岩至萬松菴坐雲木相參閣分賦

臥起白雲團出入青松繞終竟諸琳宮何者爲絕好龍象崖如麻金光夕陽小
蒼官儼環衛幽翠摘窈渺一閣西浮天萬象暴其腦碧瓦耀陽阿樽櫨冠霞表

敷坐息微倦憑欄數歸鳥露重葉生光風回鐘尚嫋一笑下層巔輕烟動林杪

大殿外古銀杏歌

參佛先參龍樹根訪仙先訪羲軒民君不見棲霞銀杏樹兩株中有三皇春一雌一雄屹相向老龍拔湫蛟蜒強根蟠南極太陰深葉蓋西天花雨上我來張臂抱百圍一人臂盡十人隨不教日影漏到地但聽風聲雲外吹空心斷節雪霜飄百劫昆明火未燒枝枝葉落依三祖歲歲花開送六朝嶧陽之桐雷火送孔陵之檜東周夢終竟空王法力長雙留鴨脚棲鸞鳳　當今聖人開明堂萬牛巡山拉豫章匠石四顧心徬徨高者斤削爲棟梁脆者填竈爲柴桑汝獨不焚亦不用終身慘淡蟠穹蒼遊客對之顏色變銅狄摩挲三百遍半日空廊覓斷碑餘根猶露金剛殿

白雲菴

南齊碧虛仙捨宅存高嶺前朝隱士來補茆菴復整同是白雲人都無白雲影寂寂讀書堂沉沉功德井池靜夜泉生雲深春色冷風韻一絃琴月白萬山頂

春雨橋

橋下三春雨年年落翠微淡流花影去寒咽磬聲希屐自行來濕僧從何處歸

烟絲吹未盡散作野雲飛

天開巖觀岣嶁碑

秦人蔑古古不收後人好古古雜投六經百氏半難信吾於岣嶁疑爲尤古人書竹不書石磨崖夸功秦所留俗儒因之誣神禹道有奇篆垂千秋昌黎勇探廬陵索甘受百欺無一酬既有其說必附會青天白日生蜃樓樵夫忽挈何致子靈書八會荒崖搜楊君好事重摹刻長屏燦列棲霞幽鳥未分蟲魚捨鳳非殷瑚戈夏帶鈎窘如貳負抱桎梏怪如刑天揚戈矛醜如嚴家走餓隸亂如牆角堆蝸牛倉公四目苦眴轉次仲雙翮難雕鎪震雷文裂勢垂薤寒冰理斷盤堆虬口豁目眯心漆黑釋文雖具誰咨諏張公得之躍三百我獨一言君無郵周石鼓疑宇文氏僞尚書得大航頭龍威丈人字不識闔閭走問東家邱真贋從古事莫辨獄市一閧心終兜矧此鴻文更無範奇而不古形拘囚歐趙摸搨

萬萬本豈采砂礫忘共球昆吾之跡華山博枉被韓子笑棘猴瓦棺爛鼎備一格神功聖蹟理則不詞隱既如秦客廋衆聒姑聽楚人咻掮取一紙新雙眸青蟲篆葉啼禿鶖袁子作歌記所遊

登最高峯

羣峯齊俯首爭把一峯讓一峯果昂然獨立青天上我來登此如登天無物與我堪齊肩白雲蓬蓬生足下紅日皎皎當胸前手敲山門鎖聲落山下風老僧迎我便扶我怕我吹墮煙霄中開牕指示揚州塔入耳頗聞瓜步鐘攝山到此局一變怪石奇松都不見不知人世藏何所但覺江光搖匹練仰首頻愁真宰侵長空斷絕飛鳥音遊山莫到山絕頂再上無路生歸心背山搖鞭風灑灑手擲金輪放西海

靈谷寺

停驂獨龍岡爰尋古靈谷密松蔭五里山門破羣綠紺殿儼皇居榱櫨無尺木萬甓壘穹窿青苔涼昏旭古畫暗空廊飢蚊鳴佛腹訪古足雖健得僧徑初熟

指我誌公塔浮圖矗高屋示我曇隱泉入水勢洄曲捲簾謁惠遠更進松花粥鶯語聚垂楊經聲散疎竹與闌各入城山花人一握

孝陵十八韻

元鼎淪沙漠真人唱大風從南控西北終古一英雄貌類唐高祖家隣漢沛公元黃清戰血禮樂啓宸聰重典秋霜下深心養士中虎龍占王氣郟鄏定江東蒼野勞耕象軒湖泣墜弓黃腸鍾阜闊丹穴水銀空松照金題碧燈依玉座紅月遊偕哲后廟祔及青宮開國衣冠歇中原歷數窮山河餘瓦礫士女亦沙蟲苦竹搖天帚妖雲閃帝弓蘭亭將出匣牧火欲燒童　昭代寛仁極前朝典禮隆守園須內監留像護重瞳禾黍雖蕭瑟香烟竟始終冬青宋陵樹遺恨不相同

太平堤望元武湖 梁朝名飲馬塘蕭道成出屯元武湖至王安石而湖廢明太祖貯圖籍焉

昆明池繞舊宮牆過客遙看飲馬塘兵氣昔曾屯上將水聲今尚怨舒王絲桐曲盡漁歌續圖籍烟消鳥語忙此日葑租三百頃中朝應賜賀知章 用徐紘答馮謐語

徐中山王墓

鍾山之陰亂峯起勢如萬劍青天倚對山華表如山高大書中山王葬此龍碑

摩空字百行銘勳敘戰明高皇草熏日炙難卒讀摩挲青石神飛揚維王二十

雲從龍南徇吳會西崆峒懸旗莫與子儀敵張口不談馮異功一朝威定虎狠

都拔劍廷臣殿上趨博陸丹青居第一汾陽甲第賜千區從來鳥兎哀弓狗誰

把兵權釋杯酒尉遲老計託青商亞父危機撾玉斗半夜吳王舊邸開將軍大

醉誰遣來醒叩階前呼萬死從此臣心照天子北平軍老朔風殘上將妖星刁

斗寒可憐恩賜黃銀帶尚有人傳白馬肝唐皇絳帛招難起晉武鬚眉淚不乾

祈連高塚橋山側昭陵弓劍同嗚咽一代風雲竟始終千秋花鳥催寒食野火

光燒鐵劵文杜鵑紅染金創血遊客淒涼淚盈把松鼠佹佹騰古瓦欲拾殘槍

問戰功敲火牧童騎石馬

梁武帝疑陵

古來萬事風輪走除出虛空無不朽忽逢攔路兩麒麟欲說前朝尚張口一麟

腹陷泥沙深一麟僵蹲山角陰牙鬚剝落鱗爪盡風雨千年石不禁旁有穹碑無文字萬萬蠅書記某吏葵首有穴當胸穿分明隧入轀輬器得鼎不識仲山甫讀詩不辨岐陽鼓爭怪當年索幼安三宿碑前手摸撫有叟爲言梁武陵語雖未確心怦怦爾時羯磨難贖身誰將八綍禮臺城又聞地名石馬衝毋乃陳祖萬安宮當時鬚根和骨掘規模那得還豐隆是梁是陳語正譁東風一陣吹煙沙黄圖我欲披皇覽白骨人誰認帝羓嗚呼君不見南朝二十餘陵盡建康冬青無樹煙茫茫

謁蔣廟

爲神爲將此山中黴帶依然漢上公冷廟滴殘三月雨靈旗吹滿六朝風階前泥馬毛如動門外松濤響在空昔日南郊今不祭盛衰君亦與人同

景陽井

華林秋老草茫茫誰指遺宮認景陽當日君王縱消渴井中何處泛鴛鴦

遺際

風豈愛吹花落地雲非肯讓月當天要看遭際竟如此世事悠悠總偶然

秋夜雜詩 并序

余春秋三十八後頗畏秋風當之齁噎不已形貌夏肥秋瘦與時慘舒八月九日雨涔涔不絕桂無留花交好沈李二公愛而不見燈下寒蛩蕭瑟逼我書懷

木葉豈肯去忽然秋風搖搖之猶未已乃至聲怒號萬片墜古瓦如雪空中飄我起一吹雲中人如利刀喉作鋸木聲漏盡勢益驕寒燈逼瘦影黃葉同蕭蕭

人生非草木大化隨周遭所悲前三年未敢欺二毛

前年桂花開一雨天香過今年桂花開雨比前年大自從栽桂來逢開爲雨破天意竟如斯對花還默坐

嘒嘒寒蟬鳴趯趯草蟲響樸握朝蹀躞絡緯夜績紡問是此何時尚無霜雪想

西海有靈芝日伴桑麻長青山塞堂前無事吟孤往

不朝那有暮無新不成故若云死可悲當知生已誤但愁溘然來未許先營度

又愁輪迴多耶孃認無數

至人非吾德豪傑非吾才見佛吾無佞談仙吾輒排謂隱吾已仕謂顯吾又乖解好長卿色亦營陶朱財不飲愛人醉不醉愛花開先生高自譽古之達人哉

一日不讀書如作負心事一書讀未竟如逢大軍至妻子咸我嗤名傳亦難恃何如梁蕭恭歌舞日歡喜余噤不能答推書行復起似乎未死前我法當如是有所爲而然俱非真好耳

偶讀　天子詔防秋西開邊降王來結贊雕弓鳴新弦一時巴陵王荷戈如雷顛僕也齒相擊能讀十三篇願得丈二殳爲　國銘燕然唾壺敲茫茫秋霜化檻羊自笑便了奴鼻涕一尺長

我年甫五歲祖母愛家珍抱置老人懷弱冠如閨人其時有孀姑亦加鞠育恩授經爲解義噓背分餘溫傷哉縗絰時二老俱無存我今官爲家遠辭白楊春古人不墓祭此語難具論既傷李密表更思王祥言隨葬固爲達歸葬終爲仁醒時今日月夢中昔晨昏切切復淒淒愴然動心魂

吾少也貧賤所志在梨棗阿母驚釵裾市之得半飽敲門聞索負啼呼藏匿早
推出阿母去卑詞解煩惱今也得君羹歸山作烏烏兒已恨中年所餐較前少
奚況白髮人齒牙更衰老冬筍愛今多春蔥憶前好極目三春暉年年護萱草

兩自屋外鳴愁自屋中入秋痕簾不禁寒影巢盡出殘荷耿半花搖曳暮煙碧
芙蓉靜無言愔愔傷晚節趨盡雖一途久暫異所歷出門苦浮念閉門苦闃寂

惟有淵明詩甜如丹山蜜

書堆至萬卷豈無三千斤如何藏之腹重與凡人均我見書中人與今不相似
我醉還問書畢竟何人是

心與木石交家與老農居山中刈薪禾田中問菑畬鮭菜二十七庚郎常躊躇
木奴三百樹樊侯算錙銖人言君達人胡爲治區區余豈不自知萬物多空虛
但念人爲歡須財與之俱衣裳能曳婁車馬能馳驅送生未可必樂生當有餘
果然桑榆迫吾用與今殊誠恐不瑣瑣安得常愉愉若爲子孫謀真是愚公愚

我愛沈補蘿巍然松柏蒼手摩盤古頂髮帶麻姑霜置身元氣上浮世等粃糠

畫筆爭顧陸書法追鍾王時扶綠玉杖來飲花間觴子訓摩銅狄宮人說上皇
作石爲君古杯盤爲君涼但須聞談笑何必閱滄桑天若憐吾曹爲君駐顏光
我愛李晴江魯國一男子梅花雖崛強恰在春風裏超超言踞屑落落直如矢
偶遇不平鳴手作磨刀水兩摶扶搖風掉頭歸田矣偶看白下山借園來居此
大水照窗前新花插屋底君言我愛聽我言君亦喜陳遵爲客貧羲之以樂死
人生得友朋何必思鄉里
嗟余秉微尚恥以文字垂少小氣蓋世於書靡不窺上探皇王略下慕管樂才
天文及陣法一一窮根荄年歲日以增志氣日以卑靜觀天下事非我所能爲
方策雖宛在詩書多余歎瑤臺無蹇修陽文空好姿靈龜曳其尾掉首還丹池
不求勳萬笏但求酒一卮歲月花與竹精神文與詩名傳吾不管不傳吾不知
千秋萬歲中吾意盡於斯

晚眺三首

窗黑捲簾波人間奈晚何登山立高處貪得夕陽多

萬戶炊烟升化作一疋布誰家舉火遲老鴉知其故

黃瓦鬱層層人言是孝陵蕩搖千里目寶塔一風燈

讀史雜詩

莫笑人才古不如聽卿諧語足軒渠秺侯老養天閑馬呂尚長供使宅魚

漢家名器原須重白首爲郎總是恩無奈平明事朝謁韓嫣騎馬入宮門

堂堂獨坐五諸侯不見朱提錫一流唐納告身須帖括宋征常賦有留州

白水真人夏少康忍將都護拒西荒雲臺治比輪臺感每發兵時鬢髮蒼

金枷早作吐蕃營笳鼓虛張梨樹盟識破夷情徒一嘆書生誰信柳宜城

韋裴作相日愁歎債帥唐時遍地看一笑王陽金不化三君容易入廚難

家家鶴膝戶犀渠自道如錐利有餘我愛錢徽知貢舉臨危終不發私書

赤捧傳呼伏上刑飲章金布欠分明買絲繡作劉從諫表請王涯一罪名

紘絕清商蠶餌絲盈虛貯蠻有誰知黨人不赦陳蕃死轉爲黃巾起太遲

樂府新歌于蔿篇望春樓下忽喧闐三郎能記游仙曲不記開元前十年

尹宮保四督江南寄詩問病依韻奉答

尚書來去石頭城野鶴孤眠廢送迎江上慶雲人四見山中小草病重生隨車雨又因風至不繫舟還帶雪橫寄與絳帷盧子幹新詩手跡若爲情

竹皮冠小不輕彈抽得閒身病亦安地僻雲山容我懶官卑進退較公寬浮雲過眼都陳迹古柏當空耐歲寒未識西川嚴節度可來花下簇金鞍

病中哭吳廣文

十一月二十六日吳次侯廣文問病隨園歸後具野鶩相貽未浹旬而訃至

病中聞死最關心況復聞君淚不禁一面未終來訣別九原長往斷追尋紅燈對酒山河遠白骨臨江雨雪深家有元瑜舊書記得知消息也沾襟香亭弟曾爲先生記室今在壽春

病起六首

病起初拈筆一枝笑將病態入新詩登堂喜似遠歸客扶杖苦於垂老時想爲

文章傳尚早故蒙天意死教遲開聰定惹青山笑依舊渠來作主持

牙籤一半胥蜘蛛玉石零星散失餘頗有談功偏損氣新成耳學但聽書燈前

髮短清霜冷枕上更長夜月虛人道騷人無別證爭將消渴訊相如

偶然洩氣類鍼芒九萬巴箋盡藥方轉被庸醫增劇悶何曾名士有膏肓一集

破鏡春難轉三縛纏腰痛未忘堪笑此身夸負荷雙肩方且怯衣裳

不妨將病補蹉跎此際情懷足嘯歌謝客有詞扃戶穩消閑無物杖詩多參苓

味苦思雞黍蘭菊花殘謄薜蘿仙鶴牽衣鷺鷥笑主人小別又春波

學仙擬作五禽戲彈指剛償百日災難覓劉郎消食藥思尋武帝避風臺捲簾

樹老生機盡問疾人歸死信來謂吳廣文三十九年三大病四如三世已輪迴

已去重來萬念差及時行樂可遲耶身原過客天留我物且同春雪當花金鴨

爐多環几席水仙香冷撲窗紗陳情表共閑居賦買斷山中老歲華

哭阿炘 有序

乾隆元年寡姊攜二甥來歸長阿登次阿炘炘幼了了先君子心急抱

孫命倣陽亢宗司空表聖故事今任戴冠矣余尚無子而炘炘性跳盪譬箋弄翰亦有花竹癖余得明中山王更衣故宅亭石幽邃下臨秦淮命炘奉母以居秋八月與阿登同病痁余往兩摩其頂則兄重而弟輕也亡何余亦瘧綿惙幾絕昏懵耳屬有呼而急走者曰陸家大郎瘥小郎死矣嗚呼數之難知也如此余不獲視殮聞爲臧獲所愚楄柎脆薄幾難藉幹悲姊之憑欄望子淚與河深作哭阿炘詩二章

廿年枉種一枝蘭事竟成殤影又單望子臺空慈母瘦讀書燈斷小山寒憐余未盡三號禮累汝曾無七寸棺憶著司空同諫議古人難學淚空彈

非關騎折玉龍腰耳冷空聞子晉簫簾內落花飄旅櫬水邊橫笛自春潮新聯姻婭人何在定婚東海徐氏太愛風流樹易凋想是將爺來喚舅鄧攸此福也難消

八月十九日病至除夕猶未理髮不飲酒不茹葷雪窗獨坐

髮蕭蕭春寂寂明年只有一燈隔病餘身壞似秋蕉壁罅風來如刺客憶昔兒時嬲阿母子鵝殘炙屠蘇酒明珠綴蠟鳳凰來叉脚騎燈竹馬走於今扶母升

高堂兒獨清齋學太常思遣門生議組蟹又恐消食無檳榔隣家爆竹聲紛紛

徹宵驚破空山雲梅花橫窗作微笑笑我不似新年人年新年舊吾不知磨墨

一螺筆一枝莫管三萬六千日且了三十九年詩

喜終養文書部覆已到

一紙陳情奉板輿　九重恩許賦閑居身依堂上衰年母日補人間未讀書花

竹千行環子舍牙籤四面繞吾廬此中便了幽人局門外浮雲萬事虛

午倦

讀書生午倦一枕曲肱斜忘却將窗掩渾身是落花

題畫白頭翁

誰畫白頭翁一笑不如烏生來自白頭無人嫌汝老

珍倣宋版印

小倉山房詩集卷十一 乙亥

錢唐袁枚子才

立春後三日孫參戎贈桃核三升雨中撒種賦詩言謝

剛開病眼試春風便撒河陽種一叢花發待嘗千日酒山寛容得萬枝紅輕鋤照影波初綠好事迎人雨自東明歲將軍駐旌節公門桃李此園中

謙齋印譜歌

謙齋印譜古所稀譜成命我一歌之我作才語非阿私爲古混沌書其眉先生古貌清且奇頷頤折額毛鬑鬑東搨西摩靡不爲佉盧沮誦笑且窺穆王所刻宣王垂周秦盉鬲商尊罍三符六鳥蠶與龜速狠躔鹿爾雅詞以井爲闌墨作池以指畫肚窮孜孜先將六體探其微後以萬本驅其疵青石觸手成秦碑一刀初落追李斯二刀再入掃張芝三刀四刀萬馬馳太阿斬斷珊瑚枝神龍摩却千熊羆翽翽鴻鵠行且飛芃芃黍稷紛離披縱者欲懸橫者低肥或如瓠瘦如敧唐印如筋宋印絲惟公兼之孰與媲我聞竟陵王所疑刻符摹印無分歧

楚金非之作繫辭部居别白窮銖錙今之私印古所治龜頭左顧孔愉嗤犬字外向伏波悲昔人於此爭毫氂三倉爰歷書無涯皇皇炎漢嚴其儀尉律太史擁皋比九千籀試公卿兒曹瞞老姦何所知猶懸鵠書帳中嬉惜哉先生不遇時無人薦之軒與羲刻劃金石追龍威泰山瑯琊空巍巍所逢公卿多穿鑿新羅國人來又遲立本呼作老畫師嫺空笑殺長康癡鑴勒使者非所司凌雲閣上誰相思煢煢白髮江之湄嚴家餓隸苦欲飢愧我說文讀若迷斷碑爛鼎堆堦墀口稱艾艾呼期期見公之譜涎滿頤捧出銅玉光離離索公一字酒一巵仲春填篆花作媒願公壽考永不違

病

病來無事不蹉跎一任堂堂白日過睡早忍將明月别起遲驚看落花多

尹宮保使人問病且探往見日期因以詩答

支笻要試春來健擬過師門第一家久閉山中如處女翻疑簾外即天涯琴孤自落空庭雪梅老常開隔歲花若見南州徐孺子先生只可問桑麻

送李晴江還通州

纔送梅花雪滿衣畫梅人又逐花飛一燈對酒春何淡四海論交影更稀往事隨雲風裏過綠陰似水馬頭圍白門牘有三君號沈約顏唐李愿歸白下稱余與晴江補蘿爲三君

署得新銜桑苧翁兒孫迎出落花風閉門展卷千秋在傍海爲家萬象空錦里故人排日飲桃源流水滿村紅回頭應問張宏靖丁字何如兩石弓

小倉山下水潺潺一個陶潛日閉關無事與雲相對坐有心懸榻竟誰攀鴻飛影隔江山外琴斷音留松石間莫忘借園親種樹年年花發待君還晴江所寓號借園

三月二十四日答尹宮保手書

東風吹散滿庭烟接得郇雲五色箋問我山中春在否知公物外意蕭然讀書身健終爲福種樹花開也是緣笑語夭桃同芍藥尚書念汝夕陽天來書云夭桃已謝芍藥將開子才恙想全愈

春興五首

小倉山爲一家青繞向吾廬作畫屏病起翻書如訪舊春來養竹勝添丁幽蘭九畹披香坐啼鳥雙柑帶笑聽半角湘簾鉤暫捲楊花隨客入空庭

身居弘景三層閣家住香山八節灘愁踐落花時讓路愛生春水獨憑欄朱藤架老蜂喧早薜荔牆高蝶過難呼與園丁作僮約幾痕新雨試魚竿

心事山居日日幽風廊水榭足閒遊侵晨試墨書蕉葉趁月彈琴上竹樓雙隊飛時知蝶喜十分開處替花愁鸞臺婢子解人意勸放神仙藥玉舟

蕭蕭水木湛清華萬綠浮空塔影斜屋漏引來書帶草家貧開瘦牡丹花無求每覺人情厚有命方知我志差權作神仙天際想北牕跂脚鼓琵琶

碧雲英與玉浮粱酌向花神奏綠章謚作洞簫生有願化爲陶土死猶香春光解戀身將老世味深嘗與不狂愛殺柔奴論風物此心安處卽吾鄉

行路難

行路難難何處九關虎豹嶷嶷角不聞雷霆勝刀鋸三塗四嶽稱嶄絕不聞壯士思歸去行路難難莫難于進洞房古來厮養卒乃嫁邯鄲倡難莫難於遊天

閶龍伯大荒苦束縛竫人九寸偏翱翔女媧補天天不喜星辰錯落本如此鳳凰麒麟何有哉夸父空行三萬里勸汝一杯酒爲汝前致詞孔子無儀同將軍葬伯夷王莽學周公相去亦幾希時哉時哉山梁雉聖人奉之爲神師何況任昉文章士低心紆意梅蟲兒涼州崔公亦名士小斬十萬夫人嘻賈誼禰衡少年不解事乃對鵩鳥鸚鵡涕下如綆縻富不必師史與橋桃但須煑海求錢刀貴不必許史與金張但須祖籍居南陽李廣受奇禍衛青有成功心不以爲然大書太史公朕且用康瞀而況牛仙客公然高力士慷慨奮筆舌草無端而霜水何故而烟伏羲六十卦未濟終其篇衛侯悅支離人脰多肩肩已焉哉屈子問天天漫漫鄒衍吹律律更寒不如請君裹去郇模三十字洗去秦瓊刀箭瘢來聽我歌行路難行路難空長歎

與劉介石夜飲得天字

故人招我赴華筵同倚琴河試管絃兩過一峯生水上風高雙蝶墜尊前泛舟妓訪金陵子對酒詩歌玉局仙策馬夜歸街柝滿空山孤月正當天

題慶雨林詩冊并序

甲戌春在清江爲雨林公子書詩一冊隔年公子隨宮保渡江余病起入見見甌北趙君題墨矜寵不覺變慚顏爲欣囑重書長句呈公子並呈趙君

愧舞瞿曇甘蔗梢趙題有前番猶是蔗梢頭之句久焚筆硯學君苗自無官後詩纔好但有春來病即消海內芝蘭憐臭味鈞天絲竹奏簫韶何時同作蕭郎客君奪黃標我紫標

春日即事

一采芙蓉病半年芒鞋初試雨花天誰將漆葉青粘飯贈與樊阿作地仙

樵青婢子僕魚童書庫池西粟廩東四面春蘭半簾雨一琴橫放坐當中

夢雨迷離雨鬢斜鶯啼紅日上窗紗客來知道先生睡代向春山掃落花

不伐櫻桃學姓蕭不教修竹劾芭蕉生憎棲鳳梧桐樹最晚迎春最早凋

高堂白髮愛青春萱草含風護寢門更種合歡花一樹教兒知道有晨昏

山妻解作鎖雲囊嬌女能燒迷迭香千盞銀燈照花睡夜深何處不紅粧

小回中外小眠齋淺碧深紅次第排苦費平章風月手自標花隊寫牙牌

豁刻由來最惱公仙家服食自從容士安高士分明在不數夷齊及兩龔

花陰深護一堂雲酒置清明待客醺不飲但教山上望勸人行樂有孤墳

二月夭桃攔路開一枝筇杖踏青回山行偏愛逆風立花片撲人如雨來

惜玉詩 有序

余性耽古玉得復散去最愛者瑗一璧二玉蟬四田莞印一觿一兔一琫二客夏爲利市三倍又都決捨僅留翁仲斷珈瑮玦李騰印瓚柄而已宋李伯時有此癖共璜琥一十六雙散於身後然則余達或過之而好猶未也思往念存詩能已乎

得寶歌殘曲一章摩挲銅狄尚思量萬般聚散前緣定何必瓊瑰泣數行

物縱無情我有情殘花賸蕊更分明公卿莫笑階趨慢玉珮瓊琚自一生

平生

平生頗識嫦娥貌兩度曾經到月宮容易有身天地內可憐無分古人中悠悠女嫁男婚事脈脈朝南暮北風且幸尊罏心願足步兵今已住江東

移家入隨園

司空有谷號王官新製瓜廬十笏寬性癖嬾居臨市宅親衰不戴遠遊冠貧家擔石張羅易荒地樓臺草創難愛殺夏清侯傳在千竿日日報平安

估客樂

生不登巴寡婦家懷清臺死不見張燕公三十六鑪鑄橫財徒然長劍拄頤事玉階何不早同估客乘船歸去來百萬一紫標千萬一黃標蕭郎滕叔都解事麻繩滿屋風蕭蕭望春樓下烟花繞二八嬋娟歌得寶聽到揚州銅器多三郎顏色今朝好莫勒燕然銘休鑄鑾溪柱小臣有絹萬丈長繞還陛下南山樹

仲夏九日高淡懷方伯鳴騶枉顧

一徑寒雲鎖竹齋中丞呵止忽籠街隣翁指唱高軒過上客偏憐小住佳深樹流鶯窺羽蓋夕陽歸騎挂松釵依然五月嚴公駕重使騷人動古懷

平臺成

山頂一臺成青天明月驚似爭廣寒坐欲馭曉風行四角紅闌穩三秋碧落清

從今雙眼闊處處見雲生

製小艇

一個舟如葉飄然秋水天初登波未穩學盪檝猶偏拾翠春塘月浮花日暮烟

朝來忘繫纜吹過畫橋邊

削園竹爲杖

自踏秋林雨攜來竹一枝似龍頭轉曲作杖手相宜香遠尋花健春慵步月遲

從今幾緉屐惟有此君知

毀門進古松

松也如高士門低不肯來蒼髯臨暮入蓬戶爲君開綴石分標致張燈自剪裁

充閭真有慶仗爾後凋材

引流泉過水西亭

水是悠悠者招之入戶流近窗涼易得穿竹韻偏幽洗手弄明月浮觴記小籌濠梁真可樂魚影一庭秋

六月十一日紀寒作

六月披裘者高風恐未真今年三伏日沿路見斯人無定炎涼事難調老病身篋中紈扇泣時過尚橫陳

遲彈琴道士不至

立盡碧梧影橫琴不見君酒涼千樹竹花散一溪雲海上水仙遠寒空雁翅分移情向何處孤鶴唳離羣

閑中

搖竹一身雨摘花滿手香自離城市遠只覺歲華長舊墨磨頻欠新絃爪易傷閑中參物理獨立詠蒼茫

雨過一蟬鳴空廊坐有情人衰秋雁語花老蜜蜂聲水曲如招隱山高亦近名終當率妻子郊外事躬耕

千石

千石漁波一釣磯暮寒催我着蓑衣深堂有兩琴先潤秋樹無風葉自飛月下烏棲花影重雲中僧定磬聲希幽懷擬學唐盧從官愛靈昌竟不歸

六月十四日尹宮保過隨園

小隊弓刀過野田八騶鳴向綠楊邊穿雲覓遍花間路刪竹教通林外天坐久紅旗飄細雨歸遲喬木起蒼烟尚書回首登臨地流水聲中二十年

野人籬落賜評量愛殺風琴響石牀門小原非迎上客樓高貪得見江光公嫌門小樓高碧紗籠久詩箋淡紅藕花深帽影涼慚愧公卿識名姓未曾逃去學韓康

宮保和詩

十頃梅花百畝田結廬恰傍碧山邊不因小憩尋前路誰信仙源別有天立馬驚啼棲樹鳥穿林惹散隔溪烟依稀遊屐曾過處回首風塵不記年

環池結構細商量花滿閑堦書滿牀暫倚危欄看野色紛排畫戟對巒光亭高只覺千峯小水近能教六月涼誰似林泉多暇日芒鞋竹杖總安康

疊韻再和

愛向溪山買薄田騷人住老白雲邊高樓獨上更深月小艇輕搖雨後天時爲花開穿竹逕偶因客至颺茶烟瀛洲得似幽居否同話西窗感昔年

漫把浮沉再較量夫容深處置匡牀捲簾風好迎朝爽把酒杯寬映水光老樹千株憑錯落名山一角占清涼須知膝下晨昏好拈管還爲詠壽康

夜過借園見主人坐月下吹笛

秋夜訪秋士先聞水上音半天涼月色一笛洒人心響遏碧雲近香傳紅藕深道有飛瓊贈琴來我不知道有許姓者見贈古琴已送隨園多慚青玉案遠寄白雲司湖色明相逢清露下流影溼衣襟高樹秋痕散竹枝三更揮手別心與七絃期

日日

日日桃花洞裏行鶯啼燕語已忘情聽來絲竹愁仍起作到神仙味亦平精力儘消文字障史書先讓貴人名閑身頗覺垂垂老不鬬心兵鬬墨兵

書懷

烟雨蕭蕭草一廬百年心事付歸歟不希釋梵天王位肯讀司空城旦書花影乍離春夢後酒痕重拂故衫餘琵琶槽斷秋娘老淚滴琴河水不如

自折黃梅雨一巾分花疏竹總精神無情何必生斯世有好都能累此身日飲爰絲真達者傳餐陸賈是天民饒他細數唐堯後高士名傳九十人

陶通明

陶通明初時騎馬後吹笙若非求祿偶乖舛何由得入金華庭燒成金丹似霜雪得者服之都長生一書獻上梁天子焚香拜奉如仙經心知太清三年事不肯生子櫂刀兵俗人不知空解夢青龍無尾天中行

醉歌

蒼蒼者天悠悠者土夷齊思黃農黃生薄湯武漢後無文章唐後無詩賦一言以蔽之今人不如古天何爲兮必使古人亡今人補滄海橫流至何所我欲排閶闔奪雷斧向天言之天毋怒死者吾欲追生者吾欲阻西施毛嬙常爲妻后

夔師曠仍擊鼓但生牛莫產虎寧無孫莫棄祖時則春王樂則韶舞將見五行調八荒撫皇天安安享牛脯又何必擾擾紛紛更十二萬年而換一盤古

重九後三日尹宮保諸公子過隨園

門外蕭蕭珂馬音一羣公子踏秋林相逢露葉風簾下小試平沙半曲琴

真似青天雁幾行（用公子集中句）穿雲掠水過回塘碧闌干外秋衫影都與芙蓉一樣長

天風高閣接流霞賈勇齊登眼欲花笑指雲中郎見否紅旗飄處是郎家（登閣見制府牙旗）

秋老重陽碧沼鮮空山蟲語一林烟到來從騎隨風散偷弄神仙采藥船

傷桐

高桐倚西巖其下多牡丹花露爲桐掩主人心不懽伐桐摧燒之使露爲花專果然三春花妖姸皆可觀亡何秋陽來如火暴庭軒牡丹焦而枯主人喝且煩回思桐在時豈使暑能然意欲補栽之枝小蔭亦難當時牡丹開花不滿一旬

于今大暑至匝月方洊臻主人悔次骨受熱無一言

黃梅將去雨聲稀滿逕苔痕綠上衣風急小牕關不及落花詩草一齊飛

即事

王郎詩 幷序

温皆山吏部愛歌者王郎嫌賢舅宰上元關防拘閡其同年莊念農僦河房近郎戲曰從我而朝少君温喜甚邀余與吳蘭臣汪秋畬等稱娖前行且飲申旦後止温書詩冊如蠶眠納王郎袖諸公酬之

一樹涼燈萬瓦霜四年重到舊歌場板橋添個旗亭事齊唱王郎曲四章

自是王孫解愛才故教雙姓使君猜郎姓王又姓孫衍波箋紙真珠字便是温家玉鏡臺

青溪咫尺路難通阿弟琴堂最惱公苦勸莊生居北郭王昌消息近牆東

我有閒情海內知連宵偏和國風詩紫雲豔極紅牙脆那可旁無杜牧之

再依前詩之數贈念農

三年穿老綠蓑衣鎮日悠悠坐釣磯爭奈前生是蝴蝶莊周來後入城飛

豐貂軟雪女牆東小院銀燈鬭水紅別豎酒旗花豔處賣珠兒作主人翁

湖海元龍氣未降揮毫同倚舊吟窗秦淮水上如珪月照見才人影又雙

征驂可記楚江頭露葉霜燈話未休君正風波儂正病隔年秋爲兩家愁

哭陶姬

姬亳州人工棋善繡癸亥來歸生一女名成兒今年八月四日病亡

孤花一樹晚風凋宛若神君未易招十二年來涼月色照人春夢盡今宵

去年秋雨病相如累汝殘燈兩月餘今日西風儂轉健玉釵聲斷夜窗虛

製曲空教嘆百年玉膏紅蜜總如烟生憎江上無情水只載鴛鴦兩度船

開箱遺墨賸簪花不見彈棋指爪斜惟有帨鞶針線迹壓郎腰下尚鮮華

琴聲不奏楚明光夢短從來恨轉長腸斷左家嬌女小麻衣低掃一簾霜

鐙花吹影滿庭秋但說他生事總休半夜啼烏兼斷雁一齊聲下楚江頭

送尹雨林之長安補拜唐阿

西園公子羽林郎典謁年同張辟強雛舌乍含天對語啞壺學捧手生光吹來雲外飛龍引騎去長安金鳳凰只有故人深惜別芙蓉江上唱河梁

山鄰翟雲九孝廉招聽羽士彈琴

賓主一山隔相招聽七絃風吹秋在屋琴送月當天清露洗紅葉晚花明白蓮歸來雙耳冷餘韻尚悠然

尹六公子花燭詩

冰泮風和臘轉時鸞笙鳳管玉參差尚書婚嫁人間說開到瓊花第六枝

教持斑管自催粧不許簫聲累鳳凰是日不用樂要看崔盧好奩贈十三經壓女兒箱

蕭郎風貌最清華捲幔東方正曉霞半夜珠燈照涼雪一重春護一枝花

不須春思繞城南公子贈句九日春光燭早探郎若畫眉春有樣新年眉月在初三

郭令家風總愛才償詩宮錦可先裁添箱更贈嫦娥線繡出平原公子來

有借朝衣者戲題一詩與之

柳州難起甓浮圖久把朝衫質酒壚弓弛更張弦亦朽舟橫不渡棹俱無

過王禹言太史舊宅

當街方策馬到眼忽魂消昔我來江上斯人抗手招梅花窗下榻楊柳水邊簫不是前生事山河夢已遙徹夜談三鼓全家酒一庭柳枝償婢價銀鹿贈奴星（太史代聘吳姬以奚奴見贈）華屋人何在秋江笛早聽今朝門巷過腸斷暮山青

哭襄勤伯鄂公

安西都護遠防邊信斷陰山雪後天降虜一朝擐甲起孤軍萬里受鋒先 龍顏有淚三臨奠馬革無尸半裹烟麾下殘兵歸閒道口含心史向人傳

聽築長圍幾萬重將軍匹馬獨臨戎天山掃雪兵猶戰青海啼烏帳已空拜表淚留秋草上彎弓絃斷夕陽中男兒欲報 君恩重死到沙場最善終

前年制府看山時曾過衡門立馬遲壁上吟詩喚才子花閒招隱駐旌旗（公過隨園門外嘆曰烟景太佳此人必爲山林所誤）燉煌遠道陳湯去結贊要盟柳渾知回首孫宏東閣冷哭

君兩世益淒其

得張白雲先生集

難期著述傳身後且把遺書訪舊人同是一生辛苦事九京知也淚沾巾

書懷

我不樂此生忽然生在世我方樂此生忽然死又至已死與未生此味原無二

終嫌天地間多此一番事

禽犢可以烹只坐無所知鸚鵡苟能言人多珍豢之人而不好學倀倀如行尸

何不肆微勤潛心書與詩

鐘鼓聲喧闐其旁寢可安隔牆聞呻吟終宵爲不懽狂飈四野來當之了無害

壁罅射涼風如芒刺難耐卽此可悟道行行有所思汝賴利如錐君子不屑爲

陳寵賜椎成君子愛其名

五聲徵音廢四瀆濟水窮八音匏響絕六典冬官空天地無全用聖人無全功

胡爲蚩蚩氓卜卦專求豐與其矜榮華一過如飄風何不留不足徐徐俟其終

古人數五福子不在其中所以東門吳無子與有同

編得

編得新詩十卷成自招黃鳥聽歌聲臨池照影私心語不信吾無後世名

不負堂堂白日過卷中一字一編摩及時行樂春猶少惜墨如金集已多

古意二首

美人看花去忘却身是花花如有所知願開美人家

毋爲傖父妻寧作所懽妾不見甘蔗生枝枝從旁出

小倉山房詩集卷十一

小倉山房詩集卷十二 丙子

錢唐袁枚子才

許滄亭觀察亡逾年矣家不戒於火遷柩南郊孟亭太守招同人載酒爲妥其靈

一盂麥飯出南門都是蘧園舊酒人里析有災空引輴夏侯無客不沾巾生前華屋花長閉城外清明鬼亦春腸斷江頭王武子黃公壚下說音塵

過錫山訪嵇少宰不值

久別春風意惘然一朝船到戟門前蒼頭覓主無尋處紅樹留人有晚烟想載豐貂采靈藥可留餘夢入鈞天輸公色養真清絕菽水名山第二泉

繡衣前歲駐山陽團扇題詩寄數行細雨吹燈春夢遠嬌鶯啼月落花涼當時燕子棲華屋此日閒雲過草堂愁見絳帷盧子幹季長絲鬢已蒼浪公子承謙從余授業

引鳳曲 有序

庚午秋余避瘧蘇州或緪張校書女閶獨絕瞷之則擁髻凝立妙婧流

靡自言小字阿鳳生十九年迎歸秋齋隨郎轉側亡何鴇母來𡡉歸淚涔涔下問欲留乎不答問他郎何以不如是亦不答贈赤側袖中色然而拒恥作河間姹女既別不知所往今年春余再過吳鄭叟者指天台山有桃花不知劉阮故舊兩既見各齒擊曰是也喜且悲誦前詩略皆上口少選屏人曰能爲妾道地者君也肯畜鳳耶當以傅婢禮見肯好鳳耶當以女弟禮見人壽幾何君忍一再誤耶余書楚人稱娼謂之鳳無奈何乾笑再拜適故人劉魯元趙文山官其地而秀才戴右麟有下達之託訟言其故笞寄猳逐之六月九日執燭前馬婚於戴氏余讀會真記常怪微之悔過有不終之恨然則如余之以不終終之者較於微之當何如也作引鳳曲一章

姑蘇城外三春水年年生長如花女牛渚磯邊臨汝郎泛水尋花狂不已乾隆庚午六月初長陵小市駕輕車迎來絳樹花同笑比到珠圍玉不如雙瞳剪水鬟橫雲千蝶羅衫百鳥裙才共旗亭題畫壁更隨深巷駐雕輪自言家住橫塘

口都知錄事聲名久彈箏慣唱小秦王舞袖能翻大垂手但看釵頭玉鳳凰兒
家名字君知否二八芳年嫁狡童浮花浪蕊日西東蕉葉有心空捲兩楊枝無
力自隨風一朝曲被周郎顧碧鸞尾接銀河渡願作銜泥燕上梁休教落月烏
啼樹碧玉回身抱滿懷可憐金玦易離開門前阿母香車至坐上啼痕滿面來
此時無力唱回波此際情深可奈何不學丁娘索翠翹不封朱帛寄櫻桃只留
一把想思淚當作珍珠兩處拋明朝重過碧雞坊銀漢紅牆事渺茫青鳥信沉
劉禹錫碧天腸斷冷朝陽十年阿軟重相見桃花依舊如人面雲雨襄王憶夢
中王珉舊手存團扇說到滄桑我欲愁蕭郎萬里走涼州往日館娃餘蔓草新
添小婢學梳頭殷勤若把三生託惜花爭忍看花落搌觸媧皇煉石心難禁子
夜連珠諾定情代看水晶盤嫁女無如戴叔鸞下託長官劉子翼上求太守白
香山昔日鴛鴦今鳩鳥蓮花度出污泥早換羽移宮總是春將姝改妹知誰好
閶門萬口說因緣紅豆金筌播管絃劍墜龍淵雷拔地珠升滄海月當天惆悵
當年范大夫西施網得贈東吳今朝位置傾城畢明日扁舟泛五湖

為王壽峯題問天圖倣玉川體

我聞秦宓言蒼天實有耳胡爲楚大夫問天天不理三千年後王郎來拔劍斫地顛如雷口存三寸不爛舌仰首只望天門開更有青雷子下筆巧安排畫作奇峯直上離尺五儼然漢武皇帝通天臺手攀星辰呼帝座笑殺赤章道士胡爲哉一部十七史欲問問何處且摘疑端三兩行請風吹入雲中去一牛享天天豈飽饑鼠食之不知惱潮退偏教虜馬來風起猶嫌殺人少試問謚之如何簒歐公如何考夏后甞逢迎三嬪獻自天兩暘悉憑應上公霹靂怕逢薜孤延昂然操懿來配享文王后稷退避不敢前又何必重黎爲隔絶黔𣆀爲周旋臣請手斬九關豹身推阿香車白榆燒作玉樓墨銀河洗盡筆底花三十六皇各獻狀羣疑滿腹願倩麻姑爬倘有讕語問舛錯請將臣身賜喂金蝦蟆帝臺浮觴百神方醉忽聞讜言䎘䎘如畏葬號噴兩立六㚖含星對道是問天天不答只恐萬年之後倚杵低蹇人上天都來爭此位天帝面方一尺有慚色乃召孔子謀孔子口稱不怨天恰呼喪予兩淚流且釣鯉魚逃亶州更召周公來命代

天致詞衆人又言周公天妹所生天有私故把風雷驚破孺子疑不然剪爪沉河事已矣至今空自聽鴟鴞周公聞之只得齘噤陰唱如蒙倛正在支吾間忽有褒衣博冠者自稱唐臣柳宗元代天作對大書空道天者乃是太虛之積氣難捫難舐青濛濛兩師風伯傀儡耳木強柴立隨癡龍奉行第一次混沌開闢所有之故事有如優人演劇不能小變通一切聖狂禍福風災鬼難各色目均是聚六州鐵鎔赤堇銅鑄成一冊作交代使玉帝搖手不得而后許登庸並非三科五行有生尅亦非天道幽遠如張弓並非仙丹佛力能挽轉亦非真宰忽醉忽明聰惟其事原板板故其形常夢夢君不見王莽請雷不能下魯陽揮日星隕驚梓慎月蝕愁盧仝自從開闢至堯舜雙丸業已減至一分許何況四千年來滅未終自家三百六十五度難料理那管人間乾啼濕哭諸沙蟲可笑世界海妄窺靜輪宫枉剝麒麟皮郊鼓擊逢逢碧天若有情早已老成翁太陽若何曾東侵削龍伯不見短吹噓火井何曾紅又不見石補勞女媧頭觸怒共工下坐何以燭蒼穹譬如治家者尚且學痴聾偶遺食餌魚鳥喜偶覆湯火螻蟻

凶只緣人大物小難檢校人實無心任過功何況天關鑰匙藏在烟霄上清風一重雲一重赤縣神州九九八十一萬計中國渺小如蟣蠓提向瀛洲賣不値錢半通那能刻雕省記勞化工汝何不解天殘飲天酒逍遙富媪游戲星童任黃須之變青曾聽剛須之生元蟲胡爲乎學楚狂呵壁唇焦舌燥徒驚明月而惱春風王郎聞之心悶悶姑學聖人存不論且待十二萬年之後全局終再與徹底通盤作一問

過蘇州贈莊容可大中丞

朝　天聞說返巾車芳草萋萋梅熟初舊雨正停青雀舫新恩剛　賜紫泥書談深半夜甄長伯學重明時陸敬輿　宸翰相期何以報爲公一讀一欷歔賜詩有速歸其䈥活斯民之句

牙旗紅閃夕陽明許住南樓客亦清壁上題句清到南樓客亦稀梔子花開春四面女兒香贈月三更心驚海甸哀鴻色腸繞閭門打麥聲笑索官倉一囊粟故人今已是蒼生

隨園往歲駐征驂葉葉芙蓉露正酣同把科名憶年少各分吏隱占江南看山妬我三間屋出拜輸公九歲男廿載韶光風過眼雲龍角逐尙能堪

相逢花下一題襟買棹橫塘作越吟春酒玉堂天上夢淸明遊子故鄉心人間努力留遺愛世外閑鷗聽好音莫忘棲霞山畔路碧雲紅葉共幽尋約共遊攝山

還武林出城作

還鄉重出武林城天放湖光半日晴翠鳥銜烟飛雨後花枝當路勸山行采桑人少蠶猶小銜尾魚多水正淸三十年前舊遊處荒橋野店總關情

屢問前溪路幾重故鄉翻與異鄉同行人肩出菜花上村女臂彎桑影中兩岸茶靑三月暮一絲髮白萬懷空傷心怕說南唐寺他日僧歸塔可紅

過葵巷舊宅

久將桑梓當龍荒舊宅重過感倍長夢裏烟波垂釣處兒時燈火讀書堂難忘弟妹同嬉戲欲問隣翁半死亡三十三年多少事幾間茅屋自斜陽

將歸白下別莊大中丞

閑雲偶過玉闌干曾費華堂兩頓餐今日春歸儂亦別新花擕上小船看

朱履平拖桑戟前江湖道術兩悠然不存半點雲泥迹恐把初心愧昔賢

杜甫潭西久寂寥滄浪亭上兩回潮花間不唱高軒過知有憂民病未消

連宵風雨滯春寒不特花殘客也殘賦別江淹留贈語得君容易得民難

歸舟回泊錫山喜晤拙修少宰別後却寄四十韻

小隱袁臨汝遺榮賀季真相逢端午節一笑惠山春巢燕難忘主馴猿尚號賓廿年燈火夢萬里別離身杜鄴兒從學林宗兩折巾慚非千里馬曾遇九方歅適館懸方榻移齋近紫宸書聲槐市聽經義禮堂陳地煖花能發風高翼各振有緣通世好無分接清塵枚出孫文定公門孫出嵇文敏公門賤子南征日先生珥筆辰飛觴澆末吏分俸潤行人碧海翔孤鳳空江走弱鱗公才懷謝蝦舊手失王筠沙坂霜蹄駿鹽車獨角麟憶雲泥有意犯斗路迷津再踏天街雪重污相府茵鬑鬑臣面改奕奕獸頭新令嗣衣辭褐司農手算緡李膺方接席丕豹又投秦讀禮車仍返還山手更龜萱堂高甲子松影守庚申往歲黃河決勞公赤舄巡新詩團

扇贈舊雨點心頻渺渺瑤華信飄飄弱水輪還朝歌瓠子贊化佐洪鈞爲奉潘
安母歸尋張翰蓴江天揮白羽腰帶解黃銀春水潮痕闊沙堤草色勻兒時思
釣弋膝下問羞珍觀樂應欹帽披貂更采蘋鶯花歸哲匠風月識宗臣笑我爲
殘客先公作逸民四旬雙鬢雪百歲兩家親飲水知官味尋春忘旅貧可能稱
幸草差免爇勞薪逝水傷陳迹知交感宿因奚童情宛宛弟子禮恂恂半醉辭
華屋深秋望釣綸何時宋季雅千萬買芳鄰

謝趙黎村徵君治病卽以送別

當時同日賦長楊廿載賓鴻過草堂白下秋燈明舊雨青山花影澹重陽元方
齒長居兄輩中壘才多解祕方剛是仲宣愁體弱苦教秤藥累真長
已將仙露挹靈苗便引晨風去碧霄活我只因緣有舊離君轉恐病難消秋深
古道詩逾健霜滿黃河浪不驕倘拜東平憲王墓爲言故吏鬢飄蕭黎村故館親王客

出塞圖

陰山風大雪花明匹馬沙場落日行漢代邊聲新畫角秦時月色古長城春寒

少婦三更怨酒熱陽關萬里情笑我封侯無骨相不曾青海事功名

病

當階飄落葉我又臥高樓山裏先生病人間天地秋雨涼蟬別樹風緊帳嫌鈎尙有關心閒梅花補種不

瘧

宋玉悲秋時趙羅痁作候八月乃有凶（余兩次病以八月）三年拜賜又幾疑彼瘧鬼匪寇乃婚媾初來頭岑岑須臾眼黝黝投之深淵些層冰剝膚腠忽而醢鬼侯焚烟相灼炙襄陽水正淹赤壁火復茂冰炭各爭強陰陽互掩覆如潮不愆期似箭必滿彀疑賜牽機藥足前頭欲後豈作木居士火穿復水透賊退氛尙惡渙汗如激溜牛勞喘更呿黃鐘鳴滿脰淚滴瓊瑰珠夢逐南門味衣帶結成繩篦髮須鋤耨強鉏足蹣跚考父背傴僂臨期測日影鑿柝如伺寇望赦占災星月蝕如待救十煇窮眠祲六祝難詛咒我怒呼鬼來大聲與之呴汝本黃帝孫暴虐乃勝紂景丹古壯士爾已往相疢少陵昔詩人三載爾不宥有意病君子吾

將上帝奏逐汝伴刑天驅汝出狗竇壺涿書鬼名空青摘鬼宿鬼乃跪陳詞公言殊貿貿予來爲公迎予去爲公留園中風如刀公獨披襟受池中月如霜公帆方曳繡快意禍機積放懷余毒厚匪獨此之由求治亦太驟一年二豎來諸醫最䑛謬柳偲大金丹雜進如米豆逐虎而閉門倒戈以自鬭陰血遂狡債發癥儷宿瘤一年小作惡呂醫亦莝陋浮脈更升提心鬭閧血齅非鬼亦非疾誰則任其咎公愛讀史書奚不覽宇宙漢祖與唐宗大網憑魚漏寧無水旱災元氣仍交姤建元久視年科條漸輻輳桑孔法錙銖周來禍結構添眉混沌醜舐糠雜犬瘦身世將毋同公胡勿參究古帝有人皇三萬八千壽其後神農來草根殺老幼扁鵲剖齊嬰妻子避左右醫師屬冢宰十全更罕覯瘧鬼雖倂張病人不病獸況公無膏肓寒暑亦避逅既來莫夭閼未來莫俯就勿吞棘刺丸勿恃春秋富新牡謹遊房大夫祀中霤示吾杜德機吾去敢留逗願公如伯夷念惡勿念舊毋學蜀市人天皇滿背鏤更願如石虔聞名鬼已走毋學高將軍功臣閣上伏予聞意恍然如挹浮邱袖幽宗夜九拜朝霞日三嗽逐醫不逐鬼哉

藥如散臭慎以代昌陽和以爲甲冑看花喚都兒伐木課辛秀悠悠紅霞嚼坦坦青陽皺上壽何敢期中壽請永守

五人墓

寃雲四垂風莽莽銀鐺鐵鎖閶門嚮閶門側目耳向天天語不聞聞東廠東廠逮者周先生人不識面聞其名九重天子詔安在阿儂此處難橫行李陽老拳一揮臂萬手如星撒平地破柱難探逆豎頭披枝且奪元兇氣萬人散盡五人存顏馬周楊市井民戴頭笑見高皇帝干卿何事徒紛紛從此緹騎不敢狂九千歲事旋消亡收回匕首知何限抵得彈章更幾行君不見漢孫斌奪拳格殺單超吏竟救與先徙朔方又不見唐五王上陽宮裏相扶將不與同福同其殃當時高冠若箕數十輩子姓跪起如奴忙豈無麒麟三丈護華表早已豬沃蹲牛羊何人肯奠酒與掇五墳纍纍春淒淒三月草長蝴蝶飛可惜梁鴻生太早只知穿冢傍要離

即事

三尺清溝手自開引他流水自西來明知東去留難住且在儂家過一回

聽來鳥尙佳音少想見詩吟好句難戲把桃花吹落者玉盤盛著當春看

自嘲

苦被詩書管當驚日影過印貪三面刻墨慣兩頭磨學老先扶杖辭官早畏靴

賓朋名屢忘偏記古人多

歸舟作

姑蘇買舟白下行柳枝相送桃根迎三日勾留未出城一夜春潮打船尾交頸

鴛鴦宿被底行盡江南三百里篙師呼酒我品茶休驚休喜休嘆嗟順風逆風

總到家

寓目卽書

得失人休惱塞翁憑欄不覺笑東風蜘蛛自道張羅巧網得飛花誤當蟲

韓昌黎孫袞中狀元而世人不知詠之寄慰魚門落第

韓門曾有狀元郎底事無人說短長想見世間公道事不將科第當文章

水軒主人招飲月下作

江城秋在酒人家酒對秋光興倍加風定竹呈千个字霜高梅孕一身花紅鞭擕出天山雪席間出哈密鞭相示紫菊排成錦帳霞半夜風燈送行客滿牆醉影尚攲斜

答孟亭訊梅

寒梅初種後曾與故人期待放一林雪各吟千首詩忽來連夜雨凍斷早春枝自是花渝約非關沽酒遲

小倉山房詩集卷十二

錢唐袁枚子才

聞叔度少宰復　命軍營寄懷一首

嘗羞隨陸不能武今見終軍能繫虜萬里馳歸草奏箋白門夾道看裘五裘五裘五貧賤交長安市上同遊遨一朝致身青雲上華嶽峯高少依傍人驚儒者亦知兵我怪西江還出將　聖朝神武滅高昌車鼻窮酋遠遁藏馬謖已誅君奠死　朝廷未免憂邊防侍郎慷慨臣請行十奏九合軍中情王修侍從解機變崔浩胸中盡甲兵繡衣玉斧南薰殿　詔許千官設華餞親解金袍賜狄公戎裝強換書生面一路龍沙持絳節交河馬踏層冰裂刀斗聲飛瀚海雲刀光涼動天山雪元帥靴邊問　主安三軍傾耳聽籌策屈指婁闌首可傳班超生入玉門關拔將銅柱全收地獻得金人好祭天城南少婦寄征袍堂上萱花露正高誰知天外揮長劍依舊歸心折大刀男兒讀史長嘆息貂蟬每借兜鍪力健士奚須枉拍張詞臣已見歌勅勒　天恩朝夕下明堂旅矢彤弓寵未央聽

說阜陽女兒隊添唱從軍樂府章 謂玉 采

倣劍南小體詩

春日山居事事宜閉門行樂少人知亭移舊料功成早樹換新泥葉發遲禿筆

管仍裝麈尾斷琴絃更拗花枝年來悟得忘名意除却風懷不詠詩

春影離離過畫廊送春人與蝶俱忙歌聲隔苑聽尤好花氣隨風到始香稚女

鳴環爭白紵旁妻蹋忿種青棠消除長日知何事只有傾心美索郎

朝烟暮雨倦登臨閑倚危樓憶古今螻蟻尚存封建法圍棋時見井田心山花

受月紅成白池水如人淺不深中散春愁無著處幽蘭開處去彈琴

題李後主百尺樓

黃花水小雨潺潺南國樓臺夕照閒如此長江被量去當年還唱念家山

檀槽金屑小琵琶姊妹承恩似趙家聽到流珠歌舊曲一時腸斷六宮花

保儀不愧女相如手掌牙籤萬萬餘爭奈焚如學蕭繹國亡遷怒到圖書

草草南朝一夢過潺潺春雨奈愁何官家賴有重瞳子洗面終朝眼淚多

藥號牽機出禁宮此人又似不相容檀來歌罷江山穩只合全家哭世宗
六道戈船出上游香孩兒太不風流關心臥榻鼾聲地轉忘燕雲十六州
金字心經手自焚命燈竿斷九霄雲無情最是西天佛送過蕭梁又送君
千年故國水雲涼樂府歌殘曲數行父老營齋妃薦福何如文士弔斜陽

舟中作

有兩行偏速無江渡轉難行藏須自主莫認相風竿

喜晤同年程聘三少司馬

揚州斜日白門烟兩度班荊意黯然司馬宦情談酒後故人顏色老江邊應劉
同調升沉異元白無兒彼此憐努力青宮勤啓沃斥蕎風味繼前賢

贈沈南蘋畫師有序

吳興沈南蘋畫名藉甚雍正間日本國王持倭牌聘往居其國三年授
弟子若干老病辭歸國王況施累萬同舟人受簿錄之累南蘋傾所有
以償至家竟不名一錢

東陽隱侯畫筆好聲名太大九州小片紙能開異國春鶴書遠賁東夷島東夷之國日本強晉唐書畫多收藏倭人字乞蕭夫子行賈詩歌白侍郎將軍重幣聘高賢高士乘舟去若仙眼驚紅日初生處畫到中華以外天天風吹下三千里行盡魚頭見魚尾斫取扶桑作管城揮毫更進羊皮紙紫貝千雙國主恩鮫珠十斛門生禮蠅點屏風墨未乾方諸拾淚寫牛欄奇花增入宣和譜怪石常橫粉本看三年重作還鄉夢侏儷僸佅歌相送金壓蕭雲行李遲船因陸賈歸裝重同舟人欠水衡錢羽化銀杯意灑然元振萬金揮手盡長康廚內空雲煙還家身世兩蕭條流落江湖酒一瓢遊子青衫餘兩袖畫師白髮老三朝人生意境何偪仄感名坎壈如一轍但使文傳黑水碑奚須家住黃金穴春來日日烏船通猶道夷王遣問恭七十二島依然在只隔人間海一重

題陳古漁詩卷

新詩一卷勝方干當作楞伽靜夜看孔翠屏開花爛漫清商琴老調高寒地當六代悲歌易胸有千秋下筆難我學王戎留贈語森森更願東長竿

王卿華輓辭

諱復旦杭州人丙辰孝廉侍御公文灊之子會試不第縊死長安

琅琊公子少年日平康意氣東阿筆玉貌朝看鶯嶺雲金鞭夜醉西湖月西湖有客正垂髫杵臼相逢遽定交雙聲笑徹烟霄上把袂詩歌碧樹高蕭郎騎馬走京華公子秋風桂亦花此際煙波人萬里此時別緒字如麻流星馬遞泥金紙大父懽呼阿父喜寸厚家書拆忽驚當頭只說袁才子袁安躡蹻撲燕塵乞火先投御史門鴻博已傳韓愈罷棲身誰念趙岐貧果然屋好烏亦好先把牛心啖逸少延譽真同許子將少年我愧蕭淵藻大被常教氣類親風懷共取明燈照朝朝索米向長安身賤由來作客難子鵝殘炙垂涎處苦賜騎桑幾頓餐可憐客路暫逢君君又還家我失羣借馬送行秋夜月含愁極目楚天雲曾將阮籍窮途淚痛洒羊欣白練裙明年身忝到蓬萊驄馬門前玉笛哀華屋誰知一朝變滄桑從此萬重來八十封翁扶櫬歸孤兒一隊繞船悲鍾君阿鶯無人嫁仲郢烏臺有雀飛王郎再應公車試往日繁華如隔世落第羞看紅杏花還

鄉怕挽青絲孿誰云生死見交情任昉兒郎局已成不學王孫依鮑氏甘心慶父抗軥經三更孤燕空梁墜萬里書燈鬼火青城南婦作刀頭夢易水風吹變徵聲白骨天涯蔓草寒招魂誰唱念家山回頭酒綠燈紅事盡作輕塵短夢看記儂奔走江南道兩度逢君覺君老路遠偏教得信遲官卑祇恨酬恩少二十年來鬢未霜哭君三世淚沾裳寢門一奠知何日金谷園空宿草荒

哭沈補蘿

八法書亡索幼安蘭亭雖在酒壚寒欲知太古先看面從未朝天儘作官垂死交情秋握手半生家難老傳餐公貌奇古七攝縣令從未入都老病寄膳以終誰云遺墨千年貴我是同時得已難

傷心張耳鬢如絲曾見夷門大會時四海耆英今日盡三朝遺事夕陽知風摧漢代靈光殿名重蕭梁老婢師最晚逢君偏早別淚痕空灑白楊枝

題故人畫有序

晴江明府畫梅絕奇怛化後人藏者輒屬予加墨以晴江之好予也再

來參戎與晴江同姓甚懽丙子秋引例來請值予病痁庋置高閣主人疑予忘之矣今年夏五展卷見梅花如見宿草與其上求巫陽不若招魂于紙上爲書一律質生者質死者并質之梅花

幾番怕見晴江畫今日重看淚又傾十四幅梅春萬點一千年事鶴三更高人魂過山河冷上界花輸筆墨清聽說根盤共仙李暗香疎影盡交情

春草

江城三月草烟綿有客憑闌感歲年雪後人歸春滿地馬頭風起影搖天清明細雨長亭路畫角斜陽南浦船欲采蘼蕪歌水調幾回愁過大隄邊

誰家牧笛下牛羊踏到蕪城舉國狂一片綠成蝴蝶路幾叢眠作酒人牀印來羅襪春痕軟望去裙腰別恨長記得斑騅嘶暮雨青袍今已誤蕭郎

黃驄一曲豔陽歌撩亂春愁起碧波寂寂鳥啼新院落萋萋人感舊山河根高自占風雲早物賤偏沾雨露多莫怪已芟生轉密此身原要託煙蘿

玉鉤斜月冷黃鸝渺渺寒蕪夕照西青入窮沙頒曆日繡完平野失春泥三生

蓬海騷人老六代雲山燕子低說與東風合惆悵剪刀雖好葉難齊
十二瑤堦也託根野心只是厭紅塵閒花自笑無名字采藥時逢有異人恍惚
池塘尋舊夢分明書帶認前身年來似勸夭桃隱遮住漁郎不問津
栽培不仗主人翁自立斜陽自偃風空苑儘教隨意綠落花借與滿身紅千般
甘苦嘗難盡一局輸贏鬬易終我欲踏青何處好琴河西畔板橋東

詠錢

誰開九府製泉刀從此黃標又紫標千古帝王留字去萬般人事讓兄驕椒房
手迹傳唐代堯廟碑陰記漢朝莫說仙家最清冷也須金液上丹霄
不須薇蕨說高風到底夷齊是命窮剪紙賄能通鬼國博梟天尚借劉翁杖頭
有處春堪買坐上無時酒欲空怎怪南唐癡長老心經一卷寫當中
人生薪水尋常事動輒煩君我亦愁解用何嘗非俊物不談未必定清流空勞
姹女千回數屢見銅山一夕休擬把婆心向天奏九州添設富民侯
牙籌且莫惱王戎本草嘗來味果濃五福富登洪範傳六官人愛大司農分明

輪廓無方寸頃刻風波有萬重怪我緣慳君欲去祗須臨別少從容張燕公有錢本草碑
五銖衣薄稱閒身綰罷銅符早閉門萬選儘憑詞賦力半文不受祖宗恩搖空
撲滿心原淡獨飲廉泉體自尊記得清明分白打開元兩字最消魂
風吹荇葉滿池斜老去持籌敢自夸早買名山非壟斷不騎仙鶴也豪華富徒
慳守貧何異來得分明去亦嘉我有青蚨飛處好半尋烟水半尋花

錢稼軒少司空奉　命棲霞畫山過訪隨園

司空工作畫　聖主教看山感舊懷殘客穿雲到此閒高軒紅雨染空谷白駒
閑帶我煙霞去仍歸侍從班

梅雨

梅子黃時雨潺潺最不同慣來人意外偏灑日光中滑徑愁芒履空堂躍水蟲
采蓮差可喜處處畫船通

題柳如是畫像

生綃一幅紅粧影玉貌珠冠方繡領眼波如月照人間欲奪鸞箆須絶頂懷刺

黃門悔誤投遺珠草草尙書收黨人碑上無雙士夫婿班中第二流絳雲樓閣起三層紅豆花枝枯復生斑管自稱詩弟子佛香同事古先生勾欄院大朝廷小紅粉情多青史輕扁舟同過黃天蕩梁家有个青樓樑金鼓親提妾亦能爭奈江南不出將一朝九廟煙塵起手握刀繩勸公死百年此際盍歸乎萬論從今都定矣可惜尙書壽正長丹青讓與柳枝娘

靜坐

靜坐西溪上春風白日斜吹來香氣雜不辨是何花

寄徵士薛一瓢

南海有隱士疑是青城君道姓稱黃石閭家指白雲精心通九略逸氣橫三軍棄其孫與子孤處空江濆獨攜天台女飄飄金霞裙梅花開玉臆衆仙時一醺我亦亟其閒芳訊聞氤氳無端自謫落從茲仙凡分風車不可馭元理無由聞何時青鳥來同驂鸞鶴羣

妹夫胡書巢作宰什方遠貽川絹感而成詠用答高情

一紙家書萬里情八年人老杜鵑聲胡威贈絹知蠶好薛女題箋想政清署外山光雍齒廟馬頭月色錦官城韋莊詩集韋皋業珍重郎君蜀道行

讀王荊公傳

青苗幾葉起風塵孤負皋夔自待身底事經神有緣法周官偏誤姓王人

齒痛

百年過四旬老狀一齊赴但願無所苦聾盲任所付惟茲齒兩行朝夕待汝哺相鼠尚有牙飛鳥豈無嗉編排三十二落落晨星布隊缺衆乃搖左移右不固忽弱一个焉墳起血沮洳臨食輒三嘆呼謈每百度投梭嘯益悲漱石礪如鋸似屐入門折爲牛孺子仆元謨眉不伸丞相茵屢吐類灸十重艾勝飲三斗醋說士不覺甘噉名亦無趣謔語便聱牙反脣如有訴徒搖子公指愁對亞夫箸噬嗑爲己占大烹向人妬齮齕起復行呻吟朝至暮五啜三飯時隙罅難調護狠藉小稊稗如入大盈庫已困楚人鉗復作黨人捕急命大老嫗發難學鼂錯金簪爲戈矛冰麝爲俞跗蠕蠕黃頭蟲擒出竟無數客容既甚猛尸汝猶可怖

譬如漢宦官雖誅國已盡次日嚼復嚼痛止齦恰腐又如買臣妻苦留終欲去
欲去未去鬧勃谿終日怒咄哉汝朽骨無情心不恕我雖仗汝餐汝亦得我助
弱冠啖紅綾韶光不汝誤有時拈花笑莞爾將汝露談天吐玉屑觀畫設寒具
似我作居停將子亦毋斁胡爲憎酸鹹瓜葛全不顧三餐自作孽四十已見惡
其餘編貝公效尤更可慮齘齒學宰相伴食且餐素毋學小丈夫悻悻不肯住
更學古君子絶交須念故毋學暴富兒登時棄瓦注叩汝一千回賜汝三日酺
吾將鳴天鼓更請黃帝鑄

偶然作

三寸鼠鬚筆千秋爭名家譬如一鮒魚而祝穀百車參軍圖作佛毋乃願太奢
可奈日與月已如赴壑蛇傳名無竹帛成仙無丹砂賴此文字閒著作爲生涯
後人就知我卑卑已可嗟萬一再蹉跎輪迴可恃耶
山居無所事遁木復遁土東聽繩繩築西聞丁丁斧三百有六旬所費亦難數
戚里憐我貧切切相規阻豈知君子心此中固有主未能議明堂爲國造區宇

又無廈萬間寒士同安堵就此蝸牛廬結構且楚楚起伏寓文心疎密占隊伍
栽花如養民建亭似開府可惜錢刀空英雄難用武始知諸葛公糧盡退軍苦
讀書不手記一過無分毫得句忽然忘逐之如追逃見書如見色未近已心動
只恐橫陳多後庭曠者衆所以某日觀手自識其腦能著幾緉屐此意亦苦惱
身無活人權不憂溺與飢身無劾人權莫談是與非當時石戶農牽羊海上遯
耿耿方寸閒隱隱萬言論願揖衆皋夔待儂見堯舜
顏回無宣尼一瓢何足算宰相三十年雖庸有列傳君子愛其名名權非我擅
但看十七史遜我者大半
太上貴道德其次務施報惟其本此心所以有忠孝快哉孔聖人報怨稱直道
英雄萬念灰此意終了了矧吾少也賤恩仇豈云少逝者已如斯前途惟有老
再拜漂母祠涕泣傷懷抱
開卷見古人開門見今人古人骨已朽情性與我親今人乃我類嚼蠟聞語言
寧與木石居不與俗子俱欲見何代人但翻何代書

平生多嗜欲所憎惟樗蒱酒味與絲竹勉強相支吾其餘玩好類目擊心已慕
忽忽四十年味盡返吾素惟茲文字業兀兀尙朝暮晨起望書堂身如渴猊赴
高歌古人作心覺蛾眉妬自問子胡然不能言其故
憶昔垂髫年讀書葵巷中先生出見客弟子偷餘工聞客有科名仰之如華嵩
家人多窺探嘖嘖羨其容於今二十年都成可憐蟲孝廉難餬口進士愁飄蓬
酒味減京口米價增江東貴爵而尙齒吾將笑周公
東漢舉孝廉四十方辟召吾年正四十自覺已衰老問其所以然入世嫌太早
薪勞脂易枯刀用鋒恆少傷哉出山時意氣淩八表一自識行藏不復恥温飽
何圖大鵬翼化作小山草懶惰便清高巢由安足道
悲哉秋爲氣草木凜若霜我身非孤桐逢秋如探湯又如古塞上防秋羽檄忙
六年三大病八月之中央自知疎狂性肌骨多開張忽受金風斂相戰何能降
吹霎卽鼽嚏藥石難周防長跪奏白帝臣請召雲將共留東皇駕熙熙遊春陽
毋使一葉落惹我寸心傷其旁有宋玉涕下霑衣裳

汝賤非汝拙汝貴非汝才不能領此意青天生禍災禍福何足論所惜九重恩
萬世一時遇而無雲雷屯顏駟用太遲終軍用太早所以漢家業人才多草草
聖人重躬行不以道自拘其治貴清平科條簡且疎唐虞至商周一千年有餘
治民無多談傳心無異趨但有謨誥語而無官禮書六經盡糟粕大哉此言歟
周末始文勝漢興廣徵儒遂有叔孫通緜蕞野外居更有魯徐生習禮爲大夫
瑣瑣角毛鄭空空談程朱求之日益嚴失之日益迂未必兩廡無坐果然聖人徒
未必兩廡外都與聖人殊聖人不復生我夢終蘧蘧

聞雷

六月雲雷盛霹靂西南郊震殺一田夫其隣何嘵嘵道是無惡狀蒼蒼刑罰偏
我往謂其隣爾毋言逆天天生復天殺於汝何尤焉隣曰大不然人心如其面
於心有不安父母貴幾諫晉獻殺申生春秋有貶辭宣王誅杜伯左儒請死之
三槐與九棘要使天下聞雷雖篆其背模糊不成文謂是前世孽前生天夢夢
謂有隱慝焉曷不示之衆擊牛不擊虎勝之不爲武擊賤不擊貴雷乃勢利祖

巍巍真宰心與人異好惡雨師與風伯胡不救其誤予聞隣翁語惻然不能言
死者良已矣無人招其魂

美人彈琴圖

今夕何夕銀河明單鳧寡鶴升天行幽蘭花開碧雲斷美人獨坐難爲情一張
青琴當郎抱不肯無人輕有聲疑是卓文君彷彿趙飛燕義髻濃梳洛水粧煙
華搖蕩香雲髮織罷流黃手爪傷久踈雲雨朱絃變蕩子去關山烏啼蕙草殘
孤鸞欲作語對鏡發長嘆不愁明月空床冷只恨陽春識曲難何處分釵王敬
伯何時按拍董廷蘭北斗離離挂寒碧妾心宛轉與琴訣一片瀟湘指上波萬
重幽澗花閒雪彈畢還將古錦包曲終不覺衣裳溼四絃三調本淒涼琴語琴
心暗裏藏只描一幅相思態寄與千秋播搢郎

寄懷歸愚尚書

天與高年享重名明經晚遇比桓榮詩人遭際無前古海內風騷有正聲白髮
歸來雙俸重青山題罷　九重賡戴公園上書銜處更命春官典六卿

曾拖金紫侍東宮鶴禁龍樓獻樸忠斥去邪蒿開苦口折來楊柳勸春風賀循

印綬恩方渥疏廣都門餞已終今日商山好芝草青青猶照夕陽紅

金鑾殿上詠霓裳三次同年夢最長鴻詞科鄉會試吳郡聲聞張子布鏡湖風月賀知章傳人自古前生定酒客於今舊雨涼何事蒲輪遊白下不來小住說滄桑

黎生鶴髮捧雙魚寄得昌黎薦士書公以書薦閩人黎貝行老去心情真健在秋來杖履更何如愁生蕭寺雲飛處露下橫塘雁到初記否隔年河朔飲張南周北又離居

奉和揚州盧雅雨觀察紅橋修禊之作

雷塘七里小橋紅隋苑煙花閬苑同　天子停鑾留勝蹟大夫修禊采南風黃金宮闕連雲起白塔毫光照月空二十重春萬曆景牙牌標出水西東

紫竹亭西歌吹聞傾城車鬬笛紛紛楊花風散春隄雪水面燈涼日暮雲蕩子黃驄金縷曲女兒高髻藕絲裙人間此後論明月未必揚州只二分

歐蘇當日擅風流重整騷壇五百秋四面雲山新水榭六朝歌管舊春愁人騎

仙鶴尋詩社月送笙簫上酒樓莫怪梅花東閣盛年來何遜領揚州
二月迎鑾理畫橈兩扶筇杖到紅橋時非上巳春猶淺遊過鈞天夢未消綠
綺琴傳廣陵散青山人隔白門潮憑公好取蕪城賦畫作屏風寄鮑昭

寄西川方伯徐芷亭同年五十四韻

鵬翼三千里霓裳十九年斯人敦古誼舊雨最周旋飲罷江南水恩來蜀道天
屏藩龍節重玉斧繡衣鮮　帝愛文翁化人思邵伯賢道行堪莞爾遠別轉淒
然燒尾蓬池後回輪弱水前記嘗千日酒同惹一爐烟手學飛龍字歌翻檕木
篇早朝清漏動月朔課期傳燈借徐吾壁街揚祖逖鞭雙棲雞樹側游戲濯龍
淵王儉芙蓉幕徐陵玳瑁筵有花皆共賞無月不同圓上苑香車鬬宮袍蜀纈
纏通家來娣姒華屋語嬋娟爾我忘形極妻孥樂事偏爲遲兒繞膝各想妾隨
肩濡蠟仍呼酒燒蘭更擘箋九霄風震盪一日事推遷海沒神山影枝分太華
蓮我親刀筆吏君督水衡錢喉舌分曇首池塘夢阿連相看飛鶚退同作厲人
憐俸寄黎陽士書交計吏船人天情渺渺縞紵意懸懸已見肱三折重鳴鼓兩

甄武安仍起病樂毅再遊燕坎坎能酤我泠泠續撫絃秦關秋萬里農部夢三鱣鹿犢仍棲洞貂冠獨耀蟬崆峒章貢嶺皖口大龍巔草木威名重陽春玉律宣停驂來建業訪舊到林泉碧水金鞍照紅旂翠柳牽遠山遙對酒好句贈如仙回首鈞天夢難忘香火緣松高青似舊瓦賤壁難聯諭蜀相如去擁旄嚴武專巴渝新舞曲夔府舊山川叱御驚桐鳳籠街雜杜鵑郫筒盛蒟醬驃鴿闢丁零棧道初飄桂新霜正折棉材應儲杞梓德可化鷹鸇兩露銀鍾沃功名銅柱鐫依然丹禁筆還作太宮椽有客南河畔含情北斗邊孤雲心倦矣戴笠意終焉沈氏郊居賦方家泊宅編哦松朝掩卷種漆暮鋤田望氣私心祝看雲終日眠遙知尋杜甫未免憶焦先瀨折終歸海風輕只墜鳶何時蔣生徑重挹故人旃

二月

二月湘簾漾曉風倚闌人對碧芙蓉春愁不是無形物但看楊花一萬重

偶過

偶過青溪上濛濛野水春釣魚竿在地不見釣魚人

海桐書屋即事

水軒古豪士雅志扶國風萬里遊五嶽一窗栽雙桐慨念昔金陵何沈稱宗工千秋少替人誰歟繼其隆遺響撞布鼓張旗招雲龍丁丑八月六澹月明高空冠蓋集東南華裾飛烟虹棋聲答風竹酒氣薫芙蓉秋葵照秋士通理協黃中梁園無罰盞謝莊有談功花籌傳未畢銅鉢韻已終餘事賦古琴尚論及江東

題有琴賦魯齋論　當今聖人詔將詩試南宮吾從蓬山謫未忘清廟鐘願與諸君子賡歌垂無窮年年對嘉樹永永賦角弓

寄香亭代柬

高城秋未落作客汝先行白髮空山夜青燈獨坐情池塘尋遠夢兄弟感來生極目天邊月清光送雁聲

禹貢徐州域相依張建封空樓尋燕子舊幕想芙蓉河決城三版官新牘萬重主勞賓可想幾見汝從容

弱冠編詩集彭城與鳳陽馬頭皆楚漢筆底自宮商地盡江南界秋高古戰場

騷人風骨老強半在他鄉

小草當荆樹分君亦偶然如何絡秀志不結女嬃緣贈香亭鳳簫女嬃尼之扣扣鐶仍繫

盈盈月待圓采春囉嗊曲空唱想夫憐

燕姞初徵夢添丁賀者譁偏凋將秀稻又摘早秋瓜老母堂前膝佳人雨後花

風懷吾最達未免惜年華方姬半產

木葉不知老當秋尙亂飄蟲聲入山大風力出城驕一別歲將暮相思路正遙

家書最珍重封卷學芭蕉

方姬未大期而免乳意忽忽不樂醫者呂東皋云女人望子如秀才之望

榜愛其罕譬雅切爲詩謝之

蕊榜泥金願久償忽教此恨落閨房夭桃子墮花含淚紅樹心孤蝶怨霜樂府

聽歌康老子燈花偏惱謝秋娘多情只有淳于意檢點龍宮賜禁方

吳元理秀才是予宰江寧時所拔童子以詩來謁粲然成章喜而有贈

十年不見張童子一卷公然員半千繞筆蘭茗花照水盤空秋隼影橫天青山置酒吾將老白下稱才汝最先當日門生今小友早探金海躡飛仙

熊安亭公子之官楚中以舊時松竹讀書樓冊子屬題

蕭郎吹笛出南都肘後離騷有畫圖行色君山秋月好書聲江左竹樓孤詩人慣作州司馬神女遙迎楚大夫倘采芙蓉花萬朵不應忘記白門烏

題李晴洲天際歸舟圖

作客天津未半年思歸便畫送歸船篙工添上三枝槳猶恐春歸在客先隨園西北有高樓樓上長江接檻流無數颿檣天際影可憐幾個是歸舟

八月二十九日偕溫皆山莊念農遊棲霞

西風愛客作山行細兩明朝換老晴飲馬後湖秋水色迎人前面打禾聲遙看高嶺新牆出曾過鑾輿大道平一路齊梁舊雲物銅駝石馬盡關情

晚叩僧門尚未扃張燈先到話山亭峯如趁屋天原巧水可流花地忽靈九折廊隨幽澗轉五層臺隔竹光青穿林更有金衣鳥啼出秋聲當笛聽

來遲悔過桂花香猶記前春去住忙隔歲鈞天非舊夢捲簾紅樹正新霜萬松

闞健拏雲立千佛浮金照影涼結搆有人心未已掉頭私自向斜陽念農督工棲霞意有

改建

回車亶上最高峯秋後黃粱萬頃同宮殿忽藏雲世界江帆齊出水西東看山

到頂心纔快待月回身眼更空歸去烟霞應滿袖遊人來自半天中

鏡

盈盈一水寫風神惆悵山雞舞罷身望去空堂疑有路照來如我竟無人得知

宜稱妝應改解共悲憐汝最真願取蟠龍安四角滿林花影盡橫陳

簾

珍珠顏色月波光只隔遊蜂不隔香一道疑城花隱霧萬條斜竹水成行蓬山

珮響仙彌遠深院風停日更長搖蕩春痕鉤捲未銜泥燕子待升堂

牀

小眠齋裏倦琴書每覺藜牀味有餘一夜送人何處去百年分半此中居金燈

聽鼓應官後紅袖抽簪乍上初兩種風情最堪憶梅花吹落水窗虛

燈

別酒淋浪夜雨聲空山紅處野風驚並無喜事花長報爲有黃昏色轉明歌舞當場春夢短江湖回首玉堂清除將書卷雲鬟影不領銀釭一點情

扇

齊紈巧製愛天工白羽臨江水照空小撲流螢花徑外分涼熱客樹陰中生無愧面遮寒士秋有餘思感漢宮憔悴年年箱篋裏誰知搖手滿懷風

尺

典衣從古屬周官分寸由來熨貼難織布新人休護短滿城高髻太嫌寬明堂補袞身猶在大樂調鐘與已闌我欲通天臺上表羣才交與此公看

杖

剡水雙藤健絶羣偏於足下最殷勤年來孤往常無路海內相扶尚有君小拄心知深淺雪橫拖身逐往來雲鄧林豈少狂奔者可奈虞淵日易曛

帳

甲乙流蘇事事非誰傾海水向羅幃垂雲深護鴛鴦穩越境難防蝴蝶飛白烏有聲喧外陣紅燈無力透重圍愁他酒盡更殘夜遮莫離人獨自歸

香

老去荀郎感歲華曾唐粘溼尙成家空中仙過靜聞樂牆外月明知有花雞舌自含芳訊早旃檀偏抱逆風嗟何當盡取懷中字燒作青詞上紫霞

和涂長卿秀才九月開牡丹之作

三月繁枝九月抽驚看穠豔捲簾鉤紫雲題句因紅葉青女飛霜到絳樓花自過時仍富貴天無成見作春秋桓榮晚遇顏郎否各向尊前掉白頭

十月九日飲江防司馬陳省齋署中坐客汪君吹簫吳君鼓琴姚君製硯

相錯勸觴

碧雲欲墜秋滿天黃花不語含素烟金簫玉琴橫几前江州司馬開華筵挫糟凍飲酒材全紅虯脯雜元兕肩吳剛半醉調朱絃三湘兩峽鳴清泉汪倫弄管

銀字圓如怨如慕愁嬋娟須臾合奏相接連簫史請後伯牙先孤鸞低語老鳳憐水尺未斷冰絲牽口所欲轉手亦旋角聲不厲羽不偏如雁拍水珠流淵元雲白鶴來翩翩主人六十未華顛宛若世外餐霞仙平生妙筆蜿龍眠今夕何夕勝事聯胡不畫圖海內傳更有姚君琢硯田青花紫文開陌阡能將金石蘭亭鐫枚也一技無有焉虛此良會心悁悁側聞南齊賜宴年拍張琴舞琵琶邊別有臣歌封禪篇敬請效尤依古賢含笑獨看郇公箋

送上元令温屏山刺通州兼呈其五兄悟仙

聽唱驪歌小雪天一門人別六朝烟思量二十年前事早撥朱琴第五絃

斯人風骨最清狂不逐鵷班逐鴈行此去通音真小悟萬重海水自宮商

王郎一曲唱初終阿弟旌旗照眼紅始信東山愛絲竹官聲不累小安豐

白下風烟接素秋三年鴻爪紀同遊棲霞晚翠青溪雪併作離人一段愁

鳳簫二十六韻 鳳故待年女也長而痘瘢著面乃聘陸姬以乞香亭又復不果有蒙古將軍聘之簫請行

鮫室泣冰綃秦樓別鳳簫碧天紅線遠法曲紫雲飄玉自崑山種珠從合浦招

目成初見處姘變可憐宵解誦靈光賦纔勝金步搖留仙風裏待按管月中調
秋水明清睞修篁束細腰近花香轉澹采藥路非遙一日麻姑爪三生脂夜妖
壽陽梅點點獺髓影蕭蕭灑面雲爲雨分香手握椒看春心未滿得朧與仍饒
二月姑蘇舫江東大小喬家雖忘逸少遠水聘雲翹已見新加舊難堪暮與朝
瓜期遲短漏眉恨鎖長條欲住情終怯將離夢復憀鶺鴒情太薄蠃蜾話空撩
竟作烏孫主甘從皂北鵰宜城嫁琴客瓊智降弦超傒語吳音斷琵琶塞草凋
鄉悲秦吉了我唱董嬌嬈宛轉遺簪戀淒涼舊粉消人間無正色花信有驚飆
願繫他生臂休憎後續貂思量主人意海水作春潮

答魚門覆舟見寄

久別青琴海上音忽然彈作水龍吟文章偶有清流禍神劍終無化去心長願
伊人歌宛在何妨與世暫浮沉水經註疏河渠考此後輸君閱歷深
年來陶峴臥烟霞不泛張騫萬里槎樂府怕歌公竟渡輕鳧且傍水爲家易林鳧鴈啞啞以水爲家
天邊酒賀重圓月池上風驚未墜花聽說寸函隨隻履轉疑龍女愛瑤

華聞失去一履鄙人書一函

親種

親種橫塘楊柳枝六年人恨采花遲關心一搦纖纖手長日章臺竟弄絲蕭竟適湖州絲賈

涼月香燈夢未消青衣作賦誚張超鳳凰飛去簫聲遠不管梧桐葉尚搖

樊素歸時淚幾行香山心也費思量回頭自顧蒼蒼鬢留與他生願轉長

訪客

夜訪山中客濛濛月色凝敲門人未覺仙鶴一聲應

小倉山房詩集卷十四 戊寅

錢唐袁枚子才

答髯孟人日見懷

青龍在戊己七日天漏不止風絲絲東皇太乙行舊雨髯孟太守貽新詩山人閉門無一事得詩大喜親歌之音豪調逸趨慢緊義和敲石鳴玻璃人日留人記往歲朱雲徐樂多文詞草衣鳳木君家夫人煬竈坐安成之食供晨炊一朝風輪蕩陳迹二老委化相參差撫時感事兩眼濕春縱不語能無悲春晴便覺百花迫故意風冷凋青枝譬如嫁女已笄日往往事阻佳期遲先生甥館謝郎以惟疾未婚故調之有老梅解春意淩風犯雪揚幽姿苦恨主人不飲酒玉樹照影無金巵且含數花若有待待我報與先生知

余十二歲舉秀才鄉人榮之杭州信來韓甥舉如其年喜贈以詩

冬郎雛鳳作新聲啼出桐山第二清漢試籀書童子少唐多科目秀才榮膠庠舊夢吾能憶宅相高風汝竟成三十年來佳話在老夫悲喜若爲情

送四妹雲扶于歸揚州

江城春暮水漫漫送汝揚州作季蘭十日新婚隨壻別二分明月待誰看貧家奩贈新詩好世上賢名後母難（妹繼配汪氏）記取張華箴女史莫教離恨目波瀾秦樓挽手正登臨底事雙飛去不禁族大爭看新婦貌夫憐暗慰阿兄心嘔啞江上三更櫓安穩沙灘兩睡禽早采瓊花寄芳訊舉家翹首白雲深

贈徹凡上人

上人姓戴吳中江兩峯客也庚午寓江家相識今來白下云江氏一家暴亡感而薙髮

老友變爲僧升堂一見驚滄桑方欲說滂淚已沾纓帶兩袈裟重披風貝葉輕儒門原淡泊留不住先生

共記江家住星霜未十年笙歌猶在耳父子竟重泉有恨難詢佛無歸易入禪今宵掃塵榻且自證前緣

雨中見渡江者

春雨如絲織不清春風料峭可憐生山中尙要關門住江上爭禁喚渡行

二月十二日

紅梨初綻柳初嬌二月春寒雪尙飄除却女兒誰記得百花生日是今朝

寄蔣茗生太史并序

壬申春過揚州見僧壁題詩絶佳末有茗生二字遍訪無知者熊滌齋前輩爲言茗生姓蔣名士銓江西才子也因得芳訊寄余詞曲尤多今年入翰林作詩寄之

荳蔻花開月二分揚州壁上最憐君應劉才調生同世嵇呂交情隔暮雲大禮賦成南内獻清商歌滿六宮聞爲他蕭寺題詩者曾把紗籠手自熏

回首蓬萊廿載遙喜聞詞客續金貂雲仙舊夢都陳迹才子新詩正早朝江上書來三度雁青山人老一枝簫何當置酒旗亭雪乞與吳趨送晚潮

哭王孟亭太守

難遣巫陽叩帝閽生芻一束酒盈尊故鄉采麥成長往旅館遺孤尙候門粉壁

未乾題了墨江風應送欲歸魂編年詩放靈牀上待我重泉再細論

意氣公然感孝章三朝鶴髮老名場虞歌醒我千年夢舊雨添君一笛霜卜宅臨江悲庾信養生空論笑嵇康青溪風月從今冷無數梧桐變白楊王學熊經為伸之說故有第六句

投尹六公子似村

陵陽有瓊樹密葉含青葱繁枝八九條披拂蕊珠宮其六尤娟娟臭與香蘭同柔心媚君子露眼啼春風三日不相見芳訊誰能通賴有青鸞鳥傳書出烟中蠶眠字數行素手贈芙蓉上言銘金石下言託始終

隋唐秀才科尊乃無與比不待金馬門便領尚書使叔季稍陵夷蕭艾雜芳芷吾　皇重人才赫然降　玉旨大開明光宮徧試羣公子曳白愁張奭聲鳴悲侯喜六郎獨不然奮臂書黃紙漢策貫天人唐詩協宮徵　君王笑而言自有真才耳歸鑴肘後印四字千古美曰殿試秀才佳話從汝始

我年如郎小初拜老尚書忽忽二十年郎年復我如尚書麾旌四度江南車

先生今鶴髮弟子亦蒼鬢惟有諸郎君玉佩而瓊琚春華良可愛努力翔天衢歲星常周天三吳豈久居君如上林花我如烟江魚青雲日以密白雲日以疎殷勤復殷勤一字一真珠毋忘書中言棄置在須臾

余春秋四十有三尚抱鄧攸之戚今年六月二十九日陸姬生男不舉

半日爲人父三生事可嗟如何投玉燕忽又隱曇花壯髮初離母長眉頗類爺木皮棺紙薄裹汝送泥沙

漫說胞衣紫莊公偏寤生來時卽去路泡影度風聲碧海珠何脆桐花鳳不鳴親朋爭問信流恨滿江城

小草留根易瓊花度種難琴從中散絕書付左芬看文葆衣空製璋聲聽已殘斜陽雖自好無補膝前寒

老母含愁坐殷勤作慰詞道孫生有日恐我見無期此語何堪聽全家一味悲蒼天與人隔何處問靈龜

書所見

萬物赴生意不能無所求麟鳳至蟣虱亦各有營謀爲佛爲仙者剌剌尚不休
何況侵晨鳥能不鳴啾啾我飢亦思食我寒亦思裘不謀固不可太謀亦徒憂
適可而止耳如水行輕舟
深夜不熟睡早起顏色焦嚴冬不肅殺草木春蕭蕭人老而不死毋乃夜行勞
神仙作狡獪千年爲一朝畢竟當長夜獨醒亦無聊不如信天翁大化隨波濤
呂布嚴酒禁苻堅拒婦言頗遵先王訓而以亡其身要知天下事圓通理萬千
何以稱英雄識以領其先
我昨乘舟行順逆風有權我今靜掩戶有風無風然所以王秀之久宦輒不肯
相傳勇退人次神仙一等
賦詩似爲政焉得人人悅但須有我在不可事剽竊昔有王家郎好學華子魚
惟其太相同轉覺遠不如
皐夔非命達共驩非命窮唐虞一千年司命者無功宣尼泣麒麟命始歸蒼穹
吾官雖沉抑吾境猶從容日者問支干一笑如耳聾欲知東方生惟有太王公

譙周

將軍被刺方豪日丞相身寒未暮年惟有譙周老難死白頭抽筆寫降箋

周昌

遺孤共殉聞荀息越境能逃有正常何事黃纚負如意但聞強相病朝堂

朱買臣

采薪歌罷雪花飄五十登朝氣轉豪殺得張湯刀筆吏一行功已敵蕭曹

張禹

羽衞傳呼謁太師九重請訓萬人知先生開口君王拜牀上深深託女兒

叔孫通

軍謀休註漢官儀緜蕞荒郊事事非三代以還皇帝貴兩生之後腐儒稀

朱栩

人各千秋有性情不圖禍福不圖名金丸冷落椒風斷偏葬當年董聖卿

王儉

散髮斜簪侍玉除金鑾殿上酒酣餘拍張琴舞琵琶外別有臣歌封禪書

范希文

黃閣風裁第一清宋朝名相半書生西邊經略成何事尙勸橫渠莫論兵

陶弘景

樓上三層道氣濃丞明求祿枉匆匆先生綠鬢方瞳意可在烏紗骨相中

郗詵

射策明光第一人歸來香案筆當門一千年後兒孫記要報龍鬚老友恩

沈約

老去名場夢久消青宮風雨隔前朝內家尙識東陽客白髮淋浪淚萬條

謝景仁

絃絕清商蠹餌絲人才國運兩相支景仁三十居郎位司馬家兒事可知

王僧孺

賣紗東海遇中丞兒墜深溝母亦曾兒作中丞母何在鳴騶引道淚難勝

病中作

余病中每夢得奇句醒輒忘之今年痁作熱甚似有霞帔者持紙求詩余書萬樹接天風掃海一人手結虹霓帶云云其結句云瑤妃浴罷天何窄熱退僅憶此三句似非人間語爲足成之

萬樹接天風掃海一人手結虹霓帶黃金梯滑升天行鳳凰挽臂星辰迎風裳飄飄拜玉宇口含北斗與天語天上美人半故人素手拈花相爾汝王母微笑不掉頭癡龍小謫三千秋雲窗奏事不甚解略聞海水西南流宮漏鼕鼕天鼓急金輪影逼扶桑直三十六宮珍珠明瑤妃浴罷天河窄

鬬蟋蟀三十韻

兒時不好弄雅好鬬秋蛩老至興不淺率衆時相攻憑軾觀壁上擊節鼓胡嚨選材必大閱焚山輒搜窮得一巨擘焉文瓷以爲宮樹之蠻弧旗築壇招羣雄教戰如唆訟持草開金籠其始體卑伏拗怒初與戎徐徐脰低昂霜刃將交鋒牙摩疑猰貐頭觸愁共工彌明舉足跛叔孫當喉椿道險一與一兩將鬬穽中

伏已臨其腦搏膺鈹交胸銜枚悄無聲運翼如有風瑟瑟齒擊響拂拂長鬚衝微覺昆喙息愈增羅鉗兇射肩猶能軍傷股強鳴鏦一擲出盆外如喝梟盧紅再戰不改期如學楚子重摩壘更靡旌逐北如飛蓬帶斷徇於軍勇哉氣矜隆奏凱唱鐃歌鼓翅如金鐘漢有蟲將軍毋乃汝同宗敬汝矜而爭比黨非蠮螉愛汝勇而仁螫人非葬蜂飲汝以勇爵蝎觸懈尸饔偶汝以新牡字微聲雍雍十月入牀下懶婦驚殘夢寄語䓿蔟氏牡鞠休薰烘我續蟦蝂傳自笑本雕蟲

偶成

事往百慮忘興來一杯執莫道勸無人青山酒邊立

遣懷

勸駕已無中執法起家曾作侍中郎不先詰客來還荅最愛看書過亦忘畝畝身閑供疾病功名事變入文章較量六代風騷者可是南朝顧野王

才人已嫁邯鄲卒名士誰當曳落河出世風懷蝴蝶夢傷春心事鷓鴣歌聰明得福人間少僥倖成名史上多簾外芙蓉好顏色晚秋寂寞照金波

兩鬢霜侵百慮空願書箋奏與天公傳名早死皆高壽肯樂貧家即富翁執筆羅睺如上馬用心蘇綽本張弓行藏此日憑誰問欲倩黃香賦九宮

病起對月

纔卸藤牀出戶前舉家驚瘦老親憐無秋不病中年後有酒重歌碧月天燈寫黃花霜下影風留紅樹晚來烟主人小與青山別觸目清光更宛然

客至

剝啄柴門響呼僮掃葉迎涼蟬知讓客且住一聲鳴

侍宮保遊棲霞作

偶見先生閑病眼教陪公子看秋山來修勝景官俱集去請鑾輿表正還小雪晴多冬更暖寒林霜重葉全斑嫦娥似解雲仙會徹夜清光水石間

說到棲霞喜不勝尚書前世此山僧引來瀑布分三處陡闢奇峯遠一層元老獨操風月主羣公齊獻匠心能宮門管掃閑花者尚有詩人王右丞江寧丞王香岩有宮墻擁帚掃閑花之句

屈指奇觀數未窮就中最勝是　行宮兩松收立黃門外萬嶺橫陳紫閣東山
似人才搜更出水如膏澤轉常通知公不厭閒遊客一個狂夫屐獨紅從官皆鞾而校獨朱屐
同來不肯同歸去遊味從頭再細嘗山好全憑松色古春回還盼水聲長亭臺
分寸無虛設物力東南幸莫忘休怪曲終仍奏雅打禾民正滿殘陽

余雅不喜次韻疊韻而宮保寄詩騳之不得已再獻四章

尙書抱負何嘗展展盡經綸在此山一自風泉歸藻鑑幾番晝戟帶雲還高峯
未到亭先見古廟經秋草盡斑同入江城將十日吟魂猶繞翠微間
看山立雪兩難勝隱者真如退院僧掃地松花堪滿掬倚闌紅葉正千層石從
偶得時憐巧泉竟搜來自覺能蒙把烟雲付才子春華終恐愧家丞公來札云揮洒煙雲固當讓諸才子
石粱精舍望無窮欲取長江入　帝宮四面仙雲生戶牖六朝碑塔半西東斜
陽善寫蒼松影春雨能教絕壑通回首師恩與山色霜燈不負兩宵紅

疊韻詩如巖疊浪寄來雅味教深嘗山無官鼓更尤永伴有郎君話倍長　玉輦尚遲三歲至松雲何敢一朝忘書中苦訂重遊約會待梅花報曉陽

揚州轉運盧雅雨先生招遊紅橋集三賢祠賦詩

微雨不成雪曉日明紅橋轉運盧大夫折柬相招邀艤舟傍采陌稅駕登烟皋舊雨一樓滿新霜千林消半席迎王粲終席來孝標王徵士藻劉侍講星煒宏正金蘭簿謝贈雲霞交缺面或十年抗手竟一朝繁星託孤月東海匯羣潮非公扶大雅我輩何由遭

皇宋三賢臣高風不可再迢迢五百年此事如有待我公領平山瓣香寸心在懷古此山中招隱此山外篠簜千頃玕道是程公園午橋太史程有遺命捨宅爲阿蘭公改祠三賢亭臺增舊觀既使故人慰復使先賢安時時攜酒人處處憑闌于羣公且莫飲賤子有所思三賢在何處一賢今在茲

大江橫天表南流入建康其中有青鸞三年不來翔偶然乘螺舟摳衣君子堂朱履從而後輕篷卷微霜水流旗蓋影風遞松花香抗論至騷雅摩挲及圭璋

烟帆歸暮雲紅燈迎兩旁山高月猶小日短情何長強我盡一杯爲公留數行平山有時傾此會無時忘

揚州對雪戲作

求官不過張伯松求財乃學劉伯龍酒未引人著勝地雪先含笑語春風問雪何所笑笑我不固窮秦散三千金羣士鬭未終張湯解此意田甲與錢通賈生太將牢繡衣譏賣僮天下要物戰國策南朝經國劉係宗汝皆不知猶夢夢妄思弋獲如飛蟲可曾鮮卑語熟琵琶工汝何不學漢賢良請除鹽鐵追虞唐又何不學張平叔請去商人正國俗胡爲乎箕子不知長夜飲禹王且解下裳行騎來仙鶴到處舞心鉤意釣若有情我道雪莫笑生財有大道西施東施回一顰存乎其人分醜好孟軻兼金受七十寧與蘇秦較多少我且招阿堵喚青蚨天下英雄子與吾子之俗處須我洗我之雅處須子扶人仗子求高官吾仗子求異書子爲人呼盧子爲我提壺不爲風花水竹來用子便使文史元儒笑且呼不爲璜琥盤匜來用子便使金童玉娥美且都天生萬物貴用得其所耳守

珍倣宋版印

彼笨伯作虜胡爲乎錢神聞之手拍張雪神聞之喜欲狂兩人悔過同商量共請女仙燒雪作白鏹定教胡岳滿面生銀光

夜過金賢村明府即席有作

揚州司籍許宵行夜踏新城進舊城一柱金箏兩行酒有人剛唱淚盈盈

元官風貌似花嬌玉笛吹殘病未消生恐敬兒全體熱教儂親手試瓊瑤

子野聞歌喚奈何盈盈方寸起星河要他步上蓮花怯小製纏頭吉莫靴程立萬贈靴元官嫌小

絲哀竹濫角聲殘雪滿前溪月滿山我本龍華同會客愛吹尺八謫人間

送劉映榆侍講入都

征袍看拂九秋霜手採瓊花入建章遇我尙行前輩禮因君轉憶少年場才高筆有東京賦官久舟無南越裝劉督學粵東同日尋春同鬭酒當初曾忝蔡中郎

投鄭板橋明府

鄭虔三絕聞名久相見邗江意倍懽遇晚共憐雙鬢短才難不覺九州寬君云天下

雖大人才有數紅橋酒影風燈亂山左官聲竹馬寒底事誤傳坡老死費君老淚竟虛
彈有誤傳余死者板橋大慟

讀蘖下吟感贈半野園主人

主人劉姓字春池爲織造計吏火焚其局凡家畜梨園樂器及所居園亭盡償入官

讀君詩罷我神傷黃蘖春生味獨嘗有此高才甘小隱無多老淚落清商尙衣局盡三更火協律郎餘兩鬢霜舞扇歌裙如解恨也隨東海嘆滄桑

名園前歲看花時爲訪姑蘇兩畫師照看那知風浪起賣山翻羨子孫遲黃金放手來難再白雪彈琴聽者誰惆悵英雄回首晚枕烟亭上負心期

推窗

連宵風雨惡蓬戶不輕開山似相思久推窗撲面來

陳古漁新婚

一卷文傳紀錦裙鬑鬑夫壻久超羣阮修婚費名流助張祜才華女子聞紅豆

新詞南浦兩海棠春夢板橋雲匏瓜無匹今休感已覓元霜見少君摽梅休註鄭康成春晚花遲最有情貧士家原須健婦高人妻亦喚先生承歡聽唱姑恩曲擇木看飛谷口鶯（古漁成婚還屋）從此蘆簾燈似雪吟詩一定是雙聲

除夕雪宮保饋魚

對雪公憐把釣難特教雙鯉贈魚盤烹鮮廚下年將盡燒尾龍門夢未闌入戶似傳春信到揚鬐猶帶浪花寒披裘再拜烟波外一物還供兩歲餐

除夕過李竹溪明府

冒雪尋君雪滿身屠蘇臘酒正橫陳光陰最貴是除夕宦海相關惟故人（安傳公被劾）方物盈門爭賀歲小胥裁帖寫宜春喧喧士女鼕鼕鼓一路花燈歲已新

鑷鬚

我昔留鬚曾有詩今年鬚白復鑷之昔求其無今求黑十六年來能幾時終朝攬鏡不停手田彼南山如去莠衰草當秋豈盡除素絲雖染知難久白鬚臨行愍然訴道君逐客真無故拔毛與世既無利吹毛於我又何惡昔我在周朝燕

毛首坐何尊高又嘗親遇宋襄公不敢見禽稱戰功於今骨肉連理生忽然離別鴻毛輕黑白太分古所戒虐老榮幼難爲情主人笑且言我本潞涿君自從諸毛來紅顏變青春意雖不樂強自解英雄從古鬚眉聞汝又一朝變微雪使我萬念成輕雲君不見天公作春秋落花從容自去留人生老少無痕迹大家夢夢登糟邱汝偏標題衰頹不忌諱使我臨水顧影心驚愁矣不能鬬百草健不能挂雕弓既不知何日爲人作曾祖又不知全白可能參相公不如有心媚側室掃除枯槁留青葱晝不許汝先縞素星星滿把揮春風

小倉山房詩集卷十四

小倉山房詩集卷十五 己卯

錢唐袁枚子才

子才子歌示莊念農

子才子頎而長夢束筆萬枝爲桴浮大江從此文思日汪洋十二舉茂才二十試明光廿三登鄉薦廿四貢玉堂爾時意氣淩八表海水未許人窺量自期必管樂致主必堯湯強學佉盧字誤書靈寶章改官江南學趨蹌一部循吏傳甘苦能親嘗至今野老淚簌簌頗道我比他人強投幘大笑舍刀而藏歌招隱唱迷陽此中有深意曉人難具詳天爲安排看花處清涼山色連小倉一住一十有一年蕭然忘故鄉不嗜音不舉觴不覽佛書不求仙方不知青鳥經幾卷不知擕蒱齒幾行此外風花水竹無不好搜羅雜碑雀籙盈東箱牽鄂君衣聘邯鄲倡長劍陸離古玉丁當藏書三萬卷卷卷加丹黃栽花一千枝枝枝有色香六經雖讀不全信勘斷姬孔追微茫眼光到處筆舌奮書中鬼泣鬼舞三千場北九邊南三湘向禽五嶽遊買生萬言書平生耿耿羅心腸一笑不中用兩鬢

含輕霜不如自家娛樂敲宮商駢文追六朝散文絕三唐不甚喜宋人雙眸不盻兩廡旁惟有歌詩偶取將或吹玉女簫綿麗聲悠揚或披九霞帔白雲道士裝或提三軍行古塞碧天秋老吹甘涼或拔鯨牙敲龍角齒牙閃爍流電光發言要教玉皇笑搖筆能使風雷忙出世天馬來西極入山麒麟下大荒生如此人不傳後定知此意非穹蒼就使仲尼來東魯大禹出西羌必不呼子才子爲今之狂旣自歌還自贈終不知千秋萬世後與李杜韓蘇誰頡頏大書一紙問蒙莊

正月二十二日紀事

尙書公餘發幽想新歲不見詩人往顧命材官召某來白雲可覓人難訪點也絃歌聲正希聞呼身作輕鷗飛後堂直入無絲竹絳帳一枝紅蠟燭初將古玉辨琳琅繼取蟲魚別印章吟詩風戛幽窗竹論史秋生舌底霜野人看書如看水眼光到處狂言起當仁不肯讓先生狂狷惟聞裁小子五歲郎君出款賓三千弟子幾人存重提知遇當年事愈覺師生此日親官鼓鼕鼕星欲曙山人長

揖還山去送客燈明使者衣回頭月照將軍樹臨行雙贈紫羅囊爛似天孫雲錦裳此意明公應有在教儂佳句好收藏

答周幔亭山中招友一篇

兩山屹相向中有兩賢居兩賢時相招歌呼相唱喁一聲幔亭子昂昂千里駒能畫周天星帝座通噏呼能測長江線胸中橫具區執削道所記羲農黃唐虞苔布偏襞衣鉢冠弁棧車笠宅賦囚山清涼劃一隅一賢隱隨園玉佩而瓊琚挂冠十二年栽花三千株所居小倉巔赤壤雜墳墟胚胎於清涼其氣廉以疏兩山無兩賢岌岌徒清虛兩賢無兩山兀兀空蓬廬而今既雙得彼此相夸譽我負子則戴子耕我則鋤雪海我已足松濤子有餘淳于飲一石孟公飲一盂酒戶無大小醉鄉有乘除此外來諸賢招之相與俱徐淑工丹青蝴蝶夢蘧蘧黃香賦九宮文史爲嬉娛王涂汝芳隣詩律追唐儒臞齋我從昆仙履鳴雙鳧如山聚衆峯如水匯羣湖如樂合宮商如蛩負駏驉琴彈左瑟應鷺立旁鷗趨招友得此樂千金抵須臾僕乃掉頭笑如斯而已乎我請爲大招與子相揶揄

擊筑招漸離試劍招風胡挾彈招韓嫣采桑招羅敷我若爲天公玉女常投壺
我若爲宰相子路執金吾我若大勳貴驅使霍家奴於今皆無分且自招其徒
不招漢灌夫酒氣太豪粗不招石季倫俗物矜珊瑚不招袁彥道無賴喝梟盧
所招皆目前一一與人殊招月使升戶招風使當鑪招葉爲茵幄招竹掃行廚
禮從野人野谷號愚公愚牧童牛戴牛酒器觚不觚若非歌纂纂定是唱烏烏
有花皆九錫有賦必三都山對人而態活水得主而難枯星聞歌而欲聚鳥結
伴而鳴舒各招所招客各著所著書子招我未有我招子亦無若比淮南王招
隱終何如

隨園張燈詞

隨園一夜鬭燈光天上星河地上忙深訝梅花改顏色萬枝清雪也紅妝

金粟分行綴玉蟲淺紅相間又深紅隔山人唱霓裳曲笑指先生住月宮

高下樓臺列錦屏紅珠歷落水雲清嫦娥似讓燈光佛捧出銀盤不敢明

爇戲俳歌火鳳謠金缸銜璧影相交引光奴逞拏雲手遍摘春星挂樹梢

盧仝吩咐小心風珍重封姨護燭龍一陣丁東鈴索響水痕花影蕩千重

誰倚銀屏坐首筵三朝白髮老神仙（熊滌齋太史）道看羊侃金花燭此景依稀六十年（太史云年十五時舉京兆宴宛平相公怡園見張燈相似今重赴鹿鳴矣）

客散華堂酒未收重教金狄守更籌簾波聽喚青衣捲別有名花照影遊

紫明供奉漸婆娑倦把青藜走絳河笑我金蓮舊詞客照花時少照書多

遊仙詩

當年足下看雲生三疊琴心道已成誤寫上清蝌蚪字一篇真誥不分明

風引三山境寂寥碧天吹斷水精簫關心子晉顏如玉身隔雲屏手亂招

迢迢白練耿秋河織女重來恨已多八萬六千明月戶不知何處認嫦娥

相招須把碧芙蓉海上歸來雪萬重同住玉真清冷地不司符籙便從容

東海塵揚阿母家年來勾漏少丹砂有人手執青鸞尾獨立蓬山掃落花

海棠詞

春花開到海棠枝天意來催豔體詩誰把嵰山萬重雪盡貽兒女作胭脂

東風儘力送紅潮人自消魂雪自飄不信天孫織雲錦年年都挂此花梢

聽得流鶯向曉催捲簾紫玉已成堆生愁夜半成烟去自取銀燈照幾回

當年妃子鬭風華浴罷華清鬢小斜國色半酣紅玉軟至今留影漾窗紗

我亦曾披宮錦行昏昏春睡不分明輸他花上金衣鳥裏著紅雲過一生

九錫無人奏綠章自慚虛作紫薇郎夢中彩筆珍珠字擬託朝雲寄數行

春日雜詩

千枝紅雨萬重烟畫出詩人得意天山上春雲如我懶日高猶宿翠微巔

漠漠輕陰雨後看支筇長自倚闌干正嫌花氣無人送一陣東風過玉蘭

水竹三分屋二分滿牆薜荔古苔紋全家雞犬分明在世上遙看但綠雲

清明連日雨瀟瀟看送春痕上鵲巢明月有情還約我夜來相見杏花梢

萋萋芳草遍春潭深院無人綠更酣何處一聲清磬響斷峯西去有茅菴

玻璃作鏡當雲鋪返照春山入畫圖自憶頭銜揣風骨此生只合住冰壺

鑿得雙湖似故鄉一枝柔櫓泛春航落花水上淩波立還擬人看舊日妝

風亭月榭事匆匆園漸繁華我漸窮半世經綸十年俸思量都在水雲中
袖拂孤雲理素琴那知門外落花深山人不飲河東酒只要君王賜茯苓
銀箏低按古涼州聽水聽風夜正幽忽報樹梢燈似海小紅歌罷盡回頭
柴門掃雲雲不開雲中置酒臨高臺夕陽辭我下山去明日問渠來不來
自把新詩寫性情勝他絲竹譜春聲流鶯啼罷先生唱各有閑愁訴不清

題曹麟書學士天下名山圖卽送其乞假歸里

八十七歲學士何處來方瞳綠鬢顏如孩意欲吞盡齊烟九點上天去故把名山幅幅都安排左手拖崑崙右手拍洪厓使我一見心驚猜疑是夸娥之神負山至又疑徐福之船從海回那知朱家爲兄劇孟弟當年雞壇同歃長安街長安李夫子玉洲先生宏奬諸仙才夷門大會敦盤盛誰執牛耳升高臺君年最長我最少浮萍一聚風吹開人生轉眼如夢耳二十五年海水飛塵埃諸賢晨星半錯落李公白骨縈蒿萊我亦清霜上頰久隱矣君方長劍拄頤事玉階平生舞刀奪槊英雄志氣小差未惟有宋玉登山臨水之心猶未灰潑烟墨寫雲雷五

丁捧筆萬靈磨崖不必穆滿長驅八神駿不必向平踏破雙麻鞋只須一頁展開處但見清都紫府眼前嶄嵂而崔巍青宮偷待桓榮駕曼倩難戀瑤池杯太公磻溪方坐釣兩耳頗聞文王催前別既已遠後會何時偕但問黃石公他年滄海騎鯨去可要圯橋進履之孺子擔簦相追陪

題碎琴上人集

一代編詩史寬收幾個僧斯人宗獨漉（上人自稱獨漉先生之後）流派自南能賣卜簾垂市抄書佛借燈勸將貍德隱差免十方憎

制府西園小修工畢遊後賦呈宮保

山事畢棲霞山公坐晚衙自安三品石小綴一庭花邱壑憑心造烟巒愛客夸數拳猶未足採到野人家

不繫舟如舊亭臺事恰更添廊通兩路分竹散秋聲石罅蒼松補窗虛碧瓦明公餘射鵰處楊葉與雲平

自寫爲山好新詩賦六章三江看雲物四度感滄桑水靜游魚樂簾青夏日長

鳴鳩隔花報春雨足新秧
我與西園柳蒙公種廿年自慚頭似雪不及樹參天相隔纔三里賡歌每數篇
春風沂水意舍點向誰傳
宮保和詩
斜照映紅霞濃陰放柳衙山凝環几翠風颺隔簾花大廈慚無補芳園詎足
誇梁間雙燕子不認是誰家
亭臺猶似昨轉眼景全更石磴含雲氣蕉窗帶雨聲松青鱗半老波漲鏡初
明頗有才人意文無一筆平
老去詩情減相思有和章幽懷耽水石農事念蠶桑竹影迴廊靜鶯啼午夢
長栽花還意懶幾度問新秧
羨君生計好高臥自年年宦海渾無岸桃源別有天琴書消永日雲物入新
篇笑我舟難繫空留客舍傳
杭太史堇浦寄示嶺南集奉酬三十六韻

嶺海新詩至空山老鳳鳴焚香盥雙手展卷到三更蜃氣青紅色鈞天雅頌聲傳經百粵地灑翰五羊城南斗文星避西河講席傾塗金尋漢塔呵手試端阬樹寫黎朧羲糕題鬼子名離宮開絳帳化雨沃仙莖曉夢梅花落高談孔雀驚三千詩弟子六一古先生陸賈歸裝富庚桑尸祝成豈徒娛暮景真足慰交情憶昔公車召相將殿上行釆薇先輩引師律丈人貞德講資匡鼎嘘枯到禰衡充宗冠嶽嶽郭憲氣觥觥夜訪蓬池月朝騎太乙鯨隨肩冰署冷分手玉堂清慷慨論封事寬容賴　聖明白衣辭領職短鍤許歸耕鳥篆儂先誤龍鱗爾更攖三山成小謫一檏誤前程倭乞蕭夫子人師馬長卿弓衣詩繡滿蹋臂女兒迎近海文瀾闊還家五兩輕珠娘曾買否梟博幾輸贏五十喪無毀三虞事未營菰蘆還薦士時薦胡生來白下猿鶴豈忘盟感舊山陽笛藏書晏子楹有人遊白下幾載滯歸旌鄉井離黃籍江東作步兵書來風動竹別久柳啼鶯以我紅顏改知君鬢雪盈無車難越弔望遠但沾纓想和軒轅律遙吹子晉笙蒼茫千里月執訊代班荆

遣興

富春嚴子陵谷口鄭子真亦自懶惰耳心非有所嗔男兒不作官豈遂無立身
必求所以然定知非解人

人難作我兒我難作人父所以生不育皇天不輕與古來真才人俎豆非兒女
諸公莫相關我自有千古

貨殖子貢富甕牖原憲貧富乃勞其力貧則苦其身治生貴有道行樂貴及辰
自活茍無才何以活生民

荒山本無牆梅雨復來敗山居已十年盜賊尚無害灞上李將軍未必餘威在
楚國舊令尹或者有遺愛

當時只望老以便好辭官此時只畏老以便常尋歡望之恰已至畏之不能逃
始知望與畏兩念俱徒勞

古人吾不服今人吾可知惟其去人遠執禮彌謙卑弈棋貪有伴降心以相從
應付吾手上高低吾心中

當年修隨園過溪事營造今年修隨園溪內日探討遠修跋涉遙腹裏翻未了近修結構易亦復偃息好始悟古諸侯封國不嫌小

話桑麻圖爲方綺庭明府題

東漢張君游驅騶漁陽道前村有桑麻顧之欣然笑先生綰綬時與彼作同調風和柘樹陰雨晴麥隴初捐除長官體輕乘弁棧車召彼野老詢桑麻今何如桑者前致詞今春葉青青麻者前致詞漚菅得奇贏使君未來時土化多未宜使君既來後犬足多生氂使君不嫌醜敢獻村中酒山妻急繫裙牧童忙鼓缶長跪問使君見過唐堯否使君忽心動我亦有桑麻汝既安汝業吾亦憶吾家高掛烏紗冠歸看白門花白門有一人種桑十年矣半樓青溪雲滿徑桃花水若再欲話時請君來洗耳

偶題

春歸未歸雨復晴竹西牕戶風泠泠野薔薇喜沒人到雪白小花開一庭

香亭自徐州還白下將歸鄉試作詩送之

一別鬚如此全家怪汝蒼滄桑生面目世事感星霜到眼園亭換關心兒女長阿兄難免俗先要問歸囊

聖主崇詩教秋闈六韻加今年得科第比我更風華五字清商脆三條畫燭斜相期呼小宋追步八磚花

去年書慰我作叔苦無因香亭和余失子詩云薄福難爲叔添丁轉惱爺門戶堪誰託芸香少後塵桂花兼子采荊樹及時春莫再生才女能詩便嫁人戲四妹

聞說新居勝柴門汝未開到時花繫馬飲處月當杯遊子隣翁認高歌啼鳥猜多增棠棣館頭白我歸來

悼柳

水上古柳彎環如老龍余誅茅築岸理而出之置亭焉顏曰柳谷不逾年柳死

受賞非君願相知愧我䲭建亭流水上從此好春無古幹寧辭伐殘枝強欲扶蘭成枯樹賦吟罷覺心孤

傷鶴

二鶴翱翔籬外獵者過以爲可羹也火槍一發而斃

奇禍發清流乘軒兩鶴休火攻真下策羽化入高秋小瘞苔痕薄平沙爪跡留神仙還有劫何處免閒愁

諸知己詩有序

曹公以太牢祭喬太尉郎宣尼報德之說阿瞞猜忍猶知此義況君子乎枚少也賤長登仕途好我者中心藏之今生四十四年矣伏而不出髮有二色所報可知每學張步自呼負負計不與形骸俱化者惟有文字倣少陵八哀聊志寸心其他或頌其生或輓其死見集中者不復再見金公恩最深故重言之生存者溧陽一相而已統題之曰諸知己詩

禮部侍郎浙江提學王公蘭生

予幼學典謁觀光逐人走試籀書九千飲水墨一斗奕奕王交河許作童子郎膠庠騎竹馬觀者嘆道旁蟠桃花未開春風吹已早秋來寧不實自愧登盤小

兵科給事中浙江提學帥公念祖

杭州蘇司業羣士附如毛非其所薦者竊竊愁琴焦帥公無先容拔我升前茅按劍對夜光掘獄出毫曹長安一爲別咸陽萬里遙青蠅宦海飛白骨沙場拋可憐養鷙鷟不見賦鶺鴒何當抱孤琴塞外將魂招公爲陝西布政使竄死塞上

處士柴東昇

瀨水一奩飯翳桑一頓餐當時寸心足此事千古難我昔粤西行助者柴先生先生非有餘蓮幕分杯羹君家耕南畝與我臭如蘭以愛及所愛同舟赴高安富春江水清洪都江月白照我與君遊照君與我別如何照施恩不能照報德

廣西巡撫金公鉷

中丞巡粤西大阮遊幕中馳書招我往一見呼終童作奏薦之天署年驚王公詞科三百人爭來趨下風我遊蓬萊池公歸兜率宮愛我眉宇異期我爵位同語我韜略計許我旂常功一事不能副兩淚何由終九原如可作持面愁相逢

協辦大學士吏部尚書孫公嘉淦

孤鳳蹲青桐不鳴如有聲金鐘懸東序萬物肅儀型孫公司爽鳩海內儒林亞
天瑞五色雲丹青佐神化我來温卷時春風吹滿面已助阮修婚更作正平薦
登門已足榮何況嘘植之千秋溯淵源大賢爲吾師

太常寺卿唐公綏祖

唐公智勇深高秋懸冰鏡一顧市可空九折臂逾勁賤子趨末階短衣不掩脛
公命下達來平章將女贈我曾訂苑雲何敢學子敬緣薄已慚恩福薄更慚命
讀祭喬公文琅琅不忍聽

文淵閣大學士史公貽直

唐時顯慶輅皇宋夸物在一鳳鳴虞廷雍容六十載周官三百六歷歷皆所司
唐區十五道各各駐旄旗開口姚元之放手杜黃裳瑕瑜不相掩才力堪低昂
（公以姚杜兩公自命）奉　詔教翰林我擬策一通謂有陸贄直而兼長沙忠萬金何足感
一言長在心仰止一品集封敖涕淚深

編修李公重華

仙人碧虛骨不染明窗塵偶歌梅花詩冰絲彈孤雲市上逢郎君雞壇敦夙好
門下作門生裴皞咥其笑長安鳴珂里姑蘇青雀舟夫人行大享丙子折花籌
思之如前生華屋悲山邱

御史王公峻

孤峯生大海四顧全無地志士立中朝寸心惟有　帝先生獬豸冠目作愁胡
視屢請上方劍王孫何自厲愛我賦秋蘭逢人夸姓氏鄉輩縱不聽奮舌行吾
意說士甘於肉排闥時掉臂歸老擁臯比得免魑魅忌千秋寂寞名表章誰我
繼

兩江總督德公濟齋

講學俗儒耳惟公便覺雅為問所以然一真黜百假宗藩靜而尊服侍皆宦者
赤子心盤旋黃金手揮灑置身三古前遊目兩廡下排衆用一賢命我擁雙社
幸遇朽木雕擬躍祥金冶嗚呼伯樂去憔悴終天馬

兩江總督策公楞

策公不知書能收英雄才龍泉迎風胡一見心顏開彼此留不得兩心各自哀
賤子還鄉井將軍去輪臺陳湯誤質子班勇無軍功虵矛兩手折鐵鎖九天封
未獲訊廷尉先聞劫義公肉飛瀚海草血涼天山風吾欲負馬革裹骨祭鬼雄

福建布政使陶公士鑛

寸寸離官樂行行驄馬止相逢陶士行苦留王稺子問公識我歟公云不識君
上指丹鳳闕下指黔首民

李名世秀才

我聽溧邑訟有客戴儒冠日日立堂下如石點頭看疑是擾獄者來探鞫刺端
覺不干我事姑且聽其然亡何我改邑驅車出郊外此人伏草中奔向車前拜
云是高淳人偶來溧邑界愛我聽訟明賃屋居此間日聽一二事歸與父老傳
我方拱手謝彼復攏袖言餉朱提入流願當劉寵錢拒之復淚下受之我茫然
從此一爲別騰身如雲烟感君好善心愧我酬恩意冥冥三十年惻惻至今記
記得門狀書秀才李名世

詩畢後再題一絶

事難如志都歸命詩豈酬恩略表心回首河山人宛在相思便作幾回吟

避暑

避暑無他法安身有祕方只離紅日遠自覺碧天涼

起早

起早殘燈在門關落日遲雨來蟬小歇風到柳先知借病常辭客知非又改詩

蜻蜓無賴甚飛滿藕花枝

改詩

改詩難於作辛苦無定程萬謀箸不下九轉丹難成遊覺後歷妙陣悔前茅輕

抽絲緒益引汲井泉彌清妝嚴絶色顯葉劃孤花明如探海嶽勝人到仙不行

如奏鈞天律烏啞鳳始鳴脫去舊門戶仍存古典型役使萬書籍不汨方寸靈

恥據一隅霸好與全軍爭吹角不笑徵塗紅兼殺青相物付所宜千燈光晶熒

寧亢不願墜寧險毋甘平動必拔龍角靜可察蠮螉選調如選將非勝不用兵

下字如下石石破天方驚豈敢追前輩亦非異後生常念古英雄慷慨爭功名我噤不得用借此鳴訇鏗盡才而後止華夏有正聲凡彼小伎藝傳者皆其精粹可聖人教飽食忘經營止怒莫如詩管子語歌之可怡情多文以爲富擁之勝百城既省絲竹費兼招風月聽上鳴國家盛下使羣賢賡縱死見玉皇猶能獻韶英

風帆

一葉高懸浪拍天孤迎紅日孰爭先風非不順吹難飽海縱無邊任有權力大勝騎龍馬走身閑長抱水雲眠篙工未肯將君用要等餘皇萬斛船

馬鞭

烟樓撞處久摩空曾記馳驅閬苑東斜指斷腸雲外樹自鳴得意馬蹄風隔花傳響春山遠帶雨催程落照紅一個祖生追不上歸來忍待管絃終

大樹

繁枝高拂九霄霜蔭屋常生夏日涼葉落每横千畝雪花開曾作六朝香不逢

大匠材難用肯住深山壽更長倚樹有人問名字爲言南國老甘棠

古琴

箏琶海內傳新曲禮樂千年剩老身挂壁尚存清廟夢過時誰奏廣陵春敢隨武庫爭高價只覺羲皇是故人我不知音偏好古七條絃上拂灰塵琴操曰伏羲造琴

夸父杖

八荒霍霍驚仰首空中夸父逐日走拔山倒海事事終不追白日非英雄果然手捉黃金烏問公此樂胡爲乎如何口渴顏色槁一枝杖作鄧林草

延陵馬

延陵卓子馭馬猛前有霜刃後有梃馬行不進斬以徇馬骨之高與山等伯樂見之泣不止造父之御不如此天生神駿美且都入公之廄有若無

刑天舞

鸞鳥能歌鳳鳥舞刑天效顰舞更苦左干右戚舞不休天帝欲笑千靈愁爾力非不大爾心非不賢臣有一言陳蒼天先賜頭目後賜手俾知好醜能折旋

狄鞮倡

妖嬈狄鞮倡不嫁年少郎不知女誡字幾行但願高車大馬來煌煌吹笙酌斗烹肥羊豈不懷故夫故夫羅袖多明珠豈不彈青琴青琴愔愔非妾心豪客愛妾媚君王愛妾嬌終身不出黃金屋老大還吹白玉簫嗚呼君不見天邊孤月長門斜絕色湘娥啼暮花

得履詩

山齋失玉履半年爲金明府奚奴攫去鬻蘇州不售再鬻揚州金公廉得顛末遣復故所

飛鳧久化采雲輕故劍重聯舊兩情見面儼如遊子返還家轉使主人驚身行吳市春帆遠夢覺揚州秋水明想爲林泉緣未斷隨風又到石頭城

履亡冤雪徒人費璧返功歸藺大夫神物終憑犀照得奴星不累月明孤果然世有重圓鏡勝使人求罔象珠安得當官盡公等早提塵海入冰壺

刈稻江北作

無端幽人出有似白雲去一笑下空山書燈照江樹江上青青峯黃昏若驚顧不道細雨中倘有孤舟渡

雨行聖人爲蘆中窮士寄行行駐風帆萋萋傍古寺波靜風葉停澗寒水花細日暮問芙蓉有人采卿未

老農烟中來牽犢迎田主豐歉各自呈紛紜具雞黍牀前紅葉霜衣上稻花雨四隣無雜聲農談相爾汝

雨多禾生耳田蕪豆落萁且喜土化宜彼黍終離離飲罷瓦盆酒握別牧童手明年吾再來門前綠雙柳

回船逢中秋天水澄孤清私心念明月果然東峯生蘭檝駐瓜步錦衾隔石城清宵不成寐浩歌酬吾情

送竹軒族弟之河南兼館滑令呂君

吾宗遠行邁霜色淒河梁因依十餘年攜手此華堂詩書同檢校家事相扶將一朝辭我去蓬矢射四方貧家養十客九客猶羣翔胡爲我從昆頃刻成參商

階下芙蓉花娟娟泣道旁春榮嫌葉密秋老愁枝傷今我復何時兩鬢初凋霜
豈不願君留彼此看空囊豈不勸君醉驪歌難盡觴惟有贈一言富貴早還鄉
讀書矜半解往往言多尤遇人無單複如水行膠舟汝今初涉世韋絃須矯揉
行行重自愛毋作高堂羞我有舊官聲煩君作遠郵寄與呂大夫滑國爲賢侯
我有閑邸園無力起亭樓望汝攜歸資來此築菟裘兩願都能償老夫復何求
但託紅鯉魚寄書碧山秋

捲簾

偶捲北牕簾風吹春色冷一僧一朵雲同上青山頂

哭三妹五十韻

五枝荊樹好忽隕第三枝最是風華質還兼窈窕姿令儀宜協吉論齒未應衰
情以隨肩重喪因在室悲鶺鴒飛竟斷手足夢重追弄藥爭花日將笄未弁時
金籠擒蟋蟀竹馬逐隣兒各踞長松鍛同分野竈炊書燈裁紙照學舍隔簾窺
呵手團清雪當盤算劫棋鬭殘春草綠舞罷柘枝欹貧不爭梨栗懽能詠豆萁

非魚常作隊似雁不差池擬續蘭臺史堪刊紫石碑阿兄試京兆小妹倚門楣望信頻穿眼登科代展眉分襟長戚戚聚首更怡怡至性醇無比多情累在斯一聞婚早定萬死誓相隨采鳳從鴉逐紅蘭受雪欺踏搖囚素髮皸摘損凝脂瑱珮嬰兒撤犂鋤健婦持贅餘添姊禍嫁後失爺慈捨宅棲蘭若長齋伴濟尼當官徼壻惡合族笑姨癡婦棄仍歸矣天高不鑒之已經分破鏡長自奉慈帷紛帨辛勤侍羹湯宛轉吹呼盧老親伴問字舉家師有女空生口無言但點頤（妹一女啞）一方形勤指矩圓象強摹規水色雲沈閣山光樹囀鸝避人常獨坐對影輒漣洏豈戀終風暴常懷其雨思冰心明月見春恨落花知寂寂芳華度奄奄玉貌移九迴腸早斷一日病難治自覺傷心極臨危作遠離家貧投賤藥膽壯誤庸醫白下巫陽至揚州蕩子羈魂孤通夢速江闊送終遲（得信前一夕夢路上與妹如平生歡）錢猶卜靈前帳已披承衾摩瞑目搜篋理殘詩欲止高堂慟先教私淚垂蒼茫惟有恨啼勸兩難爲苦憶連年瘧頻勞徹夜支今朝偏送汝他日更呼誰殘雪敲窗戶悲風動酒卮浮生千古幻哀輓幾行辭盼斷黃泉路重逢可有期

陶淵明有飲酒二十首余天性不飲故反之作不飲酒二十首

淵明與劉伶開口不離酒終竟兩人賢果然爲酒否我自赴華胥不煩杜康引酒味吾不知酒意吾能領

醉鄉去中國不知幾萬里偶一問其津身熱頭痛耳所以桃源人雖隣莫通使惟有書味甘行行堪沒齒禹王大聖人先我惡甘旨千鍾與百榼倦勤從此始

客至如春風來者皆入室率性任所言寒暄各一一可以具雞黍可以聽瑤瑟欲宿即張燈解吟亦進筆若問有酒否此事未可必

天地無終極風輪盪不禁不知古人古安知今人今吾園二三月全家釣水濱彼得此亦喜此失彼亦嗔適野獲天趣忘機蘊性真自笑一家人都遊羲皇世儀狄尚未生何由知酒味

有目必好色有口必好味戒之使不然口目成虛器縱之使無涯我又爲渠累聖人善調停君子素其位

古皇無史官宣尼不著書古之大聖賢淡淡忘名譽君看阜夔外傳者爲誰歟

文王有多士名姓亦無聞女媧戲團土本自難區分我不知有我而又奚云云

讀書息微倦危坐操青琴求靜常反動絃中怪此心明知非古曲聊復審其音海水飛何處鍾期亡至今借問聽者誰門外幽蘭深

名教有樂地一誤殊難曉英雄與文人往往託佛老匪自矜清超即時貪壽考譬如飲酒人非此難自了吾學無不窺惟憎二氏書看則縮其額如嗜菖蒲菹大道有周孔奇兵出莊周橫絶萬萬古此外皆蚍蜉君請擇於斯何事更他求陶令責子詩愚多賢者少未免心戚戚借酒解懷抱我今雙無之陶聞亦云好無所藉杯酌匪我求童蒙得姓三千年未必以我終君看鄧伯道亦得歸邱中班家有婕妤稚齒入椒房自恃君王愛恩如海水長一朝詠紈扇朱顏逐漸凋君王縱復召終讓新人嬌寂寂長信宮涔涔泣不止初泣爲紅顏再泣爲青史華髮吹秋風此生長已矣

古來功名人三皇與五帝所以名赫赫比我先出世我已讓一先何勞復多事平生行自然無心學仁義婚嫁不視曆營葬不擇地人皆爲我危而我偏福利

想作混沌人陰陽亦相避灌花時兩來彈琴山月至天地亦偶然往往如吾意

風霽月色明露影蒼苔上幽人清興發杖策成孤往不知所尋誰寓目卽心賞

隣人知未眠水面篙聲響

細兩過深竹水影澄空雲不知何處花微香如有聞漸漸春風和時時芳草熏

自書一片葉告知雲中君

我愛王思遠袪服何燦爛過所勿經懷短衣不掩骭又愛桂陽王興到詩酒濃

偶意有所廢戚友不相通君去我欲眠君眠我亦去不藉醉爲辭天懷有深趣

躬耕吾不能觀耕園最便水響叱牛聲土色老農面老農前致詞秋災求減租

我乃傭其力以有易所無農夫喜聳肩欣欣來負輿我亦恣所往看花招其徒

春風熏玉顏秋月澄冰壺旁人誤生疑先生醉矣乎

春陰漏日遲嬌鳥啼花早羣鳥音難分但覺春懷好旣醒復重眠紗窗碧烟曉

啼鳥莫相催春夢儂猶少

任事在人後見事在人先以之涉斯世庶幾無尤焉吾年方垂髫早已登賢書

三十挂其冠四十白其鬚味早易撤席遊早易回車一早無不早未知死何如
兒童籠翠鳥朝夕鳴前軒飛者念其朋籠外語殷勤一朝膠絲發以情累其身
傷彼鷾鴯智何如精衛仁吾其愧爲夫斯人吾同羣
形神天所付名字吾自取形名兩無時此身置何所朝見一莖絲暮吟一首詩
借形傳我名名傳形不知
嘗讀高士傳過潔亦無聊太谿刻自處生世如鴻毛我雖不飲酒恰能餔其糟
雲閣自層層風裳必楚楚燈圍花萬重屋聚書千古寄語於陵子君輩徒自苦

夜過瓜洲

霜雁一聲語烟江兩岸秋蘆花三十里吹雪滿船頭我欲乘潮去孤帆夜不收
蒼茫雲樹外明月出瓜洲

明月

明月乍離海長風吹上天爭光衆星盡受影一峯先水色金波麗秋心玉鏡圓
雙雙木蘭槳搖落桂花烟

哀兩生 幷序

甲子分校南闈薦兩卷不售一松江陳邁晴一太倉吳維鶚陳故宿學榜後作百韻來謁斐然成章未幾病死吳爲梅村先生曾孫少年玉貌登癸酉賢書亡何亦死

蓬蓬江南春青青芳蘭枝舉世旣莫採秋風復敗之蘭敗復何言寸心傷美人美人如明月曾照幽蘭春吳生華腴族弱冠人如玉陳生雲間彥烟霄蹲鸑鷟薦君不識君孤琴彈白雲相感來相訪賞音良不爽忽弱一個焉天道其如何再聞雙璧埋吾淚空滂沱吹花不上天一墜且黃泉世上峨峨冠寧如兩生賢

又病

山中蒲柳畏西風白髮催添又幾重病每防秋先自怯天如成例不姑容詩書暫遠妻孥近膳飲才清藥氣濃消受名花都有分年年只是負芙蓉

送望山公入覲

九月尙書覲　紫宸九重剛下有　溫綸臯夔豈爲科名重詔本朝滿洲科目惟鄂爾泰尹繼

人　　　　馬鄧新兼　帝室親抗手侯王俱後輩趨庭公子半詩人弓刀小隊秋郊
外笑指芙蓉殿晚春

少宰裘叔度典試江南事畢登程入山視疾

柴門駐馬日斜曛入座籠街病客聞天上使星尋舊兩山中孤月照鄉雲同年
人少情難捨候送官多手又分方握手而飛騎報將軍制府出城倚榻相迎扶榻別燈窗葉落
尙思君

贈副主試錢相人先生

種成桃李滿江陰遠訪成連海上琴見到小君交可想記同泮水感尤深青雲
不改書生面白髮難忘獬豸心公曾劾兩江制軍黃太保一十五年纔一會那堪此後再如
今

假山成

三成號昆侖此義本爾雅幽人戲爲之聳石雜青赭初將地形參繼用粉本寫
高低肯隨人其妙轉在假平生嶔崎心一旦吐諸野微微洞穴明漸漸雲烟惹

五嶽走家中一拳始腕下未晚早局門慮有飛去者

寄懷望山公

衰衣人去雪飛時一月空山少和詩豈獨忠勳高海內即論儒雅亦吾師東南事重回輪早臣主情深下殿遲寄語梅花緩調鼎孤雲野鶴正相思

不寐

一聲兩聲雞初鳴四更五更天未明羣雞亂啼聲漸迫紙窗纔露東方白病人夢短冬夜長燈花墮几鼠鬬梁頭自伏枕目自張四十年事如何忘

商丁孫尊歌爲素將軍作

素公雙瞳今罕有辨古器物如犀剖雞匜魚甗羅成行就中商尊尤冠首規身環濟束半腰侈口吞舟容一斗紅搖赤水珊瑚明翠凝碧瓦琉璃厚蛟龍揚爐龜氏鐫丁曰孫三字垂韭陰花陽篆劃深雪雷紋雲氣蟠蝌蚪黃目睒睒當臍瞪飛廉蠙蠙繞腹走想當元女降生商兄癸婦庚鑄彝卣大局七个横廟門典寶一篇陳黼右媵臣負俎說調羹成湯嫁妹狄作酒或盛菹虀彤祭日或斝雉

羹彭鏗叟史官高勢來峨峨稱祝尊前再拜手道是器成永寶用子孫無疆王萬壽三臘有玉盤有銘同與此尊垂遠久一朝膜畫封河陽白馬人行器不守麥秀空傳箕子歌銅盤早蝕比干紐三千年過太陰中不知有周秦更否神物數滿當出世咸陽耕夫傳某某苕敍土繡形離奇達官蔑視等瓦缶素公一見購百縑如辨墳羊識土狗召良工某刷作瓶月洗黑雲光照牖沃丁武丁靈爽存猶銜花枝香滿口甄邯威斗子尾犧若數班行都列後我乃撫尊長嘆息世事輸君常八九函牛之鼎當康瓠折鉤之喙享敝帚人才那得如金銅長在泥沙不速朽願公愛士如愛尊毋使埋淹嗟不偶

輓孫文定公 戊午鄉試座主

黃扉躬佐泰階平星隕中宵櫪馬驚青史三朝書行狀蒼生四海望銘旌殊恩禮自加羊祜溢美人幾累孔明身後關心房太尉有無遺表諫東征 偽稿一案公為名累

隨園二十四詠

倉山雲舍

小人有老母倉山多白雲奉母居山中板輿常欣欣看花與山共采藥與山分

書倉

聚書如聚穀倉儲苦不足爲藏萬古人多造三間屋書問藏書者幾時君盡讀

金石藏

不見古人面須見古人手廣搜金石文歐趙所未有何物爲之鄰璜琥尊罍卣

小眠齋

秋齋號小眠空廊無響屧讀倦偶枕書書痕印滿頰不知牕外花飛過幾蝴蝶

綠曉閣

朝陽耀高閣萬綠一齊曉虛窗聚景多宿雲出簷早翠微西山低白塔東城小

柳谷

宅西顏柳谷義取尙書詞未必康成識差免虞翻譏春痕搖水痕滿池如滬絲

羣玉山頭

梅花雜玉蘭排列西南峯素女三千人亂笑含春風我記相別時瑤臺雪萬重

竹請客

盧仝所思客乃命竹竿請何繇知非僕長教此君等美人來不來立斷風鬟影

因樹爲屋

銀杏四十圍葉落瓦無縫主持小倉山惟吾與汝共更借屋上蔭招宿丹山鳳

雙湖

我取西子湖移在金陵看時將雙鏡白寫出羣花寒前湖饒荷葉後湖多釣竿

柏亭

種柏成一林屈折爲庭宇奚須文杏梁已遮碧瓦雨翠禽居之安日坐亭中語

奇礓石

到公有奇石曾向華林補千年幽人得風月一齊古當作石交看摩挲日三五

回波閘

不放流水流清池嫌太滿常放流水流新荷尚嫌短建閘唱回波勸水行緩緩

澄碧泉

山頭峯百層山下泉一尺葉落水面青月落水光白此水淡無言泠泠終日碧

小棲霞

萬事不嫌小但問能成家我有一間屋公然類棲霞絕壁屋前山天香屋後花

南臺

築臺望雲物雕欄盡南向天空星可摘木落山獻狀露葉如水明前峯新月上

水精域

玻璃代窗紙門戶生虛空招月獨辭露見雪不受風平生置心處在水精域中

渡鶴橋

白鶴欲過湖照水不得路十月輿梁成羽客含蘆渡新霜鋪玉勻何人試初步

泛杭

不負一池水招招學舟子君覺歌口香知在藕花裏畫橈莫蕩公水動鴛鴦起

香界

佛家有香界旃檀焚諸天我家有香界幽蘭種溪邊能聞而知之鼻在耳目先

盤之中

盤意取屈曲旋轉無定區我意亦倣此乃築蝸牛廬紆行勿直行公等來徐徐

嵰山紅雪

王母宴瑤池蟠桃開似海酒罷落花飛散作諸天彩造屋居其間紅顏長不改

蔚藍天

琉璃付染人割取青雲片終朝非采藍彷彿天光現客來笑且驚都成盧杞面

涼室

避暑如避客一室陰悄悄高梧拒日多曲澗引風早熱中人偶來也覺此間好

小倉山房詩集卷十五

小倉山房詩集卷十六庚辰辛巳

錢唐袁枚子才

瞻園十詠爲託師健方伯作

石坡

平泉三品石堆作一家春不假嵯峨勢真如蘊藉人峯低安放穩路曲往來頻想見公餘暇臨風倚角巾

梅花塢

環植寒梅處橫斜畫閣東一輪明月照滿樹白雲空春到孤亭上香聞大雪中要他花掩映新製石屏風

平臺

老眼三朝闊平臺四角方因山分上下望遠入蒼茫得盡青天月鋪勻碧瓦霜謝公詩興發獨坐詠清商

抱石軒

一軒當石起緊抱丈人峯花月分窗入烟蘿合戶封坐憐紅日瘦行覺綠陰濃鳥鬧幽棲客人間隔幾重

老樹齋從前樹爲屋掩公拓出之得舊礎果其地也

老樹得春先亭簷遮幾年數椽移向後萬綠盡當天葉密雨聲聚枝高日脚懸新基即舊礎暗合古賢緣

北樓

北斗挂高樓江山一望收白雲簷外宿清露檻前流遠樹深藏寺風窗易得秋飛花雜松子終日打簾鉤

翼然亭

山頂翼然亭登臨見杳冥炊烟離瓦白高樹出牆青海鏡明初日江燈落遠星臺城千萬雉拱列似圍屏

釣臺

春波二月平垂釣足幽情古石連雲瘦疎花映竹清萍開鱗有影絲細水無聲

久坐不歸去溪頭月正明

板橋

渺渺烟波處亭亭見板橋橫陳如待渡小臥欲當潮屐齒苔痕滑春晴水影消杖藜扶我過隔岸有花招

稊生亭有古樹枯而復生

黍谷陽和轉枯楊竟長稊春風如隔世去鳥復來棲樹解輪回義公有輪回說亭留瑞事題知公多雨露溝壑起烝黎

竹深處

娟娟碧琅玕虛窗八面看搖風青欲滴聽雨畫生寒綠鳳迷春影飛塵掃畫闌恐教司竹監難數幾多竿

寄盧雅雨觀察

淮南聞說泛流霞七十神仙鬢未華千里風人齊進酒二分明月正當花紅橋燈影宵移艇白雪春聲晝放衙擬指平山向公祝萬枝松當海籌加

一江秋水隔瓊巵遠望鄉雲有所思末座每將名士待陳書深以古人期松筠性在留春久猿鶴身閑上壽遲寄語旗亭女郎口紅牙添唱卷中詩時演旗亭新譜

上元前一夕訪岳水軒不值

新年訪故人故人飲酒去回車戀月明升堂且小住蒼頭擎明燈春盤供寒具公然主人翁三枝小瓊樹聲聽雛鳳清語協查梨趣坐久樹無烟歸遲草有露仍踏野田還梅花白前路

題武午橋相馬圖

天生良馬無人相牛羊日坐麒麟上午橋司馬氣不平自取銀河洗眼障南遊滄海西蓬萊朝朝高坐看龍媒不將金馬門前式劃取驪黃以外才至今蕭蕭霜滿鬢猶把丹青圖八駿曾看天廄有龍無搖手風前怕人問我知此意常自憐相牛相彘終天年

題塞上吟贈李觀察

絳節巡宣久著名三年遠作玉關行身歸萬里無風色家住中州有正聲江上

春帆桃葉軟天山歌板竹枝清如公合畫淩烟閣蘇武臺前月最明

贈徐梅麓觀察有序

己未冬杪　恩假歸娶觀察轉運揚州招陪前輩汪殿撰應銓葉編修長揚唐庶常建中雪夜小集今二十二年賓主重逢皓然白首同席諸公杳無存者感贈一律情見乎辭

當年花燭撤金蓮曾過揚州醉綺筵明月二分歌舞地酒人一隊玉堂仙宮袍舊影燈邊雪宦海流光水上烟今日相逢倍惆悵後生前輩各華顛

潘宇情明府見和陶吳壁上詩書扇相貽兼餉茶荈

黄梅風少兩氣濃故人贈扇如贈風扇面泥金書小楷使我開讀心忡忡賤子當年宰江邑鄉巡野宿陶吳東對佛張燈書古壁登樓高詠驚秋蟲十五六年爪痕在鴻飛久矣忘行蹤一朝安仁騎馬過仰壁大笑遇此公依韋次韻和成律遣人遠致深山中山翁得詩驚且喜滄桑萬感來填胸恍若奉陪行野寺前生斷夢重相逢無官追想在官日四旬非復三旬容不覺三嘆我年老豈徒再

拜君詩工君知讀罷定消渴更惠茶荈青絲籠笑煑新泉試七碗搖扇坐聽清涼鐘

呼龍耕烟圖爲錢相人觀察題

沙飛海老烟蒼蒼一莊荒到仙人鄉癡龍耕倦眠不醒有人呼叱烟中忙落花壓肩鋤在手碧虛金骨香桃瘦自稱天上勸農官封章屢向雲門奏斬罷長鯨海上行風璈水瑟共相迎已騎白鳳頒天語更捉青龍喚小名瞳神一點秋波朗珊瑚挂盡冰絲網兩度璇宮斷夜絃龍堂淚滴真珠響於今玉女導花驄檢校仙祖碧海東好開生地栽瑤草莫把神倉缺正供（公權揚州關稅一妾同行）管寧皂帽空山裏號作龍頭嬾無比高蹲羊館一千年任汝狂呼終不起

揚州紅橋與門生劉牧臯進士兩舟相值次日牧臯以紅橋畫冊屬題時將需次京師

偶移雙艇過紅橋隔水通家抗手招小別七年人面改相逢十月雪花飄羣仙雅會留詩冊一客將行赴早朝他日平山堂下酒師生舊事更魂消

劍

玉匣甘藏七尺身九秋不復試霜痕夜深尚作嗚嗚泣爲有平生未報恩

初寒二首

久疎秋水愛斜陽九月初寒漏漸長夜坐不嫌人近燭牕開忽見瓦留霜身依

燕玉堪娛老心怯吳綿可在箱我是家居眠未穩天涯爭奈客思鄉

騷人丰骨久伶俜呵手彈琴且暫停秋氣中年雙鬢覺江聲孤館一燈聽錦衾

敵兩新無力玉酒回春舊有靈收拾蘆簾同紙閣負他風月在空庭

夜立階下

半明半昧星三點兩點兩梧桐知秋來葉葉自相語

答鎮江觀察錢璵沙先生見贈

江頭舊兩作監司江上閒雲慰夢思一代交情車笠在廿年離緒鬢霜知家焚

諫草終存史身是傳人更有詩多感瑤華重疊贈彈琴想爲遇鍾期

雲龍蹤跡本前緣彈指韶光最惘然泮水記憐袁淑小枚年十二與觀察同入學瓊林曾讓

祖生先雞壇白酒看花日燕市紅燈掃雪天此際思量非隔世回頭已是過輕
烟
客秋玉尺此衡文隔歲傳呼耳又聞作宦有緣偏近我渡江無主正逢君南衙
夜宴鄉音合東海潮聲鼓角分恰嘆俸錢最多日孟光福總讓朝雲（公兩悼亡只一姬侍）
階前蘭玉有清容小謝風華更不同秋水半篷來隱者金焦兩點屬明公青山
影落雙旌上白髮痕深一笛中從此暮雲春樹裏吟箋容易託江鴻

與觀察兩公子遊焦山作

平生五嶽曾坐嘯惟有焦山慚未到故人江口作監司一舟送我窮其妙遠望
穹龜臥貼水近看龍樹深藏廟老僧長眉乂手迎竹杖一枝作前導道山高七
十六丈遊人足力難深造我時氣勇逸興發與兩公子頭屢掉初行磴棧猶陑
陑繼引藤蘿頗稍稍風窗紙漾江光白鐵塔尖翻海影倒掃雲亂踏落葉驚攀
巢直上烏鳶噪最後孤亭蹲絕頂人天萬象供淩暴彎弧思與天公搏升木何
須野猱教潮聲出海雲氣溼日脚下水魚龍跳自知吹墜不到地飄颻應發溺

人笑久坐終懷杞國憂瘦蛟舞入僧家寵時修琳宮迎六龍倕般奔忙藻兼閙
三時未畢靈臺功六鑿初開混沌竅石上磨崖字萬萬文詞剝蝕堪憑弔焦先
姓與此山傳臥穴無人空虎豹周鼎摩挲僞可疑鶴銘點竄心空悼夕陽西下
不忍歸題名故把松枝拗從山腹登從背下如蟻走磨經堂奧指小焦山示公
子可似從遊兩年少慮人問我遊樂乎預作詩章滿城報

薛一瓢鑴銅杖字曰銅婢屬予爲歌

金銅仙人辭漢主嫁與先生作婢女先生新娶銅山歸兩足軒軒能健舉婢子
清瘦鑠有神不言不笑能扶人晝則隨行夜侍側但見金夫不有身既不須霍
光窮袴加護惜又不慮袁紹妬妻加髡剔只恐葛陂遇水化爲龍轉使老人愁
孤立我聞北朝元魏立正宮先取黃金鑄后容又聞蜀賓範國寶亦將妃面摩
青銅先生倣古作銅杖特教婢學夫人相借力橫行花月天平拖不畏江湖浪
一時名士盡有歌祝君偕老專房多我獨讕語君應笑頗聞銅臭喚奈何

野寺

兩三間屋一溪水庵久無僧佛墮几香灰滿地旋作風松鼠銜旛亂搖尾我來誤踏野葛花驚飛蛺蝶成團起

聽胡太史說某將軍故事

野史亭邊落日低三朝耆舊草萋萋忽將雙耳長江洗來聽高祛說李齊

虎邱同錢景凱泛酒船

五年不到闔閭城簫鼓新添水面聲爲待虎邱山月上四更猶放酒船行

榜人中有踏搖娘曾侍吾家臨汝郎一種聲清銀字管可憐吹散桂枝香謂春圃與桂娘

霜燈悄悄夜歸遲折得夫容有所思同是人間一池水橫塘從古泛西施

喜文玉至

扁舟迎得柳枝娘銀燭當筵照晚妝仙兩著衣成酒氣美人私語作蘭香尊前吳髮憐儂短席上秦聲愛汝長喜字自書三十六剪箋擬學鬱林王

再贈文玉

霜林紅葉好陽春邂逅橫塘賦洛神久已盧家傳少婦況兼蘇小是鄉親玉爲盧氏

嬌鶯喘細將沉漏軟雪魂消乍抱身遮莫摩登花未散又分惆悵與詩人出姬杭州人

過繡谷園弔主人蔣升枚

十年前叩草堂靈曾共瓊枝坐此廳叔寶風神臨水照阿戎才語隔花聽紅蘭春早香先盡繡谷秋深客再經索取茂陵遺稿讀霜燈涼月淚熒熒

書樓尚在蕭郎遠師曠重來子晉仙小閣塵凝常坐榻青箱魚蠹舊吟箋虛叨席上稱前輩偏向人間哭少年似此曇花眼邊過老夫爭忍不華顛

秋夜訪涂長卿不值見其二子

中散園林夜色深阮公著屐來相尋月華照樹烏鵲笑十八年前人又到主人不在兩郎迎兩郎當年都未生出門大笑問兩郎當年何處作迷藏

一卷

一卷書開引睡遲洞房屢問夜何其高堂憐惜小妻惱垂老還如上學時

夜坐

飄飄風雪夜缸凝蕭蕭蕭齋硯有冰落筆動為千古計知心惟有一牕燈衰翁獨坐寒梅伴空谷高歌凍雀應不是子雲甘寂寞人間誰是得霜鷹

除夕望山尚書賜荷囊胡餅鹿肉戲謝四絶句

風景蕭蕭歲又更梅花門外馬蹄聲師恩更比春光早捧得金盤落照明

謝元雅愛羅囊佩東皙高吟胡餅歌不賜羔羊賜麑鹿憐儂一片野心多

屠蘇未進先生饌椒酒先頒弟子行好似歲終飛瑞雪定飄幾點到荒莊

尚書得韻便傳箋倚馬才高不讓先今日教公輸一著新詩和到是明年

答香亭并序

揚州遇香亭聯袂數日送往彭城余亦東下姑蘇畢臘始返香亭書來道有山左之行兼問尋春芳訊寄詩奉曉

萍水揚州遇阿連已逢重別倍淒然絶無骨肉吾將老怕有分離汝最賢荆樹心孤花合並雁行力薄影仍偏東關極目征車遠腸斷隋隄欲雪天

胡威相約赴山東難免劉安唱惱公（妹夫胡書巢招香亭往山東舊主人劉太守不悅）身重親朋爭側席路遙兄弟更飄蓬蕭齋侍疾情難忘江館評花榻暫同知否夢回姜被冷旅人幽咽一燈紅（弟別後予始有異鄉之感終夕不寐）

輕帆悔向闔閭城不載春歸負此行楚客風懷非昔日吳宮花草竟虛名思量種玉田須好鄭重珍珠斛敢輕就使書香少人續孔明終望伯松生

春晴

今歲天公太有情一冬無雪又春晴紅梅但覺飛香久綠草何曾借雨生雙燕翅如迎曉日百花心更望清明風光似此須行樂莫管頭顱白幾莖

送望山尚書入都

新歲春晴減薄寒尚書應　詔赴長安三江父老攀轅送一路桃花信馬看嫁女妝奩添後乘憂民丰采重朝端　君王若問棲霞事定奏山門水要寬（山門外新開一湖）

大婚典禮重青宮恭值　慈寧祝華嵩高啟門楣迎貴壻鸞聞　天語喚親翁

均調玉燭資蕭相鎮撫金河仗竇融兩事難兼須引例張溫在外領三公蔗㶿真覺老逾甘鄧禹生兒滿十三行禮好同新命婦（公妾張氏封一品夫人）懷人難忘舊江南西清應制頻簪筆紫禁承恩許駕驂倘奉宸遊陪御輦上林花雨正紅酣

送行只剩袁絲在老唱驪歌十幾年金屋人封馳賀啓橫塘舟泊鬭吟箋春雖小別花終戀莊自長荒主倍憐一語後堂公記問有無雜佩賜彭宣（公愛枚賀啓許賜雜佩）

佳兒歌爲李竹溪同年作

李氏有佳兒稱名自呼燧豐頰頭嶔崎通眉質穠粹客秋來隨園勝衣纔七歲其時壽萱堂稱觴集朋輩兒來雜其間隅坐聽鼓吹客密一身藏心靈兩眼銳不受乳母詔寒喧吐詞媚不並先生行從容就賓位能習少儀篇尊壺面其鼻能辨琅琊稻辟咡便長跪懷核告先歸負牆揖始退騤騤萬目看竊竊羣言議項槖孔子師甘羅宰相器古人久不作今兒或可繼未幾兒叔來道兒能屬對

梅花古岸香芳草新堤翠予謂子胡然毋乃倩人僞招兒膝前立試兒兒毋對公然羅漢松舉對水仙卉以佛擬神仙銖兩俱相配奇哉此佳兒聞一乃知二虎子自食牛蘭芽早拔萃若非任彥昇旗蓋中天墜定是陶通明香爐送霞帔仙李舊根盤家世傳明慧武或爲亞子英雄張一隊文或爲長吉能留韓愈轡嬌者袁師兒玉溪夸清脆仙者老鄴侯頭枕天子睡兒今將毋同法祖擇其最兒父吾同年老鳳聲噦噦積善世其家有子應顯貴嗟予幼了了科名亦早遂愧作倒綳譏愈覺後生畏恨無左伯豪薦兒登朝陛且學龐德公將手撫兒背勸試字九千毋忘山一簣長舉無恤詞早赴重雲會致身　聖明朝禮樂佐隆備明知冬郎相義山久憔悴且賦佳兒篇播傳爲國瑞

送託師健中丞重撫桂林

小別三江口重開八桂堂望塵來故吏駐馬問新秧元老顏如昔甘棠樹恰蒼生猺同蛋戶迎拜各焚香

妙絕瞻園景平章頗費心一樓春雨足三寸落花深仙鶴還喬木閒鷗聽好音

不知天外使可憶舊雲林

謝託公賜瞻園碑記

韓山片石蒙公贈密字真珠玉篆斜惹得山人夸未了蘭亭初搨在儂家

再贈中丞

白雲孤鳳語碧海青琴絲高卑雖懸絕一見難分離瞻園大中丞翩然海鶴姿
官職經三朝聲名動四夷賤子仰宮牆六年不敢窺自顧螢末光敢敵青陽輝
倘蒙衆人待反失硜硜爲隔簾望明月未見終狐疑履蹻登華山欲上猶趄趦
賴有潘安仁道公謙且卑憐才如飢渴汝可往見之山人整巾帶厭介仰光儀
温温大儒顏春風將人吹遊目瞻園景樓閣新參差公曳藜杖引筋力無少衰
使我作曾點沂水春風思從此寄箋詠使者縱橫馳稱我心中人和我投贈詩
八月十三日白露中庭滋引裾問經義析理窮銖錙皇王相窮竟周孔相攀追
畏匡存別解一貫有心期程朱慚局促鄭馬亦糠粃更談周易義議論尤恢奇
道此大聖語文王與庖羲六龍以御天幽贊生靈著後人相去遠如鳩窺天池

強解爻象義毋乃非狂癡大哉先生言千年無人知宣尼過五十方敢作繫辭所以雅言三不以易教垂枚惜聞道晚今日得良師公亦向人道此子能參稽絕無才人態而有入道基枚聞感知己懷古中心悲挾貴與挾賢瑣瑣均堪嗤果然學問深如水沃塵翳嗛嗛常不足款款無詆娸枚今侍君子終身願因依何圖未一稔西粵催旌旗我欲留公住　明詔誰能違我欲從公行高堂有慈幃一日一見公日短心無涯一年一寄書書長雁來遲惟有懷公贈摩挲瞻園碑碑石有時泐寸心終不移

聞中丞改撫皖江

一紙黃麻聽好音果然天意即民心皖江樹愛甘棠舊西粵車停瘴雨深　當宁忍拋元老遠瞻園仍望主人臨誰知故吏蒼生外別有閑鷗喜不禁

過雉皋訪何西舫明府淹留數日別後却寄

秋霜明廣陵揚舲來雉皋爲訪何水部遠勞袁奉高官聲桑下聽仙樂堂前操賓館雖儲偫陳榻先要招感茲黃花節相逢白首交深情追往昔離恨舒今宵

夜夜故人語喔喔晨雞號
入境喜絃歌懷古悲陳迹今日水明樓當年辟疆宅國初盛簪纓海內馳巾舄
一聽雍門琴永斷山陽笛問舊鄰不知照影水空碧敧樹待樵來孤花冒烟立
逝者盡如斯萬事今猶昔淒涼異代交三復同人集冒辟疆有同人集
平生讀國風好色慕古流誤聞此邦媛窈窕能清謳遠道致瑤札含情託蹇修
何圖二南化漢女不可求豈無鳩鳥媒所致非吾儔千愁攻羇客獨宿難深秋
西施未有期范蠡回扁舟
城外船欲開城內呼騶響君來送我行燈下紅旗朗依依膠漆懷脈脈雲鴻想
榜人催別離趁此夜潮長思君心尚留別君身已往夢醒不見君霜月淒蘭槳
有客
有客溪頭訪若耶袁絲何處種桑麻牧童遙指水流處紅出一牆文杏花
贈希裴觀察四十韻
憶昔參師相名甥仰大賢雲泥一千里桑海廿三年半百公方屆稱觴我自憐

借題將有述染筆愧難宣吏部當時貴郎官擅譽先謝莊司九品毛玠掌三銓智府冰壺朗神機玉燭鮮方書頒柱下勳格配階前再轉西臺肅行看獨坐專鸞坡鳴獬豸柏府立鷹鸇五馬馳江左三河轉漕船福星歌子駿得寶唱韋堅黔首交相賀金陵倍有緣治河臨瓠子鞫獄到幽燕去似春難別來如月再圓薰風吹草偃高識踞雲巔路正行尤穩心虛事不偏客秋吳下吏誤榷水衡錢計相鋒車出羣胥草索連　聖人頻寄閫方鎮共憂煎談笑看公到從容把事全徵言風款款握算腹便便吉甫元和簿夷吾手實篇霜燈親檢校公府苦周旋黑霧消三里蒼生付一肩橫塘還棨戟吳市滿香烟此際飛春雨忻逢啓壽筵自持書一卷不羨客三千錦幄靈萱茂金堂寶樹聯台星方熠燿元髮未華顛賤子長餐尤何時慰執鞭銜花慚白鹿斟酒對紅泉身賤趨陪少情深禮數捐新詩商格律古玉論雕鐫鶩眼雙龍勺公有龍勺甚古低頭五色箋瓊瑤堪比德筆墨更如仙喜傍慈雲近終增小草妍私情借寇住公論祝鶯遷感舊京華日陳情暮雨天謹歌壽人曲交與女兒絃

雨中即事

驚風萍葉開帶雨池聲大青蛙抱佛心踏上蓮花座

哭曾南村刺史并序

南村刺郴州官署災夫人及一女焚死南村以痛其妻與女故辭官歸半途亦死

慘事傳來確驚心竟是君三更宣榭火兩世伯姬焚解綬腸先斷歸途手亦分斯人有斯報難問楚江雲

同謫爲仙吏先予刺一州省郎青瑣月燈館白門秋舊夢何堪憶晨星幾個留孤兒長成未東望淚雙流

隱仙庵聽卓道人彈琴與丁珠秀才分得離字

素手拂青絲空山聽演師聲希流水緩調古白雲知細雨初晴日茅庵欲暮時那堪聞此曲孤鳳與鸞離

次日招似村公子聽琴得青字

羽人彈綠綺公子坐空庭小室留聲久繁絃惹客聽雨中春酒冷風裏落花停似爲餘音繞江峯分外青

温屏山太守書來索詩賦五言奉寄兼呈賢兄皆山

去年送君船殘臘過江表今年接君書書來春已老君書艮何如密字連真珠索我瑤華箋催我紅鯉魚感君相思長愧我歌詩短歌詩久已成欲寄長天遠昔君宰沭陽賤子爲前驅後君宰江城南衙日歡呼愛君好風懷真味如醍醐冬心常冷抱古道能持扶南巡一瞻　天飛騰在須臾扁舟不爭風亦頗利江湖寄語熱中者請觀温大夫

君家皆山子孤清如伯夷一談成至交此事燈花知所爭根本大所傷知音希弟作西江守兄別倉山友棲霞紅葉霜金燈白門酒此會何時重此情君憶否想見老彌明至今猶閉口皆山見人寒暄之外嘿坐而已

老境

老境居難慣新居一倍愁白鬚芟更莽病齒痛偏留作楷書難小高談語易偷

看看名與姓大局定千秋

偶成

水鳥飛上樹是誰偷采蓮爭蟲魚影聚受露柳條偏紅兩媚朝日白花明晩天

呼僮遲掃地好讓野雲眠

金川門

金川門外水雲寒道是燕兵渡此灘狎客名儒同誤國君王真個用人難

栽松

青松手種兩三行聞道難栽過豫章待得成龍吾見否不能對汝不思量

贈楊江亭提督

白髮三朝望眞州九代居期門曾試弁東觀更修書文武才原大神仙健不如

誰知公八十安步尚當車

聽說　先皇事欷歔感不勝寬仁漢文帝悠久宋昭陵吹夢春風過回頭歲月

增傳聞猶雪涕何況是親承

清祕三間閣虞翻有舊牀商尊明翡翠晉帖雜鍾王簾影風花靜書聲子弟忙

此身眞法物何必弄圭璋

羊祜荆襄督歸來二十秋功勳留片石老物剩輕裘雛鳳瓊林客童孫小子侯

門前江水闊何處不扁舟

自嘲

小眠齋裏苦吟身纔過中年老亦新偶戀雲山忘故土竟同猿鳥結芳鄰有官

不仕偏尋樂無子爲名又買春自笑匡時好才調被天強派作詩人

哭座主虞山相公

台垣一夜隕星辰禱祀難留嶽降身雨露正濃梁木壞綺羅雖盛相公貧東園

祕器頒張禹車駕臨門問賀循聽說憑棺 天語痛至今哀感動旁人

瓊林曾記遇歐陽早列三千弟子行聽樂夜眠東閣雪趨朝晨掃後車霜江湖

淪落師門遠海宇昇平相業忘二十二年前進士不堪回首舊宫牆

前年扈 蹕邗江過小泊隋隄艤暫停絳帳談深春雨細金燈人别暮山青恩

無可報身原賤事有難憑夢不靈公夢白猿入贄榜發得枚期望甚大此後西州水流處羊曇淚怕重經

支枕

支枕悠悠午夢餘開門仍是閉門居客來下馬有閑意未見主人先看書

用定聲錄韻贈周青原

我生十二年竹馬騎入學周郎如我年入泮童而角徼之愛寵嚴爲其兩相若衣裾撇我門厭介來酬酢王戎巖下電中散雞羣鶴玉山到眼明蘭風滿懷掠縱論至於詩風雅同商榷新箋出袖中寶劍光騰躍梵筴裁整齊楷法矜戍削置屐覘謝郎才具可約略初寒歌兩篇速藻驚沉著再和春草詩風華尤的爍讀罷意超超對郎視矍矍初疑守天廚紅霞夜深嚼又疑捫麟篆赤手鯨牙拔郎乃負牆立拱手揖先達願談玄中玄庶幾覺後覺感郎意嗛嗛老夫請剌剌六義非一體源流各有合八音非一器礙散絃匏雜大響奏鈞天簫韶兼衆樂百川會東海隨宜供吐納戔戔目論者取徑乃取狹略探文選理嫌韓蘇粗遝

未窺李杜藩先笑温李弱強界唐與宋如以裘屏葛所見同陳蜉將肘類肉鴨
龜茲自稱王李重不足殺鄙儒遇都士一醮甘百罰願子雪此言高坐酣勇爵
萬象各端倪詩懷兼午割妍媸鑒古人胸懸萬年蛤毛詩三百篇去其味嚼蠟
童子歌滄浪何妨便取法修業不息版訓練三千甲慘淡役心靈别造牟尼塔
廉如雞食跖貪如魚祭獺色如江濯錦聲如鼙過關讋服龍虎虵奔馳泰華嶽
審格先審題用墨如用藥會見月宮桂專待吳剛斫豈徒張一軍臧洪作首歃
南都才子班嚴吳尤灼灼冬友元理問年都輸君戰罷枚數鬭六月蘊隆天拚席不
以鼉將子來施施索詩應曰諾借扇書淋漓余懷傾七八甘苦述技經卮言非
綽虐就使子胡然此歌子宜答

戲柬似村

想見西園暑乍收碧梧翠竹兩修修六郎池上憑欄立我替蓮花起暮愁
傳聞遺失金條脫羽化銀杯可絶蹤惟有玉人偏不惱抱郎雙腕暫輕鬆奴盜金釧逃去

短曲長歌字數行六年無日不相將屏風若有蕭娘記紅豆拋殘第幾箱
約我花階設綺筵定期七夕晚涼天牽牛織女河邊笑又累人間請客錢

贈悟西上人

悟西事我如事佛每逢朔望來參謁十五年前舊邑侯諸人忘矣師偏不感師念我轉自思作令無狀師所知師言當年政清靜即此已是大布施我昔善除竿牘弊恰無峻法加胥吏又頗不喜佛老言恰於僧道無憎顏歐公本論未施設韓公原道休饒舌果從天視盡蒼生何事人來強區別我持此論頗有年因師見訪聊一宣師年八十顏色好昇天應笑釋迦小

聽鶯曲爲硏農主人作

垂楊絲裊裊黃鳥聲交交中有聽鶯人短髮形飄蕭一聲初囀如戛玉千聲萬聲肉勝竹細雨搖風欲落花斜陽覆水難終曲當年行役赴遼西只有黃驄陌上嘶青天蜀道家山遠芳草長亭落照低歸來楊柳如人大流鶯還抱楊枝坐紅雨當頭仔細聽聽時能使春愁破自非天性少情人爭耐聞鶯不怨春我將

滿載青山酒同著流鶯一問君

重登永慶寺塔

九級浮圖到頂寒十年前此倚闌干過來事怕從頭想高處人休往下看

登山

焚香掃地待詩成一笑登山倚杖行愛替青天管閑事今朝幾朶白雲生

吳門借寓陸郎墓題壁兼寄其外祖一瓢徵君

孤花一樹陸郎墳草屋三間水氣熏停槳有人來假館青山何處不留雲

地下童烏識我無當年詞客換頭顱秋階手掃霜林葉權作君家墓大夫

小劫華嚴十載遙相思無處把魂招夜深風折西窗竹彷彿猶聞子晉簫

虞山小住贈許芝田明府

同詠霓裳廿四春重聯芝蓋五湖濱但知俸好全供母豈料官清轉累人（時方調簡索助）宓子絃歌宜小邑許由家世本天民白門烟柳青溪水記爾留題墨尚新

贈虎邱僧離公

離公慶七十大設伊蒲供其時九月望素魄明高峯我適渡江至虎阜攜孤笻隱隱簫一枝濛濛烟幾重尋聲探遠寺抗手揖羣公陳遵忽驚坐小邾以名通齋廚禪味淡暮靄嵐光濃初菊逗微黃繁燈綴深紅主人畢仲游避面隱牆東其餘諸仙郎愔愔伎曲工酒闌山影沒塵定歌聲終禪僧高興發亦復鼓胡嚨老鳳鳴孤竹一洗羣喉空萍蹤偶然聚白社千年風次日僧持紙索我題真容即書此日事留爪當飛鴻

苦寒

磨墨不動冰生花重裘雙襲如輕紗元冥行令理應爾一寒至此寧無嗟憶昔去冬逢此日水泉不結梅含葩天公弄作一年冷河僵海老風揚沙前雪未消後雪至寒心飄搖宿我家西園木皮五寸厚便了鼻涕一尺斜陷冰丸薄古瓷裂迎春奏遠青陽遮黍谷盼斷鄒律吹仙鶴道比堯年加兒童呵手狋吽牙上天請捉黃金鴉諸姬各嫌帳不華寒酸羞烹學士茶我獨縮屋高自夸雪車冰柱吟劉叉周公言冬陰不閉烝陽發洩爲淫邪於今肅殺應月令來歲應收好

麥麻就使月宮凍斷銀河槎亦使張騫熱客心小差山人老矣暮景逼不能采炭南山窪又無長裘與廣廈覆蓋寒士爲民爹惟有耳護許公貊背抱吴宮娃金爐爍列如排衙私念宮門待漏沙場走若比此樂誰爲佳

吴門遇許部郎費秀才俱道予當八九十矣旣覿各驚齒未笑賦一詩

不是年光肯倒流諸公錯認古陽休若論經歷人間事自問原宜久白頭

從吴下還家句容遇雪重宿朱園感贈主人

不到朱園住星霜歲幾遷主人驚客至扶病出堂前握手先看面回頭各記年燈明曾宿榻壁損舊題箋出拜兒孫大堆盤膳飲鮮卸裝庭繫馬輭脚僕分錢恰值隆冬月重逢大雪天擁爐呵凍筆索火煖泥𪂾情比還家好交因垂老憐苦留君宛轉久別我纏綿敢惜千場醉多增一夜眠再來應有日切莫指華顛

閑行

折竹當藜杖閑行過小亭無人獨自語溪上一鷗聽

閑坐

雨久客不來空堂飛一蝶閒坐太無聊數盡春蘭葉

九月十一日夜

金燈淡淡映書樓銀蒜沉沉押畫鈎一霎秋風吹落葉波濤都在樹梢頭

小倉山房詩集卷十六

小倉山房詩集卷十七 壬午 癸未

錢唐袁枚子才

元日

將老戀韶光當春重元日晨興整冠裳焚香坐密室黄梅香尚幽白雪清未畢念此良辰晴敷天齊道吉觸景如逢新懷舊若有失逝者幾何年公然四十七久辭待漏霜空對書雲筆履端人未來筮日吾始出珍重此寸陰不覺摇兩膝吟成今年詩開卷此其一

題王少林北征集

江左烏衣客河梁白馬行採花金谷樹聽雨洛陽城古蹟歸遊子中州得正聲遥知年少目不讓賈生名

愛汝新詩好傷予舊雨寒阿戎如此秀大阮不同看風斷山陽笛花開謝氏蘭憐才兼憶昔掩卷淚闌干傷孟亭先生

棟在中席上贈樹齋兩林兩公子

與君未見已相思況復雙攀玉樹枝外戚　恩榮同扈駕建安兄弟各能詩西園水暖班荆早東郭燈紅散酒遲難得雲龍徵逐處江南三月落花時

吳歌宛轉管絃聞綺席同陪棣使君白羽扇涼詞客寫紫羅囊好雪兒分偶來天上春將去並坐花間爲戀羣我欲吹簫招子晉遠陪雙鳳入青雲

題樹齋贈別胡郎詩後

聽唱驪歌別阿儂搖鞭無奈管絃終桃花昨夜相思淚背着春山獨自紅

花滿春堤月滿鞍紅兒相送小長干老夫萬種風懷淡只覺人間別最難

魚門極愛萬柘坡遺集余讀之中有與袁子才聽雨之作愴然感舊爲題一詩

偶翻亡友欒于集中有同吟我姓名二十年前春雨夜九重天外化人城雲璈品逸宮商冷鸚鵡才高福分清難得心香最供奉未曾傾蓋一程生

贈陸鮑兩秀才

人間竟有雙珠樹天瑞真同五色雲惆悵貞元老朝士風懷棖觸少年羣

名士翩翩半渡江清才若個最心降侍中風貌南朝重何偃長明是一雙

題陳梅岑詩卷

元郎秋夕清都夜都是吟成十六時似爾一編清似雪論年還更小微之

試罷籀書九千字更聞成誦十三經對君不敢低頭看恐是瑤光第六星

寄樹齋兩林

恨事如流水都來三月中人間送公子天上別春風班馬數聲響落花滿地紅

所思人不見燈影小樓空

擁髻吳兒舞題襟楚客狂才當懽笑處已是別離場㞓蹕程應緩懷人夢可忙

知君射飛鳥不忍向南望

後會寧無日前期未可知心如一輪月光照兩瓊枝羽便宜通札官閑好寄詩

年年東海水流不盡相思

與師健中丞相見　宮門別後却寄

投簪久不到丹墀爲訪臯夔立片時握手教同中貴坐低聲私詠見懷詩老臣

身健　龍顔喜元首恩深雀弁知公新孔雀翎賜未敢掃門非我嬾　眷隆多半下

朝遲

酒友歌

與程荊南同遊惠山飲惠泉酒大醉荊南作泉酒行笑余余作酒友歌

轉笑荊南

隨園先生枉生口能食能言不能酒獨醒人間四十年天降酒星爲酒友酒友酒友程荊南酒車騰酌日再三糟醱之氣衝鼻起百步之外人先酣與余同下蘇州道一月忘修杜康廟望見前村賣酒旗口雖不語心先笑惠山泉碧酒材良賜汝一壺恩渴羌君言主人不先客不舉强余嗑嗑醮半觴頃刻玉山頹不住頭若崩雲眼墜霧無福能交顧建康有心欲殺孫主簿還君漉酒巾封君酒藏吏君量大如取兗州我量小如守歙器豈徒割席拒華歆將縳衣冠射蔣濟

偶作

晴太温和雨太涼江南春事費商量楊花不倚東風勢怎好漫天獨自狂

題蔣申吉蘇州竹枝詞

百首新詩紀土風風光寫盡一年中分明小坐橫塘兩吳語零星聽阿戎

廿載通家話最長白頭相見感滄桑能言慶曆昇平事端賴屯田墨數行

楓橋有懷

枕上釵痕暈未消水邊蘭槳送歸潮雪花點盡楓橋路中有情人憶昨宵

昨宵霜重錦衾寒左臂隨郎枕未安時與阿侯爭阿母沒分身處教卿難

五月五日竹嶼山房即事

五月五日橫塘槎欲泊不泊詩人家詩人愛客不見客尋客似尋菖蒲花一行

名紙來相請主人先在歌場等迎得開元鶴髮翁紅兒都把花冠整就中飛燕

尤輕盈與余相識如有情調笙舊按鵾絃譜橫笛新翻水調聲滿堂詞客齊招

手清矑所矚君知否留得當場壓隊花那愁似海東家酒親挽嚴妝坐綺筵冠

纓欲挂倍纏綿詩境重開鋪錦地春心欲鬭水嬉天曲終送客高樓宿樓上垂

楊晚烟綠竹響才消歌吹音夢回還照金花燭明朝搖櫓泛之餘杭曳雪牽雲別

陸郎調璞堂 彈指人生能有幾客中如此作端陽

舟近錢塘望西湖山色因感舊遊

久客還鄉夜不眠望鄉長自立帆前一痕山送西湖色萬種情深故國天舊宅蕭條傷往事此身生長記華年遙青已接還遮住可是蘇堤幾點烟

隴上作

掃墓先爲別墓愁此來又隔幾經秋每思故國期還趙忍向重泉說報劉華表風前烏繞樹紙灰煙裏客回頭懷中襁抱今斑白地下相看也淚流

冷泉亭遲荊南不至題石上而歸

飛鳥暮歸山色裏懷人心斷水聲中君如來取春泉飲定有相思味不同

孤山范公祠是少時肄業之所重過有作

舊遊真箇似前生水樹風廊到眼驚滿樹黃鸝應識我當年聽過讀書聲曾擒蟋蟀傍西牆曾捉楊花過野塘今日教儂理前事不知何故沒心腸物換星移三十秋輕塵短夢水西流道人不是無尋處山上萋萋土一邱

斜陽不改舊山門堤柳依然對酒尊只有西湖比前冷照人頭髮作霜痕

韜光寺

左旋竹色繞右折竹徑昏萬竹綠成海一峯青當門我來逢日暮石磴滋苔紋微覺暗泉響不見銀河奔誰知鳴竹腹百道相糾紛九天落珠璣僧廚瓦上聞小憩金蓮池寒玉浮氤氳湖光窮目力海影搖窗痕誓畢向平願來陪金仙羣同持碧鸞尾日掃青天雲

湖心亭登臺望月同程錢兩秀才作

湖心更深春月朗一亭如雲飄水上水精宮有三人來同踏空濛神惝恍鮫綃萬重烟裏樹竹笛一聲漁動槳亭旁露臺高百尺雕欄上接廣寒廣登臺欲捧爛銀盤白榆歷歷指諸掌月如開戶光無邊星豈叛天去成黨九州地缺琉璃補半夜潮生蓬構響疑乘紙鳶身欲飛怕觸銀河頭不仰此時高唱昇天行衣裳飄飄作雲想但見萬川印爲一那信人天還有兩仙乎仙乎如相招風車一下吾其往

龍井

龍猒西湖喧別選藏珠宅澄泓一井泉搖漾半天碧葉墮鳥銜去魚行人不隔
時方迎　六龍崖磴加開闢穿竇濬靈源爬沙出奇石瀑布九天來散作千處
白噴珠隕雜花洒面亂飛雪傾耳聲洋洋琮琤碎環璧臺高石柱寒松古蒼烟
積試茗人忘歸水明天不夕

飛來峯

奇山虛空飛落地偶然借愛此西湖佳不歸成久假我來入洞行低頭甘出胯
濯濯蓮花垂隱隱哀湍瀉魔降獅吼伏甲蛻龍戰羆陰崖飛蝙蝠丹梯聳雲架
疑是夸娥移左股痕未化又疑巨靈擘仙掌分太華容卿數百人空洞殊可訝
毛髮漸淅灑方午已疑夜萬古不見日四時寧有夏隙小初漏天雲生又補罅
前穴風雨聲再探心已怕

玉泉觀魚

玉泉何澄清銀河移在地戢戢萬魚頭空行渺無際紅鱗金陸離白小影搖曳

窺客若有情銜花儼相戲池閒荇藻長風定水烟細可惜夕陽沉鐘聲雲外至

春山生睡容遊客有歸意回首波聲微淡月僧門閉

岳武穆墓

岳王墳上鳥聲悲半是黃鸝半子規鐵像至今長跪月金牌當日早班師清宮

客少王思禮前進兵輸來護兒公本純臣無底恨可憐慈聖茹齋時

阿奴

阿奴碌碌竟何之如此江山兩鬢絲過去雄心消易盡送來老字例難辭尊前

春到花能覺身後名傳鬼不知寄語人閒行樂者信陵公子是吾師

九月十九夜

漏轉三更萬籟空霜華滿地樹搖風老鴟窺戶乾笑去中有一燈坐一翁

望山公嫌枚蹤跡太疎賦詩言志

不是師門意嬾行尚書應諒草茅情聽來官鼓心終怯換到朝靴足便驚老眼

書銜愁小字詩人得寵怕虛名閒時每看青天月長恐孤雲累太清

向平婚嫁事匆匆今歲光陰道路中一字不曾忘訓誨終年只當坐春風月臨秋水增顏色松抱青山託始終若戀荒莊栽小草頻來敢負蠟花紅

送潘宇情宰贛榆

潘郎頭白賦彈冠珂馬蕭蕭臘月寒捧檄莫嫌行路遠栽桑好作種花看郡分東海風烟古地過黃河氣象寬此去陰平吾舊治遺民可有問袁安

錢東麓少司農典試江南其尊人香樹尙書來看榜發

令子衡文地尙書弭節臨雲山懷舊歷桃李認新陰代畢趨庭事兼催赴闕心

聖明如有問老健是　恩深

國瑞兼家慶如公古所難龍門高膝下鳩杖重朝端秩饍官支俸天書　帝問安門生都隔代羅列當孫看

聞香亭舉京兆

喜鵲清晨噪屋端驚聞捷報自長安姓名豈有傳抄誤科第從來後起難先閱題名紙樹字上誤多一心字玉樹新陰秋爛漫花磚舊影日高寒阿兄宮錦多年忘今夕開箱

帶笑看

銀袍鵠立曉風清定有人呼小宋名遲我十科成後輩多君一戰振家聲花開荊樹遙分氣雁到青雲不讓行只恐烟蘿騰冷笑叔疑子弟又爲卿

送魚門舍人入都

省郎簪筆侍彤闈綵鷁乘風向北飛深喜故人從此貴恰憐知己自今稀長卿家破官纔得翁子才高願豈違忍住頭顱未成雪　聖明時際莫言歸

雲龍蹤跡記前因海內論交子最親山館夜涼分聽兩水窗花落共傷春聯床尚作同遊夢上馬頻驚欲去身此後蕭齋風月冷再懸陳榻恐無人

幽燕此去路迢遙往日鴻泥跡未消判事莫談温室樹遷官穩戴侍中貂十行漢詔揮新墨一卷唐詩補早朝想見上林烟柳外季良長鬣影飄蕭舍人多髯

中年容易動深情況唱驪歌與客聽折柳路從江上盡斷腸人對暮天青霜鴻羽健秋千里桐樹心孤月一庭妻子不知緣底事臉邊來問淚星星

題蘇州太守孔南溪壁上

白下閑雲吳下過偶來燕寢脫烟蓑十科進士同年少三守名邦異政多明月上腮花送影涼風穿樹酒生波好將魯國狐裘誦付與金閶士女歌

舟中作三韻詩四首

昨日逆風打船頭舟人背纜如背牛今日順風送船尾布帆一日行千里昨日非拙今非賢艙中有人笑向天

良馬晝行夜不行櫓聲日夜無留停居家避客門常閉舟中開門客不至人生三萬六千場惟有舟中日最長

前年尋春春不得枉住蘇州嚼冰雪今年尋春春更杳美人如雲隔仙島造化小兒笑未終除却此事難惱公

東家鴟梟鳴可怪欲殺無刀心不快西家狐狸蹲上屋欲射無弓心不樂老僧枯坐發愁嘆不見容易不聞難

哭座主留松裔少宰

十年前別淚先彈原恐衰年再見難幾度信來傳老病恰欣人到說平安今朝

絳帳真零落他日黃壚更渺漫白髮彭宣想廬墓元堂當作後堂看

哭徐芷亭方伯

萬里黔關二品身一行遺表泣孤臣老懷怕數同年客天意先亡古道人花下馬蹄留舊迹水邊楊柳換新春相思曾有詩千字不及傳箋倍愴神

癸未元日

歲首百事忘天晴萬花喜元日如今年人生能有幾隨衆披新衣澄懷觀妙理阿母扶上堂同拜尚有姊女兒各倩妝嬌甚不成禮四鄰爆竹聲中旦猶未已傳坐伺過客來者亦數起喜界編年詩怯增坐席齒吾生自有涯節序何時止欲作迎春行先從探梅始唐人元旦飲客號曰傳坐見緯略

新正四日望山尚書召飲四鼓方歸次日將此夕言論賦詩呈覽

正月四日春風新尚書折簡招幽人幽人家住雲深處白雲帶入朱門去燕寢凝香靜不譁香梅開遍後堂花爲憐盧植傳經學特領彭宣拜絳紗侍兒手捲流蘇帳夫人出見東廂上身受金閨曠代恩果然玉立天人樣天家頒到御廚

珍仙鹿黃羊味絶倫一餐得飽先生饌餘瀝還霑　聖主春醉步西園待新月

飛花爭繞郎君筆揮麈人陪幕府談提燈僮報先生出絳蠟燒殘第幾條含商

嚼徵與方鐃文章甘苦深嘗處彼此麻姑癢欲搔自言七十明年度江花江草

看無數戀闕情深屢乞歸報恩身老時愁誤不吹風笛唱新腔只願煙村留雨

露玉帳牙旗三十年家鄉回首貧如故更將舊事說滄桑惹落燈前淚數行往

日先公辭祭酒曾從藩底識　先皇陽城起復恩何速陸贄登科眷更長半世

閑身加鼎鼐五年詞館卽封疆重重獎許　君王詔皐夔爾日猶年少今夕聽

來感不禁當時身受如何報夜深官鼓響鼕鼕潞國精神少倦容廣長妙舌天

河水一瀁瀾翻聽未終山人還山夜四更梅花紙帳一燈明怕成陳迹將詩寫

尚有餘波記不清

寄答樹齋兩林

香桃飄雪柳拖綿公子題襟又一年惆悵春泥沒人掃馬蹄留迹在門前

花箋爭寄水雲遙白雪清商韻共飄想見通侯門第靜一家天上奏簫韶

怪我遲遲答報章半年聽雨宿横塘君看天外孤雲影料是幽閒轉是忙

惜别吳兒淚滿衣至今江柳尚依依知情只有司花鳥銜著櫻桃向北飛

嫁女詞四首

春花多辭樹嫁女多辭家明知理當然不謂事遽加我有阿成女容顔如朝霞嬌語聽連璵傳經倚絳紗幼態宛如昨般送忽登車平章合歡鈴辦治宜男花有珠懼勿明有服嫌勿華東具西復缺禮備儀又差姆姆議瑣瑣媵御爭呀呀竭我陪門錢買我離别嗟雖了所生局未卜所適佳嫁女與添丁畢竟誰惱爺

同居人暫離怒焉心已惱況是掌中珠懷中最嬌小我又無男兒衰鬢如蓬葆藉此慰所無起居伴昏曉人視已長成我視猶襁褓弃此復乖分教我如何老夫壻住姑蘇江天水渺渺田多尸祭忙族大持家早歸寧豈不歸路遠終知少堂前晝悄悄膝下風悄悄中郎幾卷書他日付誰好

東家嫁女兒珠翠傾千箱道路多側目門閭生輝光一朝失婦德所贈都如忘西家嫁女兒荆苔與布裙奴婢嗤其陋戚里嫌其貧未幾聞賢淑黄金鑄婦身

姑恩不在富夫憐不在容但聽關雎聲常在春風中澤髮苟不順何以施鸞篦
敷粉苟不和何以光容儀即小可悟大柔情須自持毋違夫子訓毋貽父母罹
未嫁女如兒已嫁女如客送客出門去主人頭愈白風寒詠絮窗月冷畫眉筆
阿母淚盈盈全家如有失難忘辟咡時繞案分梨栗辜負嬉遊天下九及初七
勳名既無成骨肉復蕭瑟嘉耦自然雙此累幸而一巍巍五嶽山欣然洗雲出
催我遊勿遲平生事已畢

偶成

春宵好景怕相忘有得頻題墨數行花落竟疑鋪錦地鳥啼如入選歌場鏡收
山色成圖畫書作屏風掩洞房莫道主人不知樂夜深猶自繞回廊

早開梅凍傷矣慰之以詩

千樹梅花開一樹忽遇春寒又勒住頗似良朋訪我來自悔孤行復回去憔悴
香心合自憐從來風氣莫爭先請看一種調羹者別有東風二月天

翻書得花數瓣上寫庚午年收藏愴然有作

展卷方知色不空幾行綠字襯殘紅十三年上春還在逃出華嚴劫數中
霓裳久已散仙班一片香雲影獨還寄語成煙先去者無書原不住人間
月地雲階事渺茫蠹魚也解護紅香看渠風雅歸依後洗盡鉛華換墨妝
留仙珍重說持裙可奈吟殘手又分改置離騷第三冊招魂開卷易尋君
絕代穠華逝水流啼痕鬢影惹春愁傷心玉貌誰長在不是人身尚可留

寄師健中丞

去年見明公如坐春風懷今年對春風如見明公來春歸公未歸懷抱何由開
憶昔在江城知音日與偕花箋寄遙夕玄理談蕭齋一朝送旌旗羽翼臨風乖
宮門立須臾訪仙到蓬萊行轅偶參謁一見抵百回而今又經年春光轉秦淮
空教泥憶雲不見月當階流水猶可割相思誰能裁因風寄遠音翹首看三台

花下

花下壺觴月下歌風中鶴氅雨中蓑律嚴自累詩成少園好翻嫌客到多古石
壘高雲漸起新池開闊水微波看儂如此山中住可肯簪纓換薜蘿

一葉瑤華至開函喜不支春來知老健札外有新詩風調曹劉上襟懷稷契期

答中丞見寄

遙天雲五色紅處是旌旗

春日雜吟

春宵夢醒月華涼窗外花開窗內香花似有情來作別半隨風去半升堂

曾向西溪插柳條隔年相訪絮全飄一雙翠鳥清狂甚故立風枝自蕩搖

爲少栽培瘦牡丹又緣冬冷損幽蘭憐渠略比羣芳貴便累園丁服事難

風雨多時易落英陽烏如炙可憐生遙知花意同人意只乞春陰不乞晴

認取春泥記筭梢自驅黃鳥管櫻桃不曾閑著絲綸手何必蓬山釣六鼇

寂寂柴門雀可羅牡丹開後客頻過山花未免從旁笑到底人貪富貴多

每悟生機參物理鴛鴦無語立幽窗請君數遍閑花草若個新芽不是雙

雨後流泉響不禁綠波明處照春心呼僮拔盡池中草莫使人知水淺深

一枝桃插膽瓶斜未許春歸到別家攔路蜜蜂狂太甚公然來采手中花

兒女輪流各賞春酒杯終日對花新高堂戒我毋他出阿母明朝作主人
五尺屏風八尺床洞房強半近書房爲貪花裏香眠早不負燈光負月光
靜坐溪頭學釣翁蜻蜓數遍水光中幾條金線忽搖曳楊柳比人先覺風

送壻偕女歸吳門

看騎竹馬忽東床原是通家玉樹行江上親迎春二月山中成禮日三商美如
孺子官終貴編到韓文望正長慚愧名流稱樂令冰清清到女兒箱
左家嬌女髮垂醫歸妹初占第六爻壻行第六吳語乍聽應未慣秦樓暫住忍長拋
閨中失禮憐渠小堂上承歡仗汝教此去橫塘春未艾合昏花正放新梢

四月八日侍望山公西園壽讌作

香煙吹滿石城東聽祝如來又祝公隱者稱觴官散後尚書留客月明中階前
指樹年同老露下看花色更紅天上蟠桃都手種今朝幾朵醉春風
論文每到夜三更賭背唐詩口應聲慣把精神壓年少平分福壽與蒼生古稀
預卜來春近　恩禮遙看曠代榮只願佛緣南國久少微永傍歲星明

虎邱懸一魚頭長三丈詢其被獲情節爲作巨魚歌

崇明三日雨如注海水如雲飛上樹巨魚騎浪遊人間意欲來吞一城去天吳忽退波浪空巨魚欲去無天風身橫千畝動不得長鬣倒挂泥沙中海人嗜魚爭割肉乘梯登背如登屋萬人已飽魚不知血湧紅潮響坑谷尾搖欲把青山掃鼻息衝沙成小島費盡人招海賈文腹中葬骨知多少雖未成龍已有神千年涎沫生風雲遊還龍伯扶桑國嘗遍周秦漢魏人一朝運盡魚無那聳來朽骨空驚大兒童知爾死無靈高歌齊上魚頭坐

哭溧陽相公

三台星坼上公嗟　中旨遙聞卹典加少著宮袍才出學老依黃閣當歸家殊恩鄉里曾開府佳話瓊林再看花六十六年享天祿人間何處說榮華（公溧陽人總督兩江）

相業原如海樣寬　聖明時際見才難六卿印綬身全佩七省旌旗露未乾潞國晚年同輩少千秋上殿小車安（奉旨肩輿入紫禁城）　朝廷此日亡元老華夏無人拱

手看

追隨函丈愛風標領袖神仙冠百僚絳帳橫經傳六藝秋燈感舊說三朝清談劉亮能霏玉品服詳華最稱貂公裘衣六十箱回首後堂如隔世哀絲豪竹雨瀟瀟

一見相如賦上林推袁到處比南金許為國士言猶在不薦彤廷感更深花落尚存含露態山頹永斷出雲心史官儘寫哀榮事那識羊曇淚滿襟詔舉陽馬公欲薦枚不果

春歸

春歸花剩晚煙痕半百頭顱易斷魂兒未曾生女又嫁一雙乳燕哺晨昏

蔗

無情惟草木惹恨是江南甘蔗知春去心紅味不甘

聞香亭殿試落後將為邑宰

報捷南宮耳乍聽再聞臚唱倍心驚未工楷法難高第早得花封稱宦情似子真堪論政事傳家豈止重科名江東棠棣碑還在較勝追隨玉案清

三十三時吾致仕君年如我始排衙要爲廉吏先留俸好坐公堂當治家縣譜昔曾抄夜雨（余纂州縣心書一卷香亭錄去）詩懷此後屬桑麻雙鳧倘得南飛近定擬來看滿境花

香亭信至以不追步花磚爲恨寄詩相慰

蓬山空一過何必學前人家累難修史心柔好牧民杏殤悲小女蠭至聚窮親老我無他望金多早買春

聞香亭宰正陽再以詩寄

我昔知溧水阿爺客桂林得信買舟歸慰我迎養心慮我年尚少居官力不任入境帶草冠貌作路過叟召集翁若嫗問某官賢否曰是翰林耶年纔廿八九折獄最聰強居心頗慈厚一村復一村好字不離口爺聞不易服騎驢直上堂舉家不及知錯愕爭扶將我既失遠迎長跽心驚惶誰知爺喜甚即序此因由道汝能循良較勝羅珍羞是夕便加餐藹然笑不休我生愧孝行嗛嗛常自嗟只有者番事差足慰些些汝今復作令努力爲民爹須防微服來阿兄如阿爺

題虎邱仰蘇樓八首兼贈祖印上人

全得虎邱勝無如祖印房紅欄半空出深樹一樓藏上接諸天界旁橫選佛場飛花兼落葉終日滿禪牀

五十三參處軒窗面面開嬉春看人過消夏等風來良夜月千里遙天海一杯九龍山色好相對日崔巍

葛令移家具劉綱挈小妻穿林得幽逕掃榻作雙棲展鏡千山活催妝萬鳥啼維摩偏示病雲外聽天雞時病瘧

小憩千人石閑行七里塘吳歌分欂欒春酒雜花香橋僻船偏聚風回笛更長生憎官吏俗驅盡踏搖娘戲元和馬令

劍去溪還在憑欄偶聽泉峽中雲戀石澗底樹爭天草沒金鳧影風消紫玉煙何當騎白虎一訪太陰仙

言尋玉蘭樹別過老僧寮葉竟碧千畝花曾香六朝真娘應手折魯望早魂消祇爲非閑日無人訪寂寥

茶肆伊誰女盈盈出浣紗當壚疑卓氏問姓識宣華表素慵施粉安貧不戴花
關心好顏色多在餅師家
禪師古支遁蕭爽是吾徒印可還稱祖題樓獨仰蘇肯將山借客時對佛提壺
書壁留鴻爪他年憶我無

病起贈薛一瓢

隱者陶弘景神仙葛稚川賦詩常作讖論道必鉤元襟抱煙霞外湖山杖履前
人間小游戲八十有三年
醫術非君好雲池水恰清九州傳姓氏百鬼避聲名（江孝廉病爲厲所纏呼曰薛君至矣卽逃去）散
藥如頒賑籌方當用兵衰年難掩戶也爲活蒼生
一聞良友病身帶白雲飛玉杖偏衝暑金丹爲解圍清談都是藥仙雨欲沾衣
卽此論風義如公古所稀
往日耆英會曾開掃葉莊於今吳下士賸有魯靈光舊鶴還窺客新秋又隕霜
與公吹笛坐愁話小滄桑

珍倣宋版印

詩二首贈滋圃中丞一介其壽一慰其疾

中丞憂國不知年嶽降心忘四月天父老競持千日酒旌旗方掉五湖煙任兼吳越肩原重公兼管浙中海塘身歷風霜節愈堅百姓壽長公願足謝他騎鹿衆神仙

簿領勞多體欠安故人額手勸加餐身須長健恩纔報事要親裁日正寬勿藥早知陰德大班荊難忘少時歡封疆近覺如公少珍重軍中有一韓

題前朝董姬小像

姬嘉靖時人自描小照贈黃姬水先生諸名士題詠甚多近爲薛壽魚所藏

一幅崔徽二百年傾城名士總成煙天涯有客橫塘過花影隨緣落眼前

想見鸞離鳳別難春山愁損目波瀾將身畫與檀奴去較勝嫦娥月裏看

風吹鬟影動輕綃小劫華嚴事兩朝輸與河東薛常侍熏香供得董嬌嬈

古時春色遠難探近日新花露正酣我有相思不能畫化爲紅豆滿江南調雲華君

商山子歌

商山年十二鬻身爲傭保伐木同伯夷沽酒學便了主人蔣侯家華富鷲里媪
主人上學時羣奴頭屢掉不願侍筆硯只願買綾繚商山獨曰否願隨主搜討
識字辨甄盎學書别行草未幾十餘年奴比主人好我曾題復園十年失草稿
商山默識之字字得頭腦又過燕子磯古碑臥牆倒篆籀頗模糊商山悉能考
我聞古大儒皇象爲奴早又有鮑與殷楊家供洒掃俱享一代名庸中稱矯矯
惟其讀書深對人客氣少低首靜愔愔安貧心悄悄主人欽其賢戚里奉爲寶
我學孟佗拜不敢王褒嬲因之發長喟語世人宜曉肯學勿嫌賤但學勿嫌老
請看商山子能學爲人表

贈歸愚尚書

九十詩人衛武公角巾重接藕花風手扶文運三朝內名在東南二老中上賜詩二老江浙之大老健比張蒼偏淡泊廉如高允更清聽當時同詠霓裳客得附青雲也自雄

香山社裏領耆英瀟洒何曾似六卿雨後尋詩雙蠟屐花時扶路一門生笙歌

徹夜能堅坐鳩杖隨身但應名蒙過病中談娓娓早衰蒲柳若爲情

唐氏席上贈沈勵齋前輩

當筵重見魯靈光三十年來春夢長前輩典型還照舊少時知己最難忘一堂絲管燈如錦滿坐詞臣鬢有霜我是婢師揩老眼就中只認沈東陽

謝望山公賜素心蘭

幽人深山居如蘭空谷住偶升君子堂絲竹非所慕各申同心言霜燈明遠樹斜睇西階西秋蘭尚凝露中有純白者價值中人賦忽然貪心萌再拜自陳訴枚也如小草公門久收貯愧非桃李花春風開遲暮彷彿空谷姿寒香表幽素可否乞一叢同渠沾時雨公曰賜汝可持歸好調護素心人已來素心花可去贈蘭有明訓弟子請志之道藏勿掩日道茂勿分枝譬如金屋姝太嬌病難治又如富家兒分居族必衰大哉明公言瑣事亦吾師隨園無牆垣日影常參差田家老瓦盆蓄養任華滋庶幾傳衣鉢臭味無差池更憐相賞處恰在未開時此意古所難兼語幽蘭知

哭壻

老人亡壻當亡兒皺皺臨風淚暗垂擬把衰年託嬌客誰知白髮送瓊枝數雖前定恩難捨病竟無名死尙疑聽喚阿爺曾幾日一場春夢不勝悲

雙飛纔看小鴛鴦轉眼孤鴻影一行蕭史竟無同去事令君空有舊時香畫眉筆冷蛛絲繞射雉弓凋鏡檻涼怕見多情天上月夜深猶自照東床

埋玉新房舊館甥女兒擎藥等雞鳴情癡屢下庸醫拜力竭空餘禱佛聲宛轉檀奴難訣別彌留叔寶尙神清禁他十七紅顏婦斷雨零風了一生

萬里簫聲出鳳樓輕塵短夢太悠悠華堂奠雁燈如昨江館啼烏樹已秋地下難攜孀婦小人間交與阿翁愁愛河水竭情波闊一夕黃門更白頭

女扶壻柩還吳作詩送之

柏舟此去雪盈途一曲離鸞萬木枯後會自然來世有佳期怎奈半年無好如郎在安眠食莫帶啼痕對舅姑娣姒成行偏汝獨未知何處續遺孤

枕劍圖爲李開周作

落魄江湖兩鬢秋男兒未報是恩仇夢中怕忘英雄事權取青龍當枕頭
飲罷荆軻酒一觴夜深金電繞空牀横陳與子甘同夢只有當時聶隱娘

蘇州寄懷梅岑

三吳一别兩心違愁見臯亭木葉飛海上成連琴欲斷耳邊曾點瑟方希詩須我定應留稿節近秋涼可授衣昨夜鯉魚書早到束脩不寄寄當歸
十三經試張童子五百年生員半千後起有人甘我老斯文誰託仗君賢桂花得月香成雪鴻雁當秋字滿天努力拏雲心事健紫金鼇背躡飛煙

十月十一日雷雨

蛟龍忍寒九淵起電火燒霜照窗紫飛雹如麻萬瓦鳴浮天十月江南水老夫夜坐獨自嘆世事難測如波瀾君不見川原蕭瑟隆冬日天意還當盛夏看

小倉山房詩集卷十七

小倉山房詩集卷十八甲申

錢唐袁枚子才

小僕琴書事我有年今年贖券去跪辭淚下作詩送之

都兒洒淚別陽城來是垂髫去長成人好纔能八年住春歸那忍一朝行交還鎖鑰知誰託欲掃樓臺誤喚名總爲香山居士老楊枝駱馬倍關情

代琴書答

畫梁春燕去猶悲況是奴星別主時洒掃應教新隸學性情惟有舊人知書防起蠹勤翻頁花爲宜瓶巧折枝交代兒家諸火伴婆娑莫怪出門遲一作神雀三年買奴券袖中擊出淚如絲

題沈秀君抱書圖

東陽有哲人著書盈其屋不鑿楹下藏但付子孫讀其子亦老矣抱書如抱甕一刻不相離與之偕西東洒闌客散時讀之聲嗌嗌

丙辰徵士錄我最居紙尾曾與著書人召試明光裏忽忽三十年書存人已亡

倘非兒抱持雷電早取將我有書無兒披圖淚霑裳

寄魚門舍人一百韻

良友經年別空山有客悲爲憐新歲月轉憶舊交期袁粲通門日程生傾蓋時長淮清口驛古廟水仙祠令尹猶青鬢司空已美髭笑言何晏晏風貌頗偲偲態愛張長史才憐江總持潼陽儂綰綬湖嘴爾乘騅路過頻投宿官閑輒枉綏襟懷似膠漆交好及塤篪令弟璠璵器賢兄虎豹姿稱觴分筮日折柳定連枝雜珮同摩弄卮言互詆娸相看顏沃若屢忘夜何其經紀勞滕叔資糧託趙熹海疆爲政滿琴鶴向南移來下陳蕃榻同看街彈碑評量循吏傳傾倒落花詞臥疾煩秤藥行藏代揲蓍愛人眞以德好爵不教縻予戊辰引疾舍人勸之此際先生富豪名萬口推丁年羅寶墨甲貨擅鹽池羶行賓朋集虹霓鼻息吹無交猶縞紵未病已蓃著鄴架瑯環物淹中稷下兒搜羅窮亥豕排列滿罘罳漸見銅山削遙聞粟廩卑奔秦無晉盜殲遂有齊師張博空餘債相如竟少貲豐貂都解庫素履欲騎危拔宅才終訟含英詎療飢窮通奴僕換肥瘦弟兄離老妾捐釵珥

嬌妻爨屢屢誰知遭索莫不是累遊嬉生性原通脫爲儒好布施行仁朝煦煦
履義暮跂跂北上蘇秦轍南征子重麾噓枯鄰潤澤温卷禮委蛇守藏頭須竄
持錢石氏欺牢盆他手寄軥錄此身疲兩度鸞膠續三年帶下醫杏殤兒女累
楊楯友朋貽河決流難塞門開閉已遲代人權子母先自罄銖錙朱慮船無底
歸墟水不支八廚名太重六虱病難治且喜貧雖極斯人總未知九流談衮衮
百氏校孜孜杵硯心成臼焚膏日下帷勤同夏侯勝勇甚狄麑彌七穆三桓問
千門萬戸疑搖唇珠貫串隸事錦參差高可箋星象低能畫地維吟成銅缽待
賦罷曉鐘催瞿所詢方朔錞于辨斛斯苦心神自鑒爲善福終隨風順旃檀馥
文高黼黻宜　乘輿南駐蹕多士例陳詩獨上金天頌頻領　聖主頤御屏標
第一海內賀相馳覆試端門左排班白玉墀盈庭看舉首斂步習朝儀洗盡科
名恨欣霑雨露滋彝飄長似戟冠大稱如箕薇省清嚴地冰廳誥命司聽人呼
小鳳頃刻駕文螭連歲來江左偏予接履綦春深煙滿樹秋老菊侵籬大會夷
門客高傾河朔巵燈光奪明月花影動玻璃衆裏談尤密更深枕尚攲四愁分

解脫三樂共淋漓犬熟先銜帶僮馴慢捧匜書探邊氏腹酒習沈家脾爲看泥金榜先傾白接羅聞君上鰲背勝我拔龠旗腸斷驪歌唱年俱馬齒衰班荊情宛轉握手淚紛披已向棲霞送還從邗上追淒淒同下拜恨恨兩難辭嗣後三山叟真同一足夔漆園仙蝶化羊館老龍癡君子雖安雅何人共振奇皇皇喪家狗霍霍失鷹師小減樓臺費長甘水竹怡巾車走吳會蘭槳泛鴟夷女嫁新孀矣兒生且聽之（時兩姬懷孕）高堂猶健在萬事等閒窺想見彈冠客公然向日葵鳴珂趨殿陛待漏喚僮廝櫪馬初銜轡雄鷄豈憚犧將無迷廣樂孰與辨澠淄王意擇人述民情計相咨遭逢雖偶爾公輔定從茲白下常西笑長安似弈棋鱗鴻探信息金玉憶鬚眉史局班彪入（閣纂修通鑑）除書常袞爲勉旃犀秃角永見豹留皮吏隱鴻溝劃人天萬里思堪消一千字舍子更貽誰

苦囑

苦囑司閽叟柴門莫漫開有時推不去一陣野鷗來

題永竹巖雙美讀書圖

侍兒兩個女相如管領牙籤逐蠹魚供得年華消得恨美人顏色古人書

哭柴耕南

君家行之姪交我方垂髫因之得見君如漆初投膠君年過三旬玉骨森清標爛爛巖下電温温席上瑤我來纔十八墜地虎子驕意氣欲摩天落筆尤嘐嘐樹無大根本水有狂波濤豎旗不書降逢戰必欲鏖武林老名宿愴其年少佻飛言如雨攻赤舌將城燒君嗤曰否否此子終淩霄孤山梅花榻西泠楊柳橋爲渴置茗具爲飢設臙膮賢兄洪都來卓犖人中豪以愛及所愛握手如同胞我時賦西征寒冬無敝貂賢兄資我行長江爲買舠釣臺攜手登滕閣同車遨或聯韓孟韻或賭舍人梟高安官署中諧語窮昏朝此時燈燭光至今如隔宵贈我赤側金纔得揚征鑣桂林金中丞專章薦封敖從此走長安奮翮登金鼇改戴惠文冠鳴騶行江皋君來助相理除苛更解嬈以我所贈資卻買吳娃嬌亡何棄之去南觀湘江潮余亦賦遂初小隱歸山椒從此隔東西芳訊久寂寥丙子冬十月忽寄書相招代持戔戔帛勸麾子子旄余方奉老母五斗難折腰

奚能擁阜比遠走楚粵郊此事竟掉磬此心猶鬱陶忽聞怛化去同人先號咷

未知返櫬無何處掩蓬蒿未知有兒否誰爲守宗祧因之感我懷掄指自抑搔

四十九年中何者常忉忉蒼生君相在久已心中抛文章身後名於我浮雲飄

惟有數知己恩深淚難消傾蓋猶繾綣矧乃弱冠交問我推解情已慚范叔袍

問我死生諾又慚左伯桃來生爲兄弟此權非我操泉路盡交期此說終虛要

惟有託豪素長歌一慟號梗概略抒寫風雨聲刁騷

二月初八日生一女

墜地無人賀遙知瓦在牀爲誰添健婦嬾去報高堂妄想能招弟佯懽且慰娘

江干好黃竹打慣女兒箱

左家詩料好伯道老懷嗟味似餐雞肋情疑中副車湔裙製文葆靧面趁桃花

嫁恐非吾事驚心兩鬢華

刀

出匣一條水寒光射眼來非關報仇事生就殺人才斜月當空冷秋蓮帶雪開

他年用君處含笑請君猜

筆

上手得風雲花生處處新天交三寸管命作一朝人非箭常穿札如仙不染塵思量與君絶終要箒麒麟

寓目卽書

禾熟頭低麥熟昂冬天雨暖夏天涼蜘蛛網小如錢許也展經綸據一方

海棠下作

神女儼成行蕭齋雨海棠吹紅風亦軟驚豔鳥先狂置鏡傳嬌影張燈助晚妝料應香不得業已斷人腸

國色天原寵東風盡力開仙雲如海立紅雨作潮來消受難爲福形容苦費才遙知花命婦魂尚赴瑤臺

贈楊將軍 名崑

作虎須成斑不戰難名將國家承平百餘年淩煙有閣無人上楊公儒者今韋

皐起家西蜀征南苗橫披囊瓦三千甲斫折孤延十五刀金川碉樓與天接烏飛不上猿猴絕將軍目作蒼鷹視騰身直上疾如矢一甄兩甄鼓不止雲梯隊隊銜其尾三軍齊唱肉飛仙半夜崑崙關奪矣當空礮石雲雷奔將軍見敵不見身偶中金創色愈怒殺賊遙看紅一路捷書馳報甘泉宮　玉旨傳宣賞戰功諸將喧爭公獨暇閉口無聲大樹下於今專閫來江南雅歌投壺斜插簪平生壘極皐蘭事酒罷微聞說二三梅花開時山月明手彈瑤琴招我聽瀟湘雲水清商老彷彿沙場金鼓聲

偶成

有寄心常靜無求味最長兒童擒柳絮不得也何妨

喜懷慶太守沈省堂過訪

故人久別忽相見一笑道從天上來驚指鬢霜幾時有喜逢紅藥當庭開二千石官車騎盛三十年事風輪催我欲班荊學聲子泣下數行腸九迴

記否參軍作馬曹憐才學士有枚皐旁妻酒勸西賓醉遊子牀聯夜月高轉眼

山陽聽玉笛至今燈影憶宮袍與君貧賤叨恩處同欠喬公一太牢（謂春臺學士）
太行山色一官收怪底新詩詠未休立馬身當河內水（黃河決堰公立水中三日）紀恩碑滿晉陽秋相招小住聽黃鳥幾個同年賸白頭寄語南衙姚散騎故人爲我好勾留（公寓姚觀察署）

偶作

一編書卷送華年吟秃眉毫孟浩然春水有時流舍下雲山難得在尊前青苔地濕連陰日白紵衣涼細雨天自覺心中無底事且憑人喚作神仙

燈舞歌

丁丁暖漏春無風華堂地裏氍毹紅清絲流管聲漸緊催起明月來當空仙伶一羣貌如雪霞帔風鬟紅錦袜裙下疑生五色雲手中能把星辰活一燈初出飄紅香玉女微笑流電光兩燈交竿相擊撞釵影珠光共升降千燈銜尾如雲流陸渾山火勢不休黃金鳧闘水銀海萬斛螢飛大業秋斜穿側疊重起勢太乙青藜作遊戲長袖風回捲落霞霓裳鵠立排成字映來酒浪臉邊紅照出歌

塵梁上細一聲清磬將終曲燭龍隊隊銜珠伏滿堂賓客眼生花三日煙虹光繞屋主人索我燈舞詞我方惆悵有所思當年却扇催妝日正撤金蓮歸第時

望山尚書以七十生辰作相仍督兩江奉賀四首

久遲枚卜識　君恩留與先生慶七旬調鼎人來雙鳳闕稱觴花滿一家春韋平兩世黃扉業伊呂三朝白髮身同是祝公無量壽自　天傳下語才真

紫禁城頭駐玉車青宮深處女兒家萬釘寶帶天邊賜十部笙歌宅裏譁北面公侯爭把盞東牀　帝子替簪花休誇與佛同生日轉恐光榮佛尚差（公生日四月八日）

生與南邦最有緣四回江上月重圓兒童竹馬頭成雪官舍甘棠樹拂天聽說相公還借寇喜教士女更留仙齊聲擬向　君王奏一個蒼生乞一年

三公在外學張溫詩讖真如弟子言新築沙隄迎使節剛調梅雨到江村西清趨侍身雖遠（故事宰相上任仍至翰林衙門枚愧不獲躬逢）東閣常登客亦尊欣染名山一枝筆他年還紀杖朝恩

董暢菴守硯圖

先生守硯當守錢手持片石山溪邊松風吹衫兩絶天濯以清露飲以泉摩挲不釋相愛憐劇於十五真嬋娟口稱南渡吾宗傳隃麋膏沃生雲烟非徒啓後兼承先我更一言君囅然人生何物堪纏綿親如妻子艮如田東西南北難周旋惟有囊中石一拳死前不作離別緣舟車水陸行坐眠隨身到處無相捐心所沉慮將渠研口所不言仗彼宣我髮白矣汝獨元紫雲容貌常華鮮守之作殉非恩偏先生大笑手拍肩能得我意君其仙速付圖畫徵詩篇更願此身如石堅藏墨足支三十年染盡巴東九萬箋

苔

白日不到處青春恰自來苔花如米小也學牡丹開

送省堂南歸

愁君有歸心喜君無歸日忽然君來辭歸日又已決憶昔與君交垂髫雙白晳今日與君會頭顱鬬霜雪其中三十年竟成一世別逝者已如斯來者更難說

冉冉五十翁茫茫東西轍一鳥不停飛一鳥永戢翼升沉既已殊雲泥空相憶倘再如前期人生非金石

糧儲姚觀察君家中表親與僕少相狎春秋同丙申 皇帝戊午科三人充國賓君官始於晉予隱歸自秦思廉爵最貴驄馬長安春吏隱既以隔芳訊少通聞忽然金陵風吹聚雲龍影南衙方開樽西山又煮茗班荊言未終玩月燭重秉如彼三珠樹斷枝復交梗又如三分國鼎足竟合幷深情荷花知高談仙鶴領良會非偶然誰能向天請前生香火緣毋乃有公等

仕宦六百石已足稱雄豪況乃五馬驅深院蝶愈嬌公昔寄內詩云深院蝶嬌無語坐從前龔黃績遠布趙魏郊於今安石起甘雨慰良苗僕也抱區區禱祀相招要願君仕勿遠祝君官勿高仕遠與我隔思君空鬱陶官高與民隔難以施恩膏安得大江南看君麾旌旄我老當扶杖來聽甘澤謠

從來故人酒不及石尤風風能留人行酒但澆顏紅君昨寄書來暑退吾將去我乃祝西風緩到留君住果然秋陽增行期屢改卜家家祖餞君日日同徵逐

炎涼天所司爲我猶宛轉車輪君所推如何行竟遠小住復小住一日如千霜
問我相思情江流共短長

不寐

一兩百花休三更萬籟寂觸耳不成眠風枝墮殘滴

相公見贈素心蘭開而心赤飛章求易竟蒙諾允

事須過後真才見花到論心淡亦難上相許將芳草換空山重得瓣香看明知
華屋栽培久恰稱幽人臭味寒速抱青琴彈白雪爲蘭惆悵爲予懽

步山下作

暑退風清步竹林荷花枝上結層陰憐他吹散閑雲影會抱爲霖一片心

染鬚

隨園居士墨者流持鬚日向染人謀明知其白姑守黑老而此義吾能得初將
澡豆熏繼用犀篦掠一入再入爾雅詞爲緇爲玄考工法旁侵時笑面妝花昏
黑方知爲戲虐人疑揚子註玄經我道先生逃白學當時漢武求神仙金丹未

必還朱顏何如王莽一夕變鬚髮六宮明日迎嬋娟纔看青青色旋露星星貌

二毛不肯久欺人時時將老來相告我昔留鬚已惆悵於今鬚也非前狀碌碌

空爲短尾刁飄飄不作長鬣相惜把丹青用此間不教畫向凌煙上西風拂袖

秋雨涼手持明鏡愁秋霜且將黑水西河郡賜作彛奴湯沐鄉

病中贈內

宛轉牛衣臥未成老來調攝費經營千金儘買羣花笑一病纔徵結髮情碧樹

無風銀燭穩秋江有雨竹樓清憐卿每問平安信不等雞鳴第二聲

賀雨林得侍衛

青袍公子帝城陰新得貂蟬耀羽林使相門高燈報喜山人耳冷鳥傳音雲霞

近日黃金色鵰鶚當秋碧海心我夢尋君難識路綠楊園住萬花深

得雨林塞外書

一封書共鴈南征紙上親標塞外成想捲雕弓歸細柳偶看故劍動深情鵰鷲

落筆盤風下馬感懷人繞帳鳴知道江南君不忘趨庭身向夢中行

偶成

高枕等紅日天陰屢誤人辭賓宜小病多夢惱深春曉色水花靜晚歸山鳥親自知叔夜懶臥佛久疲津

溪上時獨釣一絲牽藕花閒鷗相對立依水各爲家落日未歸海殘紅入斷霞蕭蕭修竹裏兩兩出啼鴉

贈李鶴峯學使

天上台星月共明人間金鑑水同清十年江海旌旗色半壁東南雅頌聲入相屢教遲使者求賢原本爲蒼生珍珠網盡珊瑚老秋雨瀟瀟戀闕情

曾從物外散襟期往歲衡門駐馬時黃葉風涼牙纛舞高軒人過水雲知雙飛鸂鶒池邊識九錫廬山扇上詩只爲陽春太清絕至今作答尚稽遲乙亥秋公過隨園贈詩四章

龍眠山人歌贈孫秋澗

龍眠山人孫思邈結廬山中不知老朝朝翠岫捲簾看處處白雲呼鶴掃春風

吹山山漸青山人欲往前溪行牧童高唱公無渡落花塞斷行人路

病起入謁相公夜歸有作

中秋一別鬢霜加舊兩新寒共絳紗高臥客原宜小病晚香人自愛黃花公手植菊如斗月如潑水燈光澹風正鳴條鴈影斜少婦不知聯句苦尚疑身宿相公家公命聯五律二首歸四更矣

十一月十八日又生一女

真是庶人命雌風吹不清緣何長至日轉報一陰生客厭來偏數棋輸劫屢驚呱呱雙瓦響添作惱公聲

相公和詩

屢盼徵蘭信催詩記不清花雖銜雪發子尚待春生弄瓦新兼舊聞啼喜又驚勸君莫惆悵雛鳳有先聲

喜吳秀才模周秀才發春一時同舉明經

釆鳳雙飛出泮宮公然魯國兩生同我夸籍湜居門下人數班揚在意中貢到

南金江左重拔來騏驥馬羣空明知才大科還小且喜雲梯路已通

臘月五日相公招同秦學士大士蔣編修士銓小集西園各賦四詩

小集平泉夜舉觴春風座上不知霜偶然元老開東閣難得羣仙盡玉堂棨戟光搖銀燭燦盆梅花落酒盃香遙聽官鼓今宵緩道有文人話正長

平章坐次問科名掄到袁絲忽自驚白髮門牆登首席青年詞館憶三生雲龍遇合都歸命師友淵源各有情起看文昌星聚處一輪卿月照階明

劈錦燒蘭與未除牙籤玉軸共相於指將松竹時懷舊對著笙歌尚論書老圃氣清霜影後宮袍紅濕酒痕餘史官環坐同商榷權把南衙當石渠

出門我獨後諸賓更與郎君話夜分旗捲待飄殘臘雪堂深留住遠山雲通家問字燈重剪歸路銜寒酒不醺明日江城人側耳詞林典故共傳聞

相公和詩

前宵猶記共飛觴客散歸遲滿路霜花送春光開小院雁横寒影過西堂每看遠岫雲難出頻讀新詩口正香燈下不辭呵凍筆吟聲遙答漏聲長

敢夸綠野舊園名滿座詞人鶴亦驚四野連宵飛瑞雪一堂兩代有門生秦學士以弟子禮事子才子才以弟子禮事予追隨館閣當年事商略文章此日情莫負尊前好風景金燈光映月華明

漸漸韶光逼歲除山中老伴孰相於窗前日暖閑欹枕竹裏燈明夜讀書見面難如千里外論交喜過卅年餘小倉也倣棲霞意聞又新添水一渠子才非請不來

知君日日作嘉賓刻燭分題到夜分爲惜韶光憐舊雨屢教塵市度閑雲子才與莊魏諸君作消寒會詩同白雪人難和顏似紅梅酒半醺明歲江城誰雅會黃扉難遠合傳聞

錫壽堂公讌詩 有序

乾隆元年余與王生同太守偕升名于鴻詞科今年入都領郡宣州亞相劉繩庵率諸徵士餞諸錫壽堂堂爲生同大父文恭公故第三十年來同人寥落與者七人庶子錢坤一爲寫七清圖各賦數詩憶枚召

試時纔二十一歲在徵士錄中最居牘尾今又以不與會之故題詩亦居紙尾豈有數存乎其間耶卷中闕五律一體爲續成之

王粲同徵日袁絲最少年幾番隔江海卅載過雲烟皓首重相見滄桑說舊緣長安公餞者落落曉星懸

酒置平津閣燈明錫壽堂風前懷祖德雨後對花光人老衣冠古園深水石蒼分箋賡白雪還似詠霓裳

有客登黃閣無人不白頭八仙纔詠罷五馬復南遊庶子丹青妙羣公翰墨留蕭疎松菊意莫忘歲寒秋

感典恩難再交情老更敦江村餘我在海內幾人存遺際前生事文章舊雨痕數行書紙尾兩處付兒孫

贈生同

雙旌小住子雲亭名紙初看眼倍青四海徵車人已盡兩朝殘客話重聽霓裳同憶遊仙夢錦字分存感舊銘君催妝詩枚送行詩兩冊猶存一笑入門先拍手道儂也會鬢

星星

江南烟景一帆收洗盡風沙宦海愁循吏傳名多太守詩人領郡慣宣州雲閒家近無鄉思郭外山清足勝遊同是大賢門下客幾時立雪共閑鷗公丁未進士出望山公門

俞楚江瀟湘看月圖

沙渚一聲雁瀟湘秋滿天幽人方獨往空水共澄鮮明月乍離海輕雲欲化烟魚龍聽竹笛知是小游仙

八月六日宴秋試者顧星橋等二十二人張燈樹上適學使梁瑤峯少宰亦來與會

八月龍魚赴上游玉山高會草堂秋九天星斗三更落四海才人一座收戲把青藜燃太乙相期赤手占鼇頭是誰來作諸生北梁灝花間擁八騶

臘月五日相公再招觀劇命疊前韻

西園一月兩飛觴細雨初飄冷似霜游夏多年雖侍側絃歌今夕始升堂枚受業三

十年初次觀劇來遲竊喜賓朋少羹好頻添齒頰香莫訝黃昏蓮幕捲一聲檀板韻方長

烟花南部舊知名見慣司空鳥不驚到眼悲懽憐往事登場傀儡感浮生豪吟每怪公無倦微笑終知佛有情報道周郎能顧曲金燈須傍舞筵明青原短視故戲之

風景蕭蕭歲欲除師生難得共相於閒來置酒先招隱老去聽歌當讀書玉笛聲涼殘臘後梅花香撲捲簾餘席間頗憶倪高士教把新詩索向渠公命潛山倪令亦和此韻

野人連日作嘉賓東閣憐才到十分酒罷人驚窗外雪山空鶴盼夜歸雲每依絳帳心難別但坐春風客自醺不負彭宣生白髮後堂絲竹此番聞

小倉山房詩集卷十八

錢唐袁枚子才

題蔣苕生太史歸舟安穩圖

金仙侍香案忽思歸去來上堂告阿母母曰與汝偕聞住雞犬驚聞歸妻孥喜阿母更欣然歌詩七章矣

陸行風沙多水行布帆穩船頭酒一卮船尾書千本行行重行行順逆隨風檣難得一家春舟如小洞房

婦見遠山佳索郎把眉掃兒見溪水清呼爺垂釣好篙工亦停槳問公何所往公笑指烟中鍾山本姓蔣

哭皖江方伯許公三十韻 諱松佶福建人

江左亡屏翰　中朝喪老成官從流外起人在上中行好學分陰惜憐才倒屣迎訃偕隨趙壹幕府出匡衡稅駕三吳地褰帷百越城神皋清化雨王路塞夷庚荒政千村活爰書萬獄平張弓寬處矯買璧厚邊爭野有欒公社家無羊侃

等傷人還問馬嗜雁不呼卿小謫遭波累崇朝雪　聖明鏡磨光愈白風定水

仍清封罷三錢府重揚五馬旌皖江方伯始布政司駐劉安慶自公始吳楚衆山迎斗食籌

邊急牢盆握算精掉頭雖白髮舉念總蒼生款款風常拂謙謙谷不盈只緣深

閱歷彌復造真誠與我同寅好逢人說姓名廿年如一日每見必三更視病蒙

秤藥投瓜愧報瓊雲泥忘定分縞紵極深情往歲來招隱空山共聽鶯相看微

覺老永訣不勝驚琴輟鍾牙響舂停杵臼聲善人爲世惜駑馬向誰鳴瞻望甘

棠樹淒涼宿草莖九原懷士會一慟感袁宏遠寄詩三疊聊當奠兩楹重泉如

識曲衰淚也盈傾

五十歲生日舟中作

三月歸未得五旬忽在躬晨興憶生辰獨坐對孤蓬平生幸早達歲月原從容

每見半百叟夷然不界胸自謂去之遠相隔如十重何圖遽自及光陰來匆匆

古人服官政到此成事功翁子最晚遇亦復夸遭逢而我復何爲雙鬢徒蒙茸

簪纓既了鳥事業復籠東來日欠亦少去日積已空旁人稱介壽掩耳聽未終

頰如女新婚言之兩頰紅羨殺馮瀛王生日俱朦朧且喜揮羽扇渡江唱阿童稱觴無賓旅擊楫有舵工冉冉碧流水蓬蓬遠山風誰能指煙波中有五十翁

名言

名言誰與宋雞談海上仙山可築龕將乙比鴻身豈二出遊騎馬影成三中書肯把徵歌換僕射何如飲酒甘且逐蜘蛛充小隱不隨牛象鬬江南

東風

東風知我年將老吹得楊枝如許長偶過西溪小橋畔向人學舞兩三行

偶作五絕句

種樹成香國關門作睡王近來客解事都不早升堂

偶尋半開梅閒倚一竿竹兒童不知春問草何故綠

怕見有求客不栽難畜花無心作投贈狂竹入鄰家

月下掃花影掃勤花不動停帚待微風忽然花影弄

好學原爲福無情不是才吟詩推客去開閣放山來

姑蘇紀事

不負昇平有此身姑蘇二月作遊人燈篷綵勝迎鑾處代插梅花掃路塵

滸市嚴關徹夜開雲階月地總樓臺碧波兩岸清如鏡照見紅妝海樣來

一朶仙雲耀眼前相思無路水如煙桃花門巷渾忘記崔護當時更惘然

隊隊笙歌對落暉紅裙不放酒人歸消魂此日山塘路七隻仙舟妓打圍

但逢勝景便勾留錦帳香燈汗漫遊何處有花何處宿果然蝴蝶勝莊周

寒山空谷兩平章穿出花樓上竹房知是六龍才過處雲璈水瑟尚宮商

平生嘗遍五侯鯖崔浩常思著食經此日書空作唐字金鹽玉豉總仙靈唐廚精絕

良友知儂怕寂寥青樓苦勸伴嬌嬈誰知小玉奄奄病嚼蠟橫陳是此宵

雙雙公子駐征驂引入嫏嬛酒共酣一夜羅幃傾海水者番春色領江南

袖得西湖嶺上雲歸來重鬭水犀軍弟兄真是皇華使到處摳衣見小君調樹齋雨

林

妬女津邊一鴈飛羽林郎別淚沾衣惹他烏鵲橋頭笑不信仙家有是非

日暉橋下小銀河匹馬黃昏獨自過夢醒忽驚衫袖濕阿侯分與乳痕多

手種橫塘柳一枝當年換馬別袁絲今朝相見添惆悵合浦珠還有所思

金娘顏色照銀泥一白能教衆卉低七日春風等閑度斷雲含雨又東西

屢夢游仙記不清吾家大捨有風情直須喚作宜春氏同上高樓看月生

二十年前鬢未華曾披宮錦住唐家而今賓主頭俱白愁對紅梨日暮花

賦別匆匆唱惱公雲華重作主人翁自憐隻履西歸客尚有瑤池席未終

再題生同公讌圖 有序

余題生同公讌圖畢即往蘇州生同捧檄來省竟未交付及余還山而君已怛化於毗盧庵矣展卷懷人悽愴不已重題二律付令嗣紹曾顯曾兩太史藏之

屬題詩就君何在老淚重添落卷中聽捧羽書來白下竟歸兜率泣春風卅年見面交情畢四品羈身宦局終腸斷伯恭徵士頌山河零落酒壚空

追酬人日懷高適重答遺書感孝標半月宣州官草草一燈僧寺雨瀟瀟銘旌

歸緩愁清俸公讌詩成當大招難得瑯琊雙玉樹已傳家學到丹霄

送似村公子還長安

芳草綠未歇公子歸怱忙清晨來辭我雨泣沾衣裳道是昔時歸嚴君領南方
爲有趨庭職思君便治裝今歸非昔歸使相入平章全家還闕下後會真茫茫
我聞斯言畢中懷惻以傷長安三千里飛鳥嫌路長何況山中人終身辭帝鄉
我心欲待君南北永相望我年不待君垂垂鬢已霜

君家瓊瑤枝森森十三樹偏君最有緣十載江南住袁浦初握手玉質披烟霧
白下再題襟賡歌更無數每升夫子堂先與郎君晤談深月窺人坐久竹垂露
官鼓測歸期書燈引前路欲起定苦留相扶必同步當時不知樂此日空追慕
明知終有別不料行當去依依柳色新冉冉春光暮從此過西園書窗怕回顧
皇帝重真才科停六七載養君晚成器畜極將有待今年秋闈開出匣干將快
努力策修名韋平業可再我似識先幾丹青將君畫一卷隨園山五人竹間話
誰知把畫圖即以送征蓋君身雖已行君貌依然在身在青雲間貌在白雲外

流傳千百年知我兩相愛

同梅岑送似村渡江同宿浦口別後却寄

送別到江盡過江別更難我不解此苦搖槳登木蘭悄悄梅岑子與我同舟去

三人野店眠纏綿到天曙不願留君駕只願留長夜長夜永不明君從何處行

雞聲忽喔喔喂馬聞僮僕僮僕慮人惱詭言天尚早恰恐行太遲前途旅店稀

忍心勸君走登車重握手此手終要分兩淚徒繽紛君行淚不收我歸淚更流

脈脈復登舟滿江春水愁

望山相公扈　蹕南門墜馬損足賦詩奉懷

三公雖坐論四海望行春爭奈從龍日翻驚墜馬身履聲　天聽急韉解御醫

頻速報　君王愈馳詢已七人

聽說扶宜祿還能侍玉除陽春真有脚緩步且當車示健安朝野懷歸畏簡書

王臣真蹇蹇一笑晚風餘

早年

早年爲政早歸耕別是人間一性情老恥逃禪占定力貧能行樂仗聰明也知略有今生福未必全無後世名檢點殘書聊自慰古來傳不盡公卿

何秀才將售出園林畫圖屬題

煙雲一幅輞川圖何點從前此讀書樓外雨花當塔墮溪邊風柳隔橋疎山雖已賣空存畫臥可常遊轉勝居修葺不需題詠滿子孫開卷即吾廬

嘲眼鏡

眼光原自在爭仗鏡爲能縱使窮千里終嫌隔一層有繩先繫鼻無淚已成冰徐偃不亡國瞻焉便可憎（荀子徐偃王目可瞻焉即近視也）

座主大廷尉鄧遜齋先生自蜀之長安泊舟白下恭送四章

萬里峨嵋月吹來江上村師生重握手僮僕盡消魂鬢髮霜如許滄桑事莫論攀裾難忍淚二十七年恩

牖有升堂客王褒及李沖（門下士王發桂李棠俱官白下）三人齊北面一席坐春風桃李花全老金燈帳尙紅先生應莞爾吾道在江東

欲慰蒼生望全家蜀道還衫痕巫峽雨帆影白門山木鐸三江舊萊衣廿載班（乾隆九年公宣諭江南選大廷尉卽乞終養）卽論公出處久已重人間繞屋花千樹關門手一編能教有今日爭敢忘當年路是長安近書憑旅雁傳只憐垂老別白首拜江天

送望山相公入閣詩

平章秋後入　楓宸消息愁教父老聞朝裏自然需上相人間未免戀慈雲當時澤只三江占此日恩同四海分儘把嘉謨作辰告遭逢難得　聖明君

金陵久住似家鄉此別知公也斷腸蕭寺鶯聲何處聽棲霞山色爲誰蒼水寬魚忘遊時樂春好花留過後香卅載軍民如一夢東風吹淚滿甘棠

記從弱冠侍蓬萊老去心情倍愛才山徑偶然元老至軍門常爲野人開牙旗月落宵傳餉燕寢香凝畫舉杯此後荒村好風雪更誰騎馬送詩來

驪歌一字一深情唱到陽關結尾聲黃閣人行秋萬里青琴絃斷月三更重披絳帳知何日已傍龍門過半生到底思公公不遠中台星照大江明

陶西圃從樂平還司馬需次入都攜前所贈姬人及子女重過隨園

一枝花贈十三年白首相逢倍黯然難得雙雙人共至呼兒挈女拜燈前

太行山色雁門霜半落琴堂半洞房今日藍橋重過處白雲猶鎖合歡牀

愛讀新詩見典型怕聽流淚說家庭人間竟有龍欄氏願乞開皇賜孝經

長安此去再登朝定與羣仙話寂寥道我閑身雖耐老也陪公等鬢蕭蕭西圃前至長安道已未同年無不白頭者

關河行色正逢秋珍重加餐唱莫愁彈指晨星能有幾此身須爲故人留

五言一百韻送高槐堂別駕還武康

作吏非作儒而道實相須讀律非讀書而理實無殊平生牧民時曾抱此區區從不向人道慮人嗤我迂亦不求諸人其人今恐無有賢者高公玉貌何清臞初見在邗江行安而節舒司馬青衫破伍伯赤棒麤拔豪如拔韭用吏如用奴常宿辛公廳勸栽鄭公榆奇服怪民風一旦多騷除止我而觴之同席有唐衢謂唐孝廉其時與水政史起治溝渠草物十二襄公獨窮根株未幾來白下朝夕親

軒朱精文與善法耳聞且目濡宅心最醇粹視聽無陂輸重典極蕭楯寬心抱
王鈇蘇公不留獄訟者舞於途韓浞禁刑牛五施土不蕪小吏畏剔嬲背面相
揶揄大吏愛精勤微微嫌其拘公乃莞爾笑吾其病矣夫人生過六旬豈不知
頭顱玉佩而長裾原不利走趨投劾移病去飄然賦遂初父老一聞信戚戚相
欷歔兒童及婦女各各鼓嚨胡道有此衙門從無此大夫願公車轚互願公馬
契需水歸海蕩蕩民歸賢愉愉我乃向民言公賢止此乎昔公在江右循聲達
帝都初綰銀城綬後剖潯陽符所到士龜藻所治民知姝司寤禁宵行誰敢
攘公揄門匠稽黃籍外繇無逃逋門內方喝盧門外已呼騶前巷方盜驢後巷
已縛祛一士陷於獄臨死將公呼道公尚在茲我豈陷於辜一孀爲盜簒公晢
取萑苻不得竟不止網密驚秋荼秀才聞公來書聲爭咿唔各持其文章啓戶
迎雙鳧農賈聞公來利器而持鋤弟知敬其兄婦加孝於姑宣尼大成殿李渤
甘棠湖岳王金陀祠周子蓮花居一一加脩濬簇簇新榱櫨前賢同揖讓後賢
共相於豈非仕與學融成一貫歟大府報治最 天子笑曰俞擢之佐松江以

彰循吏譽卓茂三公服黃覇一丈車陸績鬱林石崇龜茲支圖雍容將去矣合
郡大躊躇曰豈惟民哉邑乘未成書良吏與良史惟公一身俱譬如婦持家薪
米牛羊猪豈可無文簿約略存規模舊尹告新尹交替毋模糊先生俯而諾此
事良由余敢不覯厥成中道而棄諸乃居西河館大招文學徒有筆大如椽有
墨珍如珠巨不漏山川小不遺村墟厥田輕輿土厥賦中下租圭撮無訛差羅
縷窮錙銖德化有邑乘從公作權輿至今班史筆照耀江一隅其時官廩薄民
供頗有餘老者爭洒措幼者抱籩餘前門擔娓鴨後門饋生魚家家推鶴膝戶
尸獻犀渠借公又一年公駕才驅驅江右既如此江左當何如歲星原周天豈
常照里閭春風成功退自然還太虛民雖無大廈公自有蘧廬民雖愛保障公
亦思蓴鱸勸民毋留公公行于公娛詧人必有後天道良非誣不見公郎君紫
鳳翔高梧謝家誇寶樹穆氏號醍醐頃刻翔青雲餘光照三吳今夕復何夕秋
風吹芙蕖我同民送公千金買須臾愧無千里酒爲公傾百壺愧無四絃聲爲
公歌驪駒且題陽城驛當書何易于

送滋圃新參入都二首

調羹貴新手折柳愛故枝新手惹人望故枝惹人思我送莊新參誰能爲此詞其詞多纏綿卅載心相知交公諸生日送公作相時諸生至宰相迅若風輪馳憶昔沈家園隔花將公窺也知公必貴不料貴至斯其時兩少年結交惟恐遲明年京兆榜後年瓊林巵聯鑣相追逐直登蓬萊池一朝我小謫輪蹄遂參差自道仙凡隔重逢未有期何圖一江水天風吹聚之我來訪烟柳公來樹旌旗雲泥雖不親苔岑終相依布衣情款款舊雨談霏霏黃扉一以去白首何時歸但見蒼生樂誰知故人悲鳳皇自高翔閑鷗難遠飛惟望台垣星流光照幽栖

尹公督兩江公來撫三吳我曾以書賀韓歐一時俱公乃謙詞答僕也何敢居誘而至於道其在斯言歟果然兩賢人仁風溢里閭忽焉雙雙去江左咸欷歔所喜同調元八荒如庭衢豈有到蓬山而肯徒支吾（公贈尹公詩有蓬山未到總支吾之句）歷觀古賢相其道不可孤魏相以嚴治丙吉乃寬舒如晦斷於後元齡謀於初何況本師弟衣鉢傳有餘用心不妨同意見不妨殊殊則非朋黨同則相匡扶如作

遠猷告此訏彼則謨如歌卷阿詩前唱後則喁會見皐與夔致君如唐虞

相公眷屬先期入都枚入起居見白猫悲鳴公獨坐淒然因以詩乞

烏圓爲送主人行似抱離愁宛轉鳴繞座已無雲鬟影聞呼還認相公聲也同遺愛甘棠好可許尋常百姓迎小畜有靈應識我絳紗帷裏舊門生

猫來後又以詩謝

狸奴真個賜貧官惹得羣姬置膝看鼠避早知來處貴魚香頗覺進門歡果然絳帳温存久不比幽蘭服侍難公賜素蘭妾矣寄語相公休念舊年年書札報平安

送高南疇觀察貴州

秋日馬蹄輕監司去石城黔陽新使節江左舊官聲地僻刑書簡風和瘴雨清知公行色好一路萬山迎愛我幽栖處高軒幾度過松花飄羽蓋鄉月照烟蘿轉眼誰知別深談悔不多相思盼天末江水有回波

八月二日莊滋圃新參聞相公玉體有恙載酒延候拉枚同往

三江元老駞征輪三吳新參訪故人爲載酒尊趨絳帳仰承師意召同門十年不到舊山莊處處亭臺換夕陽笑指芙蓉夸野色抱將嬌女拜平章八騶先唱花閑道升堂隨後柴車到赤也端章點也狂夫子難禁莞爾笑後堂人盡去長安燕寢香消錦瑟寒未免離愁成小病白頭閑坐把書看新參風義高前古門生也作萊衣舞只教諧語鬭瀾翻不許驪歌唱酸楚酒杯易盡意難窮官鼓鼕鼕漏又終千秋莫忘今宵宴一個山人兩相公

哭莊念農太守

八面才無敵三生數忽終大名君世上小傳我胸中鬱鬱匡時略皝皝行己衷神機堪肆應圭撮極明聰決獄弦章善均輸管子工迎鑾四回事借箸一人功心力經營畢榮華頃刻空黃堂纔綰綬紫府遽鳴驄學易年非老當官氣正充交情深廿載佳話滿江東愛我詩親寫招人饌必豐清光蕭寺月丹葉攝山楓洒翰千章和挑燈一榻同每逢三令節各逞半英雄擫笛春聲豔藏花酒浪紅可憐追往事倏忽過春風夢蝶莊周化逢雞謝傅凶公與夫人同夢白雞青集胸竟以酉年卒

琴音渺渺逝水去匆匆兩急摧湘芷霜高隕井桐故人零落盡孤殺一衰翁

哭潘宇情

安仁愁裏過年光纔領河陽便天亡老子生來居苦縣召公到處有甘棠花方得氣偏經兩雪已禁寒可耐霜破屋孤兒存幾個一枝瓊樹又凋傷公次子相繼而没

哭陸甥湄君

抱汝孩提看汝婚悠悠三十五年春病因傳代醫無效姊夫康仲亦以瘵卒詩已名家筆有神半世撫孤成底事他時送舅望何人憑棺忍聽輪流哭稚子孀妻白髮親

聞梁瑤峯少宰解督學之任就按粤東寄詩奉懷

海角文星去江東士子嗟莫驚廷尉閒且看嶺南花沙檢金纔出霜消月更華天心寬小過早晚聖恩加

記得高軒過秋風八月清金燈千樹滿玉笛一班迎未極登臨與先增搖落情何時鵷鷺侶重續女蘿盟公到日正園中有多士之宴皆公門下士也有爲兩家議婚者故及之

九月六日送相公起程路上奉呈十首

恩在江南四十年山光水色盡纏綿行期偏近重陽日剛趁黃花晚節天

冠蓋依依送石城相公謙甚下車行長亭望斷旌旗影相對惟聞歎息聲

四次甘棠手自栽韶光如水暗中催尚存幾個皤皤叟曾見公來第一回

先生微笑出江關先別蒼生後攝山真個精神似秋月去時還照水雲間

曾寫青山入奏章曾開池水待　君王從今儘把經營意付與閑人話夕陽

光景留連兩日中弓刀小隊去匆匆只因染遍軍民淚楓未經霜已半紅

渡江時節正題糕兩岸秋風送晚潮恰似栖霞情未斷最高峯影尚相招

小艇追隨笑語親揚州明月二分新歐蘇遺跡平山在如此師生有幾人

此去秦郵有所思當年曾此薦袁絲而今同唱驪歌過腸斷蘆花似雪時公昔薦枚高郵牧部議不果

絳紗回首最消魂半世因緣半世恩且喜身閑堪遠送燈前還有幾黃昏

送相公渡淮尚未拜別而入騶忽駕遣使者來辭舟追不及愴然有作

畫戟飄霜去莫追先生辭我我能知爲憐終有分襟日不忍重看下拜時秋水

連天含睇遠孤雲離月獨歸遲短篷細雨清江路白盡彭宣兩鬢絲

錫山兩賢吏歌

錫山之水如錫明錫山之官如水清一賢如此已難得況復兩賢濟濟齊其名我飲惠山水人歌兩賢美一爲吳季札一爲韓宣子吳公未見情何篤先惠甘泉四十斛韓公見我拉我遊一船酒載青山頭山頭十月朔風爽紅葉千林足幽賞六龍纔過御香留雲璈水瑟琮琤響三人相聚情不禁談落霜花一寸深舟中看我揮手別岸上始聞驪唱音我聞拄笏看山非俗吏便覺西來有爽氣又聞前有召父後杜母兩人未必同時友於今兩仙鳧飛來集一邦左琴既彈右瑟應玉簫纔畢金鐘撞還來合浦珠成對種出甘棠樹必雙郝子廉吳隱之當時都以飲水知我今逢兩賢亦願置一詞安得公等落落布置天下滿勿使廉泉讓水處處長相思

雨過湖州

州以湖名聽已涼況兼城郭雨中望人家門戶多臨水兒女生涯總是桑打槳

正逢紅葉好尋春自笑白頭狂明霞碧浪從容問五十年來得未嘗

竹墩訪沈丞之同年不值其尊人留飲家釀惠六響一方

桑柘成陰處芸香舊世家沿村無異姓繞屋有奇花窗外玉蘭高三丈御筆金泥冷藏書玉冊斜桃源兼錦里別自貯仙霞

題鳳雖無主儒林見丈人當年曾拜謁此日倍精神話聽三朝舊春開一甕新石交風義重清響贈蕤賓

烟波如此好底事出山忙想爲家貧仕兼酬海內望官登二千石婚到第三郎三公子合卺有期代作焚香禱旌旗近故鄉

仙源難久住回艇板橋西霜葉堆篷滿溪雲壓櫂低小留愁日短重訪怕花迷暮雨南潯宿聲聲凍雀啼

到淮感故人寥落歸舟口號

當時丁令威千年化鶴歸山川城郭今猶昔雞犬人民都已非我離長淮十一載重來絕少晨星在西州馬過屋猶存金谷花開春不再晚甘園中水石新當

時主者營爲墳 尊江 桂宦堂中萬卷書于今寂寂他人居 魚門 程家諸郎俱長大紛羅酒挼邀我過各驚容貌類先人不忍杯盤當舊座山陽玉笛聽不休銅狄摩挲我欲愁那知浮世光陰改只說前生夢裏遊淮風蕭蕭催我行淮水悠悠傷我情我亦不知再來否將欲登舟又回首

常州月夜與劉繩菴相公話舊作

宮門作别九年寬握手蘭陵夜已闌上相位尊風義重華堂燈暖月光寒朝中盛業憑人說袖裏新詩索我看姚宋經綸燕許筆一時雙取古來難

江湖廊廟兩相憐回首長安意惘然召試彤廷同弱冠追陪詞館僅三年鶴書尙在徵車朽馬齒雖輕白髮先不覺纏綿情話久出城鐘動曉霜天

冬日寄懷望山公

去年此際雪花飛正是傳箋聽馬蹄金谷酒招香案客霓裳人舞畫堂西隨身文史同商榷到處虀湯教品題 公命將羣官膳飲戲加甲乙 今日龍門看不見九重天遠五雲低

長安消息最關情傳說光榮壓九卿白面郎君登少宰青宮　帝子喚先生（公子）慶桂擢少宰公總領上書房園依上苑春應早殿領文華品更清未識門牆人似海紀　恩詩好是誰賡

到蘇州孀女出見喪服將終而年纔十七傷懷口號

漠漠風寒錦瑟絃飄飄鬒髮尚垂肩傷心三載成孀女還是人家未嫁年

十一月十三日韋曠五副戎率公子虎邱餞別遣歌者張郎送歸白下別後却寄

平生蹤跡等浮鷗半世河梁在虎邱誰泊燈船來置酒姓韋人又領蘇州

夜色溪光兩寂寥山門同步可憐宵千人石作瓊瑤色坐久還疑雪欲消

膝下郎君玉雪清丹山久聽鳳雛聲今朝省識青雲器羊祜金鐶耳尚明（公子耳上有環）

難得張星結伴歸霜篷同泛月明時江心還似尊前坐萬點烟波笛一枝

師健尚書最忝宿眷來主武闈而枚還杭州不獲一見寄詩道歉

仰止心雖切瞻依願屢違春風江上至遊子故鄉歸北望雙旌遠南征一雁飛遙知明月色空照釣魚磯

尚書和詩

白下逢君日金貂願已違吳江開墅僻太華抱雲歸對酒月相照揮毫花亂飛數年不一見搔首望漁磯

過杭州貢院作

風簷官燭舊時遊彈指人間四十秋燒尾魚行三萬里龍門重過尙低頭

題凌香坪中吳雜記

五載皐橋宇萬行雲階月地苦平章左思賴有吳都賦不負繁華夢一場

竹林人散管絃停向秀重來淚欲零月夜橫塘花似雪笛聲孤坐酒樓聽

鴻泥回首昔年緣我亦金閶屢放船底事酒旗歌扇地不曾逢著杜樊川

衾

裁縫合歡被宛轉可憐宵與汝真無負多年不早朝

枕

鴻寳書何在游仙曲已闌只求無好夢轉覺醒時安

几

烏皮形兀兀南郭隱騰騰世上諸朋友誰如君可憑

席

青蒲涼自好赤日始相求容汝終宵卷應知世上秋

帚

驅塵君子意愛好主人情掃到落花雪呼僮下手輕

箸

笑君攫取忙送入他人口一世酸鹹中能知味也否

老仼

老仼空山歲月更閑思物理最分明青苔避日葵爭日同領春風各性情

小倉山房詩集卷十九

小倉山房詩集卷二十 丙戌丁亥

錢唐袁枚子才

正月八日雪

曉起羣籟低有物當簷壓知是新春雪來補去年臘果然纖塵無一白天地合
空花萬重墮羣玉兩山夾更喜牆垣無高下樓臺雜羣窗皆玻璃風拒景仍納
山沉亭立空寺隱燈表塔沙鳴冰溜和竹拜松枝答只恐斜陽來銀海去狎恰
急披鶴氅衣麻鞋滿山踏
踏此兜羅綿傾跌無不可行則仙雲招仆亦瓊瑤裹離離珠彈冠豔豔花沒踝
高枝屈復低右斡拗而左凍雀噤欲喑深溝填且頗可惜柴門關天加白玉鎖
清絕竟無客孤行惟有我老梅情不禁銜寒香一朵

周曼亭屋後得泉索詩

曼亭子翦茅作堂稷稷而居槃散行汲意不知所如 一解 筮卦得蒙曰山下出
泉在屋後不在屋前 二解 五剽之土如芬以脤蹄通之維掘之潺潺果然臣之

所居廉讓之間三解石兮磷磷花兮灼灼竹兮猗猗柳兮嫋嫋環泉而居罔不咸若四解飲此水者心和體輕生女美好男聰明上池讓其甘瑤池輸其清呼桑欽道元陸羽來補圖來著經五解鄰人許由手持一瓢盍往觀乎二里而遙戲語曼亭子天之所生非汝所獨吾家袁隗爲南陽守命酈縣某月送甘谷水四十斛六解

曼亭畫牽衣圖送兒出門又索詩

垂老別兒人情可知兒行次且牽父之衣一解父曰嗟予子行役稻粱之謀豈不爾思勢不可留吾不能負劍辟咡踦閭而語又不能如影逐形步步隨汝二解乃染我筆寫牽衣狀乃擊我缶聽而翁唱願江水湯湯兒行無恙尙慎旃哉有白髮倚門而望三解不必陟岵而開卷見父不必趨庭而如聞叮嚀登思子之臺兮何月色之皚皚兮讀庭誥之文兮寧若此之清且真兮四解

太守沈硯圃有雙松甚古予乞其一而謝以詩

黃山之松黃堂舞終日松濤亂官鼓先生本抱歲寒心對此益增毛髮古山人

一見驚且誇稽首拜乞嘉樹嘉先生贈松如贈劍留其干將賜莫邪一盆昇至

滿庭綠瘦蛟㞘強蒼龍伏頗似當年我挂冠帶得紅塵入幽谷滿山梅竹避下

風嫌渠曾受大夫封我獨摩頂戒剪伐當作甘棠憶召公

惆悵詞二月二十八日作有序

周氏姬侍年女也畜養吳門爲友人索贈去已而不安於室仍以見還

則有身矣爲賦惆悵詞四章仍歸友人

無計奈花何匆匆細馬馱珠纔還合浦笛又送回波草色長亭兩鶯聲子夜歌

關心小楊柳生就受風多

東君太游戲一笑送春來那料蘼蕪草先含荳蔻胎留仙裙宛轉解珮月徘徊

到底樓羅歷前生註幾回

記否碧城坊盈盈步畫堂分箋教認字剪髻待成妝蘭槳三江月蓮燈五夜霜

今宵成底事只剩縷金箱姬留一箱

老去江淹筆飛花繞不休尋春頻入夢行樂轉生愁落葉隨風去垂楊逐水流

二姓平生惆悵事強半在蘇州

記得

記得當年侍絳帷春風楊柳共依依一生不肯離花住半醉常教踏月歸東閣酒痕衣上在西園燈影夢中違如何白首傳經客不及金堂燕子飛

故人劉魯原起官甘肅以乘風破浪圖屬題

西涼地勢青天上萬里長風沙作浪劉侯將往索題圖我未揮毫先惆悵憶昔長安聽雨眠彼此金鞍美少年卷中鬚鬢何曾有燈下杯盤尚宛然揮手一爲別蒼茫事難說大海幾回波落花萬重雪君拖墨綬領橫塘予亦尋春返故鄉同談往事燒紅燭代發仙符捉鳳皇事見引鳳曲此時面目圖中好誰知人向圖中老誤入桃源走逆風船蓬吹墮煙帆倒捲浪重來氣轉雄昆明劫後此心空半生披髮橫磨劍竟挂崆峒第一峯男兒愛聽甘涼曲全家飽啖黃羊肉會看西域起班超那羨南朝有宗慤三十年來一故人陽關不唱已沾巾況今真個陽關去爭使歌成不斷魂

賀熊滌齋先生重宴瓊林詩

東風吹老大羅天鴈塔題名六十年聽說瓊林傳盛事一杯春酒待神仙

晝錦堂前笑口開自鐫金字上牙牌關心八座榮封貴爭及三朝進士佳

蒲輪擬向帝城行銅狄摩挲眼倍青扶杖曲江風裏立開元說與後生聽

半披半曳舊宮袍回首鈞天夢已遙一個貞元老朝士杏花相見也魂消

小劫華嚴事渺茫一場春夢比人長宮娥有認先生者定戴麻姑兩鬢霜

小西湖畔水鱗鱗照影休驚白髮身笑問當年馬蹄疾紅裙看殺是何人

如此科名有幾公　熙朝人瑞許誰同玉堂銀管三千筆好寫恩榮　國史中

三百霓裳出上林靈光南望白雲深大中丞是年家子寫到名箋笑不禁公長子巡撫浙江

我亦瓊林折一枝卅年未滿鬢先絲他時倘有重來分還乞先生數首詩

題史閣部遺像有序

像爲蔣心餘太史所藏并其臨危家書都爲一卷書中勸夫人同死託

某某慰安太夫人末云書至此肝腸寸斷

每過梅花嶺思公淚欲零高山空仰止到眼忽丹青勝國衣冠古孤臣鬢髮星

宛然文信國獨立小朝廷

已斷長淮臂難揮落日戈風雲方慘淡天子正笙歌四鎮調停苦三軍涕淚多

至今圖畫上如盼舊山河

且喜家書在銀鉤字數行淒涼招命婦宛轉託高堂墨淡知和血篇終說斷腸

當時濡筆際光景莫思量

太師留畫像交付得歐公展卷人如在焚香禮未終江雲千里外心史百年中

怕向空堂捲霜天起朔風

送懃拙修大宗伯入都

尚書將還朝招我遠爲別道是再見難一面千金值我聞茲言悲恨不生羽翼

又恐相送時離愁轉難抑不如賦驪歌遠寄數行墨下言鄙人懷上言君子德

如彼車上鈴有聲在公側

我昔罷詞科落魄長安街橫山趙夫子向公稱我才公道人亦好非獨其文佳春宵許移榻秋月同銜杯奬借公卿間掖我登蓬萊贈以雙南金資我走風埃人生出身處沒齒難忘懷況乃大賢人重疊加栽培知恩心不老報恩身已衰豈徒我身衰公霜亦盈腮當時兩年少朱顏如嬰孩誰知三十年風輪不停催耿耿前情重茫茫後會乖雪涕向公詢可有來生來

中天一卿月皎潔紫微旁海內數正人錯落羣生望公爲大宗伯丰采冠巖廊今將行赴都如鳳升朝陽宰相公家官於漢爲平當節鉞公家物於唐爲贊皇平生以識重自許非尋常當茲明良會努力賡虞唐玉性既縝栗金心益老蒼末路日以慎晚節日以香賤子甘邱壑無能効匡襄但見年穀豐知公調陰陽平生授經者公家一郎君其時甫七歲朝夕與我親小字呼熹官翩然獨角麟果然入玉堂高步青天雲聞其好學甚手不離典墳古人於文字所重在傳薪我自挂冠來著述窮朝昏於詩兼唐宋於文極漢秦六經多創解百氏有討論八十一家中頗樹一幟新惜哉韶光逝傳者無其人未免思公子吾意欲云云

王鈞讀沈賦李漢編韓文庶幾師友事垂輝映千春待渠趨庭時公爲語殷勤

過丹陽船凍不行悶而有作

此風吹水水成石波濤無聲兩槳直天公欺人行不得將船封入水晶域長篙巨斧難摧堅鑿之空空如下天千檣柴立萬口唱公無渡河聲接連既無焦家丸又無蜀井火寔前既不能跋後又不可望見東方一角紅知有朝陽來救我

答望山公見寄

兩年不聽簫韶響千里吹來老鳳聲三十六章珠一串人間天上兩關情

傳聞扈蹕侍　君王手挽強弓射白狼惹得從圍三百騎一齊驚看老平章

勑賜平泉草木新知公一到倍精神千紅萬紫來如海半是　君恩半是春

昇平無事早朝歸定脫朝衫坐釣磯可覺青山圖畫裏旁邊少個野鷗飛

記否西園夜氣清商量文史坐三更婆娑元老飄蕭客相對常如兩學生

淮浦依依送別秋高軒臨去怕回頭至今幾點彭宣淚洒向黃河尚北流

滄桑人事二年中欲說頻教眼欲紅惟有棲霞老松樹平安如舊只思公

柴門久不受人敲今日傳箋馬又驕留著門前馬蹄迹鄰翁看見也魂消

寄梅岑

衰年送少年後會渺雲煙況我升堂客如君幾個賢長河青雀舫細雨菊花天彼此臨岐淚痕留絳帳邊

開眼無餘子甘心師老夫鳳皇毛自異才子貌尤都立雪瓊枝映看花鳩杖扶六年談笑處佳話滿江湖

別來勤學否落筆有千秋白髮高堂望蒼生我輩憂宮花待誰插閬苑及春遊莫負相期意人間第一流

荀令香才遠蕭樓迹已陳門關流水響苔鎖落花春每過頻回首相思倍愴神幾生修得到天性少情人

秋懷

西風吹我作衰翁瓦上清霜鬢上同惆悵空階看落葉樓臺一半夕陽中

落日空山何處行猢猻贈與一枝藤平生不説維摩法爲覓黄花去訪僧

荷葉披披剩半塘自尋紅樹步斜陽誰知垂柳風流性轉比高梧耐得霜

客至

看山終日踏雲立忽聞竹外叩門急手整衣冠出見賓鞋底還粘幾黃葉

厭聽人詢得子無些些小事莫關渠逍遙公有兒孫累未必雲煙得自如

除夕讀蔣苕生編修詩即倣其體奉題三首

除夕袁子歌不止聲如爆竹震人耳老親驚疑小妻視案上一編蔣太史問我胡爲愛若此我道其詩竟莫比白虹一道當空起千流萬轉仍繞指走入先生輔頰裏片片蓮花開舌底其大難摹幻難擬天之蒼蒼海瀰瀰前有蛟龍後虎兕長繩三丈走若矢縱得七尋横九趾倒拔鯨牙曳牛尾五十三參智慧理七十四變女媧體都來供給管城使遇小敵怯大敵喜四海才人鼓聲死先生大笑吾戲耳眼前拈來說便是非杜非韓亦非李卿胡愕眙不敢睨可惜老夫年衰矣旗鼓相當顙有泚但嘆奇才世有幾如仲達按孔明壘長安公卿半委靡不解鈞天聽宮徵許其掉頭歸田里鍾山脚下寄妻子與余相交情娓娓果然

珍倣宋版印

四海習鑿齒自信當如丁敬禮轉笑當時陳無已渾身只拍西江水願讀千遍書千紙明日元辰大利市心香供奉從隗始

仰天但見有日月搖筆便知無古今宣尼果然用韶樂未必敷衍笙鏞音俗儒礰礰界唐宋未入華胥先作夢先生有意喚醒之矯枉張弓力太重滄溟數子見卽嗔新城一翁頭更痛我道不如掩其朝代名姓只論詩能合吾意吾取之優孟果能歌白雪滄浪童子皆吾師否則三百篇中嚼蠟者聖人雖取吾不知吁嗟乎昆崙太華山自高終日孤踞殊寂寥其下瀟湘武夷亦足供遊遨

高君年少眼光好能以纏牽律詩老卷中丹書如蠶眠抉摘瑕疵存異寶曹瞞困周郎爲少節制師歐公畏後生正恐某在斯高君已獻潢汙芹賤子更進蒭蕘言勸君莫愛惜欲表孤花先剪葉勸君須愛惜千餠黃金一點墨西施亂頭粗服故自佳何不稼飾嚴妝更增色泥沙雜下夸黃河何如大海無塵但見珊瑚木難萬怪相惶惑俎豆終須刻苦爭至味還從蘊釀得君不見太清之中一微滓世間竟有離妻子又不見戟叉弓刀弄畢十八門不如老僧寸鐵能殺人

愁

白髮悄無語青山忽自低愁來如有路慣在夕陽西

相逢行贈徐椒林

酒杯愛共荆軻把唾壺慣招處仲打徐公三十恥讀書原是長安殺人者殺人何處敢橫行白日青天紫禁城輕生如作暫時別放歸不感金吾情金吾邏騎欺少年書劵逼取青樓錢公聞命召某某至一重門入一重閉兗肩在盆酒在尊老拳如椎八十斤請擇於斯一任君鼠子侊侊驚且奔讋服三日聲猶吞君不見徐次子報仇甘爲呂母死又不見徐元直被髮堊面曾作賊家風如此傳雄豪可肯毛錐換寶刀千金贈與狡童馬趙官四一麾出看廬江濤廬江高城風蕩蕩排衙權作千夫長朝編史論挾風霜暮品丹青寄蕭爽湖海元龍氣已降旁人猶惱次公狂公乃笑吃吃替人惜眼光空看周處當官日不見朱雲年少場握手秦淮交肺腑僧房小住聽鐘鼓腦後偷將鐵彈看燈前戲拔蛇矛舞強予踏濕遊倡家矗矗新樓大道斜一片香心消不得滿山代種幽蘭花蒙惠春蘭千本

吁嗟乎相逢遲相識早世上英雄原不少袁絲袁絲可惜老

二月十六日蘇州信來道孀女病危余買舟往視至丹陽聞訃

哭壻纔揩眼未乾又教哭女淚闌干半年合巹三生了千里呼爺一面難獨活草生原命薄未亡人去轉心安只憐白髮無兒叟再喪文姬影更單

廿歲成孀四載餘輕塵短夢萬緣虛登樓無復迎爺笑理篋空存寄母書雙槳歸遲猶懊惱九原永訣竟何如從今齊女門前路一慟長回墨子車

路上憶園中梅花

今年春色費相思小別梅花看女兒一路月明風定處輸他寒雀占高枝

曲檻疏籬小苑東花應深惜主人翁萬重香雪連雲起爭不開窗坐上風

再哭芷亭方伯

方伯葬後盜發冢取衾絞含珠其家適負官課未償山陰令獲盜卽以其贓充抵

宿草青青久失羣佳城鬱鬱聽傳聞摸金竟有曹瞞尉上表誰修卞壼墳底事

長眠偏覺曉想真九死不忘　君玉魚銀雁輸官庫還策尸臣未了勳

謝茗生校定拙集

自愛詩如百煉金多君辛苦賜神針姓名敢作千秋想得失先安一寸心天上月高花照影海邊絃絕水知音如何六代江山大夢裏空存二鳥吟茗生夢贈予詩有三春花鳥都陳迹六代江山兩寓公之句

詠公子竹叢吳門花燭詩

公子三春打槳忙秦樓甥館在橫塘遙知一路簫聲好先有紅雲護女牀

靈簫墨會本天親空谷寒山正好春珍重玉臺雙管筆吳宮花草待詩人

鏡檻珠簾十二重畫眉分得讀書功海棠紅兩酴醾雪人在濃香淺夢中

金字書銜玉篆牌三公門第五雲開幸虧郎有天人貌多少吳孃看壻來

丹青曾寫兩雲鬟紅袖添香共倚闌今日月宮真個到嫦娥不是畫中看

紅豆同吟未一年香車小別水如煙南來倘有文鱗便寄我房中曲一篇

題嵇公子皇華冊後

我昔適館尚書家公子學語纔牙牙時拋竹馬來聽講強[illegible]先生代折花我今來飲尚書酒公子捧檄滇南走一家珠玉詠皇華萬里風雲生馬首相逢不覺兩相驚一句寒暄隔一生回頭夢裏徵前事脫口燈前喚小名尚書服闋　天家召公子行將還六詔一個留侯門下人臥起商山成獨笑磨墨題詩意惘然祝君指日作南遷者番一别儂衰矣此後難禁三十年

畫

處處種幽蘭朝朝對牡丹主人心未足自畫一花看

題畫蒲萄應硯圃太守命即以送行

廣文吳君筆墨超不畫苜蓿畫蒲萄太守得之興更豪命我題句加寵褒我乍展觀葉尚搖嘆此神技渠獨操厥草惟夭厥木喬高者龍牽雲外飄低者駱縮煙中條欹者墮者紛相遭勢或小斷影忽交弱蔓疎莖蟠瘦蛟艾藍染碧垂絲絛露之湛湛風騷騷大珠小珠天上拋金丸萬點眼欲燒疑坐華林朱雀橋百七十株歌椒聊又疑張騫大宛逃手持奇樹來相招權火初升井挈皐誰知妙

腕揮銀毫筆花怒生東海潮墨濃作果淡作梢只可落紙生煙飈無能登盤供老饕恰如虎鬚鬚繫且牢松鼠欲偷空目勞嚴霜驚風影不凋奚須暮景愁邊撩太守倖滿將入朝請攜此幅馳丹霄長途眼飽慰寂寥長安贈客當瓊瑤君不見孟佗一斛遺巨貂涼州頃刻麾旌旄

六月望日蔣侍御用庵龔司馬雲若永竹巖鐵崖兩公子聽琴隨園得渡字

良友如青琴知音最難遇有友復有琴芳辰忍虛度當暑陳金尊羣仙來玉步泠泠七絃希落落五星聚通風撤重簾置席傍高樹曲外時聞鶯酒中微墜露忽然殷輕雷疎雨洒薄暮天知客欲遊爲涼花閒路月出藕香斂波明山影渡

次日集公子瞻園觀藏鉤之戲待龔司馬不至與蔣御史用庵陳處士古漁伍理問敬堂嚴茂才憩堂分得下字

瞻園公子儒林亞門第金張詩鮑謝堂高九仞召長風飲集八仙消短夜初將印篆考琳琅雀籙雞碑堆滿架繼將藁飫訓官廚不許酸鹹略假借脫略苛禮

去冠巾圓几團團圍水樹新荷媚客送花香古樹爭天穿石罅想緣賓主氣如春竟使天公忘作夏東臺御史帶詩來北郭先生遣人迓嚴助神交欣始接伍舉班荊來更乍可惜龔舍學蜘蛛不降江州司馬駕方敲銅鉢擘詩箋突出幻人弄杯斝秘戲堂前傀儡陳高談舌底銀河瀉五十餘鈎高映藏千二百驍玉女詫睽睽萬目躍鯿鱖簇簇交兵鬬甘蔗仙老盤空取酒回書生籠重將鵝卸非關技巧愛倂張直爲文心通變化挂角羚羊理可參龍魚有路知誰跨昨君飲我今飲君吾文如繼齊桓霸莫愁勝會傳江城但恐洛陽高紙價海內騷壇有幾人努力兩郎君足下

寶刀歌爲雲若司馬作

雲若司馬眞英豪磨墨捉我題寶刀此刀不許俗筆寫也須筆健如刀者拔鞘相夸風滿庭將拔未拔刀先鳴電光熒熒射窗冷芙蓉飄飄上手輕伸則鏗然屈則轉從古英雄善舒卷海上長鯨見汝愁月中丹桂爲誰短精鐵鎔成歷幾年孟勞身分壓龍泉可磨巴漢三江水可走哥舒萬里天摩挲擬叩金鐶問吾

戴吾頭不敢近今年六月如秋涼疑是刀來照此方吁嗟乎神農藥堯舜法一
半生人一半殺不如君家此物知恩仇不報仇時繞指柔

對菊睡去

白髮雙趺坐黃花四面圍夢爲蝴蝶去猶繞冷香飛

贈蔣用庵侍御五十韻侍御以揚州聽請事罷官制府高公聘修南巡盛典

南巡修盛典東觀聘名流豈料煙霞客相知三十秋班荊方促膝感舊轉回頭
往日雲龍逐長安鐘鼓樓僕裁簪筆笏君未脫巾韝似玉葭初倚非膠漆竟投
芳花飛滿齒褖飾炫輕裘藩邸招枚乘儒林愛阮修梁園乘馬出陳榻剪燈留
魯酒同斟酌吳歌各唱酬清談兼晉魏高論極商周說士甘於肉今陳司馬長卿劉少宗伯
映榆皆公所薦士也攀花笑作籌露臺人坐月竹塢雨鳴鳩漏盡僮先睡賓歸帳未收雨
回送行客佳句滿皇州婚寫金蓮燭官夸白板侯情深雲宛轉語妙玉雕鎪賤
子淹西陜先生拜　冕旒蓬池追後步柏府控前騶合口椒非毒知時鐵最優
聲華推鮑謝汲引重韓歐天上文星動黔中使者遊珊瑚歸密網瘴嶺入清謳

前歲京江過逢公宅母憂長河齊解纜舊雨喜聯舟山好期同泊風催不自由誰知雙槳別忽報一官休誤跨揚州鶴驚騎郎墨牛陳湯雖匄貸毛伯敢徵求罪薄　君恩重名高衆口咻未曾歌得寶枉自嘆包羞聾帶終朝褫龍華小劫周長沙來賈誼史局仗班彪大府供儲侍鴻文廣輯搜省方周頌載封禪漢廷諏古奧三盤似高華二典侔勞寧妨嘯詠暇可訪林邱有子堪堂構隨翁共拍浮鍾山原姓蔣江表且依劉戲劉睦堂水館涼先得溪橋笛最幽食經崔浩著詩律老元偷公善治具久已忘三黜從何詠四愁松牕聽鼓瑟薇署看藏鉤不改憐才性頰爲推轂謀謂古漁故人能有幾宿疾可全瘳老樹花應密新秋雨太稠銀河煙漠漠身世事悠悠安石終當起斯言信我不

秦礀泉學士見和前韻再倡四十二韻奉贈礀泉

萬樹秋風裏千行珠玉飄貞元老朝士長慶好歌謠肯把軒轅律來賡嬴女簫華星編作字翠羽織成綃角可羚羊掛神如獅子超長吟心欲折感舊夢相撩昔作吳公尹曾將賈誼招才原夸鸑鷟賦每愛鷦鷯魯國諸生隊秦淮明月宵

有花皆宴會無酒不攀邀燕寢燒紅燭康郎唱綠么（學士舊贈有忘是將軍門下客公然仔細看康郎之句）分箋同擊鉢奪錦各藏標楷法銀鉤劃刀痕玉篆雕至今諸手迹猶自寶山椒儂乞文園病君揚冀北鑣一聲雷拔地雙翮塞盤鵰斫桂方磨斧投壺竟得驍百花頭上立匹馬殿前驕漢策占廷對唐詩重早朝青宮召疏廣丹禁走韋昭禮樂三雍擅文章六律調不言溫室樹敢負侍中貂斑管西清筆牙璋東海軺名經千佛選驛路八閩遙網得珠盈篋鏘鳴玉在腰祥金方躍冶雛鳳更淩霄同拜堯階日齊聽舜樂韶談遷真父子瓌𩕄兩宮僚閶闔將飛入雲天忽首搖高堂八旬近烏鳥寸心焦乞養辭　明主歸裝趁早潮潘輿扶宛轉蜀纈舞飄颻露柳啼鶯夕風梧散葉朝青溪新蠟屐蓬海舊山樵（學士號蓬萊山樵）訪我來花塢穿雲到板橋廿年如水逝一見倍魂消喜說門生貴驚看老鬢凋古歡情耿耿野步竹蕭蕭坐久談詩細山深引興饒懽呼釆蓮子苦勸置煙船掃徑難忘蔣（謂用庵）閒情愛和陶陽春聞郢客焚研學君苗難得琴相賞何妨戰屢挑投瓜如肯報引領盼瓊瑤

嘲雲

自我入山深一椽少人借可奈避風雲偷宿茅簷下

題高南澗哭筠兒詩後筠兒姓薛吳下人貌美能吟有上馬不知身落後貪看山色又回頭之句送南澗入都卒於保定

非關子晉愛吹笙花底原難活一生聽詠游仙傷往事櫻桃紅似小星明

曾熏龍腦護朝衣曾走邯鄲馬似飛半路落花風裏別長安同去不同歸

一編香墨剩遺珠舞雪回風妙有餘絕好齊梁詩弟子不教來事沈尚書

題葉花南庶子空山獨立小影

先生畫一叟獨立空山中自言不類我恰是花南翁花南自有貌明妃自有容

秦鏡尚難描畫者何能工聊取丹青意寫我蒼莽胷六經三千年人人相搜窮

誰能絕依傍精思與聖通此叟獨不然立言開屯蒙物高影自孤人高境自空

有時仕於朝獨擊虞廷鐘有時使於外獨揚先王風今乃　予告歸立教教江

東所佩必芳草所撫必喬松題像獨命我不肯交凡庸我亦自立者愛獨不愛

同舍笑看泰華請各立一峯

九月十一日夜

鵂鶹避燈上樹匿霜葉驚風走窗入人聲睡盡漏點明秋色將歸蟲語急五十初衰一老翁月中照影空庭立

和何南園閏七夕詩卽以其姓爲韻

今年最是牛郎好七夕佳期兩度過烏鵲橋塡原有路銀河秋老更無波也知天上情難了未免人間巧太多我爲雙星慶遭際比尋常會覺如何

頌眼鏡三年之中忽嘲忽頌傷老之速也

老眼忽還童雙睛出匣中春冰初照影秋月已當空細字黃昏得孤花薄霧融今生留盼處敢不與君同

十月九日席武山別駕招同蔣用庵侍御姚雲岫觀察沈硏圃太守高廟賞菊得秋字

洞庭席使君招我蕭寺遊其時十月霜萬木風颼飀高花忘是菊低屋疑是舟入屋花齊眉攀花屋打頭同來看花者半是東陵侯無官人自淡有酒山更幽

異哉種菊僧力與天公侔層樓五雲起四時花不休坐中愛菊人各各向僧求我意殊不然屬僧爲我留待至赤日夏求取黃花秋薰風吹隱者花中有巢由晚香偏早聞豈不高一籌僧意以爲然衆贈獨我不歸途塔燈明月華如水流

答李氏兩郎見寄一名煌一名燧河間人

三秋別雛鳳一夕得瑤章詩學如斯好身材幾許長問年纔典謁開口即宮商不信風騷運隆隆起北方

衰年傳道急後起得人難抱此千秋業今朝一笑看瓣香君問訊老淚我闌干來詩有閉戶著書今幾許瓣香心事屬何人之句莫忘門風好遺文獨序韓

哭王介祉介祉名禔常熟人長於歌行有梅村風格爲人權記室卒於漢陽見贈有重重著述皆千古草草功名只十年之句

管輅原知天黔婁可奈貧遠遊非得已客死太酸辛貌寢難兼福才高轉累身瀟湘一江水從古弔騷人

題朱南湖觀察學稼圖

作官須作大司農作家須作積穀翁養民養身原一事世間達者惟朱公先生

再仕心再化轉漕東南更學稼開府見公棨戟前開卷見公松樹下遠山蒼蒼映滄平童子五六嬉春行先生高坐頻指點煙裏叱牛如有聲自言家本山陰住未曾弱冠爲官去敢把三農忘故鄉常將一飯思來處我與公交三十年知公種得好心田有兒肯構堪終畝有歲常豐可信天前年被逮長安道鐵鎖鋃鐺公不惱有如飛雹過艮苗轉使疾風知勁草從此行行總順帆好風好雨住江南一言我恰低聲問官味何如穀味甘

仲冬二十九日高制府招陪蔣侍御西園觀劇即席賦謝兼懷望山相公

風靜三江纛高鶴書蒙把野人招堂無漏鼓鐘能報（几上兩鐘自鳴）座有笙歌酒易消一個詞臣談典禮（侍御修南巡盛典）千秋法物認瓊瑤（出貢玉命加品定）更頒甘旨教遺母勝捧仙雲下九霄

取來詩扇席間看十四年前墨未乾舊物尚存驚我老愛才如此嘆公難想開東閣人何遠忍醉西園歲又闌一樣銜恩兩條淚不禁振觸到眉端

荅人問隨園

想送隨園到汝前商量圖畫與吟箋畫來不若吟來好元九曾夸白樂天
北門橋轉水田西路少行人鳥漸啼遙望竹雲遮半嶺此中樓閣有高低
四圍有樹總無鄰孤塔臨風獨倚門最是一株銀杏古參天似表此山尊
卍字長廊接綺寮繞廊流水影迢迢遊人知住杭州客湖上雙堤又六橋
夫容楊柳種千行半拂溪流半繞塘爲有池蓮開並蔕水中亭子學鴛鴦
澄碧泉清足浣紗相公題作小棲霞怪峯壓屋似堆浪銜著幾叢丹桂花
廿三間屋最玲瓏恰好梅開坐上風霧閣雲牕隨步轉至今人不識西東
五色玻璃耀眼鮮盤龍明鏡置牆邊每從水盡山窮處返照重開一洞天
插架琳瑯萬卷餘商盤周鼎鎮相於時時縹帶琮琤響風意如夸有異書
一房纔畢一房生鎮日房中屈曲行窗外風聲簾外雨主人只是不分明
綠淨軒中草色含水晶域外露華酣忽然四面空青色第二重天號蔚藍
紅雪嵰山四季紅不開花日與開同方知天下春歸處都在先生此屋中
此外經營力不支儘將隙地變荷池有時瀑布空堂走臥著匡牀理釣絲

溪流南去板橋分不住幽人只住雲六角松亭半山望丹青一幅李將軍
煙波深處置輕航掠水穿雲意自將憑著春風吹上下料應流不到他鄉
戲點春燈挂樹梢萬重星斗盪煙濤魚龍出沒金銀海那覺當頭碧月高
闌鶴疎籬手自栽更添鹿砦傍西齋亭臺不厭千回改畢竟文章老更佳
愛將樓閣自家看每上山巔獨倚闌嘆息天心非草草安排此處老袁安

送用庵歸毘陵

自君來金陵累我增僕夫數曰不相見便欲呼肩輿自我來君所累君苛庖廚一味不適口主人先叫呼金陵大都會君來修官書赫赫宮傳駕雙雙仙令鳧黌宮生徒秀梨園子弟都爭先博君歡置酒爲君娛僉曰先生賓其惟隨園歟隨園與先生蛩蛩附駏驉彈琴先置瑟擊鼓方吹竽迎君必我召招我必君俱其旁有老叟乾笑大軒渠道此兩人者風裁亦頗殊其一高傒亢究究而居居其一太邱廣行潦納潢汙胡爲投漆膠不肯離斯須我今送君行歌詩慰長途豈徒寫耿耿借此明區區我性愛華妙不甚喜書迂人生隙駒耳何苦自囚拘

君善修容儀玉佩而瓊琚家貧潤其屋人瘁澤其車度屐必得所製袍必光軀
唉我如主孟好我如田蘇片時得膝促十日猶心愉安能禁雙趺不向君門趨
我性愛文章刻苦窮錙銖甘人刺要害苦人獻浮譽君能勒鈲掜犀照分瑕瑜
有賞必搔癢有攻必彈疽自是君律細非關我心虛安能獨囁嚅不共君唱喁
況溯締交始實惟乾隆初君頭始任冠我頤未有鬚虞山相公家鎮日常相於
吾家狹廬中絳帷時帍需長安一爲別芳訊沉雙魚其間偶相逢半面仍驅驅
今年大因緣風吹聚一隅豈非蒼蒼天念此兩人孤與以今年密使補往年踈
邊檫增晚景墜歡償春餘一日當一年猶恐難消除如何無多日君又歌驪駒
道已畢正臘千金買須臾豈不欲濡滯未免思妻孥我老畏聞別淚落如連珠
三十年爲世此義本先儒人生有幾世君其知也無前別已然矣後別能禁乎
痛定而思痛石人應欷歔今夕復何夕小室圍金鑪照窗鷩積雪照雪鷩頭顱
明知君不飲姑勸盡此壺離腸兼老懷不醉難模糊

續詩品三十二首 有序

余愛司空表聖詩品而惜其祇標妙境未寫苦心爲若干首續之陸士龍云雖隨手之妙良難以詞諭要所能言者盡於是耳

崇意

虞舜教夔曰詩言志胡今之人多辭寡意意似主人辭如奴婢主弱奴強呼之不至穿貫無繩散錢委地開千枝花一本所繫

精思

疾行善步兩不能全暴長之物其亡忽焉文不加點興到語耳孔明天才思十反矣惟思之精屈曲超邁人居屋中我來天外

博習

萬卷山積一篇吟成詩之與書有情無情鐘鼓非樂捨之何鳴易牙善烹先羞百牲不從糟粕安得精英曰不關學終非正聲

相題

古人詩易門戶獨開今人詩難羣題紛來專習一家硜硜小哉宜善相之多師

爲佳地殊景光人各身分天女量衣不差尺寸

選材

用一僻典如請生客如何選材而可不擇古香時豔各有攸宜所宜之中且爭毫釐錦非不佳不可爲帽金貂滿堂狗來必笑

用筆

思苦而晦絲不成繩書多而壅膏乃滅燈焚香再拜拜筆一枝星月驅使華嶽奔馳能剛能柔忽斂忽縱筆豈能然惟吾所用

理氣

吹氣不同油然浩然要其盤旋總在筆先湯湯來潮縷縷騰煙有餘於物物自浮焉如其客氣冉猛必顛無萬里風莫乘海船

布格

造屋先畫點兵先派詩雖百家各有疆界我用何格如盤走丸橫斜超縱不出於盤消息機關按之甚細一律未調八風掃地

擇韻

譬百二甕帝豈盡甘韻八千字人何亂探次韻自繫疊韻無味鬬險貪多偶然游戲勿瓦缶撞而銅山鳴食雞取跖烹魚去丁

尙識

學如弓弩才如箭鏃識以領之方能中鵠善學邯鄲莫失故步善求仙方不爲藥誤我有神燈獨照獨知不取亦取雖師勿師

振采

明珠非白精金非黃美人當前爛如朝陽雖抱仙骨亦由嚴妝匪沐胡潔非熏胡香西施蓬髮終竟不臧若非華羽曷別鳳皇

結響

金先於石餘響較多竹不如肉爲其音和詩本樂章按節當歌將斷必續如往復過簫來天霜琴生海波三日繞梁我思韓娥

取逕

揉直使曲疊單使複山愛武夷爲遊不足擾擾闤闠紛紛人行一覽而竟倦心齊生幽逕蠶叢是誰開創千秋過者猶祀其像

知難

趙括小兒兵乃易用充國晚年愈加遲重問所由然知與不知知味難食知脈難醫如此千秋萬手齊抗談何容易着墨紙上

葆真

貌有不足數粉施朱才有不足徵典求書古人文章俱非得已僞笑佯哀吾其優矣畫美無寵繪蘭無香揆厥所由君形者亡

安雅

雖真不雅庸奴叱咤悖矣曾規野哉孔罵君子不然芳花當齒言必先王左圖右史沈夸徵栗劉怯題糕想見古人射古爲招

空行

鐘厚必啞耳塞必聾萬古不壞其惟虛空詩人之筆列子之風離之愈遠卽之

彌工儀神黜貌借西搖東不階尺木斯名應龍

固存

酒薄易酸棟撓易動固而存之骨欲其重視民不恍沉沉爲王八十萬人九鼎

始扛重而能行乘百斛舟重而不行猴騎土牛

辨微

是新非纖是淡非枯是樸非拙是健非麤急宜判分毫釐千里勿混淄澠勿眩

朱紫戒之戒之賢智之過老手頹唐才人膽大

澄滓

描詩者多作詩者少其故云何渣滓不掃糟去酒清肉去洎饋寧可不吟不可

附會大官筵饌何必橫陳老生常談嚼蠟難聞

齋心

詩如鼓琴聲聲見心心爲人籟誠中形外我心淸妥語無煙火我心纏綿讀者

泫然禪偈非佛理障非儒心之孔嘉其言藹如

矜嚴

貴人舉止咳唾生風優曇花開半刻而終我飲仙露何必千鍾寸鐵殺人寧非

英雄博極而約淡蘊於濃若徒彙繆非浮邱翁

藏拙

晝贏宵縮天不兩隆如何弱手好彎強弓因謇徐言因跛緩步善藏其拙巧乃

益露右師取敗敵必當王霍王無短是以無長

神悟

鳥啼花落皆與神通人不能悟付之飄風惟我詩人衆妙扶智但見性情不着

文字宣尼偶過童歌滄浪聞之欣然示我周行

即景

混元運物流而不住迎之未來攬之已去詩如化工即景成趣逝者如斯有新

無故因物賦形隨影換步彼膠柱者將朝認暮

勇改

千招不來倉猝忽至十年矜寵一朝捐棄人貴知足惟學不然人功不竭天巧不傳知一重非進一重境亦有生金一鑄而定

著我

不學古人法無一可竟似古人何處著我字字古有言言古無吐故吸新其庶幾乎孟學孔子孔學周公三人文章頗不相同

戒偏

抱杜尊韓託足權門苦守陶韋貧賤驕人偏則成魔分唐界宋霹靂一聲鄒魯不閧江海雖大豈無瀟湘突厦自幽亦須廟堂

割忍

葉多花蔽詞多語費割之爲佳非忍不濟驪龍選珠顆顆明麗深夜九淵一取萬棄知熟必避知生必避入人意中出人頭地

求友

游山先問參禪貴印閉門自高吾斯未信聖求童蒙而況於我低棋偶然一着

頗可臨池正領倚鏡裝花笑倩旁人是耶非耶

拔萃

同鏘玉珮獨姣宋朝同歌茗花獨美孟姚拔乎其萃神理超超布帛菽粟終遜瓊瑤折楊皇華敢望鈞韶請披采衣飛入丹霄

滅迹

織錦有迹豈曰蕙娘脩月無痕乃號吳剛白傅改詩不留一字今讀其詩平平無異意深詞淺思苦言甘寥寥千年此妙誰探

小倉山房詩集卷二十

小倉山房詩集卷二十一 戊子己丑

錢唐袁枚子才

聞樹齋侍郎領威遠大將軍印鎮守北路寄詩奉懷

侍郎持節鎮樓蘭都護新開幕府寬我輩尚將儒者待朝廷久當重臣看瞻來福相三軍喜傳出華年九塞讙立馬天山莫回首望鄉臺恐在雲端侍郎年未三十

想見趨庭話別離相公有淚敢輕垂從來効力沙場日即是承懽膝下時充國行軍寧愼重班超見事勿稽遲秪今絶域皆州郡說與呼韓知不知

通家有客感離羣一障乘邊信屢聞麟閣行看君上畫燕山應待我銘勳新詩勅勒軍中曲舊夢横塘水上雲倘奪焉支好顏色江南兒女要平分

侍郎和

羨煞香披九畹蘭謫仙到處水雲寬隨緣且自紅塵住厭俗頻將白眼看爲子買春渾得計以山作壽好承歡何如迢遞天涯客獨抱愁思渺萬端

阻隔關山悵遠離苦吟無那首低垂行蹤碌碌緣何事後會茫茫更幾時萬

里寄書真不易三年學步莫嫌遲邇來情景憑誰告縱使通家未得知

身如旅鴈少同羣消息親朋杳不聞敢望功名追定遠每因風骨憶司勳飄零舊兩疎新兩遮莫江雲恨塞雲漫向胭脂山悵悒儘多相思與君分

夜坐

夜坐西牕兩一齋眼前物理苦難猜燭光業已猛如火偏有飛蛾陣陣來鬬鼠窺梁蝙蝠驚衰年猶是讀書聲可憐忘却雙眸暗只說年來燭不明

郊外過故人墓

郊外作清明垂鞭隴上行故人如白雪入土總無聲

戊子榜發日作一詩寄戊午座主鄧遜齋先生

九月十一日戊子秋榜懸門外車馬走徹夜聲喧闐羣官一簾撤諸生萬頸延得者眉欲舞失者淚湧泉恐此得失懷賢聖難免焉我今五十三登榜三十年翰林曾一入花縣曾九遷挂冠廿載餘萬念付雲烟惟逢榜發夕猶心動不眠棘院一聲鼓神魂與周旋並非望子弟胡爲情牽連祇緣少也賤歷嘗考試艱

四上不中雋自信幾不堅未知今生世與榜可有緣於今痛久定思痛輒隱然苦記戊午歲待榜居幽燕夜宿倪公家（今英江宗伯）昏黑奔躚躚道逢報捷者驚喜如雷顛疑誤復疑夢此意堪悲憐觥觥鄧夫子兩目秋光鮮書我到榜上拔我出重淵敢云文章力文章有何權敢云時命佳時命誰究宣父母愛兒子不能道兒賢惟師薦弟子暗中使升天豈非師恩德還在父母前吾師在何處渺渺五雲邊見榜疑見師感觸涕漣漣有如駿馬老重對孫陽鞭又如燒尾魚重過龍門巔此恩此日酬陸莊慚荒田此恩異日酬兩鬢驚華顛不如歌一曲聊寫心拳拳無由侍絳帷且憑鴻雁傳

同年王白齋司寇典試江南晤後有作

文星聽說下丹霄手把藜光照六朝一代金蘭曾共譜卅年雲海竟分鑣秋官氣肅冰壺朗桂子香深絳帳飄知道鹿鳴歌罷後定來招隱訪漁樵

無人不誦主司賢有客能談公少年棘院兩沾雙屐溼蓬山花探一枝鮮（乙卯同入闈苦雨後十年而公探花）倚來玉樹葭居後飲到雞壇酒占先此日八騶齊小住聽人情話

晚雲天

答望山相公見懷

新詩讀罷儼鈞韶逸響隨風嶺外飄底事千年吹不斷人間天上兩枝簫

絢春園費幾平章老去看花興倍長料得手栽非小草舜葱堯韭禹餘糧

江隄楊柳太風流苦累東君憶不休爲道年來免攀折縱無風雨也低頭

偶過棲霞十月中樓臺非復舊時同老僧識我還迎我閒立斜陽問相公

甘棠人去樹難堪舊雨零星只二三聽說黃扉猶悵望白頭人唱問江南白齋司寇道公作問江南曲

落日

落日金盤大遙山未敢吞松根明細草天外表孤村似寫衰年意頻驚旅客魂今宵新月好未必便黃昏

新月

新月出天上長眉畫水中未能全夜白已覺衆星空扶上非關樹吹偏似有風

與誰最相識含睇曲欄東

秋雨

秋雨太零星秋山不復青荒江雙槳泊孤館一燈聽落葉聲相雜涼蟬語乍停衰年當此夕宜醉不宜醒

春風

春風如貴客一到便繁華來掃千山雪歸留萬國花有情羅幔捲無力紙鳶斜慣送梅消息孤山處士家

揚州留別四妹

相逢莫怪倍纏綿不到揚州已四年兄鬢定教驚眼白妹賢依舊舉家傳書齋一榻呼僮掃酒客連宵替我延且喜公然作姑姥手扶新婦拜簾前赴宴朝朝沉醉歸累君相待夜眠遲已沉玉漏聽炊粥重剔銀燈乞改詩半刻偷閑談往事一聲說別問來期風寒日短吾衰甚此後行蹤江水知

拔齒

人生一小天齒動如地動初焉頭岑岑繼之神洶洶斜浸兩顴顫旁攪雙耳重爭長佯出頭攔道強阻衆一人既向隅滿座爲之恫一個既負矢羣鹿紛然鬨欺我老顚頷在家不食俸憎我傾脉談酸鹹多譏諷故使病聱牙舉箸如鑿空烝食哀家梨驚看鬼目樓五爨五饋愁三嚌三咤痛我乃取著筮遇夬變之訟曰確乎可拔勿爲造物弄骨肉既已乖甘苦何必共周公誅管蔡季友除共仲早鋤當門蘭莫倚將傾棟果然楚鉗加去之如決癰啜汁免舌撟反脣得家衖形殘神始王姦黜賢乃用口戕口既除嚼復嚼益縱羣齒大欣然含笑一齊送

補齒

一齒既拔除瘥然存一坎勢凹稊稗集百貨無不攬雖然實能容奈其自視欲有客獻奇計道齒去最慘譬如列陣排隊缺衆始撼我能假後天截玉爲君嵌就鄰裁闊狹佯齧殊齗齗縛以冰蠶絲試以五和糝齺伯見不疑齵妻笑且頷亡何對食盤口柔自阿匼盧播爲大臠欲取先喪膽魚羊稱小邦亦復不聞喚有如螟蛉兒一氣終難感又如異姓王虎視終眈眈外強班雖齊內懦色已黯

客道子胡然宜喜不宜憾世上利齒兒虛名孰可嗷原非佐咀嚼只可遮觀覽
試問齹然露道僑夫誰敢

題畫

萬里驚風浪拍天桅竿易斷纜難牽是誰獨立高峯上搖手人家莫放船

十月四日揚州吳魯齋明府招同王夢樓侍講蔣春農舍人金棧亭進士
遊平山即席有作

魯齋明府今何遜高才管領揚州郡十月招人郭外遊風懷想見冷如秋一舁
艤向惠因寺滿目天涯名士至分明此會似當年風景雖同人事異紅橋轉出
水盈盈楓葉全丹柳半青金粉微銷存舊色龍華小劫動深情憶昔平山山最
小狐兔荒墳雜秋草六龍兩度作　宸遊邱壑經營終未好權使雄心欲見才
回山倒海起樓臺仙宮偷得鈞天樣赤手擎將閬苑來開門爛用水衡錢繪影
傳圖不計年已把平沙成峻嶺更將斥鹵變流泉果然人力能移地始信湖山
不屬天　鑾輿一過仙香在士女嬉遊紛似海酒氣烝爲十里雲燈光散作諸

天彩一個監司盧大夫短身古貌白髭鬚手握牢盆能養士算清禺筴便刊書海內詩人半貧者一時麕至推風雅爭學彭宣拜後堂甘爲夫差作前馬夷門大會捧珠槃從此紅橋酒不乾自道歐蘇真再世三賢祠內屢憑欄旗亭雪滿新裁曲上巳風和共采蘭二分明月笙歌易一片憐才意思難功成身退稱知足誰道危機有倚伏度支冊上紊王章例竟門前來鬼朴 聖朝不忍下歐刀盤水氂纓恩已渥潘岳閑居竟不終褚淵高壽真非福一夕清霜萬瓦瓢巢傾卵覆不終朝窟營轉覺馮驩拙金散方知疏廣高今朝酒客還盈座曾受恩人有幾個最錯方聞東市行羊曇偏向西州過嘆息滄桑自古同河山如夢酒壚空主人也是多情者清淚齊彈渡口風

李郎歌（郎名桂官將往甘肅作歌送之）

我聞李郎名十年去年吳下纔交言今年李郎來見訪握手方知郎果賢李郎色藝梨園中李郎行事梨園外不爲李郎歌一篇那知大有傳人在郎家舊住闔閭城折取天香作小名擫笛不吹銀字管歌脣時帶讀書聲受聘南州季姓

家纏頭教舞玉鴉叉雙屨偶停遊子足三春羞殺此邦花鏡中自惜紅顏好西施不肯西溪老直走長安隸太常萬人如海知音早上公樂部正需人選入仙班寵賜頻燕棲金屋難輕出花傍高樓易得春偶然城外笙歌集天上人來地上立分得星眸一寸光頓增酒面千燈色秋帆舍人二十餘玉立長身未有鬚把盞喚郎郎不起怒曳郎裾問所以郎言儂果博君歡寸意丹心密裏傳底事當場爲戲虐竟作招摇過市看一言從此定心交孤館寒燈伴寂寥爲界烏絲教習字爲熏宮錦替焚椒延醫秤水春風冷噓背分涼夜月高但願登科居上上敢辭禮佛拜朝朝果然臚唱半天中人在金鼇第一峯賀客盡攜郎手揖泥箋翻向李家紅若從內助論勳伐合使夫人讓誥封溧陽相公閒置酒口稱欲見狀元婦揩眼將花霧裏看白髮荷荷時點首君卿何處最勾留畢蔣熊姜當五侯蔣御史用菴熊比部蕉泉姜明府某四子非爲講德論三生同上一鐘樓郎名此際雖風動郎心鎮日如山重一諾從無隔宿期千金只爲多情用嶽嶽高冠士大夫喬松都要女蘿扶日中原涉來營賻千里與騈代送孥豈徒周雅稱將伯直可東京

喚入廚笑他兒輩持錢易紛紛多作無名費誰肯如郎抱俠腸散盡黃金偏市義再入長安萬事非晨星零落酒徒稀惟有狀元官似故鋒車又向隴西飛年華彈指將三十身世蒼茫向誰說誓走天涯覓故人拚將玉貌當風雪會遲別早我神傷此後相思路阻長倘得令君香再接定傾天耳聽伊涼

長至前一日熊廉村中丞蕪泉觀察招同蔣心餘太史王田來明經陪侍封公滁齋先生小西湖夜宴

晝錦堂開北海尊尊前兩代白頭人八州作督仍爲子五鼎娛親更及賓池水影搖冬日煖蠟梅花鬬晚香新一陽那待明朝復此夕先看滿座春

洛社高風誰繼者多公雅志欲追尋盤無海錯存真味座有塤篪奏雅音蕪泉觀察首唱一詩三主三賓鄉飲禮一邱一壑故園心謝公指日東山起轉惹閒鷗思不禁

哭阿良

三女性柔嘉名之曰阿良年纔五歲餘識字二千強每日清晨起抱書來爺堂授以唐人詩脫口中宮商爲之小講解口唯頭低昂人或譽聰明掉頭謙未遑

與妹尤賓賓翱翔兩鴈行賜一栗半梨不肯先承筐牙牙呼妹來舉齒一齊相

偶弄小觿燧千日猶在箱待妹弄者失轉以己物償女奴或欺淩涕泣聲喤喤

爺爲笞女奴含淚勸停搒須臾握餅餌依舊許奴嘗乳不戀姑姆周晬甘餦餭

食不索珍怪粗糲皆引吭受教如影響趨走如風檣朝來何所戲持筆塗丹黃

暮來何所爲翦紙作衣裳雖不中矩度亦頗具偏旁春秋大祭祀五鼓先嚴妝

學作男子拜拱立東西廂逢官長者來出見無倀張都驚貌類爺誤認好兒郎

方姬年四旬無出自感傷兒能解其意投懷喚阿娘恩憐過所生步步相扶將

爺好治書齋古玩堆琳琅兒偶遊其中啞然道勝常一坐不肯起看爺治文章

聞爺患齒痛手自進糖霜知爺夜未歸臥猶盼燈光豈獨性慈孝兼且態端莊

瞳神如點漆額角亦正方僉云長成後其福未可量我雖老無子得汝愁竟忘

扶愛汝手軟嗅愛汝體香非徒垂暮年借汝娛心腸兼冀他日死仗汝得埋葬

何圖兩日間一病中膏肓駟馬不及追鐵室不能防曇花忽然落小劫成滄桑

彩雲杳然散那待炊黃粱大母八十四兩手抱兒僵求醫更求佛鼻涕一尺長

民母招兒魂登屋如病狂聲聲呼艮歸哀音崩垣牆生母孕六月恨極以頭搶
存者道如此來者尙何望爺讀萬卷書不解一藥方忝然作人父搏頰自懲創
蒼頭來頓足鄰嫗來憑牀都欲勸婉婉先自淚汪汪前日天雨雪堅冰滿池塘
戲縛作銅鉦招汝敲琅琅今冰猶宛然汝身先消亡前年粱少宰爲雛鳳求凰
我道太顯貴門戶敢相當今來作方伯汝又避何鄉昨日竹馬走今日小棺藏
昨宵舞蹈處今宵涕淚場有汝何喧闐虛室生吉祥無汝何闃寂頃刻成僧房
我怕聞哭聲但願早聾盲朝出猶自可夜歸魂倀倀人生到此際五內生刀鋩
明知大夢中何者爲彭殤其如情所鍾未能學蒙莊或汝悔女身棄瓦欲換璋
故且入輪回再沐三桃湯可騎舊胎來金環猶未涼嗚呼然不然仰視天蒼蒼
鄭侃女采娘悔作女身死而轉男以來名叔子見桂苑叢談

苔

各有心情在隨渠愛煖涼青苔問紅葉何物是斜陽

楊花

楊花與雪花一樣無心緒不管是何家隨風但吹去

相留行爲茗生作

金陵城六十里不容住一個茗生子茗生踈俊人一縱如脫韝衆人欲留之籧篨爲口柔我乃下筆不能休　皇帝甲戌年我遊揚州惠因祠壁上詩數行烟墨蒙灰絲掃塵讀罷踊三百喜與此人生同時尾書茗生二字已剝蝕其他姓氏爵里難考如殘碑袖詩走出廣問訊脣乾舌燥無人知滁齋太史張飲閒提茗生名喜破顏道是我鄉西江一才子姓蔣名士銓意氣炯介秋霜鮮筆如牛弩摩青天善哉瞿所一物耳恰是心餘定甫茗生名字有萬千我訪茗生急如火誰料茗生早知我長安寄書來錦字重重裹從此琅函來木札去飛遞烟雲不知數俄聞宴瓊林俄聞登玉堂果然我識青雲人逢人指眼自夸張終竟我爲石戶農君依　玉帝旁相隔兩塵許不知君貌之肥瘠與君身之短長椒山仙人降靈異灰盤大書擘窠字勸茗生早歸不歸會將至茗生驚疑下庭再拜問歸所曰白門三重闕竹籬穿不完此中居之安大才藏槃槃茗生諾而起投

袂具行李海中三山目不回視全艙書半艙米一母一妻三兒子新亭直上疾如矢老夫嘻嘻迎倒屣握手無他言君家蔣山相待已久矣君家一庭月我家一壺酒彼此閒何闊欣然二五偶我因君而律嚴君因我而吟苦交易作嚴師相期各千古方恨不能構屋共君居鑿壁窺公狀徒看君乘山陰舟一年一別心惆悵胡爲乎不戀此閒樂忽作西歸想韓憑云河大水深風淫淫也而君將安往周諺云大武遠宅不涉而君將安訪不如鍾山下奉花輿可以寧太夫人之起居十廟前聽雞鳴可以助雛鳳之清聲（公子知廉能詩）君忖度之留可肯我更爲君引例請君不記某年冬至前五日汗出如潑妖夢中被人薦作遮須王頃刻絳旗羽節迎乃公阿嬭苦留不得計泣拜北斗聲翁翁公然奪出亢父懷留在世界海吹散鬼妾鬼馬如飄風鬱單天子近情尙如此何況朋友一氣相感通我詩雖不工較之佛經神咒將毋同君心雖不寧比之閻羅包老或有情以此留茗生茗生行不行

謝徐兩亭貽山轎

一兩山車賜野人勝他九錫捧朱輪橫陳尙帶烟霞氣敷坐剛容老瘦身惹我心常思五嶽仗君遊且趁三春八騶何處傳呼響可許花間步後塵

題茗生黴佩圖

昔聞祝牧歌今覩黴佩像誰能爲此圖兩賢屹相向其一茗生公襜襜神采王雖披一品衣仙骨仍倜儻其一張安人莊嚴菩薩相雖秉婉孌姿志在青雲上其旁字萬行絕節發高唱如史遷自序如列女書狀當作護身雲環肩生墨浪覽像我已欽讀詩心更仰人生伉儷和然後家業剏其如嘉偶希兩美難頡頏金釵雖千羣錦衾雖百兩茍無佳人佳依舊曠夫曠多公才莫媲妒公福莫量可以學劉綱雙雙朝蓬閬可以學冀缺媞媞相饁餉我畫隨園圖將公石上放覺有此人容雲山才跌宕我見龐公妻敢拜不敢望嘆息天人姿畫手非予誑古有奚契丹能畫相與將丹青雖自高富貴非余尙不如此圖佳願借作屏幛子子孫孫看夫夫婦婦樣

紫雲曲爲霞川明府作

海棠一樹紫雲低公子多情照眼迷我是將軍肯開閤憐他妖冶謝征西

紅雪軒中對玉人定情何物最消魂一雙淺色金條脫解下檀奴臂尚温

曾記香山放鶴詩的應勝在白家時臨歧替拭雙行淚好事三生杜牧之

戴上新妝卸故妝司空也斷九迴腸不知他日雙飛燕可記盧家舊畫梁

齒疾半年偶覽唐人小說有作

耳中騎馬兜元國齒內排衙活玉窠老去一身如渡海五官無處不風波

嘲柳

漫說多情楊柳枝替人別後管相思看他帶兩貪眠意壓損桃花尚不知

三月二十四日又生一女

五旬翁五年三夢投三瓦如迎鄉飲賓三壽作朋者幸而阿艮亡箕帚少一把

不禁心惘然獨坐口侈哆明知齒就衰望子臺可捨何圖姬有身故意來相惹

欣欣鳳將雛嘌嘌鐘又啞湯餅黯無色賀客詞亦寡頗聞金石文蜀中王子雅

無兒有女三一妹兩阿姐出錢五百萬葬父平林下慰情艮勝無陶公言是也

人生天地閒祥金常躍冶徐登女化雄任谷男變姹無物堪認真有子何妨假權封雌亭侯高策壻鄉馬文裴妹喜冠武縛木蘭嗙抱看滿園花一笑吾其且

南山有古樹

南山有古樹童童森海上一任風聲上下吹不隨草色東西向憶自月宮栽幾時移爲南國甘棠枝棟梁自笑不中用斧斤未許樵夫知秋風蕭蕭月七八青草吹黃黃草殺朝聞五柞漢宮傾暮說三花瑤島拔此樹偏教歲月長目閱滄桑心慘怛白馬甜榴孰與羣將軍一坐便傳聞偶有旌旗照顏色從無依傍立孤根一朝甘棠留召公去萬目睽睽看此樹不慮心空螻蟻生秖愁才大文章露誰知此樹方槎枒角弓賦成色更嘉要知秋霜不能悴請看春日何曾花

偶作三絕句

小橋偶閒步一笑對斜陽高樹少低影冷花多久香

駭浪難驚魚疾風不拔草人愁石季龍我道海鷗鳥

曾服嘉榮草聞雷頗不驚百花三月半一手指天生

悶

梅雨潺潺苦太多雨停其奈暑來何秋風盼到雖然好又送流年一半過

香亭年逾強仕纔生一兒從南陽寄信來云將嗣我喜賦却寄

家書未拆我先狂使者喧傳汝弄璋仙果遲生真桂子桃花採蹟趁河陽物希那便分嘉種珠好何妨照兩房慚愧吹塤先八日啞啞一瓦又登牀（兒生四月二日）琴堂湯餅會華筵老我難來勸列仙眉目可能如汝好笑啼應已惹人憐芸香此日三千卷麥飯他年百六天不覺登時到心上祝兒長大望兒賢

贈江寧方伯梁瑤峯先生

江左雲仙降瞻園改姓梁承　恩來北闕帶雪別瀟湘舊日衡文處南朝選士場兒童多識認旌旆更飄揚夜不燃官燭箴堪勒太倉度支無長物燕寢有清霜藹藹春雲色温温旭日光偷閑愛金石索借到山莊鳥篆商丁父銅盤周穆王傳神真宛肖落墨倍淋浪置驛通賓客聆音半故鄉排居愁屋滿分俸苦錢荒芍藥紅初放池蓮葉正芳詩人招沈宋（辛田笠田）記室聚姚張六一先生座三千

弟子行張燈分韻錦待月共傳觴問字穿花出題襟倚樹商平泉遊不厭東閣事方長賤子叨趨侍私心暗慨慷一杯當水石卅載感滄桑憶昔園初到朱顏鬢未蒼中丞漢魏相（諱定國）詞客晉袁羊勸醉飛千盞徵歌鬬百章樓臺無此好蘭菊比今香解脫銅符去依稀鴻爪忘西秦行惘惘東洛返茫茫宮傳來持節司空繼握璋（高託兩尚書）迎 鑾重起閣避雨更添廊均喜麻鞋入高談鎮日狂聰檽看結構絲竹聽鏗鏘惆悵龍門改蕭條馬廄涼黃鸝空識我白眼但窺牆官舍原如故雲烟那有常每拖小垂手愁過大功坊地轉文昌運天從我輩望百花頭上客八座紫微郎暫領中山府權開綠野堂風花爭舞蹈竹木盡軒昂願綏丹霄駕多栽南國棠梧桐方寂寞未免戀鸞凰

檢阿良書箱得所識字箋淒然有作

阿娘翦紙阿爺書幾度辛勤膝下趨左氏嬌兒亡織素右軍殘帖剩官奴依稀連璅聲雖杳狼藉塗鴉墨尚濡當作冥錢燒與汝在誰家裏識之無

有誤傳予避人歸杭州者賦詩曉之

海內爭來問釣磯買山人采故山薇風高只說雲應返樹靜誰知鳥正飛小住隨緣都覺好虛舟涉世本忘機無端挑觸還鄉夢惹我心歸身未歸

香亭信來聞予爲逐客戲寄一首

白下蹉跎二十霜正愁無計整歸裝果然逐客真吾福如此西湖在故鄉

喜晤陶篁村 有序

壬申過艮鄉和篁村題壁詩徧訪不知何許人後十餘年勞觀察宗發來云渠宰此邦同制府方公見此詩而愛之禁止店主圬去今又隔六年矣在梁方伯席上晤篁村方知蕭山人也姓陶名元藻告以故陶感知己恩而悲勞方兩公之已亡重賦二詩附錄於後

當日相思村店壁今朝相見菊花天同生此世原非偶聽說前緣各惘然有數才人天地內無端艮會水雲邊也虧彼此吟懷健耐得人間十七年

錄篁村感舊作

匹馬曾從燕薊過橋霜店月已模糊人如曠世星難聚詩有同聲德未孤自

笑長吟忘歲序翻勞相訪徧江湖（袁作有江湖沿路訪斯人之句故云）秦淮河上敦槃會應識今吾即故吾

三間老屋夕陽邨底事高軒過此門飛蓋翠搖新蘸墨華鐙紅照舊題痕不教墁畫傭奴易便勝紗籠佛殿尊惆悵憐才青眼客幾番翦紙爲招魂

寄賽英大妹

一鴈南飛信屢通幾行珠字到山中相期荊樹成連理同訂青溪作寓公孝綽最夸諸妹好班昭原有阿兄風不知十六年來別可認飄蕭白髮翁

遠寄雙箋絕妙詞揮毫想在晚妝時侍兒爭捧三升墨夫壻權爲一字師朝與雲仙聯雅會（妹率諸姬爲小星之會）暮凭銀鹿弄佳兒全家福慧誰如汝月落階庭有所思

西安觀察沈承之誤聞余得風痺以狠巴膏見寄戲答一詩

風人自合生風病可惜南風還未競白傳風痺過七旬笑我年纔屆知命飛言如雨馳入秦觀察聞之眉不伸把我平生遙按脈風淫末疾非無因相如好色

春滿房子雲刻苦窮文章身心兩費寧不匱風來空穴誰遮防觀察多情愛朋友欲覔紅霄寄元九聽得狠膏解治風一時賞遍射生手塞外擒來雙跋胡抽腸去皷投丹爐紅如丹砂膩若酥刀圭一七千金須正月十二天醫日敬勘黄曆封題畢蠶眠細字加丁寧服之戒内須如僧紅塵一騎飛如矢老夫開函笑不止深感真長秤藥情誤傳海上東坡死且收藥籠心忡忡三年蓄艾將毋同四禪天上我無分列子他年終御風

謝永之賜犵絨四端

蕙帶荷衣鷗鷺羣羽毛重假太殷勤展開錦匣三英粲恰好儂家四美分封寄定煩若女手翦裁猶帶華山雲細旃衣薄君情厚那羨唐宮百鳥裙

費宮人刺虎歌

九殿鼙鼙鳴戰鼓萬朵花迎一隻虎女兒中有有心人詭說儂家是公主公主姿容世寡雙色能伏虎虎心降笑捋虎鬚向虎語洞房請解軍中裝一杯勸一杯沉沉虎竟醉刃此小於菟下報先皇帝紅燭千條撒帳光白虹一道衝天氣

妾手纖纖軟玉枝事成不成未可知妾心耿耿精金煉刺虎還如刺繡時一刀初刺虎猶縱三刀四刀虎不動帶血抽刀啼向天可惜大才還小用吁嗟乎城可傾山可平總是區區一點誠君不見滔天狂寇是誰斬霹靂不能美人敢

虎口行

入虎穴登虎口吾戴吾頭虎牙走欲嚙不嚙虎不如狗君不見太原守姓邊名大綬 一解 公順天人宰米脂闖賊故鄉公所治欲斬此賊計不得施不知若祖若父作何狀生寧馨兒急掘土中屍我欲見之 二解 壬午正月九日雪花如矢稱娖前行到三峯子二十三墳宰如也金椎丁丁啓 三解 撲面一條驚蛇翔張口呀呀吞日光髑髏青銅聲骨節黃毛長四山妖雲毒霧天茫茫 四解 碎其骨伐其樹腊其蛇平其墓純灰瀦沃雄黃燒馬通熏蕩牛溲澆軍民聲如雷指日滅黃巢 五解 賊姻艾朝棟報賊賊大驚登時一矢貫目睛公還鄉賊入京旁人勸公逃公曰老母在何能行 六解 一路哭矣賊來捉矣騎簇簇矣母妻子女齊入獄矣縛公上馬獻闖王麾下萬目睽睽看掘墳者 七解 公自念丈夫死耳何

悲哀但不知抽腸釘舌千災五毒如何來八解過獲鹿出固關獰獰闖至黃衣冠一騎牽公上一騎搖手言大王屢敗眠不安莫遽奏王傷王心肝九解再馳再驅曰至壽陽邏騎十人漸不成行一騎大笑汝何不亡公乃狂竄轉覺心戰十解打背大呼驚賊追逋回身面之是傖父持鋤想剃衣裾贈之以敝襦晝伏夜趨百險千虞而反其居十一解扣阿妹門疑阿兄魂抱老母慟母云是夢闖賊口小哆萬頭一齊墮汝何人斯交臂而過十二解聖朝擢公五馬軒軒梨園演公觀嘆紛紛富貴壽考子姓如雲公書其事記辛苦我歌爲詩告千古但憑天莫畏虎十三解

拂水山莊三首

絳雲樓閣久棲鴉往事蒼涼足嘆嗟九廟冬青無故主半庭紅豆有新花綸扉物望三朝重生死人間一念差欲問溪邊江令宅斷煙衰草是誰家

謝傅何妨挾妓遊但須同樂也同憂年高豔體行春令官大降書占上頭老婢尚能憐沈約與朝終竟薄楊彪桂林留守高陽相地下相逢一哭休

暮年文筆太頽唐也算昆明劫後霜才盡那禁填小說君多還要事空王名場公論千秋月海內靈光半畝莊尙論從容當局苦爲公惆悵立斜陽

輓宮保方問亭先生

士有千金贈受之不爲恩常有一言加感之終其身我於太保公從未接淸塵遽聞台星摧瞿然涕沾巾招膺有所思焚椒敢一申壬申過保陽縣令逢周君燮堂述公語渠語譽我頗殷勤道宰秣陵時能撫柔其民匪如文俗吏虔撟徒紛紛我感知己意卽欲趨戟轅其時公巡河無由登龍門厥後歲丁丑公家第三昆持公貯蘭圖命我題數言我乃敬規公樹蘭如樹人果能儲國寶何必數家珍公不以爲僭書來矜寵頻曰諸詩人詩不如隨園新嗚呼我與公一泥而一雲相隔既已遠相逢未有因何圖受公知極口褒津津政事與文學兩者交推袁如釆小草花高風揚其芬如遊部婁閒泰山忘其尊公爲范龍圖我爲蘇頻濱終身恨未見曠世情彌殷今夕靈旛歸受弔延諸賓緦麻三萬客海內走踆踆公之勳與庸九重有 恩綸公之姓與名巍巍碑趺存賤子何復道執紼

徒逡巡别焚一瓣香招公騎箕魂

同年沈文慤公輓詞

遭際詩人有如公古未曾鍾期逢　聖主堯舜作吟朋上壽百齡居高官一品

膺青宮太師號身後尚追稱

六十未登第孫宏望已休誰知卅年運纔展九天秋桃李春官植湖山　予告

遊榮華雖一夢含笑對松楸

詩律長城在羣兒莫詆呵梅花香氣淡古瑟雅音多海外求題詠　天章許切

磋朝陽鳴鳳去賡唱冷卷阿

三次同年者今存我一人蓬山分載酒紅藥共吟春又見晨星落空餘宿草新

越疆難遠弔腸斷素車塵

哭張芸墅司馬

離離孤花明落落晨星曉其存本無多其去更覺少宣州有詩人六十未爲老

一朝謝紅塵騎鶴歸華表粤海尚謳歌江山空文藻淒絶伯牙琴人亡音未了

甲戌春月好光滿棲霞山照我二人遊崖磴同躋攀分題佛香中折花小長干
何圖此一別公乎不復還永訣如此易良會如此難茫茫十六年海水生波瀾
惟有襟袖間淋漓墨未乾
我詩重生趣君詩重風格相期千載後彼此留一席傷我老猶孤蹉跎髮空白
喜君公子賢瀛洲作仙客潘門旣生尼曹家復有植自然揚清芬永永傳無極
但問楹下書年來若干尺

松下一笑

無端一笑對雲煙記得抽簪最少年松樹長高三十尺種松人尚未華顛

鐘

古寺僧歸佛像傾一鐘高挂夕陽明可憐滿腹宮商韻小扣無人敢作聲

舟

莽莽江天萬里濤一帆才去一帆招儂家舟繫青溪畔不采蓮花樐不搖

阿珍

阿珍十歲髻雙丫又讀詩書又繡花娘自怒嗔爺自笑不知辛苦爲誰家

小倉山房詩集卷二十一

小倉山房詩集卷二十二庚寅辛卯

錢唐袁枚子才

高制府據鞍習勤圖二首

牙纛三江靜沙隄匹馬行宮袍春柳色玉鐙曉風聲　恩重心忘老勞多體覺輕停鞭想何事強半爲蒼生

郎君裁總角膝下簇金鞍爲　國馳驅意教兒仔細看騰風須萬里捧日到雲端從古淩烟閣丹青兩代難

二月二十一日紅杏半開劉養園進士移尊隨園招同定恆禪師魯南莊明府范荔江學博徐兩亭明經分韻得有字

杏花一笑紅破口知有詩人來置酒將賓作主主爲賓世事參差無不有劉安萬里黔陽來不獨愛花兼愛友近攜蕭寺紫衣僧遠覓詩壇陶謝手入山捭闔逞談鋒佳句高吟人某某其日東風吹不休疎蕊繁枝開八九朱簾有影漾仙霞細雨無聲潤碧柳虛此良會心悄悄一客分吟詩一首我向劉安莞爾言主

更乞賓賓允否業已飲君酒百壺還想分君才一斗

方次耘公子招賞牡丹卽席賦謝

郎君才調古終童稺齒能招白髮翁千片霓裳初著雨一枝玉樹正迎風堂因肯構春常早花爲臨池水亦紅嘆息蘇夔真有子老懷傾盡酒杯中

記得初逢小鳳皇抱來爭及牡丹長風前摩頂渾如昨笛裏懷人又幾霜（尊人立峯委化四年）兩代交情花領略半欄燈影夢悠揚天公也似留賓者鎮日淋浪雨萬行

溫皆山吏部從江右入都過白門話舊

柴門有客髮毿毿小住巾車半日談道對落花行不得故人一個在江南

長安此去路重經爲祝嵩呼馬不停三十五年前進士要談天寶與誰聽

岳水軒燒丹圖

盤古忽然死洪荒人一驚不料此例定千年難變更女媧欲救之煉石聲硜硜神農欲救之嘗草口不停伏羲欲救之畫卦欲說不說口呷嚶黃帝聰明驏然笑何必旁門探元妙轉夜作晝豈無燈將人成仙自有道造化未生我此權天

所操造化既生我此身天已交君不見防邑已賜臧武仲據之尙且將君要何況自家性與命守之果固誰動搖勿從去處留但從來處取能將後天捨自有先天與水軒先生悟此機行年七十如嬰兒蒲團獨坐燒紫烟白毫光色沖青天龍騰雲而下降虎駕淚以飛鶱寓言十七巵言十九道書從古無真詮此義茫茫向誰話口不能宣且付畫畫上題詩誰絕倫黃海神仙方道人（黃山人方自然年百歲餘）我無碧虛骨又無服散方蓬山一小謫人間三十霜作登遐頌懷孔子讀養生論笑嵇康覽君圖覺君好勸君珍祕枕中寶莫將此義被天知恐教十二萬年天不老

左臂痛

兩臂如雙槳無端弱一枝癖從左氏得書與右軍宜嬖妾雖堪擁霜螯難自持平生偏袒處想被汝先知

傅文忠公輓詞

捧日雍容三十年一朝星隕紫薇邊恩雖外戚才原大病爲南征死更賢忍見

聖躬親奠酒更無內相力回天夕陽望斷貂蟬影羽騎黃門盡黯然得夕見者惟公一人少年曾作霍嫖姚洗甲金川賦早朝銅柱千尋留絕域天章九錫下丹霄百官諾諾階前立甲第沉沉海樣遙如此榮華如此福和平兩字總能消遲卻南蠻奏凱歌竟勞上將走滇河旋軍事類趙充國曳足人哀馬伏波烟瘴那知公相貴　天威終到鬼方多送公魂入昭忠廟小阮猶提殺賊戈謂明忠烈公下士無端哭上公此身雖賤感恩同談深各倚宮門柳手握難忘玉殿風白髮半生春夢遠青天一望慶雲空陰鄉侯去黃羊冷腸斷南陽老敬通

公愛誦枚哭襄勤伯詩一聯云男兒欲報君恩重死到沙場是善終蓋亦識也託尹制府聘為記室枚不能行感舊懷恩再書一首

身染蠻烟返　帝鄉可知枕席即沙場南州稺子身雖隱每弔恩知必越疆

送劉石菴觀察之江右

莽莽山萬重惟嶽淩宇宙蒼蒼樹萬枝惟松挺堅瘦四序雖平分五行有獨秀人胡獨不然但觀所秉受觥觥石菴公實應金精宿神羊不受羈祥麟豈有囿

其剛玉莫磷其清石可漱初聞領丹陽官吏齊縮脰光風吹一年懽戀極老幼先聲將人奪苦志將人救抗上聳強肩覆下紆緩袖張口輒詆娸上手多寬宥姦豪旣帖柔狐鼠亦俯伏救災如救焚除弊如除垢殷然愛才心白首還如舊視學上下江所拔多薪槱今雖卸臯比羣才猶輻輳顧榮去未幾宗泰鮑昭來復又之鐘六一先生貧三千弟子富卽如山中坻半面尙未覿客秋當此時蜚語羣相嫉道公逐李斯不許少留逗諸生弔於門山鄰餞恐後我未奉伍符姑且儲糧糗故鄉歸亦佳內省終無疚果然逢俉言風影皆訛謬匪徒免鞭驅兼且通蘭臭南國有表章羣儒已製就公獨掉頭言必須某結構自慚石鼓頑忽被桐魚叩妄將下里音強擬鈞天奏公竟矜寵之逢人夸錦繡惛惛知己恩嘿嘿瓣香祝一朝劒　帝心授玉節西走甘棠枝可攀膏雨澤難留人人愛依劉聲聲思借寇賤子抱區區一言陳左右送公旌遠行望公德日茂公以天人姿而兼宰相冑高如冰鑑懸那有吞舟漏寧可察之詳愼毋發之驟猛如萬鈞弩所貫無不透但慮未中節不愁不滿彀已褎賈琮帷可免葉公冑能爲李橫衝何妨

伏不鬭氣斂理益明業廣福彌厚黃堂雖始基黃扉將肯構祿位奚足矜勛名自可壽豈徒繼家聲兼以答我　后

題黃樓春望圖寄懷小坡觀察

十八年來別三秋夢未忘忽從圖畫裏驚見鬢毛蒼莽莽河流急萋萋碧草芳黃樓誰獨立使者愛春望舸艓連雲起鸕鷀帶水翔牙旗花外出羽蓋柳邊藏九牧襄淮泗千崖東呂梁孤城明月落古塔晚烟颺豈獨資憑眺兼知作保障元珪祀河伯聖鐵擲龍堂未雨綢繆極將秋火急防樓無唐燕子隄有漢宣房王景堨流法韋堅轉漕方掉頭時嘿想乂手苦裁量西楚留遺跡東坡實首創後先名字應彼此令聞彰公夢東坡而生故字小坡國事雙肩任精神八面當閒騎小步馬高揖大風章水怪招蒼兕神威走白狼如何觀察豸翻累督郵蝗印去仍來匣衙辭更引隍涙難搖砥柱天爲掃風霜公以捕蝗事被劾上仍還其官尺素求題詠丹青遠寄將雲藍三丈紙黃竹一徧箱未握羲之筆先遮賜也牆官尊圖亦大屋小畫能妨憶逐旌麾後同驅鍾阜旁肩輿聲轣轆手板影低昂白社風前笛青溪雨

後觴廿年吾甲子兩個魯靈光玉貌都非昔滄桑盡改常陶潛兒長大西圃沈約墓荒涼補蘿嘆逝增惆悵懷人剩老狂山雖容我隱身尙學公忙疊石如防險搴芰爲插秧池開非缺子艇泊即風檣養鶴符支俸藏書室號倉芭蕉彈更茂月桂斫彌香謝尙甘邱壑姚期稱廟廊不知千里目望可見江鄉

知更枕歌爲徐椒林作

一更一更枕中起似有司更藏枕底挈壺失職已千年此枕胡爲尙爾爾相傳製者漢孔明法應軍中刁斗聲丞相身亡枕亦去世間愛睡無人聽壽春掘地得瓷器笵形似枕光奇異隱隱花枝鐫牡丹沉沉綠暈浮兵氣凹處堪容一虎頭兩旁隆起承兜牟想見將軍側耳臥蝦蟆萬點傳清秋徐公得之作奇賞我爲摩挲發遐想漢有記里鼓弩父亭公路可數唐有知時鐵三商五漏俱堪測趙家別有六更天劫轉紅羊事可憐從來神物原無偶得佩龍泉恰有緣於今扣枕枕忽啞徐公掉首疑其假我代此枕陳一辭從來語默須知機君不見四海清寧夜悄悄銀箭金壺爭報曉枕再多言公亦惱

喜楊九宏度從邛州來即事有作

一枝梅花開萬里故人至梅花纔隔年故人已隔世憶昔丙辰年京師首善地海內梟俊來掎裳而聯藝各抱雲龍懽各樹騷壇幟亡何年復年落落晨星繫公然我二人牛斗雙龍氣滄海剩遺珠高松留晚翠黃髮既已親碧醪寧辭醉新詩同君商舊夢同君記指榻勸君眠抱女將君寄（以阿能寄君）蕉味老彌甘交情久更摯不信捫胸中三十六年事

古有臨邛令名因相如留君今之相如乃刺古邛州彈琴成雅化餘情付歌謳樂府二十章獨寫千年愁亢可義渠激墜可行雲流巴渝讓狄濫吳語輸妖浮豈不關諷戒優也言無郵我偶終一曲涕下不可收情至感人深簫韶似此不花欄新雨夜金尊素月秋想見家樂張一串珍珠喉樂哉元才子而兼安昌侯

萬木生空山原爲棟梁用君領木魚符來作楩楠貢爲言將作監遠選天壇竿需材十三丈匠石僉曰難有樹荒崖藏尺度竟已足黃紬一朝封孤根三日哭官乃祭而告萬物本乎天　帝爲天用汝汝尙何訾焉不見麒麟皮剝之蒙天

鼓樹聞始收聲甘心受斤斧嗟乎草木心亦復愛其寶何怪成周雞斷尾固爲好

季孫樹六櫝椑柎藉幹心預凶雖非禮作違良可欽蒙君贈古杉價等千黃金斑斑貍首色鏗鏗金石音杉生萬里外慘淡蟠蒼穹我身七尺強方慮塡溝中君爲作合之兩美將毋同木附文冢化我抱奇材終贈食一朝飽贈衣三冬和何如君之贈千年萬年多惻惻感君情朝朝登木歌

蕭松浦中流放棹圖

拙人涉世騎土牛達人涉世乘虛舟舟中有棹且放耳世間何處無中流蕭公峽江人廿載金陵住回首故鄉山愴然頭屢顧欲喚歸舟勢不能且畫一舟放棹行南北東西隨處到身不主持但聞棹棹作語聲嘔啞去住本無心搖蕩隨風斜搖入烟中招白鷺蕩來風裏采蘋花有時雷雨掀天大輕輕一葉如雲過海上山崩草不知江頭浪險鷗偏臥我亦烟波一釣徒年年白髮走江湖不愁流出青天外舟上何妨棹幷無

哭望山相公六十韻

上界台星落空山老淚流安危天下係知己一生休竟捨蒼黎去誰分 聖主憂 詔書深惋惜恩禮冠公侯四海新祠廟三江舊節樓軍民懸畫像士女咽悲喉賤子蒙青盼垂髫到白頭當時初對策衆口共呀咻獨把金篦刮高懸鐵網收相扶登玉局學步到瀛洲 帝命稱師傅人爭獻束修臯比南面肅絲竹後堂幽若個非曾點斯文愛子游噓枯情宛轉善誘語綢繆鎮陝姬公遠分符陶令羞誰知搖墨綬依舊傍旌斿淮海才鳴轂江東又挾輈官教移赤緊表薦牧秦鄆見賞龔黃績深期管樂儔南衙風動竹燕寢雨鳴鳩治理同商榷鶯花共校讎回天占定力濟物識英猷寬每留餘地虛能集衆謀清標山嶽嶽淵鑑海悠悠鐵牡封疆靜銀刀約束周略知窺斗嶽賴得侍巾褠露小難成雨花低易落溝西川公洗甲南國我飄漚爲有親需養非關命不猶慈雲三度至手板廿年抽莊子雕陵鵲陶家欄外牛已經甘朽鈍重復受雕鎪烟裏來千騎松間過八騶敲門驚野鶴走馬捉閑鷗巖鼓聲初鼕朱簾月在鈎不將珠字寄便把

珍倣宋版印

木瓜投籠壁新箋滿挑燈險韻搜牙琴賞宮徵張草鬬龍虬味許淄澠辨詩容格律偷偶然三日別定有四更留捲幔夫人見牽衣公子遊棲霞看水石西苑折花籌鈴閣麻鞋影軍門白苧裘談深人盡怪坐久夜將擲一日　天書至三公內召優羹須調玉鼐箸久夾金甌似識長離別登車尚逗遛逢村先駐馬過嶺必回眸恨恨長淮水淒淒袁浦舟寸心輸一送半面抵千秋南北終乖迕鱗鴻不自由人來傳老健信到忽山邱今歲東巡狩伊誰扈　冕旒驚聞身乞假還望疾能瘳豈料勳千笏都成土一抔于公無憾矣問　國有人不梅兩涔涔濕山河渺渺愁魯場端木築楚些景差謳立雪心猶在荒莊德未酬羊曇腸斷後永不過西州

哭秋卿四妹

看罷瓊花十四年無端荆樹起寒烟分明一個投懷燕化作金棺下碧天（妹以娩難亡）白頭夫壻寄哀詞惹我汍瀾淚不支何苦生前太賢淑一家人去兩家悲

幾番邗上偶揚舲乍入門先笑滿庭兒子稱慈姑道孝一齊夸與舅家聽（兒爲前室所生）

久諳食性羹還問纔脫衷衣浣已終寒夜歸來一甌粥累君立盡滿廚風

謝家詩筆最幽清性喜推敲學更成偷眼阿兄閒處坐捧箋旁立女門生

端陽時節手書來爲賜華姑小玉釵今日寄聲乾阿嬭教他持服更持齋

開眼誰爲骨肉親連年手足又傷神（妹兩弟先亡）自憐老淚無多少偏作人間後死人

和葑亭舍人司馬相如詩

隱於酒者多隱於色者少我愛馬長卿竟抱文君老當時漢武帝雄心超八表五十四年中賢臣何草草豈無人才生日炙星光小一蹶不自知三族已難保汲公終竟危曼倩亦太巧悠然消渴人愛病閒居早借賦遣光陰借獵上諫表自有千年名高文典冊好

觀弈三首

悟得機關早都緣冷眼清代人危急處更比局中驚
張步臨奔悔陳宮見事遲分明一著在未肯告君知
肯捨原非弱多爭易受傷中間有餘地何必戀邊旁

兒鬌

手製羹湯強我餐略聽風響怪衣單分明兒鬌白如許阿母還當襁褓看

謝怙屋郎中惠紗

盛夏忘衣冠二十三年矣偶然檢故箱絺綌爛如洗縫人笑而言此事非得已會須購方空亟亟爲經理我道五十翁此事亦可止譬如老娶妻何必再求美檢取長生庫拾舊聊爾爾郎中聞之驚遣僕致文綺飄飄蟬翼輕薄薄春冰擬感茲君子心自顧野人體不稱未免慚有耀亦可喜君如王宏賢來度陶潛履我作阮孚嘆著屐知有幾衣服服以拜且學古人禮

贈彭芸楣少詹

野人居深山十事九不理忽聞秋榜發賀者相接趾賀者爲誰歟乃是落第子

宜毀而反譽使我心疑揣亟索中雋文摩挲老眼視誠然髦士烝衡鑒清如水解題必鉤元論文輒抉髓浮華掃而空精金不見滓五色間纁縓八音彙宮徵屈指百年來此科能有幾不覺願見公兩足不能已蒙公一笑迎未語色先喜文人共此心今朝相印矣當其目勞時焚膏夜繼晷諸生八千卷卷卷爲排比劍沒使之升珠埋爲之洗所采青珊瑚一半出海底猜某必耆舊來謁果黃綺決某必英俊登門果桃李凡公所網羅皆我所懸擬異哉精誠通千里如尺咫闈掩耳益聽名糊目不睞復 命公將行有 詔教公止江南文獻邦督學汝爲使取汝舊玉尺重量新杞梓此信一以傳儒林盡傾耳其夜文昌星繹繹東南指僕老無所求胡亦笑口哆抱此秉夷好區區心未死恨不作諸生呈文寫生紙姑獻五字詩諷誦當瞽史最公堅初心斯文振頹靡會見斗牛間榮光燭天起

少詹和詩

文章各是非可信者其理以法爲體幹如身頂放趾以古爲血脈如祖宗孫

子其下乃逞詞色侔而稱揣相者多舉肥難作詎易視揭來典秋賦未飲上

池水徒思鍼癥結敢曰洞骨髓區區執管見清虛去渣滓炮燔雜太羹箏琶

亂清徵拔十古得五我今竟能幾不謂勞先生擊節情弗已使人意也消如

己得之喜夙昔慕先生仰止誠久矣涓流趨大瀛土圭測穹晷於今始自信

嚮往非阿比寸心本同源如水以水洗相知木鑽燊一見桶脫底隨園秋色

老芙蓉爛紅綺來侍雪階程初御龍門李知我氣不怯席間以劍擬倒篋出

武庫示我文盈咫入口飲醇醉涉目播糠眯卒讀心犂然徽衽歎觀止韓蘇

聽黜陟王楊供驅使惟當勸先生蚤速付之梓毋俾天下人聞風食以耳傳

布大江南捷等臂使指書讀各萬編手胝口復哆皆學先生文文心長不死

我憑以取士徵債操券紙吾門有二妙追陪學文史從公登高呼咸使望風

靡戲爲學步吟敬代請益起

雨亭葑亭采菱隨園作采菱曲

隨園九月秋風㬉綠覆一塘菱葉滿騷人都道水羞佳爭脫荷衣爭攘腕小舟

一葉繫垂楊兩兩三三自作行誤惹萍絲嫌臂滑偶欹蘭槳爲風狂風停共指
前溪好鷩起一雙鸂鶒鳥摘葉休驚碩果稀殘紅半落江湖老四角雙稜薦未
多分明滿席有烟波嘗來野外清幽味合唱吳孃水調歌主人當筵三嘆息眼
前草木生區別芙蓉窈窕萬枝花底事無人采紅雪

渡江大風

水怒如山立孤篷我獨行身疑龍背坐帆與浪花平纜繫地無所鼉鳴腮有聲
金焦知客到出郭遠相迎

重登燕子磯遊永濟寺作

一回舟過一回登垂老江山感不勝題句有心尋四壁高樓無力上三層重摩
殿後千尋石不見堂前百歲僧(默默和尚)暮雨愔愔風悄悄鐘聲催點客船燈

江中望棲霞山色弔尹文端公

推篷底事忽淒然望見棲霞一角懸往日風花迎上相祗今宮殿鎖秋烟難忘
蕭寺傳箋處永斷程門立雪天料得多情羊太傅魂歸還到此山巔

酒旗

客中誰勸醉如泥賴有旗懸野店西望見一竿村便好未停雙轡馬先嘶風狂似欲招人急花落遙知取價低我是天涯倦遊者也曾小住喚偏提

花幔

花太嫣紅病易侵爲他張幔結層陰敢遮赤日當天影恰是慈雲覆物心甘后帳深難辨玉阿嬌屋好那須金平生怨雨愁風意每倚雕闌思不禁

掃墓

五十還鄉客孤單尙一身白頭人掃墓愁殺墓中人

過葵巷舊宅有序

余七歲遷居葵巷十七歲而又遷居以故孩提嬉遊處惟此屋記之最真四十年來每還故鄉過門留戀今乃得叩闢直入

兒時老屋喜重經鄰叟都疑客姓丁學舍牕猶開北面桂花枝已過西廳驚窺日影先生至高誦書聲阿母聽此景思量非隔世白頭爭禁淚飄零

題桂樹

笑啼多少兒時事一一難瞞是此花今日相逢花解語也應喚我主人家

別時悔不把花量別後花添幾尺長惆悵風前一回首負他三十七年香

一枝曾折廣寒宮貧賤交情老更濃笑我歸來無別贈幾行詩當錦衣封

贈高嵩瞻觀察

當時落魄帝城東兩脚行滕類轉蓬脫粟一甌誰飯我居停三月敢忘公儒林身負三朝望廉吏家餘四壁風慚愧王孫恩未報千金還在此心中

贈吳紫庭方伯

官鼓鼕鼕漏未闌探知衙散一瞻韓感人叔子聲名遠款客嚴公禮數寬乍接春風心已醉重逢舊雨座增懽（謂鞠未峯太史）自憐猿鶴山林性鄉月當天也愛看

記持手板傍門牆公子趨庭事未忘一卷文章曾盥誦廿年雲海竟分翔皐夔應羨巢由逸蒲柳終輸松柏蒼寄語中朝老司寇舊參軍已鬢如霜（司寇官秦中命枚爲公閱文）

在杭州晤茗生太史卽事有贈

聞君遠在會稽山欲往從之江水艱聞君近來會城裏未見君顏心已喜扣門呼君君未應湖州太守先相迎平生識面渺難記主愈殷勤客愈驚爲言往日長安居曾與我甥同讀書曾蒙我姊賜棃栗曾識我婦顏豐姝三十年前事怳惝怳昔日兒童今官長憐才念舊意纏綿紫綬金章氣蕭爽喜君交結多豪賢感我清霜滿鬢顛推排人世一老物鴻泥何處非前緣鄉人飲我吳山頂拉君同往看山景萬戶煙鋪屋瓦平一天雲過杯盤冷烏鵶飛飛暮色蒼與君重登太守堂新詩未讀一卷盡夜鼓已作千回撞我歸蕭寺君渡江相思明日仍茫茫

卅年

卅年不到舊鄉村村換人家里換門爭怪武夷君下世公然開口喚曾孫

還杭州五首

望見故鄉城如入前生界茫茫事全非歷歷夢還在離鄉四十年一宿無廳廨權僦老僧菴得庇敢嫌隘兒童爭聚觀疑我來天外我亦自孤悽將身當客待

朝出意尚欣暮歸寂難耐殘燈壁間小朔風窗外大
骨肉只一人阿姊十年長叩門往見之白髮垂兩顙聞聲知弟至迎出精神爽
絮語自知多堅坐頻教強相約大母墳明朝一齊往當年侍慈顏惟姊與我兩
今朝奠酒漿知否魂能享姊是七旬人弟搖千里槳此後來者誰一慟何堪想
朝呼輿夫至色然視我驚毋乃我與汝彼此有平生輿夫拭其目再視再嘆嗟
道我新婚時渠曾推壻車翩翩小翰林容色如朝霞胡爲久不見一老如斯耶
輿夫言未終我心生隱痛如逢天寶翁重說黃粱夢
杭州數名勝動說西湖好我來逢冬乾西湖比前小風緊不成波泥淤時露草
姑蕩扁舟行一覽使心了邱壑認新舊亭臺評拙巧雲結晝愔愔木落山悄悄
自笑作陳人登臨亦不早所得寒風多所領遊趣少
飛鳥別故林啁啾如有恨胡馬戀舊槽悲嘶足不奮矧我父母邦曰歸豈不願
奈羈白門久歸期竟難問趁此小住閒忍負光陰寸從前半面交一一敲門認
兒時所踏土處處雙鞋印昼盡輒繼燭路過還回瞬人問子胡然一笑指雙鬢

喜晤張有虔先生却寄二十四韻

見說先生健相逢喜欲狂人間留碩果天上自斜陽憶昔垂髫日常蒙過學堂摳衣趨典謁傾耳聽琳琅善謔天花落深談塵尾忙師威因客損講席為誰涼一日同文戰三人列上庠枚與先生及受業師同入學扶看棘闈月領採泮芹香簇簇聯壇社紛紛具酒漿孌婉小童子追逐丈人行白樸蒙求句黃門急就章捧書爭請益下筆替商量此豈前生事公然五十霜華嚴齊歷劫鴻爪各紛翔鉛水銅仙淚滄波碧海桑者番習鑿齒重到舊襄陽故國烏頭白先師墓木蒼西河尋子夏東觀剩中郎足不持節步牙猶比玉剛輅驚唐顯慶殿愛魯靈光視我年還幼因君老亦忘黃昏燈閃閃春夢影茫茫蒲柳衰如許松筠體正強何當學雞犬長得侍淮王

十二月九日舟凍毘陵苦寒排悶

紅日不動雪驚沙時鳴颼特酒敵寒威未戰先已降剗我遠行役臘盡纔歸艭朔風如奇兵一夜抗長江堅冰峨峨凝千篙難擊撞糧盡思繼粟村荒斷吠尨

舍舟思呼車陸行無徒杠墨澀遲走硯燈危屢墮缸幾乎死此處斫樹收窮龐
羨殺枝上禽銜風還飛雙

白頭

白頭人到莫愁家寄語兒童笑莫譁若道風情老無分夕陽不合照桃花

杭州隴上作

七歲曾焚隴上香六旬重到感秋霜回頭笑問諸松樹我昔來時汝怎長

鮑文石三十索詩

半窗修竹半牀書不賦長楊賦子虛生就騷人風骨冷愛閑多病似相如
已熏生紙搨黃庭更寫雲烟上畫屏門外一湖春水綠書聲時有野鷗聽
三十郎君鬢未凋懸弧時節正秋宵諸公借此稱觴意各把新詩寄鮑昭

小倉山房詩集卷二十三壬辰癸巳

錢唐袁枚子才

元日送王葑亭舍人入都

今年元日春風來一何遽不吹梅花開翻吹故人去故人當代王江寧清才落筆鏗鏘咸英贈余四首新詩成滿山歷落珍珠鳴山人平生狂頗頗海內孤行我爲我忽然張眼見替人自覺此身老亦可花幔曲采菱歌與君賡唱何其多方擬雲龍相逐不可一朝隔而乃煙帆欲別將如何思君情難裁留君口難說敢貪風月有吟朋不使鳳鸞朝玉闕滔滔江兮蕭蕭馬送君行兮往日下喜青雲之路長傷白頭之交寡餞君無酒空有詩要君展卷長相思彤廷奏罷三千牘早折瓊林柳一枝

再詠錢

殺人何必定錕鋙錢以刀名卽巧屠繞地枉教呼阿堵此身方且屬洪爐錙銖潤物皆爲德百萬貽人轉笑愚寄語鐵簪畫壁者可曾悟得此情無

從無束紵受人憐別有金刀准五千天寶洗兒悲白髮景龍撒帳憶青年水衡小靳山資足銀艾雖枯荇葉鮮底事從容消受穩不曾一勺飲貪泉

集尹文端公贈詩卷然如束笋感而有作

三年人未釋心喪展卷重看墨萬行偷得公餘吟雅頌生來天性愛文章龍虵字在蘭亭杳絲竹聲希孔壁荒苦把碧紗籠不盡又熏香草疊空箱

再檢海內諸公投贈之作得一千九百餘首亦紀以詩

忽忽名場四十年珠盤幾度捧賓筵隻身寵荷詩千首八表雲停水一天猿鶴易招詞客詠容華難得別人憐何當妙寫砑光紙排作屏風障兩邊

曹地山少宰爲祭告使者入山索詩

花外金鉦響山中鳥雀奔隣驚天使至我愛故人尊澤國持英簜皇華詠駟騵是誰能典禮有　詔許乘軒馬借飛龍廄旗張元武旛官銜唐吏部寵眷漢公孫豔豔春三月彭彭朱兩轓亭公腰插弩郡將手扶鞬路築王人館庭羅小國蘩一梟先破鏡三咤再開樽蒼璧尾山數金泥岱頂捫咨詢盡臣職得句亦

君恩爲主明陵祭還來白下村鶯花都識面桃李半趨門石可三生認才經幾度掄公一督學一主試望塵思御李訪舊忽推袁鬢鬟同驚白滄桑各斷魂雲泥情脈脈雞黍話番番可記瓊瑤贈應無縞紵存丙寅公過江寧蒙賜石印以東緞報之八騶齊放仗四牡走窺園小吏穿雲立村官折柳蹲摩挲銅狄古敷坐石牀温索我新詩贈知公古道敦自慚才語盡難共達官論努力廉頗飯公夸健飯每日十盂休忘安石墩他時憶鴻爪展卷即泥痕

謝書巢太守贈羊裘

我自黑貂敝便作青山遊山中朔風時詩骨寒颼颼東昌太守賢遠寄三英裘慮我高臥僵牛衣淚暗流得毋釣澤中少人物色不特加尺素書星飛千里郵其色白如霜稱我雪滿頭其氄深而温勝於姹女柔我乃招縫人配以朝霞紬鍼袵一以畢吃吃笑不休我本陰重客而兼陽虛侯常苦鼽嚏累敵寒如敵仇忽然毛羽豐堅冰吾何憂縱與狐貉立不忮亦不求曹交九尺身晏子三十秋倶蒙使君管春風生衣褶昔者輕裘共聖門稱仲由又聞曹夫人官綿貽楊彪

較此將毋同高情尤綢繆報君無寸芹勉君敢一謳願持羔羊節善把魯民鳩
願推白傅心長裘覆九州會見五穀相賢名重山邱

湘山子四十歲索詩

道藝無二理所貴非名高苟能息之深神解同超超延陵湘山子風骨含孤標
身爲孔顏徒庠序推英髦更兼岐扁術湯液回枯焦我有小妻疾尸厥形神消
自分無生理巫祝紛喧呶君能奪之還白日走夔魈我又偶病臂徹夜常呼謈
君來排羣醫道此非虛枵但使氣宣流脈絡當自交果然勿藥喜攖覼如生猱
今年君四旬華堂介春醪寄聲索我詩一曲當雲璈且曰勿言醫醫恐庸人嘲
我乃大嗢噱所見何拘膠昔者女媧氏醫天將石敲更有軒皇來醫地斷六鰲
羲和能醫歲陰陽四序調夏禹能醫水民居輟窟巢堯舜醫盛世薰風吹鬱陶
湯武醫衰世太白揚旌旄周孔醫萬世烝烝文治昭醫日必伐鼓醫山必禁樵
醫暍必藏冰醫潦必登蛟古之大神聖誰非醫中豪而況岐扁術其權勝夔皐
夔皐不遇時窘束無寸勞岐扁縱賤貧觸手皆恩膏不見無且囊猶摭荊軻刀

所慮偶失之常射不中招九折臂易耐十全功難要喜君正盛年嶽嶽而囂囂清臚察癥結孤詣通烟霄診脈如鑄鼎神姦無遁逃難經八十篇分寸釐忽毫一一學巧屠骨節俱搜牢用藥如用兵決戰鬼門鏖本草三千味撟引毒熨燒運用得所宜何敵不可梟從此再精進析理窮牛毛仁術本仁心勿吝更勿驕濛濛黃土人誰非吾同胞四十尚如此五十寧可料神農且仰企化人且遊遨人壽君所與君壽天難操笑彼東方生䠥促偷蟠桃

三月六日夢尹文端公

已絕人天路不通無端昨夜坐春風離離燕寢清香在款款慈雲笑語同白髮三更紅燭短黃雞一唱絳帷空莫嫌夢境迷茫甚到底今生又見公

答似村見寄

一章詩抵萬瓊琚雒誦風前恨有餘遼左雁行齊返否相公馬鬣近何如諸公子葬親關東春花又落同眠榻秋雨還沉隔歲書去年所寄輓章猶未接到甚矣吾衰君莫問鬢絲兼不似當初

聞樹齋提督九門喜賀以詩

郎君官拜執金吾野老風聞膽亦麤九扇天門新管領六街赤棒正傳呼那須當戶夸封爵如此司閽信丈夫料得心開還戲問娶妻兼得麗華無

以竹葉粽餉客分賦一詩

山裏行廚事事新楚臣遺製更清芬承筐擬造青精飯采葉剛逢孤竹君五月端陽菱共小一章華黍笛先聞諸公應笑便便腹不嚼紅霞嚼綠雲

尤貢父以歡喜團見餉再與諸客分賦

蒙贈吳王珠滿簞離離擘出水精盤耳邊歡喜名先好世上團圞物亦難亞飯宛同雲子白賞花宜對繡毬看嫦娥似鬬如規影柳外吹來月一丸

三伏

空山三伏閉門居衫著輕容汗有餘却喜炎風斷來客日長添著幾行書

謝南浦太守贈芙蓉汗衫兩前茶葉

夫容裳賜野人家當作吹綸敢拜嘉周勃永教無浹背西施何必浣輕紗解禱

粒粒珠猶濕裹甲層層暑不加吩咐柔荑好裁剪晚風披看白蓮花

四銀瓶鎖碧雲英轂兩旗槍最有名嫩綠忍將茗椀試清香先向齒牙生書交

柏葉仙人寄味比江城太守清好色相如最消渴被公知道舊風情

七夕後三日尙衣局寅公過訪山中賦詩奉餉

肯移八座訪牆東雲外旌旗柳外紅涼意帶來車上兩香心同對藕花風彈棋

子響千峯上論事情深一笑中忘是尊官忘是客杯盤草草竟留公

贈李郎

郎爲尹文端公從者別七年矣入山感舊與至書舍檢文端公手迹皆

郎當年所持來者於邑不已因口號三絕句贈之

未入門先兩眼紅知卿感舊意忡忡十年重到前遊處可是山中是夢中

風臺月榭幾回新世事滄桑那可論一個漁郎比前老桃花相見也消魂

上相當年賜和章是誰騎馬替傳將而今同啓紗籠看一紙雲煙淚萬行

例有所避將還滁州留別隨園四首

不教朱邑祀桐鄉看過梅花便束裝頗似神仙逢小劫敢同佛子戀空桑葛洪行具書千卷顧凱雲煙畫一箱泛宅浮家隨處好只憐白髮有高堂

卜築隨園事偶然風光冉冉竟華顛池開平地都成浪手插楊枝半拂天九曲房櫳雲宛轉三春士女影翩躚生憎一片桃花水留住漁郎二十年

故鄉回首夕陽斜擬賦歸歟百事差西子湖邊無瓦屑醉翁亭下有桑麻休移銅狄先垂淚拚捨河陽再種花仙鶴郊迎鷺鷥送詩人從古愛還家

搖鞭不待管絃終此意分明達者同去住我原羈旅客湖山誰是主人翁看花有福三生定成佛無難一念空吩咐青溪江令宅年年管領託春風

送李竹溪太守還河間

木正清霜水正波故人白髮走關河官雖捨去留名耳別亦無妨奈老何班馬長鳴還小住河梁同上各悲歌九原泉路交期在切莫臨風涕淚多

和簡齋同年送行韻　李棠

奮身炎海出風波重訪園林泊上河（舟泊上河）君是傳人原不朽我將終老定如

何相看白首應初服便對青山大放歌留得此身強健在管教後會比今多

遷滁不果

欲去重回棹還山又看春想緣因果在前世六朝人

夢醒

橐橐更何促沉沉夜未央金燈紅漸淡也算小斜陽

晚菊和蔗泉觀察韻

千紅萬紫盡飄流開到寒花歲已周晚節不嫌知己少香心如爲故人留影搖落葉東籬短簾捲西風小室幽白髮淵明誰作伴一枝黃雪滿庭秋

斷霞殘月兩相妨裊裊輕煙澹澹妝九曲燈屏難寫照一生風骨不知霜性甘寂寞香纔久夢醒繁華壽更長收取落英充晚膳山妻早製鎖雲囊

程南耕八十歲索詩

江城深處有神仙客罷公侯隱一壥口嚼紅霞年八十手編青史卷三千（先生修明史耳聾）不妨耳冷人間事原自心遊物外天知道賓王諸奏稿早隨寶唾付雲煙

野人廿載賦閑居得接芳隣慶有餘見面預安雙管筆每相見以筆代口焚香常捧一函書黃梅照酒香雖冷葭管飛灰日漸舒豈獨添籌兼問訊啓期三樂更何如

戊寅春失玉履一隻己卯秋得之賦詩紀事今冬又失去

曾續鸞膠十五年者番重別更飄然想因刻作雙鳧樣故爾長飛小雪天去似逃奴偏結伴履外兼失敦匜九件住非丹犬竟成仙老夫一笑渾閑事何處麻鞋不踏煙

席上贈楊華官郎小字華官沈文慤公字曰澧蘭

一曲歌成楊白花生男從此重楊家泥金替寫坤靈扇當作三生繫臂紗

幽情真個澧蘭如前輩標題字豈虛檢點侍兒小名錄不禁腸斷沈尚書

美如任育兼看影清比荀郎似有香禁得風前訴幽咽華清閣下詠霓裳方演長生殿

三月六日作有序

金姬小妹鳳齡鬻昌門爲女奴余贖歸之年纔十四巧笑流麗有依姊而終焉之志余老矣不欲爲枯楊之稊爲擇少年郎嫁之臨行泣下余

不能無情乃作是詩

香山那忍遣楊枝也費燈前十日思紅杏太嬌春色小白頭如許夕陽知比肩美玉看原好入手明珠去恰悲寂寞蕭齋背花坐避他含淚上車時

移竹

移取琅玕三五枝半遮樓閣半臨池佳人倚袖寒猶薄高士遷家醉不知要識虛心隨處好莫矜晚節出山遲瀟湘帝子淇園客忽捲疎簾某在斯第三句一作碧鶯搖尾聲先到

乞花

但見紅妝意便傾狂言忽發紫雲驚鶯啼樹上非無主春在人家倍有情解語定教回面笑聞香先自出門迎平生風骨崚嶒甚每到低頭總爲卿

前二首學士盧公課士題也嫌諸生詩於移乞二字未甚刻劃見余此作曰老阿婆壓倒少年矣乃重賦兩章博馮婦下車之笑

柯亭昨夜雨淒淒閑倚闌干待鳳兮無物可醫人世俗有君便覺女牆低龍孫

族大分宜早玉筍班新立不齊可奈山風欺乍到一竿吹仄杏花西移竹

偎紅倚翠久蹉跎忽唱丁娘十索歌擬欲分香學韓壽轉將割愛勸維摩春非

買得閑應少物是求來寵更多灑掃園林安置酒待他蜂蝶也奔波乞花

盧學士書來乞花盧壬申殿試第三人也寄詩調之盧亦余戊午同年

一紙瑤華芳訊通探花郎作乞花翁關心蕊榜人猶在回首瓊林夢已空難得

衰年同臭味願將小草贈東風只愁桃李門牆滿未必殘春在眼中

有恨

老夫最識花情性折得花先贈少年豈料將花投苦海不如拋擲路旁邊

讀胡雲坡觀察貤封嫂氏奏疏有作

唐代韓侍郎爲嫂服制期其禮以義起相傳古所希峨峨觀察公行事遠相師

奮乎百世下高風冠等夷身膺三品封愾然有所思揮淚草奏章九拜陳　丹

墀曰臣有寡嫂撫臣如母慈臣生而孤露遭家不造時椿萱相繼亡棠棣先後

摧千鈞懸寸髮一嫂一孤兒兒未落齔齒嫂爲哺淖糜兒裁脫文葆嫂爲製裳

衣馬鬣嫂爲封蘋蘩嫂爲尸傳經嫂辟咡授室嫂扶持倘無臣嫂在臣身不可知臣今逢　覃恩乞爲嫂氏貤例雖格外破　恩從天上施　聖主聞惻然不復廷臣咨　特詔如公請黃封旁午馳頃刻紫泥章煌煌華表垂行人過之嘆閭里賀者窺嫣嫱喜相告茹荼如甘飴百姓興於仁孤稚咸嬉嬉從前旌節孝綽楔施門楣於今封命婦褘翟耀宗祠賤子讀公疏涕下如綆縻感觸天人理爲公前致詞周易六十卦盈虛消長機積善有餘慶事難旦夕期苦節終乃甘理不差毫釐而況非常恩必有所自基水非源不流木非根不滋在昔宗伯公易學探深微上殿講河洛屢頷　先皇頤甘盤雖舊學伏生已年衰惟其畜者厚是以發之遲天將生我公先生嫂撫之在嫂非望報盡其分當爲在公非沽名行其心所宜懿哉盛德事相映彌光輝願公持此心即以佐明治推廣一家仁遠爲萬民貽潛德闡其光孤寡拯其危會見皐夔業千秋仰巍巍

哭聽娘

曾以專房受重名一朝緣盡夜三更少妻不作旁妻待長妾原兼舊兩情難向

空王問因果早知薄福是聰明韋郎兩鬢衰如許就使重逢已隔生
記得歌成陌上桑羅敷身許嫁王昌雙棲吳苑三秋月並走秦關萬里霜羹是
手調纔有味話無心曲不同商如何二十多年事只抵春宵一夢長
巫山雲影竟銷沉神女遺蹤尚可尋侍疾不教衣帶緩看書常伴燭花深諸姬
學禮推前輩中饋參謀費苦心爭奈妙蓮花少子半生枯坐淚淫淫
無端骨瘦似香桃霜裏紅蘭質易凋攬鏡自知無藥救呼巫還望有魂招零星
簪珥生前散約略容顏病後描千遍叮嚀萬回囑莫教孤冢草蕭蕭求附葬先塋之側

揚州秋聲館即事寄江鶴亭方伯兼簡汪獻西

白門遊子醉華筵五月邗江細雨天難得風人招酒士萬花叢裏小遊仙
梨園人喚大排當流管清絲韻最長剛試翰林新製曲依稀商女唱潯陽若生太史

新製秋江一闋演白司馬故事

惠郎嬌小影伶俜嚦嚦歌喉隔畫屏好似流鶯囀高樹不教人近只教聽
雲鬟婀娜繡裙斜素手彈箏客不譁一個吳娘風調好當他二十四橋花

後堂雜戲影橫陳覆鼠籠鵝伎更新記得空空傳妙手幻人原是女兒身

首坐開元白髮翁涉江無路采芙蓉多情幸有汪倫在代指巫山十二峯

雌雄風急夕陽遲未聽秋聲鬢已絲露下櫻桃燈下柳教人各自惹相思

回首青山隔暮潮一雙蘭槳送歸橈斑斑衣上香痕滿都是揚州酒未消

聞魚門吏部充四庫館纂修喜寄以詩

文思天子搜遺書子以文名領石渠士安不用借五車嫏嬛福地張華居憶昔

蛩蛩附蚷虛兩家觔牒爭搜儲愛而不見心瞿瞿一朝去我翔天都明堂大開

招羣儒青藜太乙從從趨四千年物盡輓輸朱文綠字體製殊龍威玉牒元皇

符漢唐所少元明無咸集舜陛來堯衢西山光芒燭太虛子與蘭臺諸大夫雙

眸一串牟尼珠部居別白分錙銖縱難讀盡在須臾但觀大略亦足娛有如餓

腹餐天廚朵頤未動口欲呿又如大海遊鱣魚恣汝屬饜樂有餘問誰有此遭

逢歟領百萬軍恐不如我猶未免爲鄉愚聞見狹隘探索疎側身西望空嗟吁

不能從子爲書奴但願抄其目寄予傳得約略知些須此身不負生唐虞

雜書三絕句

鷺鷥立釣磯獨自理毛衣緩步向前去試他飛不飛

秋星淡孤燈霜葉下涼雨萬籟寂無聲磚縫一蟲語

半夜忽驚醒無言心自嘆今宵霜降矣忘却護幽蘭

自贈

一個飄蕭桑苧翁焚香掃地住牆東有花招客身難隱無力圍牆棗盡空不飲已經成半士養親兼可傲三公只愁朝夕編摩慣書卷如兒要送終

箴作詩者

倚馬休夸速藻佳相如終竟壓鄒枚物須見少方爲貴詩到能遲轉是才清角聲高非易奏優曇花好不輕開須知極樂神仙境修煉多從苦處來

節母詩爲淮安陶太守作 有序

太守名易文登人母呂氏寡居易以從子嗣家故貧也冒雪採薪爲枯栟所戕指血涔涔然夜輒煨芋魁誘易讀書易貴後狀其事索詩

東海慈雲擁絳紗長沙太尉舊人家恐將銀管千枝筆難寫靈萱一樹花
黃鵠飛飛翼早乖孀孀爭不赴泉臺螟蛉栽抱尊章老了却君家事再來
烏啼月落夜窗空親授兒書讀未終試看採薪風雪裏阿娘手爪爲誰紅
隣家聞有賣兒人施與裙釵替贖身誰道梅花風骨冷一重冰雪一重春
兒今五馬領淮南望見蹲鴟淚便含記得當年煨蘊火膝前賜與十分甘
風詩唱偏魯陶嬰天上金章幾度旌寄語世間諸母氏佳兒不必自家生

和南浦太守產鶴詩

聞說生雛鶴亭亭畫檻東似添兒女累長使稻粱空浴羽憐初白銜花弄小紅
遙知翁與子對舞一天風
仙種君家度君詩分外清乘軒夸兩代取箭記三生喬梓高低映鸞凰大小鳴
黃堂真綠野一片九皐聲

以錦雞贈鶴主人繫之以詩

山雞棲慣舊山梁忽把雕籠獻畫堂怕向荒村藏錦繡教陪太守耀文章臨行

代刷新毛羽入座休驚小鳳凰寄語羊公諸鶴伴朋來自遠莫參商

九月十七日蕉泉觀察招同人賞菊分得七古一體

蕉泉先生事事雅手握菊花秋滿把替花作主招酒人也須人淡如花者捲起湘簾錦作堆黃雲紫雪何葳蕤花密不妨人亦密九客團團坐打圍高燒銀燭將花照人影花容同一笑水近秦淮氣自清風來小苑香尤妙先生嘉肴纍纍陳甘脆不數仙家珍齒決未終頤又朵一時忙殺餐英人陳郎十七美無比分明月桂小兒子郎父名桂官佳人兩代貌依然賤子傷心吾老矣街鼓鼕鼕漏漸長月華照見車上霜我辭花出向花語願與先生同晚香

題王蠏谷明府秋林遺照

壬申歲五月余遊華嶽山道逢王夫子新交如古歡遇險輒相扶逢奇必共嘆君至青柯坪崎嶇怯路難余勇上二里亦復自崖還出所娓鴨臛佐我盤中餐歸宿華陰署張飲重盤桓嗚呼二十年春夢久闌珊何圖夫子容重向畫中看呼之如欲出卽之骨已寒老淚不能忍落紙先斑斑

畫中何所有湘水三間屋疎簾乍捲開萬木一齊綠先生梯几坐攜書此中讀

聽鶴唳煙霄呼童理花竹如此十年餘娛老亦已足人言君達者勇退返初服

我道君循吏賢者而後樂非有襲黃勳難享林泉福請觀世公卿誰能遂此欲

生前一見緣前生必有以死後一見緣賴君有賢子公子抱異才甝甝有文理

醫術奏彤廷　上方賜文綺偶作白下遊遠棹長江水抱圖索我題謙執子姓

禮知君在泉臺聞之心必喜不喜賤子名得留君紙尾喜昔華山朋依舊相扶

倚他日九原逢一笑可知矣

黄昏

深春客散掩柴門覓句閒行綠淨軒夕照已沉燈未上最無聊賴是黄昏

古牆

古牆庭院角經歲樹陰遮幽絶無人見青苔作小花

雨花臺懷古

大梁皇帝講經坐三十六天雨花墮無遮大會萬萬場斷髮焚身舉國狂羣臣

彌月亡所天迎鑾三到蒲團邊皇帝贖身身價貴一百萬億青銅錢麪作犧牲

供寢廟衣裳不剪飛禽貌可惜慈航度䟦奴滿殿血流僧不掃一聲鐘打六朝

空青蓋黃旗盡捲風單于宮與昭陽殿同在寒流滅沒中

小倉山房詩集卷二十三

錢唐袁枚子才

新正七日孔南溪太守來隨園卽事有贈

春正東風柳正舍故人五馬忽停驂關心宦海尋耆舊屈指晨星只二三九十

慈親扶杖見兩行稚女學庭參同年直用家人禮蔗味從來老最甘

山裏房攏九曲成者番把手更同行穿林白髮烟中語帶雪紅梅水上迎清福

偶然歸小隱交情如此亦前生別君未盡思君意聽我胥江打槳聲

題陶太守東井品泉圖

晉之土五施平晉之泉洌以清無人能取之往往羸其瓶解一 東方千騎忽來陶君授舍與氓童冠如雲執經問難簇簇相看君爲辟咡舌燥脣乾解二 乃取著筮得卦之井曰伯益所作利民最永鑿之拍之勿短其綆解三 一朝窮源萬斛滃然且甘且鮮照影跰躚考唐人水部三億三萬三千無此一泉解四 皤皤父老槃散行汲粲粲門童洊至講習高梧之旁碧峯之側牽繩者僂責茗者啜民曰聖水

士曰教澤五解昔有東先生請天三日甘雨零今有陶刺史掘地七丈得泉水千秋兩賢人先後濟其美六解口傳懼訛碑鑴懼磨民愛云何爰繪井圖君子作歌七解

同桂郎尋春儀徵泊舟燕子磯有懷熊蔗泉觀察賦詩却寄

六十明年居三春敢不遊閑情拾芳草打槳下真州柳絮風初軟桃花水亂流日長人渡緩蕭寺且勾留

小字桂枝仙錢郎劇可憐肯歌周史曲同泛鄂君船挽手勝扶杖吹簫屢拍肩妙蓮花不染恰是並頭眠

燕子磯邊泊黃公鑪下過摩挲舊碑碣惆悵此山阿山有尹文端公勒石詩短鬢皤皤雪長天渺渺波江神如識我應送好風多同年裘文達公自言為燕子磯水神

江左熊觀察當今白傳才別來纔兩日相憶已千回步月笻應健看花眼可開公病後足跛目盲矣瑤華託誰寄仍遺玉人來信託桂郎帶回

蘇州彭芝亭大司馬招飲西園奉呈三首

神仙丰骨鶴精神天遣長扶大雅輪七十高年雙黑鬢兩朝元老一詩人亭臺點綴昇平景魚鳥追隨獨樂身閒倚雕欄思往事百花頭上有餘春公丁未第一人

乞身疏廣久懸車　聖主頻頻問起居立雪公卿千里至趨庭仙佛一家俱公次子官侍講四子奉佛龍門高比諸天上鉛槧勤於未仕初聽說鄉鄰齊側耳書聲夜夜老尚書

野人弱冠識歐陽彈指於今四十霜學禮早從周太史渡江先拜魯靈光受知貧賤恩尤重共隱林泉味更長願借西園一杯酒後生前輩話滄桑

寒山觀瀑布旁有少年奇雅郭姓名淳字元會吳下諸生也談久誤易其扇歸次日見訪乃題兩絕句而還之乾隆甲午三月十九日

流水聲中問姓名寒山影裏序平生多君玉立亭亭態可是東京郭子横

取看紈扇置懷中忘却歸還彼此同搖向花前應一笑少男風換老人風

四月四日保礪堂朱立齋兩參戎常東湖楊鏡村兩明府相約看花雨阻不至戲寄二首兼贈芝仙校書

誰挽銀河種玉蓮橫塘一路水如烟小車迎得靈妃步不是雲仙是雨仙

孤負蕭齋酒一巵將軍令尹盡來遲如何舉世看花眼不看人間第一枝

留別南溪太守

年年吳下往來頻此日登車屢看身分手漸難垂淚易大家都是六旬人

平生筆墨等塗鴉底事知音有伯牙千幅魚箋書不了教儂手腕脫君家

斯人風骨最崚嶒霜肅南衙冷似冰爲款三生狂杜牧幾宵花影漾紅燈

愛屋由來更及烏金錢頒賜到輿夫問君一勺廉泉水除我曾分別客無

已投車轄井闌邊更縶驪駒薄暮天臨去故人如落月得留一刻也欣然

十年不召老淮陽宦海升沉莫慨慷一个蘇州韋太守至今名姓壓侯王

桂郎歸後是夕客寓憮然不能成寐

春未歸時花已歸落花那識晚春悲分明一樣燈前坐陡覺寒生恰爲誰

浮生聚散苦情多五日纏綿奈汝何今夜江城月如雪玉人何處一聲歌

吳門返棹曹郎玉田倣桂生故事送余京口

不肯離花過一宵花迎花送兩回潮桂枝月下香才謝玉樹風前影又飄何必
吳娘夸打槳但逢子晉便吹簫笑儂雅抱生春手到處鸞絃續斷膠

輓太傅錢香樹先生

卿雲舒卷自丹霄魯殿靈光影忽凋無復東南稱二老有誰簪笏歷三朝爽鳩
早正秋官席威鳳仍賡虞帝簫此日哀榮人世畢海天兜率更逍遙

未老先懸七十車江湖魏闕意何如密修寒朗祥刑疏不上公羊斷獄書風貌
九重圖影後溪山一片晚香餘傷心蓬島騎鯨去 天語猶聞問起居

百年大雅獨扶輪筆下龍蛇紙上春一品集成傳海內五湖花好稱吟身朝無
燕許傷前輩家有韋平慶後人想歷恆河千萬劫鶴歸華表尙精神

記泛扁舟碧海東自提行笈學登龍九河不棄蹄涔水一面曾欽泰華峯看和
聖君新筆墨聽談 仁廟舊儀容而今回首都成夢又隔人天萬萬重

牡丹花絕少並頭者真州吳園忽有此瑞三月八日副使張東臯招同賞
宴爲倡公讌詩一章而別贈花三絕句

尋春古真州無春雙目閉春恰知我來開花比常異賢哉張大夫指我看花地
追尋辟疆園遍歷維摩寺車小穿林幽草深得路細果然鼠姑花雙開色奇麗
其旁仙種多環立擁霞帔送客出紅雲分香入酒氣昔聞韓魏公金帶表花瑞
君今宰相家花也如相示兒女合歡心陰陽調變意遠鐘一以鳴嘉賓亦既醉
我呼東下舟不借南衙騎如別華鬘天愔愔下塵世人花兩難忘作詩當作記

並頭牡丹詩

兩枝春作一枝紅春似生心鬪化工遠望恰疑花變相鴛鴦閒倚采雲中
讀罷清平三首詩此花猶未解相思想因移種長生殿便學人間連理枝
各抱芳心兩不降飛來蝴蝶也成雙老夫振觸團圝夢底事單身又渡江

秦淮小集招揚州女校書王氏爲藍公子酹飲越三日公子入山閒卜妾故事方知彼姝已登蓮室豔此遭際各賦催妝

邗上女兒白袷衣青溪公子踏青歸相逢一笑偶然事頃刻落花天上飛
家本瑯琊大道王一雙眸子截秋光比肩不笑妾身短挽手愈憐郎意長校書著衫

纔二尺許

折柳何須問舊條小星婚禮要人教開箱乞與官奴帖筆筆泥金照樣抄

淮水盈盈綠正酣兩家同住板橋南桃根迎接開門是不待終朝已采藍

十三樓事久蹉跎冷落尚書却扇歌今日瓣香郎努力有人想作小橫波

風月平章老去身年來著手便成春只緣遊得天台倦看見桃花指向人

吳下歌郎吳文安陸才官供奉大內已有年矣今春爲葬親故乞假南歸相遇虎邱略說天上光景且云此會又了一生余亦惘惘情深凄然成詠

宜春苑裏歸來客三十年前識面多絕代何戡都白髮貞元朝士更如何

握手臨歧話再逢淚痕吹下虎邱風自言身比天花墜一到人間一世終

題梁景山畫竹送往和州

景山先生春滿手筆底烟雲無不有畫石能移泰華來畫泉能使波濤走隨園有絹二丈長先生爲寫千篔簹頃刻堂上綠成海疑有么鳳隨風翔畫畢忽忽辭我去云將采石磯邊住欲取長江作硯池好教萬象歸毫素果然高士自不

羣人間傴仄難棲身看他來去飄然意便是瀟湘水上雲

送座主大廷尉鄧遜齋先生還蜀

海內年來只一師又聞予告作西歸六旬晚景人難別萬里川江鳥怕飛廷尉清卿行色冷開元初載老臣稀絳帷絲竹程門雪再說今生事恐非

記得初來拜後堂桂花香裏綠衣郎此時期望心何限自覺韶華海共長漸漸黃門雙鬢白蕭蕭陸氏一莊荒秖今送別酬恩意剩有衰年淚數行

鳳齡嫁某郎半年爲其大妻所虐雉經而亡余悔恨無已賦十六韻哭之

萬悔真何及千牛挽不回總緣吾負汝轉使愛生災遠把文姬贖權爲弄玉媒私情阿姊問密意舉家猜花不嫌春老根思傍舊栽自慚黃髮短未稱紫雲陪妙選乘龍壻偏招駑馬才妬妻威似虎魔母令如雷鬢上環簪卸房中膳飲裁淒清同病蝶呵叱過重儓鳥急籠應放魚驚網莫開終年芳訊斷一夕惡聲來弱燕空梁墮孤芳猛雨催早知投苦海悔不嫁哀駘返壁心猶在憑棺念始灰伯仁由我死羞面見泉臺

題童二樹畫梅

童先生居若耶一隻小艇劃春綠一枝仙筆畫梅花畫成梅花不我貽遠寄瑤華索我詩我未見畫難詠畫高山流水空相思吾家難弟香亭至口說先生真奇士孤冷人同梅樹清芬芳人得梅花氣似此清才世寡雙自然落筆生風霜杜陵既是詩中聖王冕合號梅花王愧我孤山久未到朝朝種梅被梅笑如此千枝萬枝花不請先生一寫照

送雲坡觀察還少司寇入都

一行　丹詔下雲中士女攀轅拜下風知道朝廷需魏相可堪東海去于公看山走馬秋逾好破格遷官　眷最隆內外祥刑都管領總緣民命廑　宸衷今春三月掃門時得見烟霄海鶴姿霜肅南衙朝折獄尊開北海夜論詩卿雲此日還朝宁大雅何人更主持頭白袁絲知己少再來吳下倍相思

去年九月十七日同蔗泉觀察賞菊有詩今年重到此期而觀察已亡十日撫今傷往泣弔四章

又到黃花節誰將白髮招傷心追往事同醉是今宵牎影燈仍照衫痕酒未消
如何凋玉樹繐帳雨蕭蕭

十五登科第三朝舊世家軍機參密勿旌節擁長沙早貴身原弱多情壽自差
一場春夢短風捲鏡中花

歸隱秦淮好關門種薜蘿病猶勤拜起貧不廢笙歌僕喂花間飯兒扶月下坡
今朝捲簾處遺像對烟波

山翁知己少動輒舉君觴正擬千場醉俄驚一笛霜無人同笑語有壽益淒涼
爭免衰年淚相思便數行

山中行樂詞十二首

門外豈無事山中只有書一篇小園賦半世好家居楊柳風前榻梅花雨後車
意行隨所適不樂復何如

怪石堆三品新隄造六橋草堪供鹿砦萍足養魚苗摘蕊求花大開池便櫓搖
客來茶不設甘露在芭蕉

萬竹立門外一家藏綠陰欄干三四曲樓閣幾重深雲影淡搖鏡壁風時弄琴

喈喈窗外鳥也學短長吟

九十高堂壽千燈上下張環山生火樹搖水動珠光隔岸笙歌助傾城士女狂

此時一杯酒真个紫霞觴

十二紅絲硯輪流侍主人分班常賜沐著手便成春作楷門生代袪塵小僕頻

爲他閑不得連日召龍賓

涉世無成見隨吾杜德機書多雠校懶花密翦裁稀捲袖常污墨迎賓忘著衣

公卿與寒士來者便依依

白鶴一聲語青天半夜風夢從秋後短詩向枕邊工隔夜硯常濕曉窗燈尚紅

是誰來拭几知我讀書功

九曲琉璃屋玲瓏影莫分湘簾千竹映詩卷萬花熏髹几新襄樣雲罍古篆文

不知陳榻上留宿幾重雲

何物供閒戲圍棋亦偶然買碑爭舊搨染筆試新箋食品何曾篡茶經陸羽編

搜奇兼志怪俱是小游仙

客來無底事開口便談花解珮長千里吹簫阿子家山深春不老風好月難斜

幾個人間叟如儂度歲華

無兒家累少穉女戴男冠畫賞過時賣琴閑借客彈非禪心更達勿藥體常安

靜裏尋忙事巡簷數竹竿

一望參天柳都從手植生樹猶先我老心合比秋清鄭重分陰惜編排著作成

劉伶休荷鍤門外即先塋

晚登清涼山

上山訪僧僧寺鎖孤亭荒荒紅日墮萬家炊烟直復斜幾行鴈字右復左長江

半向樹梢出石罅盡教落葉裏怪他啼鳥盡驚飛惟有白雲不讓我

客來

深秋萬木凋一花不著樹客來道有香主人不知處

上渤海相公二十韻

不到艱難際安知柱石功黃流遷故道赤子盧宸衷隻手銀河挽兼旬板築終單車來水上萬口活溝中命向龍宮奪春回黍谷窮堤方歌瓠子甲又起山東半壁金湯重三江鐵騎雄　帝教擒白賊公自挽雕弓渭野勞諸葛彭城臥老熊刀光千里雪旗影半天虹傳箭妖星落鳴甄羽孽空亂時須重典雪後要春風韜偃干戈畢安排米粟豐孳孳勤哺啜漸漸轉疲癃更把潘屯鑿長看挽運通開潘家屯引黃水運漕救時真魏相活國賴姚崇令子秋闈試泥箋姓氏紅九公子廣德新舉京兆總緣隆世德默眷自蒼穹暖律新陽轉稱觴往事同銘勳兼祝嘏稽首指崆峒

簡齋印有序

湖州淘井得銅印鐫簡齋二字陽文深一米許宋蒙泉明府以余字偶同遠寄相遺按宋史陳與義字簡齋曾刺湖州此印當是陳公故物喜紀以詩

我非長卿才敢冒相如字或者蔡雍生卽張衡轉世先生銅篆文向我肘後存

較勝王半山突然爭一墩篆古銅沁綠逢篷押滿幅竊馬與盜符何由知非僕頗疑先生靈有意留贈我不信請觀詩心心相印可

攬鏡

朝來攬鏡不覺惱袁絲袁絲汝竟老面色斑爛似凍梨鬢毛飄颯如蓬葆記否當年試殿中王侯簇簇看終童金蓮歸娶西湖月玉節臨民滄海東爾時只道長年少老隔鴻溝永不到誰知清晝六時長漸漸晨光變夕陽朱顏綠鬢去無迹老似奇兵遽相逼我未分明鏡已知強奪矍鑠終何益擲鏡啞然笑向天大書綠字焚霞箋不求藥不求仙只求還我當初美少年

沈凡民葬南門外湯家窪因其無兒爲權播祭傷宰樹日慼而予年日衰書此以告凡民

君葬十三年我來如一日君墳松益青我頭髮愈白離離束芻陳脈脈紙錢焚從來友朋意轉比子孫真一事君知否我年五十九再來恐不多多斟一杯酒酒滴棠梨花驚飛雙老鴉似代君作答向我啼啞啞

喜悔軒太守從淮安調任江寧

金陵新太守東海舊騷人郡領三江首花看六代春一陽回暖漏五馬駐雕輪
知道神君到風先掃路塵
八月黃河决淮城浪幾重扁舟援士女赤手鬬蛟龍局定肩才卸民蘇力已慵
青溪此間好安穩采芙蓉
作吏談文藻高風久寂寥得公扶大雅如鳳下丹霄白傅西湖槳東坡赤壁簫
心香留一瓣千古暗相招
先生來恰晚賤子早歸田記得庭參日於今三十年白頭雲外影紅燭畫堂烟
此後追隨處公餘吏散天

見太守案上抄枚文字皆少年未定之作不知得從何處心為赧然袖歸

改削再呈而先以詩謝

南衙酒置一尊清案上書翻兩眼驚悔把文章留少作竟教傳寫到公卿花因
早采香猶薄琴是初彈手尚生願學女兒再梳裹他時相見倍傾城

除夕

年來除夕側耳聽爆竹聲聲直到明今年除夕聽不得雞唱一聲人六十大撓甲子已删除縱有光陰是羨餘雞若相憐緩開口依舊我還五十九

雪橋十二韻

戲把三冬雪裝成五尺橋闌干雲母琢坡級水精雕有路瓊林近無波洛浦遥虹梁初臥地銀海不通潮踏恐青鞋污行宜素手招弓垂形宛轉鷺立影飄蕭玉杵聲聲軟蓮花步步嬌斜陽烘反濕涼月照難消白盡禪僧足高分碣石標漸低疑地陷小缺是風撩冒險將扶杖防鬆更築鍬須知仙意冷度世不終朝

六十

六十華年轉眼更萬般往事撫心驚儘憑朝士呼前輩尚有慈親喚小名早到蓬山春夢短老歸邱壑舉家清他人祝我非知我自疊雲箋寫一生

卅載青溪奉板輿揚雄文可似相如安排歲月歸清福笑看雲煙過太虛若肯經綸原解事偶貪花竹竟閒居年來剩有驕人處九十萱堂萬卷書

懸弧時節百花嬌三月初三柳正飄客采碧桃來插帽天教黃鳥替吹簫稱觴禮古儀文俗扶杖身輕鬢影凋寄語諸公休勸酒醉人何必定今宵

語兒亭上斷前因想爲香山作後身腰脚幸同猿鳥健鶯花還比子孫親百年再算無多日一代能傳有幾人從此光陰倍珍重高歌樂府惜餘春

看梅鄧尉遊程氏逸園園主在山老人外出矣題詩留贈

平生擬造屋數間前横莽莽水後立蒼蒼山奇花古樹左右盤此景不可得思之年六十忽然鄧尉看梅花梅花引我仙人家入門勝景爭迎面頗似佳人驚乍見一溪一石一房雲百折千迴局屢變案上何所有龍威丈人幾卷書階下何所有金光瑤草三千株初登清暉閣再上騰嘯臺清風颯颯吹麻鞋西山翠屏插天起太湖白浪升堂來大魚喚向牕前語高鳥飛從脚底回我欲謝真宰拍洪厓意中所結構此處都安排頭白始能到自愧非仙才留連片刻已覺心神開居此一世之人何如哉憶昔曾遊五嶽早泰華奇峯都了了到此低頭口語心仙家别有嫏嬛好公超遠出女壻迎（謂王郎）留我小住金華庭白日已向扶

桑沉一羣蝙蝠來吹燈揖別烟中心惘惘山翁山翁何處訪從來天際有真人不許相逢只許想

在鄧尉憶家中梅花莞然有作

主人鄧尉看梅去家中梅花開萬樹舍近求遠如芸田梅雖不言我自憐歸來置酒向梅勸勸梅莫作秋胡怨君不見林逋終日不離花花飛也到別人家

重過蘇州褚園感贈主人

十年兩到習家池池畔仙翁正索詩風月亭臺添幾座主賓鬚鬢白千絲梅花尚識重來客啼鳥難忘舊宿枝樓上藏春樓下醉許多往事上心時

三月三十日金粽亭學博招同十八友人送春平山堂分體得六言絕句

學作惜春御史公然國子先生載酒廣陵城外詩人十八登瀛

作殿牡丹漸落將離芍藥初芳賴到平山作別不然辜負斜陽

我是白門殘客也來此地摳衣一片尋春心事如何轉送春歸

粽亭拉至潘孝廉家賞牡丹主人素不相識席間抗手知是張少儀同年

女夫也分體得五絕二首

隨人看花去直至花深處誰知花主人乃是故人壻

主人擎巵酒勸我吞紅霞我亦祝主人富貴如此花

碧紗㡑避蚊詩

蚊蝱疑賊化日落膽盡壯嘯聚聲蔽天一呼竟百唱如赴闤闠市商謀抄掠狀如起烏合兵哢牙無主將刺鼻便惹嚏誤吞幾絕吭作鬧已可憎咀嘬更何況我乃坐一室方空作屏障甘學幽閑女將渠大庭讓先之牡鞠熏繼以虹竿颺大索先十日當作刺客防風影再騷除不容餘孽放出入必微行往來先掃盪果然別有天徹夜安無恙外陣雖營營中心常蕩蕩豈無狠黠者勢孤神不王餓久翅遽𣯡未嚙身先喪豈無蚩妄者肉薄爭相向終隔一重城敢近不敢望我聞呂奉先彈箏坐錦帳甲士三十人欲斫空惆悵又聞宋南遷爲避金主亮幅幀雖叢爾湖山且跌宕世事無大小安身爲上上笑我亦雕蟲未肯蟲腹葬一升墨水餐三世人血釀（廣記三世人身血惟洛陽胡蘆生耳）彼雖禁臠看我已蛾賊抗公然紗

遣興雜詩

聽得兒童笑語譁天機都在野人家荷花落處剛剛好荷葉如盤託著花

三間草屋小溪邊竹裏開門地勢偏仙鶴住多人住少白雲時得到窗前

五月黃梅雨打扉驚風掃蕩百花稀梧桐心上分明甚不是秋來葉不飛

西山冷向水中青兩岸秋花似畫屏生怕夫容難照影自牽漁網打浮萍

花裏荷花壽最長端陽開得到重陽秋霜吹落煙波冷猶有蓮蓬子滿房

掃地焚香心太平衰年勤學有康成攤書愛坐西窗下多得斜陽一刻明

應酬隨意少安排風替關門風替開正對幽蘭剝蓮子阿誰花外送琴來

閒人自愧少閒情滴露研硃手不停纔得吟成將筆放女兒相喚捉蜻蜓

平生詩格愛三唐白髮看詩與倍長一個詩人儂最羨邱爲八十有高堂

題江天雲樹圖送陶悔軒太守觀察廣東

蓬蓬江上雲渺渺天邊樹十月太守來九月太守去太守來何遲淮上有災黎

太守去何速南海需監司江東諸父老無言淚潸墮爭忍一年中春風吹便過

我道民胡然我有好丹青畫民相思意送公越王城

越王城下樹童童千扶桑一朝拂慈雲都作旃檀香君家太尉公廣州留遺愛

相隔二千年甘棠可猶在采風如采珠佳士來于于驪龘如驪鱷奇文繼韓作

趁此扶搖風遠作沖天翥記否菰蘆中同門有隱者

隱者無先容蒙公訪茅茨乍見披膽肝新交如故知貽我紫霞杯惠我紅絲硯

每到論文時子面如吾面淄澠一以合雲泥轉難分願化羅浮蝶來繞珠娘裙

民送江上拜我送山中揖望見公旌旗柴門猶佇立

苦旱

鎮日炎風旱不禁秧田望盡老農心夏雲總被風吹去教作奇峯莫作霖

嘉興春雨老人摘楊梅汁畫牡丹花屬余題句

楊妃一口吐紅霞便是春風富貴花從此人間重真色臙脂不到畫師家

樹齋侍郎從喀爾巴哈寄惠灰鼠裘二襲賦詩奉謝幷告裘猶未至

一封書到動經年紙上猶飛塞上烟有暇將軍能憶我可知萬馬不窺邊地當絕域風霜早　詔許攜家兩露偏書中云古大宛地入秋即雪眷屬同行　敬把佛香供手札憐他來自大西天

寄我輕裘念我貧路遙芳訊竟沉淪疊來箱內雖無分煖到胸中也是恩兩世春風慣虛領枚上文端公詩云可憐桃李青青樹虛領春風十六年　一生臥雪有奇温只愁身上蒙茸服何日能消別淚痕

題萬華亭持籌握算圖

十萬貫錢撐屋破面有銀光奴兩個衡石鏘鏘聲不停貂裘者誰擁几坐疑是漢時桑大夫牢盆手握算錙銖又疑梁朝蕭阿六紫標黃標自辜榷誰知乃是華亭子貧兒驟富畫圖裏描寫銅山付渺茫我憐其意笑不止君不見金堂玉几居王侯屏風翻畫白蘋洲以有易無互相羨世間萬事多環流又不見古莽之國以夢爲是覺爲非夢中得鹿尚可喜何況開卷即見青蚨飛黃禾起羸馬有錢始作人求之不得晝之得匹如紙上呼真真三十六爐鑄橫財登時張說

稱名臣吁嗟乎淩煙閣輞川圖此類丹青俱可無不若王戎真箇要一把牙籌

自寫照

十月十四日嗣香亭子爲己子取名阿通喜而賦詩

阿侯抱向阿連家六十衰翁始作爺分得荆花原共蔕養成小鳳自隨鷄栽衣預備身材長選乳兼需姆德嘉兒亦有緣如識我萬書堆裏笑啞啞

筵開湯餅舉家懽晚景桑榆自覺寬妻妾無功兄弟補園林有主水雲安關心野鶴聲相和回首斜陽影不單只是翁衰兒太小客來強半當孫看

枯葉

草木在人間去來有時節枯葉戀高枝自覺無顏色

哭彭際光司馬

汶上甘棠樹尚青吳中鵬鳥已哀鳴卅年早結通家好一薦虛叨座主名（際光余甲子薦卷）底事仲宣偏體弱要知叔寶太神清回思月地雲階處多少琴尊總隔生

葑門新構好家居子舍晨昏百步餘（所居與大司馬隔一橋）纔得樊川棲杜牧已經秋雨

病相如平生風調都成夢四面溪山尚繞廬想見鶴歸華表日趨庭還侍老尚

書

六十袁絲兩鬢華今春訪病到君家不能見客偏迎我無復横經尙對花久坐

自知妨飲藥臨行未忍遽登車傷心一揖階前別竟作人天萬古嗟

金賢村太守來自黔嶺小住秦淮七夕前一日率諸侍者枉駕隨園索詩

作贈

牂柯太守好風情吹竹彈絲過一生萬里歸裝無別物侍兒添個董雙成

兩家都有十眉圖姊妹萍逢興不孤迎得雲仙剛七夕藕花風裏說兒夫

換馬姓也當年與頗豪香燈涼月手相招而今相見添惆悵似有心頭債未消

一朶瓊花態最幽十年前已遇揚州見卿不見雲扶妹惹我滄桑萬種愁壬午夏余尋春揚州雲扶妹爲迎鄗姬相見余學蒼梧澆故事讓與賢村今忽忽十四年雲扶以娩難亡久矣

康姬風調果超羣一笛吹開水上雲偏與袁絲同小字合教新婦配參軍余小字瑞官而康姬亦名瑞姑

小病懨懨白髮翁水牕權借板橋東如君才許秦淮住十部笙歌拜下風

某明府以家姬見贈余却之已而聞其強死余轉悔不受以拔之於苦海也自懺一章

花落當前手不援此身有愧救生船玉溪生最多情者偏却東川張懿仙

全集編成自題四絕句

不負人間過一回編成六十卷書開莫嫌覆甕些些物多少功勛換得來

幾年學道斂心情幾度刪除仗友生到底難消才子氣霜毫觸處怒花生

七齡上學解吟哦垂老燈牕墨尙磨除却神仙與富貴此生原不算蹉跎

學問原知止境難其如雙鬢已凋殘強顏且付麻沙本一任千秋萬目看

小倉山房詩集卷二十四

西元二〇二二年一月一日重製一版

小倉山房詩文集 冊一（清袁枚撰）

平裝四冊基本定價參仟元正
（郵運匯費另加）

發行人 張敏君
發行處 中華書局
臺北市內湖區舊宗路二段一八一巷
八號五樓（5FL., No. 8, Lane 181,
JIOU-TZUNG Rd., Sec 2, NEI HU,
TAIPEI, 11494, TAIWAN）
客服電話：886-8797-8396
公司傳真：886-8797-8909
匯款帳戶：華南商業銀行西湖分行
179100026931
印刷：維中科技有限公司
海瑞印刷品有限公司

No. N3063-1

國家圖書館出版品預行編目(CIP)資料

小倉山房詩文集/(清)袁枚撰. -- 重製一版. -- 臺北市 :
中華書局, 2022.01
冊 ; 公分
ISBN 978-986-5512-74-3(全套 : 平裝)

847.5 110021468